Summer of Scandal
by Syrie James

侯爵家の居候は逃げだした令嬢

シリア・ジェイムズ
旦紀子・訳

JN140267

ラズベリーブックス

Summer of Scandal
by Syrie James
Copyright © 2018 by Syrie James

Japanese translation rights arranged with Context Literary Agency, LLC.
through Japan UNI Agency, Inc.

日本語版出版権独占
竹 書 房

献辞

わたしの礎《いしずえ》であり、わたしの力、喜び、愛、そして、これまで書いてきたすべてのヒーローの着想の源である夫ビルに心をこめて

謝辞

エイボン・インパルスのチームの皆さんに心からの深い感謝を捧げます。激務を顧みずにこの本に命を吹きこんでくれて本当にありがとう！

侯爵家の居候は逃げだした令嬢

主な登場人物

マデレン（マディ）・アサートン……………米国の大富豪令嬢。

チャールズ・グレイソン……………ソーンダーズ伯爵。トレヴェリアン侯爵家の跡取り。

ソフィ・キャスウェル……………チャールズのいとこで許嫁。伯爵家令嬢。

フィリップ・ヘイヤー……………オークリー侯爵。コートニー公爵家の跡取り。

アレクサンドラ（レクシー）・カーライル……マデレンの姉。

トーマス・カーライル……………ロングフォード伯爵。アレクサンドラの夫。

ジョージ・グレイソン……………トレヴェリアン侯爵。チャールズの父。

シャーロット・グレイソン……………トレヴェリアン侯爵夫人。チャールズの母。

ヘレン・グレイソン……………チャールズの妹。

アンナ・グレイソン……………チャールズの妹。

ジョセフィーン・アサートン……………マデレンの母。

ジュリア・カーライル……………トーマスの妹。

リリー・カーライル……………トーマスの妹。

ウィリアム・ハンコック……………医師。

1

一八八九年六月二十一日
英国コーンウォール州ボルトン

客車から降りたったマデレン・アサートンの頬に冷たい風が吹きつけた。コーンウォールは穏やかな天候で知られているのに、これでは六月でなく十一月のようだ。雨はやんだ——少なくともいまのところは。

ボルトンの田舎駅はマデレンの記憶にあるよりもずっと小さかった。赤レンガの建物は小屋ほどの大きさで、中に木のベンチがひとつ、線路に向かって設置されているだけだ。プラットフォームは無人だった。駅の先に延びた一本だけの通りに小さな家や店が何軒か並んでいるが、その先は見渡すかぎり草地が広がり、その緑を分断するように細い道が続いている。その道のはるか向こうを眺めても、馬車が来る気配はなかった。

アレクサンドラはどうしたのかしら？

ロンドンから丸々七時間もかかる車中で、マデレンはずっとこの瞬間のことを考え、姉に再会したらどんなに嬉しいか、マデレンが思い切ってここまで来たことを、アレクサンドラはどんなに喜ぶだろうかと想像していた。でも、だれも迎えに来ていない。

マデレンは不安にかられながら、ベルベットのマントをさらにしっかり身に巻きつけた。姉に計画を知らせる電報は、きのうのうちに打っている。こっそり逃げだすと書いた。昨年あなたがやったように。もちろん、逃げだすという言葉は正しいとは言えない。ただ書き置きを残し、トランクに荷物を詰め、一番上等な緑色の旅行用スーツに着替えて、朝早く、まだ母が眠っているうちにブラウンズホテルを抜けだしてきただけだ。

米国一の大富豪を父に持つ三姉妹の次女として、最高の相手と結婚することを期待されているのは重々承知している。爵位を持つ夫探しは、ひとえにニューヨーク社交界における家族の地位を高めたい母の野望だったが、それでも、マデレンは試みることに同意した。姉の場合も、結果的にうまくいったからだ。アレクサンドラは第七代ロングフォード伯爵トーマス・カーライルと恋に落ち、いまは幸せな結婚をして伯爵夫人になっている。

実際、マデレンも母が結婚を勧めた男性に反感を持っていたわけではない。どちらかと言えば好きだった。問題は、ロンドンの社交界シーズンに解き放たれたばかりの若い娘たちと違い、マデレンは目を丸くしている未熟な乙女ではないことだ。すでに二十四歳。大学も卒業した。アレクサンドラの突然の退場に伴い、急遽大西洋を渡ってきたためにシーズンの半分しか参加しなかった昨年も数えれば、ロンドンの社交界は二シーズン目だった。

それに、マデレンの心のうちには明確な目標があった。

自分も姉のように、だれが相手であろうと愛情に基づいた結婚をしたい。ただ愛だけではない。マデレンを敬い、大切にしてくれて、さらには彼女のことを理解し、夢の実現を支援してくれる男性。

オークリー卿はそういう男性だろうか？　マデレンは確信を持てなかった。

自分が突然ロンドンを離れたことで、もちろん母は激怒しているだろう。でも、頭をすっきりさせるためには、数週間離れることがどうしても必要だった。人生を変える決断をしなければならない。それには、姉の助言が不可欠だ。

「これで全部ですかい？」口ひげをはやしたポーターの質問に思いをさえぎられた。彼ともうひとりで、マデレンのトランクとふたつのバッグをプラットフォームにおろしてくれていた。

「ええ、それで全部よ。どうもありがとう」マデレンがふたりにチップを渡すと、男たちは帽子に手を触れて謝意を示した。

これからどうするべきか決めなければと思った瞬間、地平線に馬車の姿が現れた。こちらに近づいてきている。ああ、よかった。アレクサンドラがようやく来てくれた！

その時、列車の先頭に近い車両から、長身の身なりのいい男性が革の手提げかばんを持っておりてきた。マデレンの息が喉につかえて一瞬止まった。

ソーンダーズ伯爵チャールズ・グレイソン。姉の夫の親友だ。

マデレンが話すことはもちろん、会うのも避けたい男性。

しかし、彼はすでにマデレンを見つけていた。驚いた様子で歩いてきて、会釈した。「ミス・アサートン！」

マデレンはおざなりの笑みを浮かべ、義務的に頭をさげた。「伯爵さま」

「あなたもこの列車に乗っておられたとは知らなかった」彼の声はマデレンの記憶にあるのと同じ、低くて上品で洗練されていた。マデレンを見る穏やかで冷静なまなざしには、目の前の女性をどう判断すればいいのか、どう対応すればいいのかわからないかのような、好奇心にも似た表情がかすかに浮かんでいた。「先月、フィッツヒュー邸の舞踏会であなたをお見かけした」そう言い、さらにつけ加えた。「競馬でも。しかし、探そうとすると姿を見失ってしまったので」

「そうでしたか？　それは失礼しました」マデレンはあいまいに答えた。どちらの時も、彼がマデレンに会えなかったのは当然だ。マデレンのほうが彼を避けていたからだ。

彼は周囲を見まわして訊ねた。「ひとりで旅してきたのかな？」

「ええ」女性が同伴者なく旅をするのが〝適切なこと〟でないのはマデレンも承知している。でも、英国滞在中は、ひとりの侍女が母とマデレンの世話係を兼ねている。ひとりしかいない母の使用人を連れてきてしまうことはさすがにできなかった。マデレンはそれ以上なにも言わずに、ソーンダーズ卿の非難を待ち受けた。しかし、彼は非難しなかった。「ぼくもだ。従者のエヴァンスはぼくの荷物を持って一足先に出発した。しかし、まだ社交シーズン中なのに、なぜこちらに？　体調が悪いとかでなければいいが」

「元気ですわ、ありがとう」

その時、巨大な機関車の下から蒸気の雲がもくもくあがり、煙突から黒煙が噴きだした。

「お姉さまに会うためにいらしたのでないといいが」彼がさらに言う。

彼の表情と口調がマデレンの内心の不安を掻きたてた。「なぜですか？」

「きのうの朝、ロングフォードから電報を受けとったからだ。彼の妻と妹たちを連れてバースに出かけると」

「そんな！」マデレンの気持ちがいっきに落ちこんだ。「では、アレクサンドラはわたしの電報を受けとっていないのね」直前に電報を打っただけで、返事も待たずにロンドンを出てきたとは、なんて愚かだったのだろう！　でも、姉が家を空けるとは思いもしなかった。アレクサンドラは妊娠七カ月で、出産までずっと家にいるつもりと言っていたからだ。

別な考えが心に浮かび、マデレンはふいに心配になった。「バースは保養のために行くところですね？　姉は元気なのでしょうか？」

「ぼくはなにも聞いていない。ただ、バースは休暇で訪れる場所としても有名だからね」

そう聞かされても、心配なことに変わりはない。その時、列車の汽笛が響き渡った。鐘が鳴り、巨大な車輪がまわり始める。次の瞬間、しゅっしゅっというリズミカルな音を立てて、列車が駅から出ていった。マデレンをプラットフォームに残して。ソーンダーズ卿とふたりきり。

「ロングフォード卿と姉がどのくらい出かけているかをご存じですか？」

「二週間くらいだと思う」

二週間！　目の前の問題を解決すべく、マデレンの頭が動きだした。バースの滞在先がわかって連絡を取ることができれば、姉はバースの滞在を切りあげてくれるかもしれない。姉の体調が万全だと仮定して――願って――のことだが。それがだめならば、自分がバースに行ってもいい。あるいは、戻ってくるまで、ロングフォード伯爵の屋敷ポルペランハウスで待つこともできる。先ほど遠くに見えた馬車が近づいてきていた。

「あの馬車」マデレンは言った。「きっと、ポルペランハウスの使用人がわたしの電報を開けて、馬車を寄こしてくれたんですわ」

「残念ながら、あれはぼくを迎えにきた馬車だ、ミス・アサートン」ソーンダーズが言った。たしかに、馬車――大きなガラス窓がついた赤と黒の美しい随員付きの馬車――が停車すると、脇にトレヴェリアン家の紋章と英国侯爵の宝冠が飾られているのが見えた。

「そのようですね」

「どうか心配しないで」ソーンダーズの笑顔は礼儀正しいものだった。「あなたをトレヴェリアンマナーにお連れできれば光栄だ。大歓迎ですよ。ロングフォードが家族とバースから戻ってくるまで、ぜひ滞在してください」

「ありがとうございます。でもけっこうですわ」マデレンはあわてて答えた。この男性と一緒に過ごしたくない。彼の家族の屋敷に滞在するなどもってのほかだ。「ご負担はかけたくありません」

「負担なんてとんでもない」

「ご親切に言っていただきありがとうございます。でも、どうにかしてポルペランハウスに行き、そこから姉に連絡しますわ」

彼がうなずいた。「それならば、どうかそこまで送らせてください」

マデレンは考えた。ボルトン駅からポルペランハウスまで馬車で二時間かかる。辻馬車を探すくらいしか方法はないし、ソーンダーズ卿にとって、マデレンを乗せても大した手間にならないこともわかっている。トレヴェリアンマナーを訪れたことはないが、ポルペランハウスの先に八キロほど行った海岸沿いにあるとアレクサンドラが言っていたから、おそらく通り道だろう。

だからといって、本当にいいの？　そんなに長い時間、この男性とふたりきりで馬車に閉じこめられたいの？　ロンドンから付き添いなしで旅してきただけでも充分に不適切なことだ。だとすれば、親戚でも婚約者でもない男性とふたりきりで馬車に乗ることは？　アサートンの娘がそんな振る舞いをしてはいけないと、母なら強く主張するだろう。

マデレンのためらいに気づき、ソーンダーズがつけ加えた。「きょうはもう汽車はない。ほかの選択肢といえば、ボルトンに一軒だけある宿屋に宿泊することだが――あそこは、最悪の敵でも泊めたくない。食事するだけでもはばかられる。あなたが空腹で死にそうでないかぎり」

「列車で少し食べましたわ」マデレンは認めざるを得なかった。

「よかった。それで？」彼が片方の眉を持ちあげる。マデレンは、彼の瞳が美しいハシバミ色だと気づいた。じっと見つめる様子は、まるでマデレンを解決しなければならない大問題と見なし、すべてを見抜こうとしているかのようだ。ふいに湧きだした好奇心が、マデレンの全身を頭のてっぺんから足の先までさざ波のように伝った。

だまされてはだめよ、マデレン。

ロンドンに滞在していた二カ月間、無限に繰り返される舞踏会やパーティで、財産目当ての未婚男性全員の打算的な品さだめの対象として過ごしてきた。その視線を我慢して笑い流すことを学び、オークリー卿に出会ってからは少し楽しめるようになった。でも、ソーンダーズに見つめられるとなんとなく恥ずかしくなる。そして……なぜか動揺した。

その時、低い雷鳴が大気をつんざき、マデレンの思いを現在の苦境に引き戻した。雨粒が舗道を叩き始めている。ポルペランハウスからだれも迎えに来ないことは明らかだ。彼の申し出を受ける以外に選択肢はないらしい。

マデレンはため息を呑みこんだ。「ありがとうございます。ポルペランハウスまで送っていただければ嬉しいですわ」

「よかった」

ソーンダーズ卿が、マデレンのトランクを馬車のうしろに積むようにふたりのポーターに指示した。そして、男たちがかばんの重みに手こずっているのを見て、マデレンに訊ねた。

「かばんになにが入っているのかな？　レンガ？」

「本です」

ソーンダーズ卿がおもしろがっているような表情でマデレンを眺めているあいだにも、御者がトランクを固定して防水シートをかける。「図書室の本全部を持ってきたのかな？」

「そんな大げさな」衣服のあいだに、お気に入りの小説を二ダースほど詰めてきただけだ。ニューヨークから持ってきたほかの本はすべてブラウンズホテルに置いてこざるを得なかった。実を言えば、そのせいで喪失感さえ覚えている。でも、とマデレンは自分に言い聞かせた。長い旅ではない。数週間後にはロンドンに戻るのだから。

「その肩掛けかばんを手伝おうか？」ソーンダーズがマデレンの持っているつづれ織りのバッグを手で示した。

マデレンは本能的にその大きなバッグを胸に抱きしめ、入っている大切な荷物の重みを確認した。「いいえ、大丈夫です」

彼は笑みを浮かべてうなずくと、マデレンを馬車に乗せるために手袋をした手を差しだした。その手を取る。彼のしっかりした力強い握り方に、マデレンの腕をまた、火花がはじけるような感覚が伝った。この男性がこれほど魅力的とは、本当に困ってしまう！

馬車に乗りこむや、マデレンは手を引っこめて、前方を向いた側の布張りの座席に腰をおろした。馬車が動きだして駅を離れると同時に、雨が本降りになった。ソーンダーズがシルクハットを脱いで自分の脇に置く。マデレンは思い切って筋向かいに坐る彼をちらりと見やった。

とてもハンサムなことは認めざるを得ない。鼻の形は完璧とは言えないが、わずかに曲がっているところが個性的だ。頬骨はたしかに高い。カールした髪は柔らかそうで、濃いカラメルブラウンの色が美しい。みごとな仕立ての三つ揃えのスーツが幅広い肩と引き締まったウエストと長い脚を引き立てている。つまり、完璧すぎる。デビュタントたちが彼を〝卒倒するに値する〟男性と呼んでいるのもうなずける。

しかし、マデレンはどんな男性の前でも卒倒するつもりはなかった。とくにこの男性の前では。ほかの女性たちが彼についてなんと言おうが、扇子のうしろでどんな噂話をしていようが関係ない。

「シーズンのあいだ、ほとんどお見えにならなかったのがとても残念だわ。身を固める気もなさそうだし」晩餐会で同席したマデレンの知り合いのひとりが興奮した口調で語っていた。「彼はまだ若いのよ。二十九歳で、しかも将来トレヴェリアン侯爵の爵位を継ぐ方ですもの。でも、遊び人よね。数年前には、アメリカ人の資産家令嬢と結婚しそうになったし！　実際にそうならなくて本当によかったわ」

マデレンは、そのスキャンダラスな事件のことをよく知っていた。彼を嫌っているのはそのせいだ。

「それで？」ソーンダーズがこちらを向いて軽い調子で口火を切り、マデレンのとりとめもない思いをさえぎった。「お姉さんと同じように、ロンドンから逃げてきたのかな？」

からかい口調だ。マデレンは自分が彼をじっと見つめていたことに気づいて、あわてて目をそらし、質問に対して反論した。「違います！　逃げだしたのではありません。ただ……

少し休もうかと」

「シーズンの真っ最中に？　それは異例なことだ。なにか理由があるのかな？　お姉さんを訪ねたいという思いつき以外に？」

「あなたが戻られた理由は？」マデレンは問い返した。

彼の笑みが消えた。一瞬ためらい、それから答える。「父の具合が悪くてね」

「まあ！」夏の前に一度トレヴェリアン卿と会ったことがある。だれからも好かれ、尊敬されているという印象を受けた。「お気の毒に。なにも知らずにごめんなさい」

「もう何年もよくなったり悪くなったりを繰り返していたが、今回はいままでにないほど深刻らしい。両親が今シーズン、一度もロンドンに行かずにここにとどまっているのはそのためだ。主治医と母が非常に心配していてね」

「本当にお気の毒です」マデレンはもう一度言った。「一刻も早く全快されるように祈っていますわ」

「ありがとう」

ソーンダーズが心配そうに黙りこむと、馬車の車輪の轟きと、窓ガラスを叩く雨音だけが響いた。マデレンは自分にされた質問をそのまま投げ返したことを悔いた。その失敗を繕って、場の雰囲気を明るくしようと試みる。「わたしがコーンウォールに来た目的をお訊ねでしたね」

彼の顔が深刻な顔から好奇心に満ちた表情に代わった。「ああ」

「結婚の申し込みを受けたからです」

「それはおめでとう！　その幸運な男はどなたかな？」

「オークリー侯爵です。コートニー公爵のご長男」

「それはそれは！　彼のことはよく知っている」

「そうですか？」

「オックスフォードで一年間同室だった。フィリップはすばらしい男だ」

マデレンはためらった。「ええ、そうですね」

「そう思っていないような言い方だが」

「そんなつもりはありません。結婚の申し込みをいただいて嬉しく思っていますわ」オークリー卿はハンサムで高潔で知的で思慮深い。マデレンが夫に求めるすべてを備えている。母はこの縁談に大興奮だし、爵位という点で、公爵の長男以上の方がいないことはマデレンも理解している。「でも、重大な決断ですから」

「たしかにそうだ」

「彼が大陸旅行に出かけたので、ゆっくり考える時間があるんです。姉と相談するまでは、申し込みを受けたくなくて」

「なるほど、よくわかる。ロングフォード伯爵夫人は女性の鑑《かがみ》だからね。ぼくももし女性だったら、決断する前に伯爵夫人に相談しただろう」

その言葉にマデレンはかちんときた。「女性だったら？」

マデレンの口調に彼は驚いたようだった。「ああ、おかしいかな」

この状況にもユーモアを見いだすべきだとマデレンは自分に言い聞かせた。なんといっても、この人は男性だ。大多数の男性は自分たちがこの世で一番偉いと信じ、女性は弱く、知性に欠け、意見を聞く価値もない存在と考えている。「男性だから、女性には相談しないとおっしゃるんですね？」

「そうは……言っていない」

「でも、暗にそうおっしゃった」

「失礼した、ミス・アサートン。そのような意図はなかった」

「よく考えれば、ご自分がおっしゃったことは、優越感を薄いベールで隠しただけとおわかりのはず」

彼はマデレンの言葉について考え、真面目な顔でうなずいた。「そうかもしれない。改めて、お詫びしたい。言動《PとQ》には注意しなければならないと肝に命じよう」

「PとQ。ずいぶんおもしろい表現ですね」

「そうかな？　たしかに、自分で言っておきながら、実際はどんな意味か、はっきりわかっていない」

「教室で使われる言葉だと思いますわ」マデレンは言った。「生徒たちがアルファベットを習う時に、正しい順番で書くよう覚えさせるためのものとか。PはQの前ですよと」

「なるほど」

「でも、ほかにもふたつの仮説があったと思います」

「ぜひ教えてほしい」

「ひとつは『プリーズとサンキューを忘れない』の短縮形——サンキューがQの音に似ているから。わたしが好きなのは、英国で十七世紀のパブに由来するという説ですわ。バーテンダーたちが、客の飲むパイント《pint》（液量の単位、0・57リットル）とクォート《quart》（容量の単位、約1・13リットル）に目を配っていなければならなかった時のこと」

ソーンダーズがくすくす笑った。「いったいどうやったら、そんな物知りになれるのかな、ミス・アサートン？」

「ヴァッサー大学の二年生の時に習った英語学の教授がすばらしい方でした」

彼が一瞬考えた。「ああ、そういえば、あなたが大学を卒業したばかりだと、お姉さんがおっしゃっていた。その業績に対し、お祝いを言わせてください」

「ありがとうございます」

ソーンダーズは頭を少し傾げ、敬意と好奇心が混じり合った表情でマデレンを眺めた。

「あなたはきわめて異色の方だ」

「そうでしょうか？　なぜですか？」

「お父上がアメリカ屈指の大富豪なのだから、自分で働く必要はまったくない。それなのに、大学に行くことを選んだ」

「貴族の方々は皆さま、大学で学ばれますね？」マデレンは指摘した。「あなたも職業に就いておられない」

その言葉に彼は眉をひそめた。戸惑った顔で少し考え、それから口を開いた。「たしかに。しかし、それはまったく違う」

「なぜ違うのですか？　なぜ、わたしは教育を受けるべきではないのですか？　わたしが女性だから？」

彼は返答に窮したらしく、困ったような笑い声を漏らした。

マデレンは身を乗りだした。思わず言葉に力がこもる。

「女性も男性と同じように学べます。女性のほうが優秀なこともあります。もともとの能力は同じ、男性ができることはなんでもできます」

彼がマデレンをじっと見つめた。「そうだろうか？　なんでも？」

「なんでも。いまは医療の仕事に携わる女性もいます――きわめて優秀な方々です。アメリカでは、女性弁護士もいます」

「それは聞いたことがある」彼はうなずいた。「しかし、女性ができることには限界があることは認めるべきだ」

「どんなことでしょう？」

「そうだな、たとえば、女性は溝を掘れないだろう」

「シャベルを貸してくださいな。あなたが間違っていることを証明してみせますから」

彼の瞳が楽しげにきらめいた。「たしかにきみならできそうだ。わかった。ではこれはどうだ？　女性は警察官になれない」

「なぜなれないんですか？」

「警察官の仕事に必要な身体的強靱さを持ち合わせていない」

「失礼ですが、それも違うと思います。女性が必要に迫られた時にどれほど強くなれるか知ったら、きっと驚きますよ」

ソーンダーズはしばらく考え、それから首を横に振った。「そうとは思えない。同様のことだが、たとえば、女性は軍隊に入ることも、戦争に行くことはできない」

「そんなことはありません！」マデレンは反論した。「絶対に」

「なぜそう断言できる？」彼も言い返した。「頼むから、ジャンヌダルクを例に挙げないでくれ。彼女は例外だ」

「ジャンヌダルクは例外ではありません。歴史のはじまりから、女性は戦闘に従事してきたんです！」

「そうかな？　たとえばだれだ？」

「たとえば中国の女傑・婦好《ふこう》は、紀元前十三世紀に戦闘で何千もの軍を率いて、殷を守った。十一世紀には弓の名手、トスカーナ女伯爵マティルデが軍を率いてローマ教皇の軍を破り、自分の前に王たちをひざまずかせた。アメリカの南北戦争では、何百人もの女性たちが女性であることを隠して、それぞれ北部連邦軍と南部同盟軍とともに闘った。いま挙げたのはほんの一例にすぎなくて――」

「休戦！　休戦！」ソーンダーズ卿が笑いだし、降参というように両手をあげた。「誤りを認めよう。この話は、明らかにきみが精通し、ぼくはそうでない分野だ」

「機会さえあれば、女性は偉大なことを成し遂げられるんです、伯爵さま。いつの日か――わたしが生きているあいだであってほしいですけど――女性もその機会を得られるようになりますわ。女性が選挙権を得たあかつきには、あなたのような男性も、女性を対等な存在と見ないわけにはいかなくなるでしょう」非難めいた口調で〝あなたのような男性〟と言ったことに気づき、マデレンは口をつぐんだ。なんといっても、自分は彼の馬車に乗せてもらっている身であり、しかも彼は、女性の身体的能力について疑念を表明した以外に差別的なことはなにも言っていない。

　彼はマデレンを見つめ、しばらく黙っていた。「ミス・アサートン、あなたに嫌われているという印象を受けているのだが、初対面からずっと」

「いいえ、違います。その前からですわ、伯爵さま」それは止める間もなく口から転がり出た。いくらなんでも失礼な言葉にはっと口をつぐんだが、後悔してもあとの祭りだった。

「お許しください。こんなこと、言うべきではありませんでした」

「いや、正直なのはいいことだ、ミス・アサートン」というのが、彼の驚くべき返答だった。

「だが、どうか教えてほしい。そんなにきみを怒らせるようなことを、ぼくはなにかしただろうか、出会う前に？」

2

マデレンはためらった。彼について思っていることを言いたくて、体じゅうの全神経がうずいている。

四年前になにがあったのか、わたしは知っているんです。親友の婚約者を、結婚式の一週間前に奪って、アメリカに逃げたことを。そう言いたかった。

当の親友がトーマス・カーライル、つまりマデレンの姉の夫だったために、その事件はマデレンの心により深く刻みこまれた。結局はその富豪令嬢と結婚しなかったたし、女性のほうに多大な責任があったとはいえ、その顚末のせいで、いまだに彼の人格を疑わざるを得ない。ノーと言えたはずなのだから。トーマスがこの男性を許す気持ちになれたこと自体、マデレンには理解できなかった。親友に裏切られた。もっとも冷酷なやり方で！　そんなことをされたら、二度と信頼できないはずだ。

でも、それをあえて言うべきだろうか？

マデレンたち三姉妹をロンドンでデビューさせるべく母が雇った作法の家庭教師には、英国社交界における寡黙さの重要性を叩きこまれた。「なにも言ってはいけません」マダム・デュボアは主張した。「それが慎み深くて礼儀正しいという確信がないかぎり」

この瞬間にマデレンの頭のなかを駆けめぐっている内容は慎み深くも礼儀正しくもない。

だから、最小限のことしか言わなかった。「あなたの評判はうかがっていますわ」

「ぼくの？　どんな評判かな？」

「言っている意味はおわかりと思いますが」

彼の唇がぴくりとひきつった。「なにを聞いたのかな？　噂話とは、ぼくの……女性関係？」

彼がこの件をおもしろいと思っている様子にマデレンは苛立ちを覚えた。「そうです」

今度はソーンダーズ卿が身を乗りだした。肘を膝について両手を組み、マデレンを見つめる。「ぼくは結婚していない、ミス・アサートン。独身男性が若いうちにいろいろおつき合いするのは許されると思わないかな？　一生涯、身を落ち着ける前に」

「それはかまわないと思いますわ。おつき合いのお相手がほかの方と約束した女性でなければ」

彼の表情がこわばった。マデレンは顔が熱くなるのを感じた。また失礼なことを口走ってしまった。

「もしかして」彼が静かに言った。「きみが言っているのは、ミス・エリーズ・タウンゼンドとの関係のこと？」

この問題をあからさまに口に出して、本人を責めたてるつもりなどなかったのに、自分はどうしてしまったのだろう？　心の動揺を押し隠し、マデレンはうなずいた。「ええ」

彼が深くため息をついた。「お姉さんから聞いたのか？」

「少し。でも、周知のことでしょう」

「そうかな？」

「なぜ、そんなことができたんですか？」マデレンは聞かずにはいられなかった。「そんなふうに親友を裏切るなんて」裏切られる側の気持ちはよく知っている。どんなに傷つくかも。

彼はすぐには返事をしなかった。「なんと答えればいいかわからない、ミス・アサートン。もう昔のことだ」苦痛の表情がよぎる。「それに、あれは間違いだった。ぼくの最大の間違いだ」

この話題が彼に苦痛をもたらすとわかり、マデレンは改めて後悔した。この件に対して抱いている嫌悪感は変わらないが、少なくとも彼が罪悪感を覚えるだけの良識を持ち合わせているとわかった。それは大事なことだ。

彼が暗い表情で窓のほうに視線を向けて景色を眺めた。雨が降り続くなか、馬車ががたがたと走り続ける。ふたりのあいだに沈黙が広がった。この先まだ長い道のりが待っている。本を読んだほうがいいかもしれない。

マデレンはつづれ織りのバッグを開け、そのなかに入れてこの一頭立て軽馬車に持ちこんだ大切な荷物には目を向けないように気をつけながら、持参した小説の本を取りだした。ちらりと見あげると、ソーンダーズ卿がじっと見ているのがわかった。頬を赤くし、マデレンはバッグの留め金をパチンと閉めて小説に没頭した。

チャールズはミス・アサートンをじっと見守った。馬車ががたんと揺れる。
会話はとうの昔に途絶えていた。彼女が持ちだした話題はありがたくなかった――という
より、話すことはおろか、考えることも避けたい話題だった。それにもかかわらず、チャー
ルズはミス・アサートンに心惹かれていた。
彼女は本を入れていたつづれ織りのバッグを大事そうに抱えている。ほかになにが入って
いるのだろうとチャールズは思った。金塊か？　ダイヤモンドとルビーか？　なんといって
も大資産家の令嬢だ。自分の宝石をすべて持って旅していても不思議ではない。
そのわりに、きょうつけている装飾品はかなり控えめだ。真珠のイヤリングだけ。とても
似合う。
というより、身につけているすべてが似合っている。
マデレン・アサートンがきわめて魅力的な女性であることに疑いの余地はない。
肌は透きとおるように白く、髪は赤茶色、美しく結って最新流行の帽子をかぶっている。
体型はベルベット地のマントに隠れているが、その美しい曲線は記憶に残っていた。以前に
見たことがある。
マデレン・アサートンを初めて見た瞬間のことは決して忘れないだろう。前年の秋、ロン
グフォードの結婚式の一週間前にポルペランハウスで行われたパーティだった。教区牧師と
話しながらふと目をあげると、ロングフォードの花嫁になる女性がふたりの若いレディとと
もに大階段を降りてくるのが見えた。はっとするほどよく似ていたから、三姉妹だとすぐに

わかった。それぞれ甲乙つけがたいほど美しかった。しかし、チャールズの注意を引いたのは真ん中の女性だった。

マデレン・アサートンのライラック色のサテン地の夜会服にはビーズが豪華に刺繡され、シャンデリアの光を受けてきらきらときらめいていた。しなやかな体つきだが、出るべきところが出たみごとな曲線美をチャールズははっきり覚えていた。階下のにぎわいを眺めながら浮かべたほほえみは、まるで内面で炎が燃えているかのように輝いていた。

階下におりたとたんに人々の輪に囲まれ、紹介が始まったせいで彼女の姿を見失った。しばらくあとに、ロングフォードが突然そばに現れ、そちらを振り返ると彼女がいた。美の化身が彼の目の前に立っていた。

ただし、階段をおりてきた時の輝く笑顔はなく、眉はひそめられ、目には嫌悪感にも似たなにかがきらめいていた。その表情がなにに基づくのかわからなかった。まさか自分に関係することとは――自分のかつての行いに対する非難を反映しているものとは夢にも思わなかった。

チャールズが頭をさげて挨拶すると、彼女もなにか返事をつぶやいたが、そのあとすぐロングフォードがほかのだれかに紹介するために、彼女をうながして行ってしまった。

その夜はずっと、もう一度彼女と話す機会を探し続けたが、徒労に終わった。結婚式の日も、交わしたのはわずか三語だった。そのあとすぐに、彼女は両親と妹とともに船に乗ってニューヨークに戻っていった。

先月、ロンドンで彼女を見つけたあと、いくら努力しても腹立たしいほど話す機会を持てなかったが、いまとなってみれば、故意に避けられていたらしい。

だが、なぜだ？　ミス・タウンゼンドとの関係のせいか？

あの件はとっくに忘れ去られたものと思っていた。もう何年も噂にものぼっていない。たしかに、ミス・アサートンの義兄には多大な迷惑をかけた。あの出来事をだれよりも後悔しているのは他ならぬ自分だ。だが、彼女にはなんの迷惑もかけていないはずだ。ミス・アサートンは全容を知っているのだろうかとチャールズはいぶかった。気になるのは、彼女が全部を知らずに、不完全な絵をもとに彼を判断しているかもしれないことだ。その絵がすべてと思い、それを理由に彼を嫌っている。

もちろん、評価してほしいとか好きになってほしいと要求するつもりはない。

彼女に惹かれるこの気持ちに行き場はないようだ。この女性と親しくなるのが論外なのは、ソフィの存在や、ミス・アサートンがオークリーに結婚を申しこまれたばかりというだけではない。この女性が爵位狙いの富豪令嬢であり、それゆえ、自分にとっては、外交用語のいわゆる〝好ましからざる人物〟だからだ。

自分は以前その道をたどった。そして、そこには二度と戻らないと誓いを立てた。

座面を指で叩きながら、彼女に言われたことを思いだそうとした。彼の評判についての意見は興味深かった。すべてを知っているわけではないとしても。

長年のうちに、何人もの女性と関係があったことは事実だ。だが、社交界にお目見えしたばかりの女性とつき合ったことは一度もなかった。そんなことに巻きこまれるほど愚かではない。情事の相手は経験豊かな女性に限定してきた。といっても、そうした関係さえもまれなことで、人々が思っているよりもはるかに少ない。一番最近の関係を終わりにしてから、もう何カ月も経っている。

わざとほのめかして、無名の女優や未亡人と過ごしていると思わせるのは、そのほうが好都合だからだ。ロンドンでのさまざまな催しに出席していない説明になり、情熱を傾けている秘密を実行する時間を稼いでくれる。父が——そして社交界が——決してよしとしないことだから、隠しておくのが最善だ。

とはいえ、シーズンのあいだ、女性たちとのつき合いを楽しんだのでは？　もちろん楽しんだ。そのなにがいけない？　時はどんどん過ぎる。近いうちに、家庭を持ち、人生に縛られる日がやってくる。エリーズとアメリカに逃げた時、そして、その間違った判断により、トーマスとの友情を失いそうになった時、息子に反抗された両親の痛手は尋常ではなかった。ありがたいことにすべてが突然中止となり、彼が変わらず独身であると判明した時点で、両親は彼に二度と軽はずみなことはしないと固く約束させた。

そして、英国生まれで、侯爵夫人にふさわしいと両親が思う女性と結婚することを。

すなわち、いとこのソフィだ。

母の最愛の兄の娘。

その希望は、ソフィが誕生した日にチャールズの母の心に芽生えた。当然ながら、その時には、だれもチャールズの意見を聞かなかった。わずか七歳だったのだから仕方ないだろう。母の思いどおりになっていれば、チャールズは何年も前にソフィと結婚してパームーアハウスに住み、いま頃は五人の子どもを育てていただろう。

長男として決められた道をたどる義務があることは、チャールズにもわかっていた。オックスフォード大学進学はその道を踏みだす小さな一歩であり、そこで適切な教育を受けたあとは、領地の監督に伴うさまざまな義務で時折中断するにしろ、社交や狩猟、飲酒、カード遊びが生涯続く。

しかし、自分はその型にはまらない。いままでも、これからも。魂の一部を捨てないかぎり。

次代の侯爵である事実から抜けることはできない。時が来れば、自分も歯を食いしばって義務を全うするだろう。しかし、その日が来るまではやりたいことをやって、一秒一秒を過ごしたい。自分の気持ちと夢を追求する。彼の心を占領しているその夢こそが、自分の人生を生きる価値あるものにしてくれているからだ。

それを両親に理解させることができればいいのだが。だが、彼の全人生を、彼が切望するすべてを、父は見くだし、時間の無駄遣いだと切り捨てた。母はもう少し関心を示し、理解してくれたが、息子の側に立ってくれようとはしなかった。この家で父親の言葉は法律だ。

しかも、母は孫をほしがっている。

「ソフィはあなたにとって理想的な妻になってくれるわ、チャールズ」子どもの時からずっと、朝食時も夕食時も言われ続けた。頻繁すぎて数え切れないほどだ。「あなたももうすぐ三十歳よ」先月もそう念を押されたばかりだ。「なにを待っているの？　もうとっくに、ソフィに結婚を申しこんで、身を落ち着けている時期なのに」

もう二年ほどソフィに会っていない。前回の訪問の時、ソフィが透きとおるようなまつげの下から、意味ありげに彼を見つめているのに何度か気づいた。彼を待っているという理由で、結婚の申し込みを二回断ったと聞かされている。それについて多少罪悪感を覚えていることは確かだが、実際のところ、自分はソフィになんの約束もしていない。いまはまだ。

何年も前に交わした会話を含めなければだが。あの時、ソフィは何歳だった？　十六歳？　あとにも先にもたった一回だけソフィにキスをした。その時、彼はほんのわずかも気持ちの高まりを感じなかった。だが、ソフィは卒倒する一歩手前だった。それ以来ずっと、ソフィと彼女の両親の期待を痛いほど感じ続けている。

チャールズは目を閉じ、ソフィと結婚したら、自分の人生がどうなるか想像しようとした。彼女は伯爵の娘であり、正真正銘、英国のバラだ。青白い。物静か。かわいらしい。社交界のたしなみを完璧に身につけた女性。非の打ち所のない礼儀作法をきわめ、会話が上手で、ピアノを弾き、歌も少し歌えて、ダンスがうまく、フランス語をいくらか話せ、世帯を切り盛りして晩餐会を開くすべを教わり（と彼は聞かされた）、桁外れな量の刺繍をこなしている。そうした技術のすべては、貴族の妻に必要とされることだ。

それならばなぜ、なにか欠けていると自分は感じるのだろう？　なぜ自分は、ぐずぐずしているのか？

母の言葉がおそらく正しい、とチャールズは自分に言い聞かせた。自分が身を落ち着ける決心さえすれば、ソフィは理想的な妻となってくれるだろう。彼がほかの関心事を追求する時間を持つために数日出かけることを望んだら、ソフィはただ目をそらすだろう。彼の行動や彼の評判についてあからさまに訊ねるような女性ではない。

自分が絶対に結婚できないだれかのような——。

その時、馬車ががしゃがしゃという音を立てて突然停止し、彼の思いはどこかに吹き飛んだ。

土砂降りの雨が降りしきり、窓を強く叩いている。なぜ止まったのだ？　ネッドが御者台から飛びおりる音が聞こえた。数秒後、馬車の扉が勢いよく開いた。

人間というより、溺れたネズミと呼んだほうがいいような状態のネッドが現れ、強いコーンウォール訛りで言った。「すいません、旦那さま。木が倒れて道を塞いでます。この道は先に行けません」

チャールズは窓の内側の曇りをコートの袖で拭い、外を眺めた。巨大な木の幹が道を塞いでいるのが見えた。「では、少し戻って、まわり道でポルペランハウスに行こう」

ネッドが首を横に振った。「そりゃできません、旦那さん。通りすぎる時にその道も見たんですよ。水があふれて、泥に浸かってました。きょうはどんな馬車でも通れません。最善策は、幹線道路に戻って、トレヴェリアンマナーに行くことです、それも急いで」

ミス・アサートンが本から目をあげた。「すみません、御者はなんと言ったのですか?」

チャールズは顔をしかめた。「ポルペランハウスにはどうやっても行けないと。あなたをうちにお連れする以外に選択肢はなさそうだ」

3

叩きつけるような土砂降りのなかを馬車がふたたび走りだすと、マデレンは苛立った思いで窓から外を眺めた。

通常ならば、雨は大好きだ。ポキプシーの古い家で過ごした子ども時代は、ひさしのある寝室で温かくくるまり、嵐のあいだ、雨粒が屋根を叩く音に耳を澄ませたものだ。ニューヨーク市の五番街に両親が立てた絢爛豪華な屋敷でも、本を持ってお気に入りの窓辺にもたれ、眼下の街路を馬や馬車が行き交うかたわら、舗道を落ちる雨粒が踊っている様子を眺めた。

しかし、きょうの雨はただの冷たく濡れる雨、ただの迷惑だった。馬車のなかは凍るように寒い。窓も真っ白に曇って、外がよく見えない。どれほど熱いお風呂に入り、温かな暖炉のそばに坐りたかっただろう。

馬車に乗せてくれて、しかもトレヴェリアンマナーに滞在するよう招待してくれたソーンダーズ卿には感謝していた。でも、きょうはまったく違う結果になることを想像していた。いま頃はポルペランハウスの食堂を囲み、アレクサンドラとトーマス、そして彼の妹のジュリアとリリーと一緒に笑い、いろいろな話をしていたはずだ。

ところが実際は、マデレンの来訪を予期していない、しかも初めて訪れる屋敷で、ほとんど知らない人々に、間違いなく邪魔と思われながら何日か過ごすことになり、いつまで滞在しなければならないかもわからない。しかも、滞在中はおそらく毎日、ソーンダーズ卿と顔を合わせなければならないだろう。

最初は優しさを感じたが、会話のあとの彼は不機嫌でよそよそしく、必要最小限のことしかしゃべらなかった。沈黙に支配された車内に緊張が張りつめている。評判の悪いミス・タウンゼンドについて批評したことで彼の気分を害したのはわかっていて、それについては申しわけないと思っていた。でも、真実を言っただけだ。彼が親友を裏切ったのは、マデレンのせいではない。

馬車は永遠と思えるほど長く走り続けた。マデレンがうとうとし始めたちょうどその時、ようやく車輪が砂利を踏む音が聞こえてきた。

「さあ、着いた」ソーンダーズがこともなげに言う。

マデレンはハンカチで窓を拭って外をのぞいた。馬車は長い車道を走っていた。雨だれがしたたる高い木々や低木の大きな茂みが脇を過ぎていく。前方に大理石と灰色の粘板岩《スレート》を使ったパラディオ様式の巨大な二階建ての建物が見えた。中央の三角形の妻壁は装飾され、屋根には煙突と屋根窓がたくさん立っている。

「なんて美しいお屋敷でしょう」マデレンはつぶやいた。ソーンダーズ卿はここで生まれ育ち、いつかはこの場所を相続するのかとふと思う。

「ありがとう」ソーンダーズがそっけなく返事をした。

馬車は正面玄関を覆う柱廊式の石屋根の下で停車した。御者が車体から昇降段を引きおろし、ふたりは馬車をおりた。ソーンダーズが礼儀正しく手袋をした手を差しだし、マデレンがおりるのを手伝った。今回は、彼の手に手を握られてもなにも感じず、マデレンはそれが嬉しかった。

足をおろすと、短靴の薄い底越しに砂利が冷たく感じられた。ひたすら叩きつける雨音を貫くように、遠くで鳴くカモメの声が聞こえてくる。目の前の巨大な屋敷を眺めながら深く息を吸いこむと、海の香りが感じられた。

「海岸が近いのですね？」マデレンは訊ねた。

「四百メートルくらいかな」ソーンダーズが答えた。「さあ、どうぞ」ちょうど開いたマホガニー材の大きな扉のほうを手振りで示す。

黒い燕尾服を着た堂々たる男性が現れた。漆黒の髪にわずかに白髪が交じっている。「お帰りなさいませ、伯爵さま」ソーンダーズに向かって言う。ふたりが入れるように一歩さがった彼の青い瞳に、一瞬驚きの表情がよぎった。

ソーンダーズは挨拶を返してから言った。「ミス・アサートン、執事のウッドソンを紹介しよう。ウッドソン、こちらはミス・マデレン・アサートン、ロングフォード卿の義理の妹さんだ。しばらくこちらに滞在する」

「初めまして」マデレンは執事に挨拶した。

ウッドソンが一礼した。「ようこそいらっしゃいました、ミス・アサートン」

ウッドソンはソーンダーズの手袋と帽子を預かり、マデレンのマントも受けとった。マデレンはあたりを見まわした。玄関広間は広々として、いくつもの美しく装飾された縦長の窓が天井近くまで届いている。天井の高さは少なくとも五メートルくらいある。大理石の暖炉で火が燃えて、部屋全体を温かく保っていた。

「父上の具合はどうだ？」ソーンダーズが執事に訊ねた。

「いまは寝ていらっしゃいます。ドクター・ハンコックが先ほどいらして、朝まで邪魔せずに寝かせておくようにと指示をされました」

「ドクターはなんと言っているんだ？　父上は……？」

「旦那さまが非常にがんばっていらっしゃると」

「どうなるかわからないということか」ソーンダーズは心配そうにため息をついた。「それで、母上は？」

「大広間であなたさまのお帰りをお待ちです」

「ありがとう。自分たちで行ける」

「お客さま用の翼に部屋を準備するよう、ミセス・ディーンに言っておきましょうか？　緑の間でいかがでしょう？　それから、夕食にもう一席ご用意するように？」

「ああ、その通りに頼む。ありがとう、ウッドソン」

執事が一礼して姿を消した。ソーンダーズが無言のまま、手招きであとについてくるようマデレンに指示する。彼の全身から発散する緊張が波のように伝わってくる。きっと父上のことが心配なのだろう。それともマデレンのせいか――彼の悪しき評判を非難し、かつての不健全な女性関係を話題にした招かざる客だから？　それともその両方？

マデレンはため息をつき、彼のあとを歩きながら、なにか言うことを探した。「ウッドソンは有能な方のようですね」

「そうだ」ソーンダーズの返事は相変わらず短い。アーチ型の通路の先は中央の広間で、二階にのぼるマホガニーの大階段があり、壁には金色の額縁に入った先祖の肖像画が数え切れないほどたくさんかかっていた。

そこを通りながら、マデレンはもう一度会話を試みた。「ウッドソンはここに長く？」

「ぼくが子どもの時からだ。ウッドソンは男性女性にかかわらず、相手がなにを必要としているかを、当の本人が必要と気づく前から正確にわかっている」

「そばにいてくれたら、とてもありがたい人物ですね」

「たしかにそうだ」

そこで会話は終わった。ふたりは長い廊下をさらに歩いていった。ふたりのあいだの軋轢を軽減しないかぎり、非常に気詰まりな数日が待っていることはわかっている。この男性のことは是認できないが、いまとなれば、馬車のなかで自分が言ったことがとても無神経だったと感じていた。たぶん、こちらが彼に謝罪をするべきだろう。

「伯爵さま」マデレンは口を開いた。

そこで言葉が途絶えたのは、とても大きくて洗練された部屋に入り、その美しさに圧倒されたからだ。彫刻を施した濃い色の鏡板が壁に張られ、そこにたくさんの芸術作品が飾られている。まるで美術館のようだ。家具も上品で最上等のものばかりだった。紋織りのカーテンに縁取られ、上に半円形の明り取りがついた背の高い窓がいくつも並び、そこから緑の芝生を見渡せる。その向こうは低く垂れこめた霧と、暮れなずむ夕方の空から落ちてくる土砂降りの雨にすべてが覆い隠されている。「まあ」マデレンは感嘆のため息をついた。

白い大理石の大きな暖炉の前に置かれた袖椅子に、ふたりの女性が坐っていた。マデレンのいる場所からは、ふたりの長いスカートは見えるが顔は見えない。ひとりのほうが、刺繍を脇に置いて立ちあがった。

レディ・トレヴェリアンだった。五十代半ばの魅力的な女性で、完璧な仕立ての紫がかった灰色のドレスを着ていた。最新流行の形に整えられた髪は息子と同じ濃茶色だが、銀色の髪がほんのわずか混ざっている。「チャールズ！」少しかすれた声で叫び、両手を広げながら部屋を横切って彼を迎えに出てきた。「旅はどうだったの？」マデレンに気づき、興味ありげに眉を持ちあげた。

「いつもどおりでしたよ」ソーンダーズが答えた。「父さんの具合が悪いと聞いた。心配だね。大丈夫？」

「ありがとう、チャールズ」レディ・トレヴェリアンが心配そうな表情を浮かべた。「この数日は心配でいてもたってもいられなくて。でも、ドクター・ハンコックができるかぎりのことをしてくれていると信じていますよ」

ソーンダーズ卿はレディ・トレヴェリアンの手を握りしめ、かがんで頰にキスをした。ふたりの愛情表現にマデレンは羨望を感じた。マデレンの母は愛情表現をしない。母娘の関係は困難を伴い、つねに、母がマデレンに望むことと、マデレンが自分自身のために望むことのせめぎ合いだ。

「母上、ミス・マデレン・アサートンを覚えてますか？　ニューヨークの？」ソーンダーズ卿がマデレンを紹介した。「ロングフォードの結婚式で会ったでしょう。彼の義理の妹です」

「もちろんですよ」レディ・トレヴェリアンがほほえんだ。「またお会いできてとても嬉しいですわ、ミス・アサートン」

「こちらこそ、レディ・トレヴェリアン。こんなに突然お訪ねしたことをお許しください。きょう立てていた計画がうまくいかなくて」

「ボルトンの駅で出会ったんだ」ソーンダーズが説明する。「ポルペランハウスを訪ねようとしていた」

「あちらのご家族はバースに出かけているのでは？」レディ・トレヴェリアンが言う。

「わたし以外は皆さん、ご存じみたいですね。レディ・トレヴェリアン、なぜバースに出かけたかをご存じですか？」マデレンは急いでつけ加えた。「姉の具合が悪いのでしょうか？」

「そうではないと思いますよ」レディ・トレヴェリアンが答えた。「そういえば、ドクター・ハンコックが先日、伯爵夫人はお元気で順調だと言っていたわ。そうであっても、ロングフォード卿は奥さまをバースの温泉に連れていきたかったのでしょう」

「そうですか。ありがとうございます。それを聞いてほっとしました」

「ミス・アサートンは突然ボルトンに来たので、移動の手段がなかった」ソーンダーズが当然のことのように言う。「ポルペランハウスへの道が冠水してしまったので、ここに来るようにぼくが誘った」

「道が通じるまでのあいだだけですわ」マデレンはあわてて口を挟んだ。「一日か二日ほどだと思うのですが」

レディ・トレヴェリアンが小さく笑った。「コーンウォールの道については詳しくないのね、ミス・アサートン。こんなに降ったら、ポルペランハウスへの道は、確実に一週間は通れませんよ。それに、どちらにしろ、使用人しかいない家に行ってどうなさるつもり？　いいえ、息子が正しいわ。お姉さまがお戻りになるまで、わたしたちの家にいなければいけませんよ」息子をちらりと見る。「ウッドソンとは話したかしら？」

「客用翼に部屋を用意すると言っていた。それと夕食の席と」

「よかった」レディ・トレヴェリアンはマデレンにほほえみかけた。「ね、すべて手配済みですよ」

「なんてご親切な。本当にありがとうございます。こんなふうにご迷惑をかけて心苦しいのですが」レディ・トレヴェリアンとソーンダーズ卿の両方に向かって、本心から言う。「とくに、トレヴェリアン卿のお具合がすぐれない時に。それに、お子さまがたもいらっしゃるのに――」

「まったく問題ありませんよ」レディ・トレヴェリアンが片手をひらひらさせた。「息子のジェームズは夏のあいだずっと、友人たちとアイルランドに出かけています。ヘレンとアンナは家庭教師が世話しますから。むしろ、とてもよい時にここにいらしたわ。それに実は、もうひとりお客がいるの。彼女はあなたの訪問をとても喜ぶでしょう」レディ・トレヴェリアンが振り返り、もう一脚の袖椅子に坐っている顔が見えないレディに呼びかけた。「こちらにいらっしゃいな。ミス・アサートンを紹介するわ」

若いレディが立ちあがり、静かにスカートの皺を撫でつけると、こちらに歩いてきて彼らに加わった。着ているドレスから、上流階級の女性であることがわかる。年頃は二十代前半、愛らしい顔立ちで、薄い金髪の髪はきれいに結いあげられている。

「ソフィ、アメリカからいらしたミス・アサートンを紹介するわ。ミス・アサートン、こちらはわたしの姪、レディ・ソフィ・キャスウェル」

「お会いできて嬉しいですわ、レディ・ソフィ」ふたりとも膝を曲げてお辞儀をした。

「こちらこそ、ミス・アサートン」若いレディが優しい声で答えた。

バラ色のドレスを着たレディ・ソフィは、スプーンに載せたシャーベットを思わせた。きらきらしていて甘い特別なもの。でも、その表情は飾らず誠実そうで、傲慢なところはみじんもなかった。好きになれそうだとすぐにわかった。

レディ・ソフィがソーンダーズ卿のほうを向き、親愛の情をこめてつけ加えた。「こんにちは、チャールズ」

「ソフィ」彼が答える。

その時初めて、マデレンはソーンダーズ卿の表情に気がついた。

彼は驚きのあまり身を固くしていた。しかも、とくに嬉しそうには見えなかった。

チャールズはなんとか気を落ち着かせ、いとこの手を取ってキスをした。「これは嬉しい訪問だが、どういう風の吹きまわしかな？」

「突然来ることになったのよ、チャールズ」ソフィが答える前に母が言った。「わたしの兄のダーモットが亡くなってからここ三年ほど、ソフィとお母さまが成り行きに身を任せてきたことはあなたも知っているでしょう？」

「もちろん知っている」それからソフィに向かってチャールズはつけ加えた。「きみのお父上を尊敬していた。改めてお悔やみ申しあげる」

「ありがとう。たしかに、とてもつらいことでしたわ、父を失うのは」そしてレディ・トレヴェリアンに向かって言った。「でも、ただ成り行き任せにしていたわけではありませんわ、シャーロット叔母さま。家を失って――」

「本当にひどいことでしたよ」チャールズの母が顔をしかめて口を挟む。「息子だけで娘には遺せないというこの限嗣相続制度には、まったく同意できません」ミス・アサートンのために説明をつけ加えた。「ソフィは兄の唯一の子どもなんですよ。だから伯爵の地位も領地も遠い親戚の男性に行ってしまったの。気の毒な夫人と娘は家もなく、ほとんど一文無しの状態になってしまったんです」

「そこまでひどくはありませんわ」ソフィが静かな声で主張した。「少額の収入はありますし、多くの友人や親戚が家に招いてくださって。あなたのお母さまにも、数え切れないほど招待していただきましたわ、チャールズ。そして先日、母が再婚したんです」

「クラリッサはダービーシャーのケドレストン男爵と結婚したばかりなんですよ」レディ・トレヴェリアンが説明する。「そして、世界旅行の最初の訪問地としてカイロに向けて出発したの。ソフィが一緒に行かないと聞いて、わたしが招待したんですよ」

「夏だけですわ」ソフィは言い、チャールズのほうをちらりと見やった。「九月末には、ギリシャで母たちに合流するつもりですから」

いまの情報を聞いたとたん、チャールズは一連の会話で口にされなかったことを理解した。すなわち、母がソフィをトレヴェリアンマナーに招待したのは、息子がついにプロポーズすることにより、ソフィがギリシャに向けて出発する必要がなくなることを期待したからだということ。ソフィの大きな優しい目が、彼女も同じことを望んでいると告げている。

ふいに、チャールズは、胸を鋼の硬いベルトで締めつけられたような痛みを感じた。

同時にミス・アサートンの視線も感じていた。少しおもしろがっているような、どこか納得したような静かな表情から、目の前でなにが起こっているか気づいているに違いない。そう思うと、なにかを殴りたくなった。それも激しく。苛立ちを感じるのは、ソフィと結婚するという思い自体ではない。再会の場が仕組まれたことだ。そして、ソフィの瞳に浮かぶ希望。母の顔に浮かぶ表情。明らかにせきたてているが、急ぐ理由はないはずだ。

チャールズは奥歯を嚙みしめ、なんとか笑みを浮かべた。「母上と新しいご主人の幸せを祈りますよ」ソフィに言う。「それに、きみがここに滞在してくれるのもすばらしい」つけ加えた。「ただ、ひと夏もこの家で過ごして、退屈してしまわないといいが」

「昔からずっと、トレヴェリアンマナーは大好きですもの」ソフィが答えた。「あなたが帰宅されたから、もっと楽しくなりますね」

ありがたいことに、まさにその瞬間、女中を伴ったウッドソンが戸口に現れた。「ミス・アサートンのお荷物は緑の間にお運びしました、奥さま。夕食の着替えをお手伝いするように、マーティンに指示なさりたいかと」

「そのとおりよ、ウッドソン」母が答えた。「鐘を鳴らして、それをあなたに頼もうと思っていたところ」

夕食のために、従者に介添えされて燕尾服に着替えるあいだも、チャールズは直面している状況について思いめぐらし、苛立ちを感じていた。父に会うために帰宅したのに、それはあすまで禁じられた。そして、出会うとも思ってもいなかったふたりの女性とこのマナーハウスに閉じこめられ、食事をともにして、雑談をしなければならない。なんてことだ。

ソフィは愛すべき女性だ。同席を厭《いと》うべきではない。しかし……ソフィは期待している。たしかに、期待して当然だ。だが、その期待が、彼女の前にいるだけで、首に巻いた重しのように感じてしまう。

ミス・アサートンについては――彼女はあまりに魅力的すぎる。金で貴族の小冠を買うという、彼がもっとも忌み嫌う道を突っ走っているだけとわかっていながら、最初に出会った瞬間から魅了された。きょう駅で出会った時もその魅力は増すばかりだった。彼女の心意気に感嘆したし、馬車のなかでの会話も非常に楽しかった――少なくとも最初は。

彼女の非難（なぜそんなことができたんですか？　そんなふうに親友を裏切るなんて）はいまだに耳のなかで鳴り響き、怒りと苛立ちを掻きたてている。あんな質問をするほど向こう見ずな女性とは思えなかった。あの時は弁解しようとしなかった。よく知らない人に個人的な過去の関係について話すのはおかしいと思ったからだ。真実を彼女に知らせる方法があればいいと思う。だが、微妙な話題だから、どう話せばいいかもわからない。

どちらにしろ、彼女に対するこのまったく不必要な関心を葬り去ることができればいいことだ。この関心が一方的であることは明らかで、それは非常に多くの理由からかえって好都合といえる。つまり、いますぐ、つぼみのうちに、彼女に対する関心を摘み取ればいいだけのこと。

それなのに、彼女はトレヴェリアンマナーに何日か滞在するとは。丸々一週間いるかもしれない。どうやって乗り切ればいい？　廊下ですれ違い、朝食の席で、お茶の席で、夕食の席で彼女に会う。解決策はただひとつ、ここから脱出することだ。あすの朝、父親に会ったらすぐに家を出る。早ければ早いほどいい。

この行動計画を決定するや、チャールズは廊下に出て夕食に向かい、ちょうど階段の上で、客用翼から来たミス・アサートンに出会った。

彼女を見て、チャールズは息を呑んだ。すらりとした腕、細いウエスト、均整のとれた胸。襟が深く刳れた夜会服は青緑色。その色合いが青い瞳をさらに輝かせ、クリームのような肌をさらに引きたたせて完璧な姿を醸している。

「伯爵さま」ミス・アサートンが白い長手袋を引っぱって位置を整えながら言った。心を奪われるようなこの感覚をすでに何度も感じている。だが、この女性は自分を嫌っている。しかも、自分も彼女に腹を立てている。チャールズはそうみずからに言い聞かせて、面倒以外のなにものでもない感覚を無視しようとした。「部屋の居心地はいかがですか、ミス・アサートン？」襟を正し、礼儀正しく訊ねる。

「すばらしいですわ。手厚くおもてなしくださり、本当にありがとうございます」

「ぼくではなく、母がしたことだ。そして使用人たちのおかげだ」

「そうだとしても、あなたがいなければ、わたしはいまだにボルトンのプラットホームに立って、骨の髄まで濡れていたでしょう」

「そんなことはないだろう。きみは非常に有能な女性のようだ。ぼくがいなくても、だれか助けてくれる人を見つけただろう」

「そうかもしれません」ミス・アサートンが彼を見つめた。「伯爵さま」感情を交えずにきっぱりと言う。「先ほど馬車のなかで申しあげたことについて、お詫びさせていただきたいんです。話題を持ちだしたことを後悔しています……四年も前の出来事を」

チャールズは驚いた。これは予想していなかった。「謝罪は受け入れた、ミス・アサートン。もう気にしないでくれ。自分が完璧な男でないことはわかっている」

「本当に申しわけなかったですわ。わたしたち、前途多難なスタートを切りましたね。できれば元に戻って、もう一度やり直したいですわ」

チャールズはためらった。彼女の瞳に浮かぶ非難の色は減少していないが、謝罪とやり直したいという申し出は本心のようだし、状況を改善することは間違いない。いまこの瞬間に、実際に起こったことを言えればいいのだが。しかし、階段の上に立っていては、通りすぎる使用人たちに聞こえるかもしれないし、どちらにしろ時間が足りない――夕食を知らせる鐘はすでに鳴っている。「ぼくもそうしたい」

「よかった」

ふたりは一緒に階段をおり始めた。

「ところで、この状況を、わたしは正しく読みとっているかしら？」ミス・アサートンがふいに言う。「あなたのお母さまは、あなたがいとこのソフィと結婚することを希望していらっしゃるのね？」

この質問の大胆さにチャールズは不意を突かれた。この女性は手加減をしない。心に思ったことを率直に言う。まさに英国人とは違うところだ。「単なる希望ではない」彼は認めた。

「命令に近いな」

「あなたも望んでいること？」

彼は顎をこわばらせた。「ぼくは自分の義務を全《まっと》うしたいと思っている」階段をおりながら、チャールズは彼女を見やった。「きみはどうなんだ？　結婚の申し込みを検討している。オークリーはいつまでに返事を欲しいと言っているのかな？」

「ヨーロッパ旅行から戻った時ですわ、夏の終わりに」

「そうか、では、ぼくたちはどちらも、自分の将来が決まっているようだ」

「そうでしょうか？　わたしの将来については、そこまで確信できませんわ」

チャールズはその言葉を聞き逃さなかった。オークリーには長年世話になっている。これは、その借りを返すいい機会だろう。

「だから、お姉さんに相談するのを待っているわけだね、ミス・アサートン、それはいいことだと思う。しかし、ぼくの意見では、オークリーと結婚しないのはばかげている。彼は最高のなかの最高の男だ。それに、正気の女性ならば、公爵夫人になる機会を断らないだろう？」

4

マデレンはカーテンが開けられる音で目覚めた。ベッドの上で寝返りをうち、目を開いたが、朝のまぶしい光にすぐに細めた。

「おはようございます、お嬢さま」マーティンが声をかけた。太めのほがらかな女性で、ぴったりした黒いドレスを着て白いエプロンをつけている。昨夜マデレンがドレスを着る時も脱ぐ時も手伝ってくれた。

自分の侍女を寄こしてくれるとは、レディ・トレヴェリアンはなんと親切な方だろう。マデレンは挨拶を返すと、起きあがって伸びをした。一日がかりの長い旅でとても疲れていたから、昨夜の夕食でなにが話されたか、ほとんど思いだせない。そのあとはベッドに直行してぐっすり眠り、すっかり元気になって目が覚めた。

部屋はすばらしかった。四柱式で羽毛のマットレスを敷いたベッドは贅沢で寝心地がよかった。壁紙は黄緑色で、多彩色の花と鳥のかわいい模様が描かれている。ベッドのリネンと室内装飾の布地もさりげなく合わせてあって趣味がいい。背の高い窓からは太陽光が差しこんでいた。マデレンはベッドから飛びおりて、窓辺に近寄った。雲ひとつない青空は、前日のすべてを浸食していた暗い灰色とは正反対だ。

家の裏に面した部屋からは、広々とした緑の芝生と色とりどりの花々が咲いた手入れのよい庭を見渡せた。庭の先に緑の森が続き、その向こう側で突然世界が途切れたように見えて、青い海が広がっていた。はるか彼方に湾曲した海岸線が続き、黒い岩場と金色の砂浜の上に高い崖がそそりたっている。カモメが急降下し、砕け散る波頭の上で甲高く鳴いている。

「なんて美しい朝でしょう！」この地所がこんなにも海に近いことが嬉しかった。探索したい。外もなかも。この屋敷に近代的な配管工事とガス灯が導入されていることも嬉しかった。英国の田舎の邸宅ではまだ目新しくて、めったに見られない。

トレヴェリアンマナーの滞在は少なくとも数日、もしかしたら一週間くらいになるだろう。そのあいだじゅうなんの予定もないと考えただけで、マデレンは胸がわくわくした。予定がないからといって、なにもしないわけではない。願わくは、その時間を有効に使いたい。

だが、まず自分の所在を母に知らせる必要がある。それから、バースのアレクサンドラに連絡を取って、ニューヨークのキャサリンに手紙を書く。そのあとに……。

マデレンの視線が書き物机の上に載せたつづれ織りのバッグをとらえた。ようやく、原稿に戻ることができる。この本は、記憶に残る幼い時からずっとマデレンの夢であり、情熱だった。この小説を書いている一瞬一瞬が、計り知れないほどの創造的な満足感を、ほかのものでは決して見いだせない喜びを、充実感をもたらしてくれる。しかし、三年間がんばっても、まだ第一草稿も書きあげていなかった。

注意を払うべきことがたくさんあったからだ。ヴァッサー大学ですべての科目に最優秀を取り、早期に卒業するという決意をかなえるためには、勉強に集中することが必要だった。

卒業後はただちに、有名デザイナー、ヴォルトのドレスの最終仮縫いのためにフランスに航海しなければならなかった。船上では、母から、社交シーズン用の行儀作法を徹底的に仕込まれた。そして、ロンドンに到着した瞬間から、週七日、夜明けから夕暮れまでひっきりなしに続く催事の嵐に放りこまれた。母の専制君主的監視のもとで。

態度のひとつひとつから顔の表情、扇子の持ち方、ダンスフロアでの身のこなし、しゃべりすぎるとか無口すぎるなど、すべてが母の批判の対象になった。マデレンがオークリー侯爵フィリップ・ヘイヤーに出会っても、母の叱責は減らなかった。この傑出した若者の関心は、ミセス・アサートンをさらに厳しい監視に駆りたてた。これがどんな縁談よりもいい縁談であり、なにがあっても失敗は許されないと母は強く言い張った。

「そういう男性は、女性に結婚してくれるかどうか訊ねたりしないんですよ」母は興奮してマデレンに言った。「ただ〝結婚しよう〟と言うだけ」まるで爵位とその他彼の持つすべては贈り物であり、それを彼がもったいなくも授けてくれるかのように。

彼の家族の貧窮した地所を救済することになるマデレンの財産も、この図式のなかでは大した価値はないかのように。

オークリー卿との求愛期間はまた別な竜巻だった。マデレンは彼が楽しくおつき合いできる男性であることを感じとった。しかし、オークリーから実際に結婚を申しこまれた時、彼の望んでいる返事をすることが不可能だとわかって、マデレンはその場で凍りついた。

そしていま、混乱した気持ちを抱えてこのコーンウォールにやってきたが、自分がなぜこんなに混乱しているのかも、どうするべきなのかもまったくわからない。

おそらく、と自分に言い聞かせる。父がいつも言うように、〝考えるのをやめて潔く受け入れる〟べきなのかもしれない。オークリーはすでにヨーロッパ旅行に出発したが、母に連絡を取れば、彼がどこに滞在しているかわかるだろう。彼に手紙を書いて返事を伝える。婚約中となれば、社交シーズンの残りの催しには出席しなくてすむだろう。オークリーと婚約すれば、文通ができる。ロンドンに戻って、結婚の準備を始められる。

オークリーとの結婚。

そう考えただけで背筋に冷たいものが走り、マデレンは思わず不安の笑いを漏らした。ただ気おくれしているだけ。花嫁候補はみんな同じように感じるはず。「いいえ、だめよ」自分が声に出して言っているのに気づいた。

「なんでしょうか？」マーティンが言う。

マデレンは侍女にほほえみかけた。「なんでもないわ、マーティン。ちょっと独り言を言っただけ」

「暖炉に火を焚きますか、お嬢さま？　客室係を寄こしますか？」

「いいえ、いらないわ」答える。「こんな日に炉火が必要な人なんていないでしょう？」マデレンは窓の掛け金をはずして押し開け、潮を含んだ大気を深く吸いこんだ。鳥のさえずりに心が高揚する。どうして、ロンドンに戻ることなど考えられるだろう？　急いで決断する必要はない。ひと夏かけて、ゆっくり心を決めればいい。どちらにしろ、社交シーズンから距離を置くのは自分にとって必要なこと。そして、いつ実現するかわからないが、アレクサンドラと話すことができれば、きっと頭がすっきりするだろう。

マデレンは侍女のほうを向いた。「ありがとう、マーティン。昨夜、荷ほどきをしてくれて」マデレンが夕食に行っているあいだに、まるで魔法のように荷物が片づけられていた。持参した下着も装身具もすべて整理だんすにしまわれ、ドレスと乗馬服は衣装だんすにかけてあった。

「どういたしまして、お嬢さま」マーティンが答えた。「これまで見たうちで一番すてきなドレスですよ。こんなにたくさん」

これでも半分にもならないとマデレンは思った。ブラウンズホテルの特別室にかかっている三ダースのドレスを見たら、マーティンはなんと言うだろう？　そのうちの何着かは、ドレス一面に精巧なビーズ刺繍が施されていて、五十キロはありそうなほど重たい。たしかに美しいが、着るのはかなり恥ずかしい。

コーンウォールに持参したのは、そのなかで一番質素な昼間用のドレスだが、それでもみごとなものばかりだ。「ここだけの話だけど」マデレンは打ち明けた。「もっと飾りのないドレスやスーツのほうが好きなの。でも、社交シーズンのために最高の服を用意しなければならないと母が譲らないのよ」

「特別に注意してお手入れしますわ」マーティンがうなずいた。「お約束します」

マーティンは、マデレンが白いレースで縁取りされたラズベリー色の夏用ドレスを着るのを手伝うと、朝食室にビュッフェ式の食事が用意してあると告げ、ほかの用事をするために階下におりていった。

「マーティン」マデレンは寝室の扉を開けて出ていこうとした侍女を呼びとめた。「行く前に教えてくれるかしら。母と姉に手紙を書かなければならないの。どこにいけば――」

「失礼してよろしいですか、ミス・アサートン？」

言葉を挟んだのは、手袋をした手に封筒と紙を持って戸口に現れたウッドソンだった。マーティンは彼に向かってうなずくと、黙ってすばやく出ていった。

代わりにウッドソンが入ってきた。「お邪魔して申しわけございません」マデレンに向かって言う。「ただ、けさは電報の頼信紙と便箋一式がご入り用かと思いまして」

マデレンはほほえんだ。「ウッドソン、なんてよく気がついて、なんて親切なんでしょう」

「その書き物机にペンとインクがございます」

「ありがとう」マデレンは彼が持ってきてくれたものを受けとった。「もうひとつお願いがあるのよ。姉のアレクサンドラがロングフォード卿とバースに滞在しているはずだけど、どこに泊まっているかわからないの。お手数だけど調べていただけるかしら？」

「けさ早く、馬丁をポルペランハウスに行かせて、先方の使用人に聞いてこさせました」

ウッドソンが上着のポケットから小さい紙を取りだし、マデレンに手渡した。

マデレンはあっけにとられて彼を眺めた。「どうやって、そんなに早く？　道路は何日も通れないのかと思っていたのに」

「馬車は通れません。しかし、熟練した馬の乗り手ならば、どんなに道が悪くても、馬を駆ることができます」

マデレンは驚嘆の面持ちで首を振った。「あなたは魔法使いね、ウッドソン。なんて感謝したらいいかしら」

「お役に立てて光栄です」ウッドソンは答え、頭をさげて出ていった。

マデレンは母に状況が変わったことを知らせる短い文を電報の用紙に書きこんだ。キャサリンへの手紙はあとで書けばいいが、アレクサンドラにはできるだけ早く連絡を取りたい。どちらの方法がいいだろうかとしばし考える。

電報のほうが速い。でも、アレクサンドラは電報を嫌がる。温かみがないから、緊急の時以外は使うべきでないと思っている。ソーンダーズ卿によれば、アレクサンドラは一日か二日前にバースに向けて出発したばかりらしい。マデレンは自分のために、急いで家に戻らなければならないと姉に思ってほしくなかった。

それに、とマデレンは思い、笑みを浮かべて窓の外を見やった。ここは本当に美しい。トレヴェリアンマナーならば、数日くらい長く滞在しても、むしろ嬉しいくらいだ。

マデレンはペンを取り、アレクサンドラに手紙を書き始めた。

コーンウォール州、トレヴェリアンマナー

一八八九年六月二十二日

親愛なるレクシー

この手紙の住所でわたしがどこにいるかを知って、きっと驚いているでしょうね。あなたに会いにコーンウォールに行きますという電報をもっと早く打つべきでした。そうすれば、バースに旅行すると手紙で知らせてくれていたはずよね。

そんなわけで、きのうはボルトン駅でソーンダーズ卿が助けてくださり、ご親切にも、あなたがお帰りになるまで、お宅に招待してくれました。知らせがあるのよ。たぶんお母さまから聞いていると思うけれど。母にはあなたに言わないでと、手紙にも書かないでと頼んだけれど、きっと伝わっているわね。

だから、知らせというのがオークリー卿に関係あることは、あなたも気づいているでしょう。彼のことは、この一カ月間、数え切れないほど書いたものね。そのとおり、彼から結婚を申しこまれました。でも、まだ返事をしていません。彼が三カ月間の大陸旅行に出発したので、考える時間はたくさんあります。

ああ、アレクサンドラ！　頭がどうにかなりそう。こんなに悩むものとは思いもしなかった。決断する前に、どうしてもあなたと話さなければならないわ。二週間ほど出かけているとソーンダーズ卿から聞きました。どうか、わたしのために旅を切りあげることしないでね――あなたが戻るまで、ここでゆっくり待っていられるから。でも、これまで以上にあなたの助言が必要です。お会いできる日を指折り待っていますね。

心より愛をこめて
あなたの妹、マディより

マデレンはしたためた手紙と電報を持って階下におりていった。階段の下でウッドソンが銀の盆を持って待っていた。

「すぐに郵便局に持っていかせます」彼が約束してくれた。

「ありがとう、ウッドソン」

ウッドソンに案内されて朝食室に入ると、銀の配膳盆の丸い蓋の下から卵とベーコンのそそられる香りが漂っていた。レディ・トレヴェリアンとレディ・ソフィは向かい合わせの席につき、すでに食べ始めていた。マデレンもサイドボードに並んだ料理を皿にとり、そちらに向かった。

「おはようございます」元気よく挨拶し、挨拶を返したレディ・ソフィの隣の席に坐る。従者がコーヒーを注いだ。

「よくお休みになれたかしら？」レディ・トレヴェリアンが訊ねた。

「ええ、ぐっすり。ありがとうございます」食卓の上座の空席が、この家族の長がここにいないという悲しい事実を思いださせた。「トレヴェリアン卿のお加減はいかがですか？」

「よくないわ、残念ながら」レディ・トレヴェリアンが暗い表情で答える。

「心配ですね。でも、前にも何度か病気をされて、その都度回復されたとソーンダーズ卿にうかがいました。またそうなることを願っていますわ」マデレンは期待をこめて言った。

「わたしもそう願っているわ」レディ・トレヴェリアンがため息をついた。「でも、今回はいままでよりも悪いんですよ。いつも調子がいい時と悪い時が交互にあったけど、今回は悪い日ばかりで」

「お医者さまは原因をわかっているのですか？」

レディ・トレヴェリアンが首を振った。ふいに目から涙があふれ、ハンカチで拭う。「聞いてくれてありがとう、ミス・アサートン。でも、朝食の席の話題としては、ふさわしくないわね」

「申しわけありません」レデイ・トレヴェリアンと侯爵が気の毒で、マデレンは胸が詰まる思いだった。なにか役に立つことができればと願った。「ここにいるあいだに、お目にかかれますか？　ご挨拶して、お見舞いを申しあげたいですわ」

「聞いてみますね。最近はほとんど下におりてこないのですよ。でも、気分がよければ、きょうの午後に短時間でも、一緒にお茶をいただけるかもしれないから」

「ありがとうございます。レディ・ヘレンとレディ・アンナにもお目にかかれますかしら」

レディ・トレヴェリアンの娘たちとはアレクサンドラの結婚式で一度会っただけだが、ふたりとも十代前半なのにとても行儀のよい優しいレディだった。

「お茶の時に一時間はこちらにおりてくるわ。授業を終えたあとに」レディ・トレヴェリアンが答えた。

子どもと一日に一時間しか一緒に過ごさないというのは短いように感じる。とはいっても、自分や姉妹たちが育った時とさほど変わらないかもしれない。自分たちは一日中、学校に行っていた。母は社交界の行事で忙しく、父も朝から晩まで仕事をしていた。家族が一緒に過ごすのは夕食の食卓を囲んだ一時間だけだった。

「社交シーズンはいかがですか、ミス・アサートン？」レディ・ソフィが訊ね、コーヒーをひと口飲んだ。

「正直なところ、かなり疲れます」マデレンは答えた。

「わたしも最初の社交シーズンの時は同じように思いました。そのあと父が亡くなったので、次のシーズンは行く余裕がなかったけれど」

「気にすることないわ、ソフィ」レディ・トレヴェリアンが目をきらめかせる。「社交界の損失はわたしたちの得、ですもの」女性ふたりが黙って顔を見合わせる。レディ・ソフィが目を伏せ、頬をかすかに赤らめた。

マデレンはレディ・トレヴェリアンの言葉の裏の意味に気づき、笑みを押し隠した。ふたりの期待――ソフィがソーンダーズ卿の花嫁になるという――に新たな進展があったらしい。

マデレンは、昨夜ソーンダーズ卿が言った、ぼくは自分の義務を全うしたいと思っているという言葉を思いだした。最初から、いとこと結婚する義務を感じていたのなら、四年前にミス・タウンゼンドとアメリカに駆け落ちすることもなかっただろうに。

「それより、オークリー卿の申し込みのことを、ぜひ聞かせてくださらなければ」レディ・トレヴェリアンの声がマデレンの思いをさえぎった。前夜の夕食時に、マデレンは自分がコーンウォールに来た理由として、姉の意見を聞くためにと、結婚の申し込みについてみんなに話してあった。

「お話しすべきことはそんなにありませんわ。初めてお会いしたのは舞踏会、そのあと、いろいろなところでお会いする機会があって、先週、母とわたしで、オークリー卿のご両親にお目にかかるために、ハットフィールドパークに招待されました」マデレンは言葉を切った。「そこで突然、彼から求婚されて」

「なんてすてきな申し込みでしょう。わくわくするわね」レディ・ソフィが熱心に言う。「お受けしたら、あなたはいつか公爵夫人になるんだわ」

その点をみんなが指摘しないでくれたらとマデレンは願った。まるでそれだけで男性と結婚する理由になるかのようだ。

「オークリー卿は由緒ある名家のご出身ですものね」レディ・トレヴェリアンが言う。「前にコートニー公爵ご夫妻にお会いしたことがありますよ。イーストサセックスの地所にもおうかがいしたけれど、それは立派なお屋敷で、とても美しい森がありました」

「森のためにオークリーと結婚するわけじゃないだろう」男性の声が聞こえてきた。全員が声のほうを振り返ると、ソーンダーズ卿が入ってくるところだった。

「それはわかっていますよ」レディ・トレヴェリアンが答えた。「ただ、そうだったということをお伝えしただけ」

マデレンはわれしらず鼓動が速くなるのを感じた。思いだしてみれば、ロンドンで数回出会った時も、ソーンダーズ卿が登場すると必ずみんなが振り返った。彼が歩いて入ってくるだけで、部屋の雰囲気が変わり、彼が中心になった。

レディ・ソフィにとっても彼は間違いなく中心で、入ってきたとたんに、彼の一挙一動に全神経を集中させているのが伝わってきた。

あまりにハンサムなせいで、ほかの人に目が行かなくなるのかもしれない。あるいは、彼の立ち居振る舞いのせいかもしれない。彼はおのずと備わった知的な雰囲気を醸していて、そんな男性はマデレンが知るかぎりほとんどいない。さらには、まるでほかの緊急の用事から駆けつけたかのように遅れて到着する癖があり、その場のだれもが、それまでどこにいたのだろうと思いめぐらせずにはいられない。

しかも、遅刻常習犯にもかかわらず、彼はどんな時も、その場にふさわしい装いをみごとに着こなしていた。

けさは灰色のスーツを着て、彼の瞳と同じハシバミ色のクラヴァットをつけている。その瞳が一瞬マデレンの目と合い、それから笑顔が部屋の全員に向けられた。

マデレンは視線をそらし、ソーンダーズ卿は、温かい気持ちで考えるに値しない人だと自分に言い聞かせた。昨晩は階段の上で謝罪し、馬車のなかでも多少は楽しいやりとりがあったが、なんといっても、この男性は親友を裏切った人物であり、その裏切られた親友はマデレンの義理の兄だ。しかも、自分の〝女性関係の評判〟を自慢に思っているらしい。称賛すべき男性でもなく、信頼できる人でもない。

「お父さまのところにはもう行ったの？」レディ・トレヴェリアンが訊ねた。

その言葉で物思いから引き戻され、マデレンはまた会話に集中しようとした。ソーンダーズがサイドボードで料理を皿に取りながら、母に答えている。「朝食を終えたら、その足で行ってきますよ」

「よかった。お父さまが待ちわびているわ」

ソーンダーズ卿がマデレンの筋向かいの席に坐るとほぼ同時に、レディ・トレヴェリアンがトーストの最後のひと口を食べ終えた。「チャールズ、あなた、オークリー卿とオックスフォードで同室だったわね？」

「ああ」ソーンダーズがフォークひとすくい分の卵を食べ終えてから答えた。「気さくないい男です。ぼくの記憶では、建築に夢中だった」

「ええ、そうですわ」マデレンはうなずいた。「ハットフィールドパークの邸宅を案内していただいた時も、建物について深く掘りさげて解説してくださいました」

「フィリップほど率直で誠実で、信頼できる人物はいないと思う。友人たちと飲みに出かけて夜遅く戻った時のことは一生忘れないだろうな。入学したばかりの若気の過ちだ。フィリップは規則に反するという理由で行くのを断ったが——」

「チャールズ！」レディ・トレヴェリアンが口を挟んだ。「あの恥ずかしい話をまたするんですか？」

「恥じることはなにもなかった」ソーンダーズが答える。

「ぜひ聞かせていただきたいですわ」マデレンは言った。

ソーンダーズがにやりとして言葉を継いだ。「戻ったのが消灯時間のあとだったので、窓から忍びこもうと試みたんだ。ついでに言っておくと、部屋は三階だった。そばの木をのぼって、なんとか窓の高さまで到達したんだが、酔っ払っていたせいで落ちかけた。オークリーが手を伸ばして腕をつかみ、みずからの命を賭して、ぼくを引き入れてくれなかったら、間違いなく墜落死していただろう」

「落ちなくて本当によかったわ」レディ・ソフィがぎょっとして、熱いまなざしでソーンダーズ卿を見つめた。

「オークリー卿を英雄と思っているみたいに聞こえますわ」マデレンはおもしろがって言った。

「彼はまさに英雄だ」ソーンダーズがうなずく。「しかも、それを大学に言いつけなかったところがすごい。ぼくが命と評判の両方をいまだに失っていないのは、まさに彼のおかげだ。いつかこの恩を返すと約束しながら、認めるのは不面目なことだが、まだその約束を果たしていない」

マデレンは笑った。「オークリー卿のいいお話が聞けて嬉しいですわ。それに、あなたがその事件を無事に切り抜けたことも。それに比べると、わたしの通った大学は退屈かもしれません」

レディ・ソフィが驚いた顔でマデレンを眺めた。「あなたは大学に行かれたの？」

「卒業したばかりだ」ソーンダーズがフォークを振りながら、代わりに答える。

「女性で大学に行った方に初めてお会いしたわ」レディ・ソフィの顔には驚きだけでなく魅せられたような表情が浮かんでいた。「どんな感じでした？」

「すばらしかったわ。興味を引かれる事柄すべてを追求するには時間が足りなかったけれど」

「専門の科目は？」ソーンダーズが訊ねる。

「英文学ですわ」

その答えに対して彼がなにか言う前に、レディ・トレヴェリアンが口を挟んだ。「大学に行かれた勇気を称賛しますわ、ミス・アサートン。きっと、大変な困難を乗り越えてそうされたのでしょうね。でも、そもそも、なぜ高等教育を受けたいと思ったかをうかがっていいかしら？」

「なぜ受けたいと思ったか？　逆におうかがいしますが、男性が教育を受けて、あらゆることを学んでいる時に、なぜ女性はなにも学ばずに家庭にとどまり、家の管理だけをしなければならないのでしょうか？」

「家の管理は簡単ではありませんよ」レディ・トレヴェリアンが指摘する。「もしもオークリー卿と結婚するとしたら、わたしはそうなると思いますけれど、夫、家、家族、そして社交界における義務がおのずとあなたの本分となるでしょう」

マデレンは答える前に少し考えた。上流階級の女性たちがおしなべてこの考え方を支持していることに、マデレンは驚きを覚えずにはいられない。だれもが自分たちの限定された人生に満足している。見あげるとソーンダーズ卿と目が合った。おもしろがっている表情が、ほらね、ぼくだけじゃないだろう、と言っている。

「それがすべての真実でないことを願っていますわ」マデレンは考えた末に口を開いた。「上流階級の女性の方々もなにか、精神を解放し、心を震わせるような創造的なことを成し遂げられると思いたいですわ」

ソーンダーズ卿が眉を持ちあげた。「創造的なこと？　たとえばどんなことかな？」

頬がかっと熱くなり、マデレンはこの話題を持ちださなければよかったと後悔した。「わかりません」思わず言葉を濁す。「好きで、没頭できること、だと思います」

「刺繍も創造的ですわ」レディ・ソフィが言う。

「たしかに刺繍はすばらしい趣味ですよ」レディ・トレヴェリアンが同意する。「音楽もスケッチも水彩画もそう。これらはみんな、レディにふさわしい創造的なことでしょう。そして、大学教育は必要としない」

「そうですね。わたしもヴァッサー大学の教育の成果として、ガーデンパーティや夕食の席で多少なりとも興味深いことをお話しできればいいんですが」マデレンは軽い口調で受け流した。

ソーンダーズ卿が笑った。「それは大丈夫だろう」

そのあと、話題は天候や道路状況というもっと日常的なことに移り、マデレンはようやく息をついた。前日の恐ろしい雨についての会話が少し交わされたあと、レディ・ソフィが言った。「太陽が戻ってきて、本当によかったわ。浜辺を散歩しようと思っているから」

「この天気なら、散歩は気持ちいいでしょう」レディ・トレヴェリアンが意味ありげなまなざしを息子に向けた。「チャールズ、ソフィと一緒に行ってきたらどうかしら?」それから、いま思いついたかのようにつけ加えた。「もちろん、ミス・アサートンもいらしたらいいわ。美しい海岸線を見たら、きっと気に入るでしょう」

ソーンダーズ卿は口を拭うと、ナプキンを脇に置いた。「それはいい考えですね、母上。行けたらいいのだが、まずは父上に会わなければならない。そのあとも、帰宅した初日でやるべきことがたくさんある。申しわけない、ソフィ。また別の機会に」

そう言うと、彼は立ちあがり、みんなによい一日をと言うと部屋を出ていった。

レディ・ソフィが灰色の目に落胆の表情を浮かべて彼のうしろ姿を見送る。そして彼の姿が消えると、小さくため息をついた。「いつもお忙しいんですもの。でも、理解しなければね。義務を第一に考えていらっしゃるのだから」マデレンのほうを向き、笑みを浮かべてつけ加えた。「けさの散歩を一緒に行ってくださったら、とても嬉しいのだけど、ミス・アサートン」

「ありがとう」マデレンは答えた。「ぜひご一緒させてくださいな」

5

老人は非常に具合が悪そうに見えた。いや違う。彼は老人というほど年寄りではないと、チャールズは自分に訂正しながら、父の枕元に腰をおろした。心配のせいで、父の前に出るたびに必ず感じる苛立ちさえ覚えなかった。父はまだ五十八歳だ。

父の青ざめた肌の色や憔悴しきった外見、苦痛で顔をゆがめる様子のせいで、二十歳は老けて見える。

「一日中ベッドに横になっていることに飽き飽きしたよ、チャールズ。わたしを元気づけてくれ。なにかニュースはないか？」

「ニュース？　そういえば、客がひとり」

トレヴェリアン卿のもじゃもじゃした灰色の眉が持ちあがった。「お母さんから聞いた。アメリカ人の娘？　ポルペランハウスの奥方の妹だな」

「そうですよ、ミス・マデレン・アサートンです」父にミス・アサートンの苦境を簡単に説明しながらも、チャールズの目は窓のほうに引き寄せられた。当の若いレディがソフィと一緒に裏の芝生を、海の方角に歩いていている。

歩いていくミス・アサートンの姿勢と足取りになにか違いがあって、彼の関心を引いた。

なにが違う？　ああ、そうか、わかったぞ。彼女はソフィやほかの彼の知り合いの女性たちのように、上品に控えめに小股で歩いていない。ミス・アサートンはゆったりした大胆な足どりで、目的を持って歩いている。むしろ男性の歩き方に近い。すがすがしいほど違っていて、しかも驚いたことに魅力的だ。

チャールズははっとした。ミス・アサートンの歩き方を研究する権利など自分にはない。魅力的と思うなど論外だ。そうわかっているのに、彼の目は歩き去るミス・アサートンのうしろ姿をしらずしらずのうちに追っていた。

朝食の時のミス・アサートンの発言が思い浮かんだ。自分が受けた大学教育を誇りに思っているようだった。当然だろう。彼が会ったことのある女性で大学の学位を持つのは、ほかに彼女の姉アレクサンドラだけだ。女性が高等教育を受けて偉大な人物になるという論点がいまだ理解できないのは母親と同じだが、アサートンの姉妹がそれによって幸せになれるなら、それもかまわないと思う。

それより、ミス・アサートンが創造的な試みに関心があると言ったことに好奇心をそそられている。その話題を持ちだしたあと気まずそうな様子で、それ以上話したくなさそうだった。それはなぜだろうとチャールズはいぶかった。彼女は――。

「変わった人たちだ、そう思わんか？」

父の声が彼の思いをさえぎった。チャールズは会話を少し聞き漏らしたことに気づいた。

「なんですか？」

「アメリカの娘たちは変わっていると言ったんだ。自由気まま。なにをやるか、なにを言いだすか予測もつかない」

チャールズもそれは認めざるを得ない。ロンドンで出会ったアメリカ人女性の大半は、英国の女性ほど控えめな話し方をしない。しかも、先ほどのミス・アサートンとの短い会話から推測するに、彼女は思いついたことをうっかり口に出す癖があるらしい。「どうかな」チャールズは肩をすくめた。「たしかに、率直な物言いをするアメリカ人がいることは認めますが、変わっていると言っていいかどうかわかりません」

「いや、変わっている！　英国人とは似ても似つかない！　まあ、野生の国から来ているんだからな。おまえがあのタウンゼンドの娘と結婚しなくて本当によかったよ、チャールズ。逃げられて幸運だった」

またミス・タウンゼンドか。この数日で彼女のことを言われたのはこれで二回目だ。死ぬまでずっと、あの不幸な出来事を思いださせられるのか？　二度と同じ状況に陥らないと——いかなる状況でも女性に溺れて理性を失うことはないと、あの時固く誓った。「本当にそうだとぼくも思います」重々しくうなずいた。

父はため息をつき、片手で頬をこすった。「わたしはそれほどの幸運には恵まれないようだ。逃げられない」

「そんなこと言わないでください、父上」この差し迫った心配のせいで、ほかの心配は頭から消え去った。「すぐよくなりますよ」時にはぶつかることもあるが、父に死んでほしくない。

「なぜ思ってもいないことを言う？　一日中ひどい腹痛が続いている。歯も痛みだした。両脚も痙攣する。両手と足はうずくし、疲労感がひどい」

「もう何年も同じ不満をこぼしているじゃないですか。どこが違うんです？」

「以前とは比べものにならないほどひどい」トレヴェリアン卿が彼をじっと見つめた。「ドクター・ハンコックは癌《がん》だと思っている」

それを聞いて、脈が速くなるのが自分でもわかった。「なにかいい治療法があるはずですよ」

「彼はあらゆることをやってくれた。だが、少しも楽にならなかった。あと少なくとも二十年は生きると……生きたいと思っていたが、これで人生が終わるのではないかと思う」

「そんなことはない」目の奥に涙がこみあげるのを感じ、チャールズはあわてて瞬きした。父に弱気を見せてはならない。「絶対によくなります」

「自分の体と闘うことはできないさ、息子よ」父は自分の苦しみを隠したいかのように、ずれた上掛けを掛け直した。「だが、残された時間を活用して、自分亡きあとにどうしてほしいかをおまえに伝えることはできる」

チャールズは喉にこみあげた塊を呑みこんだ。「どんなことを？」

「第一。わたしはこの屋敷と地所を維持するために全力を注いできたが、今後はおまえが管理者だ。よろしく頼む。鉱山業も続けてくれ、チャールズ。小作人を正当に扱うこと。トレヴェリアン家に受け継がれてきたものを子孫に伝えること。それがおまえの義務だ」

「わかりました、父上」喉を締められたような声になっているのが、自分でもわかった。

「第二。おまえのお母さんと妹たちの面倒を見ること。妹たちに持参金を用意するように。弟もよく見てやってくれ。あの子はまだ若いから、おまえの導きが必要だ」

「わかりました」

父はまたまっすぐにチャールズを見つめ、厳粛な声で言った。「第三。あのばかげた趣味はもうやめたと誓ってくれ」

「父上——」チャールズは言いかけた。苛立ちで胃がむかむかする。

「おまえが子どもの時は許した。しかし、侯爵の跡継ぎはそのような無益な活動をすることはできない。トレヴェリアン侯爵を継いだあとは？　問題外だ」

チャールズは反論したかった。自分の作品——彼が創造した発明品の数々——こそが、自分の人生に意味を与えてくれているのだと。その活動から遠ざかっている時でも、つねにそのことを考え、戻りたくてたまらない。若い時、この関心と情熱を父に認めてもらおうとあらゆる努力をしたが、無駄に終わり、ついには努力するのをあきらめた。ここ何年かは、秘密で作業をしている。

自分がやっていることを父に見せられればと思う。その価値を父にわかってもらえればと思う。しかし、そうはならないとわかっていた。トレヴェリアン侯爵は決して理解しないし、決して自分の意見を変えない——命が尽きそうになっていても。

目を伏せ、かすかに首をさげて、それがうなずいたと見なされることを願った。

「第四」父が言葉を継いだ。

「まだあるんですか？」

目に決然たる表情を浮かべて父が言う。「お母さんを幸せにすると、そしてソフィと結婚すると約束してくれ」


風から守られた静かな入江に出ると、マデレンは海の香りがする爽やかな空気を吸いこんだ。自然に笑みがこぼれる。見あげればごつごつした黒い崖がそびえ、その上の青空にふわふわした雲がぽつりぽつりと浮かんでいる。

扇型に広がる金色の浜辺をレディ・ソフィと歩くと、ふたりの短靴が砂地をうがってわだちを作った。すぐ近くで白く泡立つ波が黒い岩に当たっては海面に砕け散っている。数メートルのところに打ち寄せる波が、砂地を濡らしては引いていく。決して途切れない自然の営みだ。

「なんてすばらしいところでしょう」マデレンは心を奪われた。

「そうでしょう？」レディ・ソフィが同意する。「浜辺の散歩はここの活動のなかで一番好きなことのひとつなの。ハンプシャーのわたしが育った場所は、近くに海がなかったから」

「わたしも同じ。ニューヨーク市に引っ越す前に住んでいたのはハドソン川沿いの田舎町でしたけど、海からは何十キロも離れていました」

「アメリカには一度も行ったことがないわ。どんな国なのかしら？」

「大きな国で、人々であふれていて、だれもが大きなことを考えている、そんな国ですわ。毎日、だれかが新しい発明をしたり、変化をもたらしたり、改善したりしているような感じです」

「アメリカには賢い方がたくさんいるのね」

「ええ、野心的な人たちも」

「あなたはわたしの初めてのアメリカ人のお友だちだわ」レディ・ソフィがにっこりした。「あなたがいらして、とても喜んでいるの。たとえ短期間でもね。同じくらいの年頃のお仲間がいるのはすばらしいことですもの」

「わたしもそう思いますわ」マデレンはうなずいた。

「トレヴェリアンマナーは世界中で一番好きなところよ。シャーロット叔母とジョージ叔父を敬愛しているわ。いとこのヘレンとアンナも大好き」

マデレンはソフィを横目で眺めた。「もうひとり大好きな方がいるでしょう？」

レディ・ソフィの頬がバラ色に染まった。「そんなにわかりやすい？」

「わたしだけだと思うわ」マデレンは優しく答えた。

レディ・ソフィがそっとため息を漏らした。「生まれてからずっと、チャールズを愛してきたのだと思うわ」

「生まれてからずっと？」

ソフィがうなずいた。「毎年夏に一カ月は両親と一緒にここに滞在したの。シャーロット叔母はわたしの父のただひとりの妹で、父と母と叔母はとても親しかったから。わたしが年頃になったら、チャールズと結婚してほしいという希望は、いつも話されていたことなのよ。たぶん、わたしが生まれた日から言っていたと思うわ。わたしの一番の最初の記憶は、この浜でチャールズと砂を掘ったこと。彼はとてもハンサムで賢い人よ。わたしは彼を未来の夫としてしか考えたことがないわ」

マデレンは驚きをもって、いまの話をとらえた。ソーンダーズ卿とレディ・ソフィに結婚話が出たのは比較的最近だと思っていたからだ。少なくとも、ミス・タウンゼンドとの駆け落ちに失敗したあとかと。家族が二十年も前からふたりの結婚を望んでいたと知り、彼の悪行がさらにひどい仕打ちに思えた。レディ・ソフィはミス・タウンゼンドと彼の関係について知っているのだろうか？　ロンドンにおけるソーンダーズ卿の数々の情事の噂は？　女性とみればだれとでも戯れる男性を愛し、待ち続けるのがどんなにつらいことか想像もつかない。

「おふたりにはすばらしい歴史があるんですね」マデレンは言葉を選んで言った。

「ええ。いつも完璧だったとは言えないけれど。わたしは七歳下なので、チャールズにとっては、つきまとうわたしが面倒だった時期が長かったでしょう。遊んでやらなければならない、ちびのいとこの女の子だったんですもの。それを卒業したのは、わたしの十六歳の誕生日に贈り物をくれた時かしら」ソフィが袖を少し引きあげて、明るい色の銅の細い糸を縒り合わせた繊細なブレスレットを見せた。

「まあ、すてき」マデレンは言った。本当にすてきだった。

「宝物にして、いつもつけているわ。これをくれた日に、彼はキスをしてくれたの」彼女の頬がまたピンク色に染まった。「それ以来、ほかの男性のことは考えたこともないわ。一度も。ロンドンの社交シーズンに出た時も、父のお金を無駄に使って申しわけないとしか思わなかった。父も母もわたしがチャールズと結婚することを期待して、わたしもそうだったから。お会いした紳士で彼と比較できる方なんていなかった。でも、社交界のしきたりでは、デビューは絶対に必要ですものね。デビューした夏に、チャールズが求婚してくれることをだれもが期待していたけれど、彼はしなかった。代わりに、彼は……あの夏に――」ばつが悪そうにちらりとマデレンを見やり、言葉を継いだ。「あの夏、ほかの人と親しくなったの。アメリカ人の女性」

「そのことは聞きましたわ」マデレンは優しく言った。「あなたは、とてもつらかったでしょうね」

「ええ、つらかったわ」

マデレンは心から同情した。「わたしも同じような痛みを経験したことがありますわ。同じ年頃の時」

「そうなの？」

「ニューヨークでのデビュー舞踏会でした」マデレンは頭上で旋回している二羽のカモメの

曲芸のような早わざに意識を集中して、あの時に受けた心の痛手を考えないようにした。

「その男性はどうなったの？」

「ほかの方と結婚しましたわ」

「まあ、それはつらかったでしょうね」レディ・ソフィは一瞬唇を噛んで考え、それから言った。「わたしは違う結果になればいいのだけど」

マデレンはレディ・ソフィの腕にそっと触れた。「きっとそうなるわ。結局、彼はその女性と結婚しなかったんですもの」

レディ・ソフィがうなずいた。「『それに、彼がしたことを非難するわけにはいかないわ』

「そうなの？」

「ええ。話では、とても美しくて非常に富裕な方だったそうだから。それに比べて、わたしは財産がなく、家族の結びつき以外に利点はなにもないんですもの。わたしと一緒になれば、彼は幸せになれると思いたいけれど、それを決めるのは彼ですもの」

レディ・ソフィはわたしよりもずっと寛大な人だとマデレンは思った。

「あの出来事は脱線しただけと信じているの」レディ・ソフィが続ける。「チャールズはとてもりっぱで高潔な方ですもの。わたしのことも、ほかのだれのことも、わざと傷つけることなどあり得ない。彼のすばらしさを示す例をお伝えしてもいいかしら？」

「ええ、ぜひ」

「父が亡くなった時、わたしは何カ月も泣いて暮らしていたの。父を失って悲しくて、しかも、わたしたちの将来がまったくわからなかったから」レディ・ソフィの顔に遠い悲しみが浮かんだ。「トレヴェリアン卿ともうひとりの叔父が財政的に支えてくれたのだけど、充分ではなくて、でも、それ以上頼むことはしたくなかった。そんな時、匿名でお金が届き始めて、そのおかげで生活がとても楽になったの。チャールズが自分の手当からそのお金を出していたとあとで知ったわ」

驚くべき情報だった。それはマデレンが想像もしていなかった、ソーンダーズ卿の別な面を示していた。しかも、とマデレンはしぶしぶ認めた。彼のいい面を表している。

「それはとても親切で寛大なことですね。きっと、あなたのことをとても大切に思っているのね」

「母もそう言うの。前にわたしがここに来た時、二年前のことだけど、母がなんと厚かましくも、彼の意思を訊ねたんです。彼のところに行って、『チャールズ、将来の計画はどう考えているの？　わたしの娘と結婚する気はあるんですか？』って訊ねたのよ」

マデレンは息を呑んだ。まさに彼女自身の母がやりそうなことだ。「それで、彼はなんと答えたの？」

「母の話では、彼は顔を真っ赤にして、わたしのことは高く評価していて、その方向で考えているけれども、まだ身を落ち着ける覚悟ができていないと言ったそうよ」

「まあ！　それなら、これまでのお話を聞いたかぎり、約束してくれたも同然ですね」マデレンは前夜にソーンダーズ卿が言った、ぼくは自分の義務を全うしたいと思っているという言葉を思いだした。彼は放蕩者だから、義務を果たす前には数え切れないほどの女性とつき合うかもしれないけれど、最終的には、身を落ち着けるという意思を遂行するだろう。マデレンはレディ・ソフィにほほえみかけた。「我慢強く待っていたらいいと思いますわ」

「ええ。そうしようとしているわ。でも、きのう、わたしがここに滞在していると知って、彼はあまり嬉しそうじゃなかったから」レディ・ソフィはため息をついた。「ああ、ミス・アサートン！　時々、海の真ん中で永遠に立ち泳ぎしているような気持ちになるの。わたしの人生は、チャールズと結婚するまで始まらないから」

「そんなことはないわ」マデレンは一緒に歩きながら首を横に振った。足の下で砂が柔らかく沈む。

「でも、二十二歳の独身女性なんて地位も価値もないわ。できることもほとんどないし」

「でも、楽しめる趣味とかやりたいことはあるでしょう？」

レディ・ソフィはうなずいた。「ええ。毎朝、朝食の前に一時間はピアノを弾いているのよ。天気がよければ、長い散歩をするか、馬に乗るわ。毎日、母や故郷の友人たちに手紙を書いているし。昼食のあとは昼寝をするけれど、午後から夕方にかけての時間は刺繍に当てるかカードゲームをするわ。読書も時々」マデレンを見た。「あなたには退屈だと思えるでしょうね。大学を卒業したのだから」

「そんなことないわ。いま言ったこと、わたしも全部好きだわ。刺繍はだめだけど」マデレンは笑った。「でも、完成した作品はすばらしいと思うわ。そのすばらしさを自分で刺繍する忍耐心と注意力がわたしには欠けているの。でも、駿馬を全速力で走らせるのはなにより も好き！　それに、ここのように美しい場所を散歩するのは天国だわ」顔をあげて太陽のぬくもりを受け、砕ける波の音とカモメの声に耳を澄ませる。

レディ・ソフィがマデレンに親しみをこめて腕をまわした。「いつか、わたしたちふたりとも結婚したら、オークリー卿と一緒に訪ねてきてくれるわね。そうしたら、毎日ここを散歩できるわ」

その情景がマデレンの脳裏に浮かんだ。レディ・ソフィがソーンダーズ卿と手を組んで歩いていて、自分も同じようにオークリー卿と歩いている。そう思った瞬間、なぜかかすかな不快感を覚えた。「ぜひそうしたいわ、レディ・ソフィ」決然と笑みを浮かべる。ふたりは向きを変え、崖をのぼる小道のほうに歩いていった。

ソーンダーズ卿は昼食の席にいなかった。食事のあと、レディ・ソフィが昼寝のために二階にさがると、マデレンも執筆するのに理想的な時間と判断して自室に戻った。

つづれ織りのバッグから原稿を取りだし、持参した袋に入った白い紙を数枚つかむと、マデレンはまた本を書けることに興奮しながら書き物机に向かって坐った。しかし、ペンを取ってインク壺にペン先を浸すと、頭になにも浮かんでこないことに気づいた。執筆からあまりに遠ざかっていたせいで、最後に書いた時に物語のなかでなにが起こっていたかさえ思いだせない。

大要の一部と最後の章を読み返し、主題と流れを把握しようとしたが、つながりはよみがえってこなかった。こんなふうになるのは、初めてではない。なにをするべきかはわかっている――執筆と執筆のあいだの期間が長くなりすぎた時に、必ず効果がある解決法。気が散らない静かな場所を見つけることだ。考え、空想にふけり、計画を立てる場所。そしてメモを取る。思いついたことすべて。

視線がおのずと窓に向かった。青い空と緑の庭が呼んでいる。どちらにしろ、室内で過ごすにはいい天気すぎる。空想したりメモを取ったりするなら、庭以上にいい場所はないだろう。

洗面器と水差しのそばにかごが置いてあって、石鹼や化粧水や小さなタオルが入っていた。マデレンは中身を出して空にすると、代わりに本と鉛筆数本、そして筆記用紙をたくさん入れた。そして、帽子をかぶってピンで留めると、庭に出ていってしばらく歩きまわり、仕事ができる場所を探した。やがて見つかったのは、雑木林の端に立つ大きな木の根元に置かれた石のベンチだった。目の前は石の噴水になっている。

さし渡し六メートルほどある大きな噴水で、イルカと海の神ネプチューンの石像が飾られ、真ん中から水があがっていた。

マデレンはベンチに腰をおろし、膝の上に本となにも書いていない紙を置いて、鉛筆を取った。そよ風が林を抜ける音と噴水の音に心地よく包まれ、進行中の小説に取りかかる。最初はなかなか進まなかったが、そのうち書くのが追いつかないほど次々とアイデアが浮かび始めた。鉛筆が飛ぶように動き、思いついたメモや思い浮かんだ情景描写や会話で何枚もの紙を次々と埋めていく。鉛筆の芯が丸くなって新しい鉛筆に取り替えるまで、マデレンは手を止めなかった。

二本目の鉛筆の先も丸くなったので、手を伸ばしてかごをさぐり、次の鉛筆を取ろうとしたその時、ふいに一陣の突風が吹き、紙の束を空中に飛ばした。

「やだ！」マデレンはあわてて立ちあがり、メモの紙全部が風に乗ってくるくると舞い、噴水に落ちるのを茫然と眺めた。「だめよ！」もう一度叫んだがあとの祭り。

噴水の縁にかがみこんで、浮かんでいる紙をすくおうとしたが、どれもみな、手が届かないところに流されていた。靴を脱ぎ、噴水のなかに入って取りたかったが、すぐに不可能だとわかった。水の深さは一メートル以上ありそうだ。びしょ濡れになって、服をだめにしてしまうだろう。

その時、声がして、あたりの静けさを破った。「ミス・アサートン！」

振り向くと、ソーンダーズ卿が角を曲がって姿を現したところだった。折りたたんだ外套を抱え、シャツの袖をまくりながら近づいてくる。そばまで来ると、噴水に何十枚も紙が浮いているのを見てとり、驚いた顔でマデレンを眺めた。「いったいどうしたんだ？　紙が降ってきたのか？」

「そうです」マデレンはため息をついた。「奇妙なことに、このあたりだけ」

「なんの紙だろう？」

「わたしのメモです」

「メモ？　なんのための？」

「わたしが……計画しているもののための」マデレンは口ごもった。それ以上詳しいことは言いたくない。

「メモとしても、ずいぶんたくさんだな。なにを計画しているのかな？　これからの約束を全部記した五年分の予定表？」

マデレンは口元が笑みで引きつるのを感じた。「そんなに長い予定は立てられませんわ」

「世界一周旅行の旅程かな？」

今度は声を立てて笑った。「ごめんなさい、そんなにわくわくするようなものではないんです」

彼がまたマデレンを見つめた。「察するに、きみにとっては大事なもののようだ」

「ええ。何時間も書いていたので」

「インクで書いたのか？」

「鉛筆です」

「では、救えるかもしれない」彼は外套をベンチに置くと、なにか探すように周囲を見まわし、マデレンの持ってきたかごに目を留めた。「そのかごを空にしてもらえるかな？」そう言いながら、にぎりこぶしくらいの大きさの石を拾ってマデレンに渡した。「残りの紙が飛ばないように、これを重しに置いておくといい。すぐに戻ってくる」

「なにをするつもりですか?」

「道具を作ってくる」彼は答えた。「届かないところで溺れかけているメモを救うために」

6

チャールズは近くの森で長くて細い枝を見つけると、外側の小枝を折り、葉をむしりながら噴水まで戻った。靴紐の片方を取り、それを使って、ミス・アサートンが持ってきたかごの取っ手を枝の先に結びつける。

ミス・アサートンが明らかに感銘を受けた様子で見守っているなか、チャールズはいま作った道具を噴水の表面に伸ばし、注意深く狙いをつけて、半分沈みかけたメモの一枚をすくいあげた。

「なんて頭がいいんでしょう」ミス・アサートンが言う。

「一枚確保。あと、二十か三十枚くらいだ」ソーンダーズ卿は答えた。

「ありがとうございます」

「役に立てて嬉しいよ」

それから数分はどちらもなにも言わず、チャールズは間に合わせのすくいを水に入れたり出したりしながら、用紙をすくった。そのメモがなにかまったくわからなかったが、彼女にとって大事なものであるならば救助する価値はある。

作業を続けるうち、彼の関心は手元の作業からミス・アサートン本人に移った。まったく同じ時に、ふたりともこの場所にやってきたのは偶然か、それとも運命か？　最初に見た時は、噴水の端でかがみこんでいた。ラズベリー色のドレスがきらめく水面に映り、まるで異国の花が咲いているように見えて、また新たな魅力を感じたのだった。そのぞくっとした感覚はいまだに残っている。

この女性は魅力的だ。だが、魅力を感じる権利など自分にはないと、チャールズはもう一度自分に言い聞かせた。彼女は、両親が望んでいるような女性とはかけ離れているし、彼が望む女性像とも正反対だ。しかも彼の友人と婚約する一歩手前だ。そして、さらに重要なのは、自分が夏が終わる前にソフィに求婚すると、父親に約束したことだ。どんな選択肢があるというんだ？　生まれてからずっと父を喜ばせようと努力しては失敗してきた。ソフィへの求婚は、父を幸せにできるただひとつのことだ。しかも、手遅れになる前にやらねばならない。父が亡くなる前に。

それはつまり、婚約者、あるいは妻の期待と要求に縛られずに、真の成果を出すべく自分の仕事に集中できる時間があと二、三カ月しかないということだ。

噴水からメモを回収しながら、彼はまたミス・アサートンを見やった。片手を水に浸している。ロマンティックな意味合いは厳禁だからといって、友人になれないわけではない。前日の午後、汽車の駅で出会って、家に連れ帰ってからずっと、この女性のことが頭から離れなかった。馬車のなかで投げられた非難がずっと心に響いている。なぜそんなことができたんですか？　親友を裏切るなんて。

前夜に謝罪されたとはいえ、ミス・アサートンはあの出来事を根拠に、いまだ彼を悪く思っている。あの件についてふたたび彼女と話をする機会を持てるとは期待していなかったが、たまたまここで出会った。現代的な女性のようだし、そうした話で卒倒するとも思えない。何があったか説明するには最適だろう。

チャールズは咳払いをした。「ミス・アサートン、ここでばったり出会えてよかった」

「わたしもです。助けてくださって感謝しますわ」

「ああ、それもだが、ぼくの紙救出技術を披露できたという満足感はさておき、きみと話をする機会があればいいと思っていた」

「そうですか？」

「きのうの馬車での会話についてずっと考えていた。その時に出た話題だが、覚えているかな？」

ミス・アサートンが噴水の縁に腰かけたまま、彼を見あげた。「いろいろなことを話しましたわ」

「たしかに。だが、ぼくが気になっているのは、きみの意見だ。ぼくに汚点があると……ある出来事によって」

彼女の表情を見るかぎり、彼がなにについて言っているかはわかっているようだ。「わたしの意見がそんなに気になるんでしょうか？」

「気になる。きみはぼくに、どうして親友を裏切るようなさもしいことができたのかと訊ねた」

ミス・アサートンがかすかに顔を赤らめた。「その言葉は使わなかったと思いますが――」

「でも、そういう意味だった。当然だろう。だが、きみが全部の話を聞いていないのではないかと、実は思っている。できれば、それを修正したい」

「わかりました。どうぞお話しください」

「まず、ロングフォードか夫人が、この件をきみに話したとは思えないのだが」

「正直に言うと、話題になったのは一度だけです。トーマスは話すことを拒否し、ただ、あなたを許したからとだけ言いました。姉もほとんどなにも言いませんでしたが、要点だけは理解できましたわ。アレクサンドラが言ったのは、ミス・タウンゼンドがトーマスと婚約していたのに、目標をもっと高く設定して、侯爵夫人になると決意したこと。そして、姉は……姉は……」彼女は頬をドレスのように濃いピンク色に染めて、口ごもった。

「申しわけない。やはり、この話題は出さないほうがよかったようだ」

「いいえ」ミス・アレクサンドラは落ち着きをとり戻し、きっぱり言った。「そもそもこの問いかけをしたのはわたしですから。あなたがどう説明されるかお聞きしたいです」前よりも確信ある口調で言葉を継いだ。「事実は承知していますわ、伯爵さま。マナーハウスのパーティであなたとミス・タウンゼンドとのあいだになにがあったかについて。でも、言い訳にはならないと思います。相手の誘いは断ることができたし、そうすべきでした」

「まったくそのとおりだ。断るべきだった。ぼくがやったことは間違っていた。たしかにあの晩は酒で判断力が低下していたが、非難は全面的に受け入れるし、そのことを弁解しようとは思っていない」彼は噴水からまた数枚の紙をすくいあげてから、マデレンのほうを向いた。「ぼくが説明したいと思っているのは、そのあとに起こったことだ」

「そのあと？」

「それが起こった……あとは、ミス・タウンゼンドに対する義務が、トーマスに対するぼくの忠誠心を上まわった。彼女に結婚を申しこんだのは、そのせいだ」

「つまり、ミス・タウンゼンドと一緒にアメリカに渡ったのは、彼女の評判を守るためだったということですか？」

「そうだ。そして、その状況を少しでも……受け入れるために、彼女に愛情を感じていると自分に納得させた。だがすぐに、お互いがまるで合わないこと、愛情と思っていたものになんの根拠もないことを、ぼくも彼女も気づいた。幸い、その一夜はあとに影響を及ぼす結果にはならなかった。それが証明されるまで待ってから、友好的に関係を解消し、家に戻ってきた」

「そうですか」ミス・アサートンはいまの情報を理解しようとしているように見えた。「それで、あなたのいとこのことはどうなんですか？」

「ソフィのことか？」

彼女がうなずいた。

「ソフィとはなんの約束もしていなかった。そのあともしていない」

「でも、暗黙の了解があるわけでしょう？　ソフィもあなたのご両親も、もう長いあいだ期待されていますよね、あなたがソフィと結婚することを」

彼はうなずいた。「そうだ」ため息をつき、つけ加えた。「この問題で、いとこに嫌な思いをさせたことは心から悔いている。いつも自分を責めているよ、数えきれないくらい。やり直せることならば、やり直したいと思う」


マデレンは黙りこみ、ソーンダーズ卿が話したことを考えた。これほど個人的な件について、男性と率直な議論を交わしたのは初めてだ。それを言うならば、どんな件についても、男性と議論したことはない。彼が打ち明けるという選択をしてくれたのは特別なことと感じていた。

「話してくださってありがとうございます、伯爵さま。なさったことのすべてが許されるとは思いませんが、いくらか違う観点から見られるようになりました」

「それを聞いてほっとした」

マデレンの意見をなぜソーンダーズ卿が気にするのかわからなかったが、もちろん嫌な気はしない。すべての事実を知らないまま、彼の人となりを判断するのは性急すぎたと思う。

「トーマスがあなたを許した理由がわかるような気がします」

ソーンダーズが噴水から最後の一枚をすくいあげた。マデレンは、彼が作った仕掛けに感心していた。単純だが独創的だ。彼が水のしたたっているかごを枝からはずすのを眺めるうち、マデレンは自分が、紐をほどいている彼の両手をうっとり眺めていることに気づいた。

強くて男らしい手を茶色い毛がうっすら覆っている。不真面目な考えが頭をよぎった。あの手に触れたらどんな感じだろう。それとも、あの手で触れられたら？　ふいに襟の下側が熱くなった。彼の手のことを考えるなんて、わたしはなにをしているの？

「ロングフォードは三年間、話もしてくれなかった」彼が言う。「ぼく側の話を聞いてくれたのは、きみのお姉さんがそう主張してくれたからだ。だから、ぼくはきみのご家族に借りがある」

「そして、わたしはあなたに借りができましたわ」マデレンは咳払いし、彼からかごを受けとった。「このメモを救ってくださり、本当にありがとうございました」

「どういたしまして」そばのベンチに坐り、靴紐を靴に通し始めた。「その甲斐があればいいが」

「ええ、大丈夫だと思います」マデレンは濡れそぼった用紙を何枚か確認した。「よかった、ちゃんと読めるわ」とはいえ、全部を乾かすのはかなり大変だろう。

「なんのためのメモなのか、訊ねていいかな？」

マデレンは適当な返事で取り繕うことも考えた。だれかにこの話をすることはめったにない。でも、これだけ尽力してくれたうえに、あんなに個人的なことを打ち明けてくれたのだから、真実を伝えるべきだろう。「お話ししても、だれにも言わないと約束してくれますか？」

「秘密にすると誓うよ」

「執筆中の本のためのメモです」この発言に対して必ず戻ってくる意見を受けようと即座に身構える。いったい全体なぜ、女性であり、富豪令嬢であるきみが本の執筆などで時間を無駄にする？　だれもが言うことだ。

「本？」彼が驚いた顔をマデレンに向けた。「きみが本を執筆しているのか？」

「ええ、小説です」

「本当に？　それはすごい」彼は靴紐を結び終えて立ちあがった。そして、両腕に外套を通してボタンを留めると、紛れもない驚きの表情を浮かべてマデレンを見つめた。「小説を書いている人には初めて出会った。自分が好きで書いているということかな？」

「ええ、子どもの時から」

「すばらしい本が完成するように祈っているよ」

「ありがとうございます」マデレンの努力について彼が否定的な発言をしなかった事実——むしろ、肯定的にとらえてくれたこと——は嬉しい驚きだった。

「その本は、なにについて書いているんだ？」

この質問も、適当な答えではぐらかしたかった。物語の内容がきわめて個人的なことだから、笑われることが恐かった。でも、たったいま、彼も心を開いてくれたのだから、正直に話すべきだろう。「ふたりのアメリカ人姉妹の話です。父親が一夜にして大金持ちになり、そのせいでふたりとも社会的に注目を浴びる状況に放りこまれて、それでも自分らしくいようとがんばるんです」声に出してみると思った以上に恥ずかしく、マデレンは言わなければよかったと後悔した。

「おもしろい。刊行されたら、きっと評判になると思うな」

「そうでしょうか？」

「富と名声が人生の安楽を保証してくれるとみんなが信じている。このふたつの特権がむしろ挑戦になるとは考えもしない。人によっては、幸せをもたらすよりも、重荷になる場合もあることを」彼の言葉には深い感情がこもっているように思えた。この話題に関して、かなり強い個人的な思いがあるらしい。

「わたしが考えているのもまさに同じことなんです」同じ思いを彼が口にしたことにマデレンは好奇心をそそられた。彼のような立場の男性がマデレンの思いを理解してくれるなど、ましてや、同じ思いを語るなど、想像したこともなかったからだ。「母はこれがひどい話だと、小説を書くこと自体が時間の無駄だと思っていますわ。そのうえに、女性作家は社交界で見くだされると思うだけで動揺するんです」

「社交界は時に容赦ないからね。制約が多く、当座かぎりの規則が多い。両親が子どもに必要なことや、子どもが望んでいることを理解していない場合もある」

その言葉の裏に、また深い意味が隠れているように思えた。マデレンはふさわしい答えを言おうとした。言えなかったのは、彼が懐中時計を取りだし、手振りで家の方角を差したからだ。

「もう戻ったほうがいい。お茶に間に合うように家に戻る途中だった。母はお茶の時間にうるさくてね。しかも、ぼくたちはすでに十分《じっぷん》遅れている」

「本当ですか？　まあ、どうしましょう」ふたりは一緒に小道を歩きだした。「あなたは、どこからお戻りだったのですか？」

彼は一瞬ためらい、それから答えた。「厩舎からだ。小作人を訪ねてきた」

その言い方のなにかが引っかかり、率直に言っていないように感じられた。最初に見た時の彼の様子――。どこがとはっきりは言えないのだが。

彼はマデレンが持ってきたかごのほうをうなずいて示しながら言葉を継いだ。「屋敷に着いたら、それをウッドソンに渡したらいいと思う」

「ウッドソンのお仕事ではないのでは？」

「ウッドソンはすべてを自分の仕事と見なしている。それに、その濡れた用紙を救うことができる者がいるとすれば、それはウッドソンだ」

「ただ、このことをほかに知られたり、メモを読まれたりしたくないんです」

「ウッドソンの思慮深さは徹底しているからね」

マデレンはうなずいた。「わかりました。そうさせていただきますわ」

美しく手入れされた花の庭を抜ける小道は、ちょうどふたりが並んで歩けるほどの幅だった。歩いているうち、ふいにマデレンはソーンダーズの近さを意識した。彼の男っぽい爽やかな香りに気づいてうろたえる。深く吸いこみたい衝動にかられ、森を思わせるコロンの名前を知りたいと願った。

やめなさい、マデレン。

きのうは、この男性の馬車に乗るという考えを受け入れることに必死だった。それなのに、きょうは彼の両手に見とれ、彼の肌の香りについて思いめぐらしているなんて、ばかげている。正しいことでも、適切なことでもない。この男性はレディ・ソフィと結婚することになっている。

それに、自分も彼のことなど考えるべきではない。オークリー卿のことを考えなければいけないのだから。


「あら、やっと戻ってきたのね」マデレンとソーンダーズ卿が大広間を通って、近づいてくるのを見て、レディ・トレヴェリアンが声をかけた。

ウッドソンは、マデレンのメモ用紙を乾かす仕事を快く引き受け、翌朝にはアイロンをかけた完全な状態で戻すと約束した。マデレンとソーンダーズは遅れたことを謝り、お茶の席に駆けつけたのだった。

「庭でミス・アサートンにばったり会って」ソーンダーズが説明する。「文学について話し始めたら、思ったよりも時間が経ってしまった。きょうは元気そうですね、母上。父上もおりてこられるんですか？」

「そう思いますよ」レディ・トレヴェリアンが明るい声で答える。

マデレンは女主人とレディ・ソフィに挨拶してから席に坐った。ソーンダーズは頭をさげて、レディ・ソフィの手にキスをした。「楽しい一日を過ごされたかな、ソフィ？」

「ええ、ありがとう」ソフィが彼をじっと見つめてほほえんだ。

「ウッドソン、皆さんにお渡ししてくださいな」レディ・トレヴェリアンがウッドソンに言う。

ソーンダーズ卿がそばの席に着くと、女主人がお茶を注いだカップをウッドソンが配ってまわり、従者がポピーシードケーキとスコーンの皿を置いた。スコーンをひと口食べて、マデレンは思わず喜びの言葉をつぶやいた。軽くて、ふわふわしてそれだけでも美味しいが、無塩バターとクリームとイチゴジャムを載せると、まさに完璧という言葉がふさわしい。

ソーンダーズはおもしろそうにマデレンを見やった。「コーンウォールのティーを気に入ったようだね、ミス・アサートン？」

「ええ、ほんとに」マデレンはうなずいた。「とても美味しいですわ」

数分後、さらに嬉しいことに、トレヴェリアン家のふたりの娘が部屋に入ってきた。ついてきた四十歳くらいの太った女性は家庭教師だろうとマデレンは推測した。なにも言わずに、レディ・トレヴェリアンとソーンダーズ卿に膝を折って挨拶すると、出ていったからだ。

グレイソン家の娘たちはどちらも母や兄と同じ褐色の髪で、最新流行のドレスを着ている。だが、ほかの点については、ふたりはまさに対照的だった。ヘレンはおろした両手を握りしめ、黙って立っている。入ってきた時に部屋にいる人々に一瞬目を走らせた以外、ずっと目を伏せている姿は、まるで、まだ十五歳なのに、おとなとして見られようと決意しているかのようだ。

一方のアンナは十一歳のはずだが、興奮した様子でソーンダーズ卿のもとにまっすぐ駆け寄り、立ちあがった兄に抱きついた。「チャールズ！　お帰りになって、すごく嬉しい！　なぜこんなに長く出かけていたの？　会いたくて仕方なかったわ！」

「ぼくも会いたかったよ、アンナ」ソーンダーズ卿が小さく笑い、それからつけ加えた。「やあ、ヘレン。元気だったかい？」

ヘレンは立っている場所から一歩も動かない。返事も短く、こんにちはと言っただけだ。

「ぼくの大好きなおちびさんは元気だったかな？」ソーンダーズ卿が優しい表情でアンナを眺める。

「元気よ！　聞いた？　お母さまが誕生日の舞踏会を開いてくださるの！」そして、母に向かって大げさに問いかけた。「舞踏会をするのよね、お母さま？　仮装舞踏会にするのよね？」

「どうかしらね」レディ・トレヴェリアンが答えた。「お父さまのお加減によるわね」

「じゃあ、お父さまにすぐに元気になっていただかなきゃ！」アンナがここでようやくマデレンに気づき、親しげな笑みを浮かべて、近寄った。「ごきげんよう。ミス・ベリーから、お客さまがいらっしゃると言われていたのよ。前にお会いした気がするけれど、いつだったかしら？」

マデレンは笑いだし、自己紹介をした。

「ああ、そうだったわ！　思いだした。去年の秋に、ポルペランハウスの結婚式でお会いしたわ。アメリカからいらしたのよね」

「そうですわ」マデレンはうなずいた。「またお会いできて嬉しいですわ、レディ・アンナ。あなたにも、レディ・ヘレン」

ヘレンはなにも言わなかった。

「わたし、アメリカに行ってみたいわ」アンナがため息をついた。

「いつかぜひいらしてくださいな」マデレンはアンナにほほえみかけた。

アンナはスキップで兄のもとに戻り、叫んだ。「ねえ、チャールズ！　ロンドンのおみやげはなあに？」

「つまり、ぼくに会って嬉しいのは、おみやげがあるからか？」

「違うわ」アンナが甘え声で答える。「でも、帰ってくる時は贈り物を持ってくると約束したでしょう？」

「ああ、約束した。そして、ぼくは約束を破らない」ソーンダーズは外套のポケットに手を入れ、小さな包みをふたつ取りだした。大きさはトランプくらいで、茶色い紙に包んで紐で結び、それぞれに妹たちの名前が書いてある。

アンナは興奮のあまり息を呑んだ。「いま開けていい？」

ヘレンでさえ、目を輝かせた。

「ちょっと待った。もうふたつ、あげるものがある」別なポケットから、同じような包みを二個取りだすと、ひとつを母に渡した。

「まあ、チャールズ！　なんのお祝い？」レディ・トレヴェリアンが訊ねた。

「なんでもないよ。ただ、母上に笑ってほしかっただけだ」そして、最後の包みをレディ・ソフィに渡し、つけ加えた。「今度会った時に渡そうと思っていたが、ちょうどよかった」

「ありがとう、チャールズ」

チャールズがマデレンに言った。「きみにはないんだ。申しわけない、ミス・アサートン、きみが来ているとは思っていなかった」

マデレンはほほえみ、気にしないでという意味で首を振った。「とんでもありません、お気になさらないで」

「もういい？」アンナが期待で破裂しそうになりながら急かした。

「いいよ」ソーンダーズが答える。

四人のレディ全員が同時に紐をほどいて包み紙を破ると、光沢のある銅線で形作り、小さな貴石をはめこんだ美しい髪飾りが現れた。

「まあ」レディ・ソフィがつぶやいた。「なんて美しいんでしょう」

「全部違う形だわ」ヘレンが嬉しそうに指摘した。

「わたしのは鳥よ！」アンナが叫ぶ。「チャールズ、これを作ったんで――」アンナがはっと言葉を切り、レディ・ソフィとマデレンをちらりと見やってから、なんと言葉を終えたらいいかわからない様子で兄に視線を戻した。

「なんて優しいんでしょう、チャールズ」レディ・トレヴェリアンが急いで口を挟んだ。「どこで見つけたの?」そう言いながらも、表情と口調がどこかぎこちない。

「露天市で売っていたんだ」彼の答えはよどみなかった。

ヘレンとアンナが床を見つめた。なにかがおかしい——でも、なにが? 普通に振る舞っているのはレディ・ソフィだけだ。

「ありがとう」レディ・トレヴェリアンが明るい声で言い、髪飾りをじっと眺めた。「わたしたちのことをよくわかっているわ。アンナにはコマドリ、ヘレンには花、わたしには木の枝。あなたのはなにかしら、ソフィ?」

「蝶ですわ」レディ・ソフィが嬉しそうに答える。

「ありがとう!」姉妹が口を揃えて言って兄を抱きしめると、彼も優しく抱き返した。レディ・トレヴェリアンとレディ・ソフィも笑顔で彼の頬にキスをして感謝を表明した。

「どういたしまして」四人の称賛を受け、ソーンダーズは嬉しそうに椅子に坐った。

「かわいいでしょう?」アンナが自分の髪飾りをマデレンに見せた。

「本当に繊細にできているのね」マデレンはじっと眺めた。銅製の髪飾りの精巧な細工から見て、金属線の扱いに長けた熟練職人が作ったものに違いない。

マデレンは、アンナが質問を途中でやめた時の奇妙な雰囲気について考えた。まるで、ソーンダーズ卿がこの美しい髪飾りを自分で作っていて、レディ・ソフィ以外はみんなそれを知っている——けれども、それを隠そうとしているような感じだった。でもなぜ?

だが、それ以上考える間もなく、男性の低い声が聞こえてきた。「さあ、来たぞ！　大事な場面に遅れてしまったかな？」

トレヴェリアン卿だった。車椅子に坐って脚に毛布を掛け、看護婦に押されて部屋に入ってきた。痩《や》せ衰え、顔色も悪かったが、その顔は笑っていた。

レディ・ソフィがすぐに立ちあがり、滑るように彼に近寄った。「こんにちは、ジョージ叔父さま。ご気分はいかがですか？」

「だいぶいい。ありがとう、子羊ちゃん」マデレンを見つけると、トレヴェリアン卿はそちらに車椅子を動かすように看護婦に指示をした。「こちらはどなたかな？」

「申しあげましたでしょう」レディ・トレヴェリアンが答えた。「ロングフォード卿の義理の妹さん、ミス・マデレン・アサートン。数日滞在してくださる予定ですわ」

「ああ、そうだった。今年の社交シーズンに参加するためにアメリカから来た方だな」車椅子がマデレンの前で止まった。トレヴェリアン卿がもじゃもじゃした灰色の眉を持ちあげ、マデレンを上から下まで眺めた。

「侯爵さま、またお目にかかれて嬉しいですわ」

トレヴェリアン卿が固い握手を返した。「聞きましたぞ？　あなたがオークリー侯爵をつかまえた方だな？」

マデレンは小さく笑った。「申し込みをいただきました。お返事はまだしておりません」

「なにを待っているのかな？　彼の父親、コートニー公爵のことはよく知っている。すばらしい人物だ。サセックスの地所にはみごとな森がある」

なぜ、とマデレンはいぶかった。だれもが森の話をするのかしら？　答えを探しているあいだに、アンナがスカートの折り目になにか隠そうとしていることに侯爵が気づいた。

「なにを持っているんだ、アンナ？」

アンナが顔を真っ赤にして、髪飾りを差しだした。「これは……贈り物よ、チャールズの」

「そうか。見せておくれ」トレヴェリアン卿がそばに持ってくるように娘に手振りで示した。アンナはおずおずと髪飾りを父に手渡した。トレヴェリアン卿はそれを眺めると、表情を陰らせてソーンダーズ卿のほうを向いた。「どこでこれを手に入れたんだ、チャールズ？」

ソーンダーズ卿は父親をまっすぐに見つめて答えた。「ロンドンです」

「そうなのか？　おまえが以前に作っていたものと薄気味悪いほど似ているが」トレヴェリアン卿が吐き捨てるように言う。

そういうことなのね、マデレンは思った。

「ジョージ」レディ・トレヴェリアンが諫める。「チャールズがもう何年も作っていないことはあなたもご存じでしょう？」

「チャールズがこれを作ったほうに賭けてもいい。ほかにいくつあるんだ？　おまえたち全員に作ってきたのか？」

レディ・トレヴェリアンが眉をひそめた。ヘレンが自分の髪飾りをそっとうしろに隠す。レディ・ソフィも困惑し、気まずそうな様子だった。

「楽しい時間を台なしにしないでくださいな、ジョージ」レディ・トレヴェリアンが優しく主張した。「髪飾りは、チャールズの優しい気遣いですもの。わたしは買ったものと確信していますよ、彼が言ったとおりに。そもそも、いったいどこでそんなものが作れるんです？」

「なにか方法があるんだろう」それから、深い怒りがこみあげたらしく、息子に向かって声を荒らげた。「これを作っていないと心から誓えるのか？」

「なぜ誓えないんです？」ソーンダーズは穏やかに答えたが、その目は冷徹そのものだった。

「何年か前に、あなたがぼくの作業場を壊したのに」

「またそうしてやるぞ、いつでも！ うちはグレイソン家だ！ 物作りなどとんでもない話だ！ そんなのは職人の仕事だ！」

「あなたがそう言うのは、数えられないほど何度も聞いていますよ、父上」

マデレンは、その場にいる女性たちを気の毒に思った。せっかくもらった宝物に対して、罪悪感を覚えなければならないなんて。ソーンダーズ卿のことも気の毒に感じた。緊張で体をこわばらせているのがはっきり伝わってくる。もしも彼が本当に髪飾りを作っているのなら、それを秘密にしておきたい理由がいま明らかになった。先ほど彼が言った言葉が、それを裏づけている。

両親が子どもに必要なことや、子どもが望んでいることを理解していない場合もある。

「この屋敷に五代続いた家系だ！」トレヴェリアン卿はいまや叫んでいた。顔がみるみる赤くなる。「無益な鋳掛け屋など許せん！　おまえの地位にまったく釣り合わない低俗な作業だ！　二度と見たくな――」

ふいに、トレヴェリアン卿の顔の表情が凍りついた。同時に全身が激しく痙攣《けいれん》し始めた。マデレンがはっと息を呑んだその瞬間、公爵の体が横に倒れこみ、そのままどしんと音を立てて床に転げ落ちた。

7

静まった室内に時計の音だけが響いている。チャールズは、体の全神経が緊張でぴりぴりしているように感じていた。

ドクター・ハンコックは二階の父のもとに行ったきり、もう三十分以上戻ってこない。妹たちは子ども部屋に戻された。母とソフィは刺繍に集中し、一方ミス・アサートンは静かに坐り、じっと考えこんでいるようだ。

父は、命をとりとめるだろうか、それとも亡くなってしまうのだろうか？　前者であることをチャールズは祈り、期待した。

父が亡くなり、地所を保持する責任のすべてがチャールズの肩にのしかかってくるからではない。それはやろうと思えばできるだろう——無限に繰り返される会合、署名しなければならない書類、鉱山や離れた場所にある農場の問題——、それによって、自分が望んでいる仕事に費やせる時間がほぼなくなる、または完全になくなるとしても。

だが、だれであっても、当人が亡くなる準備ができていないうちに逝くべきではない。あと少なくとも二十年は生きると……生きたいと思っていた。父はそう言っていた。生に強い執着がある人だ。どんなに長生きしても、長男のことは決して理解しないだろうが、侯爵としては非常に優れている。家族全員に慕われ、小作人たちには文字どおりあがめられている。

天寿を全うせずに逝ってはならない。

ありがたいことに、ここには優秀な医師がいる。

ドクター・ウィリアム・ハンコックは最近この教区にやってきたばかりで、しかも若い──三十歳は超えていないだろう──が、チャールズは彼が好きだったし、信頼していた。母も同様で、実際に重要なのはそれだけだ。黒髪で、目はすべてを見抜くかのように鋭いが、雰囲気は穏やかで知性にあふれ、しかも有能だ。ジェントルマン階級で、裕福な地主の長男だった。エディンバラで世界一の教育を受け、医学の進歩に遅れないように絶えず努力している。父を救える人がいるとすれば、それはドクター・ハンコックだとチャールズは信じていた。

廊下から足音が聞こえてきて、チャールズは立ちあがった。女性たちも不安そうに顔をあげて戸口を見守るなか、ドクター・ハンコックが部屋に入ってきた。

「ドクター？」チャールズの母が叫んだ。「夫は──？」

「発作を起こされたのです」ドクター・ハンコックが告げる。「念入りに診察しましたが、病状は深刻ではないと思われます。鎮静剤を服用し、いまは気持ちよく眠っておられます」

チャールズの母が安堵のため息をつき、ふたたびソファにゆったりもたれた。「ひどくなくて本当によかったわ」

「発作の原因はなんですか？」チャールズが訊ねた。

「それが特定できないんですよ」ドクター・ハンコックが答えた。

「なにか食べ物のせいということはありますか？」レディ・トレヴェリアンが訊ねる。「トレヴェリアン卿はよく食事をしたあとに具合が悪くなるのですが」

「たしかにそれは心配です」ドクター・ハンコックがうなずいた。「しかし、消化不良で発作は起こらない。ほかの原因がいくつも重なったのでしょう。発作の時は興奮していらしたのですね？」

チャールズは罪悪感を覚えながらうなずいた。「ええ」

「そうでしょうね」ドクター・ハンコックが言う。

「叔父はよくなりますよね？」今度はソフィが心配そうに訊ねた。

ハンコックはソフィと目を合わせたが、眉間に皺を寄せて少しためらった。「根拠のない期待はさせたくありません、レディ・ソフィ。実を申しますと、トレヴェリアン卿の多くの症状が、普通ならばいちどきには起こり得ないもので、病名を特定できないのです。しかし、安心してください。お救いするために、全力を尽くしていますから」

「わたしたちにできることはありますか、ドクター？　少しでも楽になれるように」ミス・アサートンが言った。

ドクター・ハンコックが彼女のほうを振り返り、片手を差しだした。「お会いするのは初めてかと思いますが。ドクター・ウィリアム・ハンコックです」

「失礼した」チャールズは急いでふたりを紹介した。

ミス・アサートンと握手しながら、ドクターが言った。「アサートン？　もしかして、ロングフォード伯爵夫人のご関係ですか？」

「ロングフォード伯爵夫人はわたしの姉ですわ」ミス・アサートンがにっこりした。

「似ていらっしゃると思いました。お会いできて嬉しいです。お姉さまのご出産を担当しています」

「姉の具合はどうですか？」ミス・アサートンが訊ねた。「いまバースに滞在していることは知っています。でも、そんな旅をするには、出産が近すぎるのではないかと思って。大丈夫だといいんですけれど」

「わたしの見立てでは、お姉さまはまったく順調です」医師が請け合った。「しかし、温泉に入り、バースにいるわたしの同僚医師の助言を求めたほうがいいと伯爵がお考えになりましてね。バースまでは直通列車があって、たった数時間の旅ですから心配ないでしょう。トレヴェリアン卿に関するあなたの質問については、いま閣下に必要なのは休息です」

「ありがとうございます、ドクター」ミス・アサートンはうなずいた。

チャールズは医師を玄関まで送っていく途中で書斎に立ち寄り、引きだしに入れた箱から一ギニーを出した。紙に金を包むと、慣習どおり、玄関ホールで医師のそばのテーブルにさりげなく置いた。

医師はなにも言わずにそれを手に取ってポケットにしまうと、帽子をかぶった。チャールズと医師は握手を交わした。

「すぐに来てくれてありがとうございました」

「看護婦には、お父上の介護について詳しく指示しておきました」ハンコックが答えた。「あした、また来ますよ」

医師が帰ると、チャールズは客間に戻って椅子に腰をおろした。女性たちは刺繍をしながら侯爵の容態について語り、心配を分かち合っていた。母は父の病気の原因について疑問を投げ続けている。ミス・アサートンは、同様の症状に効き目があると聞いた治療法を挙げていた。

チャールズはなにも聞きたくなかった。この際限ない議論になんの意味がある？　父は病気だ。ハンコックが治療を担当している。父が回復するかどうかは、時間が経たなければわからない。そのあいだは、なにかほかのことを考えたほうがいい。心配から気持ちをそらすべきだ。

残念ながら、いまチャールズの頭に浮かぶ〝なにかほかのこと〟は、お茶の時のおぞましい情景だった。

きょうは、自分が作った髪飾りを渡すのにちょうどいい機会だと思った。あれは、ちょっとした余暇活動であり、自分の愛する女性たちを喜ばせるものだ。自分も作ることで喜びを得られる。ロンドンから戻ってきたばかりだから、そこで買ったと言ってごまかせると踏んでいた。

だが、そううまくはいかなかった。父に対し、厚かましい嘘をつかざるを得なくなった。またしても。母と妹たちにも嘘をつかせてしまった。もちろん、彼女たちはわかっている。

よくわかっているからこそ口外しなかった。それでも、今回、父は信じられなかったらしい。

ソフィも、子どもの時は彼の〝鋳掛け屋〟について知っていた。しかし、ソフィは父と仲がよく、しかも曲がったことを嫌う現実的な性格だから、チャールズもソフィには、あえて最近の活動については打ち明けていない。何年も前に諦めたと信じさせている。いまもなにも気づいていないはずだ。しかし、ミス・アサートンに関してはそこまで確信を持てなかった。全体の状況から、彼女はなにを読み取っているだろうか。

ミス・アサートン。

チャールズは目を閉じ、きょうの午後に噴水のそばで彼女を見つけた瞬間を思いだした。あの時は、彼女の困りきった表情に心をつかまれた。彼女の窮地を救うことができてよかったし、ミス・タウンゼンドに関して説明する機会を持てたことも嬉しかった。彼に対する見解を改めてくれたらしいのは、なによりよかったと思う。屋敷に戻る時に一緒に歩きながら話を交したのは、チャールズにとって、きょう一番のよい出来事だった。

彼女が書くことが好きだとわかって好奇心をそそられた。彼自身の活動もかなりの想像力と集中力を必要とするが、その自分でさえ、小説を書くという複雑な仕事を始めようなどとは考えない。それはつまり、彼女が創造的な感性と成し遂げる意欲を持っている証であり、チャールズはそこに興味を持った。

視線がしらずしらず数メートル離れたところに坐って彼の母としゃべっている彼女に向かう。窓から差しこむ夕方の陽光が、ミス・アサートンの髪をより深い赤色に燃えたたせている。瞳は美しい藍色で、まるで薄暮と夕闇の境目の空のようだ。そして、その肌は――。

ミス・アサートンの肌のことは考えるな。

この女性はオークリーと婚約したも同然だ、とチャールズは自分に思いださせた。すでに一度、友人の婚約者に深入りする過ちを犯している。一生涯後悔が残る出来事であり、二度と繰り返さないと自分は誓った。もちろん、自分自身の義務は言うまでもない。罪悪感を覚えてソフィのほうを見やり、彼女に見つめられていることに気づいた。ソフィはすぐに目をそらして刺繍に注意を戻した。

ミス・アサートンのことを考えるのはやめたほうがいい。徹底的に避けたほうがいい。実際のところ、これからの数日間はここにいても仕方ないだろう。父は二階で安静にしている。父のために自分ができることはなにもない。

わずか数キロ離れたところで作業が待っている。戻りたくてうずうずしている作業だ。


翌朝、マデレンが下におりていく用意をしていると、寝室の扉を控えめに叩く音がした。メモを返しにきたウッドソンで、渡された用紙はすべてすっかり乾き、きれいにアイロンが当てられていた。鉛筆の走り書きも全部読めるのを見て、マデレンは心からほっとした。

「本当にありがとう、ウッドソン。あなたに借りができたわ」

「おそれいります、お役に立てて光栄です」

マデレンはトレヴェリアン卿の容態を訊ねた。

「幸い、昨晩は発作が起こりませんでした」ウッドソンが言う。「しかし、それ以外の症状はお変わりないようです。きょうは一日部屋におられるかと」

ソーンダーズ卿は朝食に現れなかった。マデレンが彼の所在を訊ねると、レディ・トレヴェリアンが興味なさそうに答えた。「トルロに行ったのだと思いますよ」

「トルロ？」マデレンはトーストにバターを塗りながら、そのまま繰り返した。「それはどこですか？」

「南に十キロほど行ったところにある町ですよ」

「チャールズはなにをしにトルロに行かれたのかしら？」レディ・ソフィが燻製《くんせい》ニシンを切りながら訊ねる。

「その町にレオナルドという友だちが住んでいるそうですよ」夫人が答える。「時々、数日滞在する予定で出かけるわ。なにをしているのか、わかりませんけどね。お酒？　乗馬？　ビリヤードかカード？　男性たちが集まればやるようなことでしょう」

「そうですね」レディ・ソフィが笑みを浮かべた。「彼は男性ですもの。男性にはそういう気晴らしが必要ですわ」

マデレンは向かい側に坐るふたりの女性を観察した。レディ・ソフィは、ソーンダーズ卿の様子が普通でないことなど疑ってもいないようだ。しかし、レディ・トレヴェリアンは気づいていて、嘘をついているという明確な印象をマデレンは受けた。トルロの話は、ソーンダーズ卿が出かけた場所と、いまなにをしているかを隠すための隠れみのかもしれない。

なにをしているかについて、マデレンはうすうす感づいていた。無益な鋳掛け屋、トレヴェリアン卿がそう呼んでいたことだろう。

ソーンダーズ卿があの四つの銅製の髪飾りを作ったとマデレンは確信していた。そういう才能があることは間違いない。噴水からマデレンのメモを救出する道具をすばやく作った手際も忘れていなかった。レディ・ソフィがつけていた銅製のブレスレットのことを思いだす。何年も前に彼からもらった贈り物だと言っていた。あれもソーンダーズが作ったもの？　彼は装飾品を作る職人なのだろうか？

なぜ誓えないんです？　何年か前に、あなたがぼくの作業場を壊したのに。

ソーンダーズのその言葉は、彼がかつて作業場を持ち、そうしたものを作っていたことを証明している。いまは別な作業場を確保しているのだろうとマデレンは思った。秘密の作業場。でもどこに？　数々の明白な理由から、この屋敷のなかにないことは明らかだ。

前日、噴水のところに、彼が唐突に現れたことを思いだした。あの時受けた場違いな感じがなんだったのか、マデレンはやっと理解した。ソーンダーズ卿は外套をたたんで腕にかけ、シャツの袖をまくりあげていた。厩舎から来たところで、小作人を訪ねていたと言っていた。でも、もしもそれが事実ならば、作業をするような普段着で行くだろうか？　そうとは思えない。

噴水から屋敷のお茶の席に直行して、そこで彼は髪飾りの贈り物を手渡した。渡すつもりで、外套のポケットにしまってあったのだ。もしもロンドンで髪飾りを購入したのならば、小作人の訪問にあの包みを持っていく必要がある？　いいえ。マデレンは確信した。彼はあの時、作業場から戻ってきたに違いない。

でも、その作業場はどこにあるのだろう。レディ・トレヴェリアンはトルロという町について語った。でも、トルロがここから十キロ近く離れているならば、馬で出かけて、お茶の時間に間に合うように戻ってくるというのはありそうにない。彼が作業場を持っているならば、それはおそらく、この地所の近辺だろうとマデレンの直感が言っていた。

その午後、レディ・ソフィがいつもの昼寝のために部屋にあがっていくと、マデレンは調査のために外に向かった。まずは噴水まで戻り、そこから彼がやってきたほうに向かったが、その先は厩舎しかなかった。

厩舎にそれらしき場所はなかった。どの部屋も馬の世話場か馬房として使用されている。マデレンは地所を一周する長い散策を開始し、これまで行ったことがない区域に足を伸ばした。地所は広く、あちこちに離れ家や古い納屋や小屋が建っている。いちいち確認したが、残念ながら、どれもふさわしく使用されているか、放置されているかのどちらかだった。そのあと、地所の外縁部分に赤レンガのこぢんまりした家を見つけ、探している場所かと期待した。しかし、よろい戸をかけていない窓からのぞいただけで、だれも住んでいないとわかった。

三時間探検しても、職人の作業場らしきものはいっこうに見つからず、ついにマデレンは諦めた。だが、屋敷に戻る途中で厩舎を通りすぎた時にある考えが浮かんだ。

馬丁のひとりが立派な雄馬の体にブラシをかけていた。馬のビロードのような鼻づらを撫でてやりたくて、マデレンは立ちどまった。厩番の少年にこんにちはと言うと、彼は帽子をあげて挨拶を返した。「ソーンダーズ卿の馬がどれか教えてくれるかしら？」

「いまはここにいません」若者が答える。

「まあ、ではどこに？」

「けさ早く、ソーンダーズ卿が乗っていかれました」

「どこへ行かれたか、知っているかしら？」

「いいえ、知りません。トルロに行かれたんだと思います。いつものように」

また、トルロだ。マデレンは若者に礼を言うと、わかったことについて考えながら屋敷に戻っていった。ソーンダーズ卿が作業場を持っているとしても、トレヴェリアンの地所内でないことはかなり確実だ。彼はけさ馬で出かけた。たぶん、とマデレンは思った。自分の考えすぎだろう。彼は本当に、友人に会いにトルロに行ったのかもしれない。

それとも、作業場がトルロにあるのかも。だとしたら、自分には見つけられない。

翌朝、マデレンは早く起床すると、原稿を取りだし、メモが手元にあることを心から感謝しながら、机に向かって坐った。すぐに、手早く書き留めた思いつきや構想が信じられないほど役立つことが判明した。知らないうちに飛ぶように時間が過ぎて、マーティンが部屋に入ってきて、マデレンが起きていることに驚きを表明した時には二時間が過ぎていた。

ソーンダーズ卿は戻ってきていなかった。朝食の時に、ウッドソンがマデレンに電報を届けてくれた。アレクサンドラからであることを期待して封筒を開けたが、それは母からだった。

コーンウォール州、トレヴェリアンマナー
ミス・マデレン・アサートン様

あなたの出発に怒り心頭。気はたしか？　ハットフィールドパークのオークリー卿宛に手紙を書き、申し込みを受けるべし。公爵夫人が手紙をイタリアに転送してくれる。すぐにロンドンに戻るべし。

母

マデレンはため息をつき、電報を封筒に押しこんだ。

「悪い知らせ？」レディ・ソフィが心配そうに訊ねた。

「予想どおりの知らせ。母はものすごく怒っていて、オークリー卿に手紙を書いて、申し込みを受けなさい。そしてロンドンに戻ってきなさいという文面」

「そうおっしゃるのは当然のことですよ」レディ・トレヴェリアンが意見を述べた。「お母さまですもの。母の願いは、娘が幸せな結婚をするのを見ることですよ」

「わたしの母の願いに、わたしの幸せが含まれているのかどうかわかりません」マデレンは答えた。「でも、わたしにとって一番大事なのは、間違いなく幸せです」

オークリー卿と結婚して、幸せになれるだろうか？　彼を幸せにできるだろうか？　マデレンはいまだに確信を持てなかった。姉と話す必要性が日に日に増している。でも、自分にできるのは待つことだけ。

朝食後、マデレンは電報用紙に母への返事を書き、ウッドソンがそれをすぐに地元の郵便局に届けさせると約束した。

　ロンドン、ブラウンズホテル
　ミセス・ジョゼフィーン・アサートン様

　コーンウォールは美しい所。ここに滞在中。オークリーには、夏の末に彼が戻った時に返事をする。
マデレン

この任務を終えると、マデレンはまた外に出たくなった。「レディ・ソフィ、けさは馬に乗るのはいかが？」

「ええ、ぜひ乗りたいわ」レディ・ソフィが同意した。

ふたりはトレヴェリアンの厩舎から馬を借りだして浜辺を走らせた。マデレンは少女の頃、夏になるといつも乗馬をしていたし、ロンドンのデビューに備え、母の意向により、三姉妹とも乗馬の追加指導を受けさせられた。一方のレディ・ソフィも同じくらい経験のある乗り手だった。ふたりは新鮮な海辺の空気を楽しみ、幼い頃の思い出を語り合った。ひとりっ子で育ち、家庭教師から教育を受けたレディ・ソフィと、ずっと学校に通い、家庭教師は何年ものちに一度（しかも短期間）行儀作法を習っただけのマデレンの三姉妹では、思い出がまったく異なる。

厩舎に帰ってきて、馬からおりると、マデレンは心から言った。「とても楽しかったわ」

「わたしもよ」レディ・ソフィが額から金髪のほつれ毛をうしろに払った。「ミス・アサートン」家の方向に歩きだしながらつけ加える。「聞いてほしいんだけど、あなたとは知り合ってまだ数日しか経たないのに、何年も前から知っていた気がするの。わたしにとって、とても大切なお友だちよ」

「わたしも同じように感じているわ、レディ・ソフィ」マデレンも心から言った。

「それなら、友情のために――厚かましいと思わないでくれたらいいけど――作法どおりの敬称は省いて、お互いに名前を呼び合うという考えはどうかしら？」

「とてもいい考えだと思うわ」

レディ・ソフィは足を止め、ほほえんで手を差しだした。「これからは、わたしをソフィと呼んでね」

マデレンはソフィの手を取って握りしめた。「そうするわ。あなたもわたしをマディと呼んでね。姉と妹にはそう呼ばれているの」

その晩、夕食が終わり、ソフィがピアノを弾いたあとに、レディ・トレヴェリアンがカードをやりたいと言いだした。四人組を作るために、ヘレンも寝る時間のあとも起きていていいと言われて加わった。当然ながら、アンナも一緒にいたいと言い張った。

マデレンとソフィ、ヘレン、そしてレディ・トレヴェリアンがトランプゲームのハーツで真剣勝負を繰り広げるあいだ、アンナはそばに坐って立体鏡で写真を眺め、こじんまりした応接間に笑いがあふれた。みんなで集う楽しい雰囲気に、マデレンは子ども時代、母と姉妹たちと過ごした楽しい晩を思いだした。ヘレンでさえも競争心を掻きたてられたらしく、ゲームに夢中だった。しかも、とても上手で、その晩はずっと勝ち続けた。

マデレンは、レディ・トレヴェリアンとソフィがソーンダーズ卿にもらった髪飾りをつけていることに気づいた。髪飾りの出所はいまだ判明しない。マデレンはふたりから少し情報を聞きだすことにした。とくに大荒れのゲームがひとつ終わったあと、髪飾りを褒めて、そして言ったのだ。「そんなに美しい贈り物をなさるなんて、ソーンダーズ卿は本当にお優しいですね」

「ええ、とても思いやりがある方よ」ソフィが同意する。

「トレヴェリアン卿のお気にさわったようで残念でしたが」マデレンはさりげなく言ってみた。

レディ・トレヴェリアンが手を止め、マデレンに視線を向けた。答えを考えているかのように間を置き、それから口を開いた。「トレヴェリアン卿はチャールズに高い期待を抱いていますからね。父親のやり方を踏襲してほしいのですよ」

マデレンはもう少し単刀直入な言い方をしようと決意した。「そういえば、きのう気づいたのですが」カードを集めて切りながら、思いついたように言う。「ソーンダーズ卿は若い頃、ああいう髪飾りをお作りになっていたのですね」

ヘレンがさっと母を見やり、目を伏せた。アンナは立体鏡から目をあげたが、なにも言わなかった。

「チャールズは器用な子どもでしたからね」レディ・トレヴェリアンが答えた。「そういうものをなんでも作っていたんです」

「修理も上手だったわ」ソフィが言った。「わたしが子どもの時は、自分の懐中時計を直していたわ」

「もちろん、子どもの時だけですよ」レディ・トレヴェリアンが急いで指摘する。「侯爵家の跡取りとして、そんなことにかまけていられませんから」

「もちろんですわ」マデレンはうなずいたが、いまの言葉をひとつも信じていなかった。

「でも、チャールズはロンドンで市をまわって骨董品店をのぞくのが好きだから」レディ・トレヴェリアンが結いあげた髪に挿した飾りに触れてから、その手を動かしてそばの飾り棚の上に飾られた小さな金属製の木を示した。「数年前のクリスマスにあれを買ってきてくれたんですよ」

マデレンは部屋に入ってきた瞬間にその置物に気づき、とても美しいと思っていた。それがソーンダーズ卿からの贈り物――あるいは、贈り物以上の品――だと知り、好奇心が掻きたてられた。「そばで見てもいいですか？」

「もちろんですよ」

マデレンは立ちあがり、サイドボードに近寄ってじっと眺めた。高さは二十センチくらい。銅線で作られた姿は優美さと繊細さを兼ね備え、まるで枝が風にそよいでいるかのように見える。葉っぱは小さな貝殻と貴石でできていた。「なんて美しい美術作品でしょう」マデレンはうっとり眺めた。

「わたしのぜんまい仕掛けのカラスはもっとすてきよ」アンナが言った。

「ぜんまい仕掛けのカラス？」マデレンはそちらにも興味を引かれた。

アンナが嬉しそうにうなずく。「チャールズ……が、わたしの十歳の誕生日にくれたの」

「わたしにはぜんまい仕掛けのキリンをくれたわ」ヘレンも誇らしげに言う。

「お見せしてもいい、お母さま？」アンナが期待に満ちた目で母を見つめる。

「あなたたちのおもちゃなど、ミス・アサートンは関心ないでしょう」レディ・トレヴェリアンがたしなめる。

「ぜひ見せていただきたいですわ」マデレンは言った。「ぜんまい仕掛けのカラスもキリンも見たことありませんもの」

レディ・トレヴェリアンがためらった。「そうですか。それなら、あなたたち、取っていらっしゃい」

ヘレンとアンナが部屋から走りでていった。数分後、息を切らして戻ってきた時、それぞれが手のひらくらいの小さな人形を持っていた。少女たちが順番に渡してくれたので、マデレンは手に取ってじっくり観察した。

「わたしのキリンはフレデリックという名前よ」ヘレンが説明する。

「わたしのはカラスという名前なの」アンナも嬉しそうに言う。

「いい名前ね」髪飾りと木の置物にも感銘を受けていたが、このふたつはもっとずっと複雑にできた芸術品だった。大きさと形と色がそれぞれ異なる小さな金属片と、時計の部品のようなものでできている。アンナのカラスは、小さな車輪を使って脚と羽を作り、尻尾は古い金属の定規でできていた。ヘレンのキリンは、とくに細工が細かくて、脚と首に関節まである。

「こうやって動かすのよ」ヘレンがキリンを動かしてみせた。「頭をさげられるの。川で水を飲んでいるみたいでしょう？」

「カラスもフレデリックも本当にすごいわ」マデレンは声をあげた。こんなすばらしい作品をみんな、ソーンダーズ卿が作ったとは！　それなのに、彼の家族がその業績を公に認められないのはなんと悲しいことだろう。「あなたがたは幸運ですね、こんなに優しくて気前のよいお兄さまがいるなんて」

そして器用で才能あふれるお兄さま。

マデレンは声には出さずにそうつけ加えた。

8

翌日の午後、レディ・トゥヴェリアンがソフィを連れ、新しいドレスの採寸のために村の仕立屋に出かけたので、マデレンはまたひとりで散歩をした。

曇りの天気だったが、それでも時折雲の隙間から太陽が顔をのぞかせた。マデレン自身は太陽のように晴れやかな気分だった。母の好みのせいで、持っているのは飾りのついた華やかドレスばかりだが、きょうの服はお気に入りのうちの一枚で、淡黄色の綿ローン地に飾り襞とレースがふんだんに飾られ、裾は三十センチの長さのプリーツになっている。ドレスに合う色に染めた靴を履き、リボンとシルク地のヒナギクを飾った最新流行の小さな帽子をかぶった。

砂利の小道を通って庭を抜け、前回の散歩で見つけたお気に入りの場所をもう一度訪れようと、マデレンは期待に胸をわくわくさせながら屋敷を出た。しかし、海カモメの鳴き声と潮気を含んだ空気に誘われ、気づくと地所の端の海岸線を見おろす崖の上に立っていた。

そこから浜辺におりていったことは何回かあるが、頂上沿いに左右に延びる泥道を歩いたことはなかった。こういう道にいま履いている靴がふさわしくないのはわかっている。しかし、ぎさぎさの崖の湾に囲まれた濃紺色の海の広がりは絵画のように美しく、その眺望をさらに探求する機会に抗えなかった。

南の方向に歩きながら、マデレンは深く息を吸った。海の空気が爽やかだ。風が草をそよがせる。小道の両側には茎の先にピンク色の小さな花がついた草が一面に咲いて、風が吹き抜けると、お辞儀をするようにゆらゆら揺れた。ほんの何日か前にたくさんの馬車が行き交い、いつも暗く煙っているロンドンにいたことが信じられないくらいだ。ここにいると自由だと感じられる。自分の一部は、ここに永遠にとどまることができればと願っていた。

ぶらぶら歩くうち、マデレンの思いは姉と妹に向かった。マデレンは四月初めにヴァッサー大学を卒業したが、母はその日の午前にマデレンを大学からニューヨーク市の家に連れ帰り、海外行きのための荷作りをさせた。キャサリンとはその日以来会っていない。アレクサンドラとは、昨年秋の結婚式以来会っていない。マデレンはふたりに会いたくてたまらなかった。

一緒に育ち、姉妹はなんでも三人で話し合ってきた。ふたりに相談せずになにかを決断することはめったにない。手紙は、会って話をする代わりにはならない。アレクサンドラと再会し、頭のなかに垂れこめる疑問について話し合うのが待ちきれない。つまり、自分はオークリー卿と結婚するべきか、それともお断わりするべきか？

マデレンはウェリントンハウスの舞踏会でオークリーと初めて出会った晩のことを思いだした。あの時は、到着した彼にすぐに気がついた。赤毛の彼はとてもハンサムで長身でがっしりした体格だった。燕尾服に白い蝶ネクタイと白いベストで装い、会場の女性全員の目が自分に注がれていることなど気にもしていないかのように品よく立っていた。公爵の長男として、当然ながら、多くの会話と期待の対象になる。妻を探していると噂されていて、若いレディ全員が彼と踊りたがっていた。

最初のダンスが始まる少し前にオークリーに紹介される場があり、そこでダンスを申しこまれた。マデレンのダンスカードはすでにいっぱいで、その晩最後のワルツ一回しか残っていなかったので、マデレンはそのダンスを彼と約束した。

パートナーたちと次々にダンスを踊っては会話を交わすあいだに疲れきったせいでマデレンはオークリー卿のことを完全に忘れていたが、彼は自分の番になるとさっそうと現れて、手を差しだした。彼が秀でた踊り手であることはすぐにわかり、その会話も紳士的で思慮深いものだった。

そのあと、さらにふたつの舞踏会でオークリーと踊って、二回の夜会で彼の隣に坐り、母とともに劇場と競馬場にエスコートされた。どの時も、彼は一緒にいて楽しい人だった。母と招待されて彼の家族の地所で過ごした四日間もいい思い出になっている。ハットフィールドパークに資金の投入が必要なことは明らかだったが、オークリーはマデレンの財産について一度しか言及しておらず、資産よりもマデレンの人となりが気に入ってくれているように思えた。

この縁組みに大喜びすべきだとわかっていた。ハットフィールドパークで暮らすのは、すばらしいことだろう。それに、公爵夫人になることも！　彼が申しこむだろうと感じていた。でも、その瞬間が来た時、思いがけず身がすくんだ。全身が凍りついて、返事をすることもできなかった。返事をする前に考えさせてほしいとオークリーに言った時、彼は驚くほど寛大だった。彼がヨーロッパ旅行に出かけて三カ月後に英国に戻ってきた時に返事をするということで同意してくれた。

将来がはっきりしない中途半端の状態でずっといるのは奇妙な感じだった。アレクサンドラから返事があって、家にいつ戻ってくるか知らせてくれさえすれば。ポルペランハウスに行って、この状況を姉に相談できれば、どんなにほっとするだろう。

とりとめのない思いは、一陣の風に絶ち切られた。帽子をもっていかれそうになり、あわてて押さえる。帽子を留めていたピンを挿し直し、周囲を眺める。

さえぎるものがなく、すべてを見渡せる場所だったが、その光景は荒々しかった。眼下の黒い岩に波が当たって砕け散るたび、泡のしぶきがもうもうと噴きあがる。マデレンは思ったよりも遠くまで来てしまったことに気づいた。帰路はかなり長くかかりそうだ。雲も先ほどよりもずっと暗くなって、太陽を完全に隠していた。雨が降ってくるかもしれないと思い、マデレンは急に不安を覚えた。

ただの散歩に、一番いいドレスのうちの一枚を着て、上等な帽子をかぶり、新しい黄色の靴を履いて出てきたのは失敗だった。少なくとも、マントを着て、傘を持ってくるべきだった。

屋敷に向かって方向転換しようとしたその時、屋根のない高い石造りの建物が目に入った。付属の塔が崖の端ぎりぎりに建っている。建物のまわりに何人かの労働者が見えたので、マデレンは立ちどまった。いったいなんの建物だろう。

その時、その建物からマデレンのほうに向かってくる馬に乗った男性に気づいた。

乗り手はソーンダーズ卿だった。

マデレンの心臓がどきんと大きく打った。彼はまだトルロにいると思っていた。あるいは、どこであろうと、彼が出かけた場所に。まだ離れていたが、彼もマデレンに気づいたのがわかった。にっこりして手を振ったからだ。

黒い馬を駆って近づいてくる姿を見れば、馬上の彼がどれほどすてきかに気づかないわけにはいかない。背筋をまっすぐ伸ばした堂々たる坐り姿、乗馬服のズボンは筋肉隆々の脚にぴったり張りつき、灰色のスーツコートが引き締まった体格をあらわにしている。

マデレンは、彼に会えて自分が喜んでいることに気づいた。ソーンダーズ卿に対して感じていた懸念は、ほとんど消えていた。女性に関する彼の噂のことは残っているが、それはもはや気にならなかった——彼について称賛すべき点をたくさん知ったからだ。彼は思いやりがあって思慮深い。家族に愛されている。そして、マデレンの推測が正しければ、非常に才能ある工匠だ。

「ごきげんよう」声をかけながら、早足で近づいてくる。そして、膝で軽く突いて馬を停止させ、鼻を鳴らして待っている馬を優しく叩いてねぎらった。帽子はかぶっておらず、午後の冷たい風に茶色の巻き毛がはためいている。「ひとりで遠足かな?」

「そうです」

「この数日、父の容態を聞いていない。知っているかな……どんな状況か？」

「わたしが聞いたかぎりでは、お変わりないようです。幸い、あれから発作は起きていないそうですわ」

「それはよかった」

マデレンは好奇心の声に従い、意を決して厚かましい質問をした。「トルロに行かれているとお母さまからうかがいましたが」

彼がうなずいた。表情からはなにも読めない。「家に戻るところだ。途中で採鉱場に立ち寄った」

「採鉱場？」

彼が手振りで遠くの石の建物を示した。「ウィール・ジェニー。トレヴェリアン家の錫《すず》鉱山だ」

「ご一族が鉱山を所有していらっしゃるとは存じませんでした」マデレンは興味をそそられた。

「きみはまだ散歩中？　それとも屋敷に戻るところ？」

マデレンは暗雲を眺めた。「戻るところです。出かけた時はとてもいい天気だったのに、もうすぐひと雨来そうですね。情けないほど準備をしていなくて」

「ぼくもだ」彼がマデレンを見おろした。「一緒に歩いて帰っていいかな？」

「ええ、ぜひ」マデレンはすぐに同意した。「でも、雨が降りそうだから、馬に乗っていいかれたほうがいいのでは？　早く戻れますわ」

「たしかにそうだが、きみを残して、ひとりで雨に立ち向かわせたくはないからね」ソーンダーズは滑らかな動きひとつで馬をおりたが、雄馬の手綱は放さなかった。「一緒に歩けて、テスラも喜ぶだろう」


「あなたの馬の名前はテスラなんですね？」ミス・アサートンがにっこりした。

崖伝いに続く小道を彼女と並んで歩きながら、チャールズはうなずいた。「そうだ」

こんなふうにミス・アサートンに出会ったことは驚きだったが、それは不愉快な驚きではなかった。何日か前に噴水のところで出会った朝に、ミス・アサートンの彼に対する態度が変化して柔らかくなったのを感じ、チャールズは嬉しく思っていた。彼女のことは好ましく――それも非常に好ましく――感じているから、敵よりは友人になってほしい。

この数日、嬉々として仕事に専念していたにもかかわらず、気づくと美しいミス・アサートンのことを考えていた。

彼女とつき合えないことはわかっている。それを望むべきでもない。

しかし、男ならば、彼女をひと目見て、望まないことなどできるだろうか？　しかも、黄色い夏のドレスを着ていると、赤みを帯びた茶色い髪に載せた帽子のヒナギクの飾りのように、生き生きして愛らしく見える。

夏のドレスを着ていない彼女はどんなだろうかと考えずにはいられない自分がいた。コルセットと下着を脱がせたら。美しい赤毛を長くおろし、肩のまわりに滝のように流れさせたら。

彼の思いはさらに一歩前進した。ベッドで裸になった彼女を思い浮かべる。彼の下で身もだえる。それとも、彼の上で。

だめだ。やめろ。そんな想像をしてはいけない。

三つの言葉を思いだせ。爵位。婿探し。富豪令嬢。エリーズ・タウンゼンドと同じ。だが、実際のところ、ミス・タウンゼンドとは似ても似つかない。

「ニコラ・テスラに敬意を表して、でしょうか？」彼女が言う。

チャールズは目をぱちくりさせ、ミス・アサートンを眺めた。「ニコラ・テスラの名前を聞いたことがあるのか？」

「彼が発明した交流発電機の特許が、昨年、ウェスティングハウス・エレクトリック社によって使用されたのでは？」

チャールズは思わず笑いだした。「きみがそれを知っていることに、自分が驚かないのが不思議だな。だが、そのとおり、テスラはぼくの尊敬する人物のひとりだ」

「いくつもの電力会社のあいだで、かなり激しい競争があったのではなかったかしら？」

「そうだ」ソーンダーズは、また笑った。彼女の知識に感銘を受けただけでなく、自分の最大の関心事について話し合える人がいたことが嬉しかったからだ。「エジソン電灯会社は自社の直流送電のほうが交流送電よりも安全だと主張している」

「どちらのほうが安全だと思いますか？」

「テスラのだ、間違いない」

ふたりのあいだで、いわゆる〝電流戦争〟について活発な議論が始まった。歩調を揃えて歩くテスラを従え、並んで歩きながら会話するあいだも、チャールズはミス・アサートンを横目で見ずにはいられなかった。チャールズはトーマスが、美しさと豪胆さと熱烈な知性を兼ね備えた、この地球でただひとりの女性を見つけて結婚したと確信していた。だが、その特性は家族に共通して流れているものだといまわかった。

「言うまでもないが、このような会話を交わした女性はきみが初めてだ」

「最後でないことを願いますわ」ミス・アサートンがにっこりした。そして、来たほうをちらりと振り返ってつけ加えた。「伯爵さま、鉱山のことですが、なんという名前でしたか？」

「ウィール・ジェニーだ」

「ご一族がもう長く所有しておられるのですか？」

「百五十年以上だ。もうかなりの部分は掘り尽くされている。うちの小作人のほとんどは農家で、オート麦や大麦を作っているが、ウィール・ジェニーによって多少の追加収入を得ている。さらに重要なのは、少数だが地元の人を雇用し続けていることだ」

「なぜウィール・ジェニーと呼ばれているんですか？」

「コーンウォールの鉱山のほとんどは、ウィールが名前の前につく。コーンウォール語で仕事場の意味だ。ジェニーは、ぼくの高祖母の名前にちなんでつけられた」

「先祖伝来のすばらしい遺産なんですね。どんな鉱物を掘りだしているのですか？」

「錫と銅だ」

「銅？」その事実がなにか非常に重要であるかのように、ミス・アサートンの目が輝いた。少し考えてから、ゆっくりと言う。「あなたが皆さんにあげた美しい髪飾りは、その材料で作られていませんでしたか？」

彼女の口調と表情から、なにかを疑っていることは明らかだった。しかし、チャールズはその扉を開けたくなかった。「そうだと思う」チャールズは肩をすくめた。「なにでできているか、職人に訊ねなかったが」

「職人？」ミス・アサートンが彼を一瞥した。「伯爵さま、とぼけないでください。お母さまと妹さんたちに聞きました。つまり、あなたには物作りの才能があったと……若い時に。そうした活動をお父さまがよく思わない理由は、理解はできますが、同意はできません。それに、あなたがそれを諦めたとは一瞬たりとも信じません」

「ミス・アサートン」チャールズは適切な答えを探したが、見つかる前に彼女が言葉を継いだ。

「カラスとフレデリックのことも知っています」

その発言は不意打ちだった。いったい全体なぜ、妹たちはミス・アサートンにカラスとフレデリックを見せたんだ？「なにを言いたい？」

「わたしが言いたいのは、あなたがなんとおっしゃろうが、わたしはあなたがあのふたつを作ったと確信しているということです。お母さまにあげた美しい銅の木もそうです。どれも本当にすばらしいですわ、伯爵さま。創意に富んでいて、とても複雑で繊細で。もしも秘密を明かしてくれても、お父さまにはなにも言わないと約束します」

チャールズは否定しようと口を開いたが、すぐに閉じた。もちろん、これに関して、ミス・アサートンにもほかのだれにも嘘をつきたいわけではない。しかも、彼女は非常に褒めてくれている。秘密を守ると信頼できるか？　できると直感が告げていた。どちらにしろ、この女性はノーという答えを受け入れないだろう。チャールズは諦めの境地に達して小さく笑った。「きみの勝ちだ、ミス・アサートン。たしかに髪飾りはぼくが作った。カラスとフレデリックも」

「銅の木は？」彼女の青い瞳が勝ち誇ったようにきらめく。

「銅の木も」

「やっぱり！　信じられないような才能をお持ちだわ。心から敬意を表します」風が彼女の帽子からほつれでた髪を払い、スカートを膨らませる。「ああいうものの作り方をどこで学んだのですか？」

「独学だ。七歳か八歳の頃に屋根裏部屋で壊れた時計を見つけ、それを分解して修理しようと試みて、みごとに失敗した。しかし、それによって歯車やそのほかの部品を組み直しておもちゃの小さな荷馬車を作った。それで、もっと金属加工部品がほしいと父にねだり、ほかのものをもらった覚えがある。父はその時もしぶしぶだったが」

「せっかくの仕事を、貴族だという理由だけで、お父さまがあれほどかたくなに反対されるのはとても残念ですね。アレクサンドラの夫も、彼の絵画制作に関して同じ問題に直面していましたわ。ロングフォード卿は収入を得る必要があったのに、自分の絵を売ることが許されなかったのですし」

「だが、ひとつ違いがある」チャールズは指摘した。「ぼくは売る必要はない。芸術を追求する理由は、いうなれば情熱だ。贈り物にできるのならそれだけで嬉しい。それでもなお、父は認めない。卑しい仕事だと思っているからだ。手を使う仕事だから」

「そうでなければよかったのにと思いますわ」ミス・アサートンが悲しそうな笑みを浮かべた。「自分にとってとても大事なことを隠さなければならないのは、本当につらいことですもの」

チャールズはその言葉の真意に気づき、思わず彼女を見やった。「きみも執筆を隠さなければならないのか？」

「ええ。原稿を肌身離さず持ち歩くことが、母には理解できないのです」

「それも残念なことだ」ふたりが同じ悩みを共有しているのは興味深いとチャールズは思った。

「名乗るとしたらなんでしょう？　金属細工芸術家？」

チャールズは答える前にしばし考えた。ミス・アサートンは彼の活動を母や妹たちとソフィに作った装飾品だけだと思っているらしい。その思い違いを訂正しないほうがいいと判断する。「そのようなものだな」

「仕事に出かける時は、トルロに行くとおっしゃって出かけるわけですね？」

チャールズは笑いそうになるのをこらえて、口元を引きつらせた。「まあそうだな」

「どこで作業されるのですか？」

「ああ、それは国家機密だ。教えることはできるが、教えたら、その口を封じなければならない」

ミス・アサートンが笑った。「デュマの小説でその言葉を読んだような気がします」

「本当か？　それなのに、自分が最初に言った言葉だと思っていたとは」

「最初ではないと思いますわ。でも、また黙ってしまわれましたね。どこかに作業場があることはわかっていますわ。噴水からわたしのメモを救出してくれた日、髪飾りをポケットに入れて持っておられた。半日しか出かけていなかったのに。つまり、作業場はそれほど遠くないということでしょう」

チャールズはにやりとした。これほど賢ければ、一と一を足して答えを見つけても驚きはしない。「この件に関して言えることはすべて言った、ミス・アサートン」

「そうですか？」ミス・アサートンは失望を隠そうとしなかった。「ここまでお話ししながら、また暗闇に置き去りにするのですね？」

「そうだ」そう言った瞬間、大きな雨粒がチャールズの目を叩いた。払おうと目をしばたたき、空がいっきに暗く、険悪な雲行きになったことに気づいた。「乗馬はできるか？」

「ええ、なぜ？」

「雨が降ってきそうだから。テスラはかなり元気がいいが、きみは乗りこなせるだろうか？」

9

「ええ」マデレンは答えた。「テスラを乗りこなすことはできると思います。でも、片鞍しか乗らないので」

ソーンダーズががっかりしたようにため息をついた。「なぜ女性は片鞍しか乗らないのだろう？」

マデレンはそのことについて考えたことがなかった。「ひとつには慎み深さの問題かと。もうひとつの理由は、長いスカートを穿いているからですわ」

「一般には、違う解釈がなされている」

「そうなのですか？」雨粒が軽く地面に落ち始めた。

「この習慣は一三八一年まで遡る。ボヘミアのアン王女が特別に作られた片鞍に乗り、リチャード二世に嫁ぐためにヨーロッパを横断した。片鞍が守ったのは慎み深さだけでなく……純潔だ」

マデレンはその言葉の言外の意味を察して頬を赤らめた。「知りませんでした。でも、それから、何百年も受け入れられてきた習慣ですもの。そうすべきなんでしょう」

「きみがそんな保守的な見方をするとは以外だな」

マデレンはその言葉にたじろいだ。「慣習を気にせずに疾走したくても、きょうは馬にまたがることはできませんわ。乗馬服を着ていませんもの。雨に降られて死ぬことはないですし」

「たぶんないだろう。しかし、このまま歩き続けたら、その美しいドレスの裾が泥だらけになるし、靴も台なしだ。それに対し、ぼくはブーツだから、なんの問題もなくきみの横を歩いていける」

マデレンはためらった。ドレスと靴をだめにするのは避けたい。でも……「どうやったら乗れるでしょう?」迷いながら訊ねる。乗馬服ならば、スカートの下はズボンで、左側に脚を隠すための長いドレープがかかっている。でも、このドレスで馬に乗ろうとすれば、ペティコートとくるぶしが見えてしまうだろう。しかも、股の部分が開いた下着をつけている!

「きみがスカートをきちんと整えるまで、ぼくはよそを向いている」彼が約束する。

この考え自体がスキャンダラスで、マデレンの安全と思える範囲から完全にはずれている。でも、ぽつぽつと落ちている雨粒の勢いは刻々と速まっていた。言われてみればたしかに、女性が片鞍に乗らねばならないことは、ほかの多くの規則と同じくばかげているかもしれない。マデレンが生まれてからずっと、つい数日前にロンドンの社交シーズンを抜けだしてコーンウォールに来るまでは、疑問を抱かず従ってきた多くの規則と同じように。

ふいにたぎるような反抗心が湧きおこった。「わかりました。やるわ。乗ります」

ソーンダーズが立ちどまり、彼に習って馬も止まった。「すばらしい。手伝いは必要かな？」

「いいえ、大丈夫です。目を閉じて、見ないでください」

「絶対に見ない」その低い声は、明らかにおもしろがっている。

マデレンは注意深くスカートを持ちあげると、左足をあぶみに載せ、鞍の先端のホーンを握った。一度のすばやい動きで右足をあげて馬をまたぎ、紳士のやり方で鞍に坐った。

「もう大丈夫か？」ソーンダーズが訊ねた。

「ええ」大急ぎでスカートを直してから返事をする。スカートに少し皺が寄り、ペティコートの一部とくるぶしも少し見えているが、それ以外はまあまあきちんとしている。「もう目を開けていいですよ」

ソーンダーズはほほえみ、マデレンに手綱を渡した。「背筋を伸ばして坐る。脚はまっすぐおろして、馬の体にそっと触れさせておく」そのほかにもいくつか、この馬を制御し、指図するやり方を伝授した。彼の助言に従い、マデレンは馬を軽く小突いて歩かせた。テスラは反応がとてもよかった。

「それでいい。乗り心地はどうかな」

「とてもいいですわ」初めは姿勢のせいで奇妙な感じだったが、ほどなく慣れると、片鞍の乗馬では経験したことがない安定感と力強さを得ることができた。

「きみは馬のことをよくわかっているようだ」ソーンダーズ卿が横を歩きながら、褒めるように言い、額にかかった雨粒を手の甲で拭った。

「この速さならば、子どもでも乗れますわ」マデレンはいたずらっぽく言った。

「そうかな？」

「ハットフィールドパークの野原を全速力で駆けさせたのは、先週のことですもの」なぜそんなことを言ったのか、マデレンは自分でもわからなかった。実際には、オークリーと馬に乗った時、彼は安全のために、うんざりするほど遅い速足で走らせると言って譲らなかった。

ソーンダーズがマデレンを見つめた。「オークリーと馬を全速力で走らせた？」

もはや取り消すことはできない。「驚いたようなおっしゃり方ですね」

「彼は馬を疾走させるようなタイプとは思えないが。非常に保守的な人物だからね」彼はほかにもなにか言おうとしたが、その時雷鳴が轟き、ふいに空が割れたかと思うほどの土砂降りになった。

「大変だ！　あぶみをはずして！」ソーンダーズが切迫した声で叫んだ。

なんのためかわからなかったが、言われたとおりにした。マデレンの左足があぶみから離れるやいなや、ソーンダーズはそれを使って自分を持ちあげ、鞍のうしろにまたがった。ふたりを隔てているのは、鞍後部の盛りあがった部分だけだ。

あまりの衝撃に、マデレンはしばらくのあいだ身を動かせなかった。

子どもの頃は、キャサリンと一緒に数え切れないほど何度もふたり乗りで走ったものだ。でも、これは違う。まったく異なる。馬にまたがるだけでも不適切なのに、男性とふたり乗り？　だれかに見られたらどうするの？

「行こう！」彼が叫んだ。

考える暇はなかった。雨が滝のように降っている。マデレンはあぶみに足を入れると、馬を駆け足で走らせた。

ソーンダーズ卿の腕がマデレンのウエストにまわる。

あまりに親密かつ思いがけない感触に、マデレンは思わず息を呑んだ。乗馬はバランスの問題だから、熟練した乗り手の彼なら、マデレンに手をまわす必要はないのではないかと思う。あるいは、代わりに彼が鞍に乗ったほうが、はるかに適切だろう。でも、自分にまわされた腕の重み――そしていまや、背中に押し当てられている彼の胸――が頼もしく感じられたから、彼に坐る位置を変えてほしくなかった。

「これが好きかい？」耳のうしろで彼の声が低く響いた。温かい息がマデレンのうなじにかかり、肌をざわめかせた。

心臓が高鳴り、馬のひづめの音に合わせてどきんどきんと打っている。経験したことのない新しい感覚が全身を貫く。まるで体じゅうの血管と筋肉が肌の下で震えているかのようだ。

「なにが……好きですって？」息を切らせながら問い返した。

「またがって馬に乗ること」

ああ、そのこと。「ええ」その一音節は、言葉というよりもため息だった。

「好きだと思った」くすくす笑いながらのその返事を、マデレンは耳で聞くと同時に肌で感じた。そのあとすぐに指示が飛んできた。「もっと速く」

驚いたせいで鼓動がさらに速まった。「でも、これ以上速いと安全とは言えないのでは？」

「きみとテスラを信頼している」彼の低い声がマデレンの全身に響いた。「全速力で走らせるのが好きだと言っていただろう？」

それは本当だった。早駆けで走らせるのが一番好きだ。でも、彼は鞍がない。これ以上速く走ったら、彼が危険に陥るかもしれない。馬を危険にさらす可能性もある。マデレンは決闘の手袋を投げられたように感じた。雨は溺れそうなくらい大量に降っている。最後に危険を冒して挑戦したのはいつ？　それ以上考えずに、マデレンはテスラをうながし、全速力で走り始めた。

チャールズはミス・アサートンのほっそりしたウエストをしっかりつかんだ。ふたりの下で鳴り響くひづめの轟きと同じくらい速く、チャールズの心臓が鳴っている。ふたりが乗る馬は、水と泥をはねかしながら小道を飛ぶように走っていた。激しい雨脚は変わらず、叩きつけるように降っている。

ふいに突風が吹き、ミス・アサートンの頭から帽子を吹きとばした。はるか下の浜に転り落ちて、岩に打ち寄せる白い水しぶきのなかに消えていく。彼女がはっと小さくあえぎ、ほんの一瞬振り返って、残念そうな表情で帽子の行方を目で追った。

しかし、チャールズは帽子が飛ばされたことを残念に思えなかった。それによって、彼女のうなじがあらわになったからだ。髪の生え際の下の美しい肌が、彼の唇から十センチほどしか離れていないところで、きらめく雨粒に濡れて輝いている。すぐにも味わえそうなほど近い。濡れた白い肌に唇を押し当てないだけで精一杯だった。

すべてがしっとり濡れている。疾走する馬の上で、胸を彼女の背中にしっかり押し当て、両脚で彼女の脚を押し支えて、これ以上ないほど密接したふたりの体が馬の足並みに合わせて揺れている。まるで愛の行為をしているかのようだ。

欲望が体を突き抜ける。股間がみるみる硬くなる。両手をほんの少しだけあげれば、彼女の胸を包むことができる。ああ、どれほどそうしたかっただろう。しかしだめだ。考えてもいけない。思いを頭から強く押しやり、いまこの瞬間に望んでいる、まったく違う種類の強く押す行為について考えないようにする。

これほど近くにいて、しかも抱いていながら、これ以上探求できないのは拷問のようだが、それは、手加減してもらいたくない拷問だった。トレヴェリアンの地所に通じる小道に到達すると、ミス・アサートンは馬首をめぐらして敷地内に入っていった。

「厩舎に向かえばいいかしら？」息を切らしながら言う。

「いや」チャールズは指示を出した。「屋敷にまっすぐに行ってくれ」

数分後、ふたりはマナーハウスのうしろ側の石屋根に覆われた裏口玄関に着いた。やっと雨が降らない場所に入れてほっとすると同時に、遠乗りが終わってしまったことが――ミス・アサートンを抱いている理由がなくなったことが――残念だった。

しぶしぶ彼女から手を離し、すばやく馬からおりる。ぐっしょり濡れた額を腕で拭ってから、彼女がおりるのを手伝おうと両手を伸ばした。

「自分でおりられます」彼女が言い張った。「横を向いていてください」

チャールズはほほえみそうになるのをこらえた。豪雨のなかで乗馬をしたあとに、まだ適切な作法にこだわっているとは。チャールズは律儀に横を向いたが、助けが必要な場合に備えて、そばを離れなかった。

心臓はいまだに早鐘を打っている。息遣いもおさまらず、血が沸騰しそうなほど熱く強く全身を駆けめぐっている。別れを告げたくなかった。いまはまだ。

スカートとペティコートがさらさらと擦れる音が聞こえ、馬からおりる様子が伝わってきた。足が地面に着いた音が聞こえたので振り返り、近づいて、彼女の両側に両手をまわして鞍を押さえ、馬と彼のあいだに挟みこんだ。

ミス・アサートンが動きを止めた。ふたりの目が合う。しばらくのあいだどちらも動かずに立ち尽くした。ワルツを踊る時のような位置にいる。骨の髄まで濡れているのに、チャールズは不思議なほど温かく感じた。

「ほらね？」チャールズは優しい口調で言った。

「なにが……ほらね、ですか？」彼女の声の震えが、彼の体を駆けめぐる興奮と共鳴した。

チャールズは無理やりつばを呑みこみ、声を安定させようとした。「安全に帰ってきた。かすり傷ひとつ負わずに」

ミス・アサートンが無言でうなずく。

雨が頭上の屋根を激しく叩き、そばの敷石に当たって飛び散る。彼女は彼から目をそらしたくないようだった。チャールズも同じように感じていた。青い瞳のきらめきは、この冒険をすばらしかったと思っていることを告げていた。

知らぬうちに視線が彼女の唇に落ち、そこから離せなくなった。自分がこの女性にキスをしたいと思っていることに気づく。いままで望んだなによりも望んでいることを。

ふたりの唇は十センチほどしか離れていなかった。かがめば、唇を彼女の唇に押し当てられる。彼女もキスしたがっているという印象はきわめて明確だった。

しかし、この女性にキスをするのは、非常に多くの理由から間違いだとわかっている。やめろ。頭のなかで厳しい声が命令する。ロンドンに行けば、そうした行動を歓迎してくれる女性たちがいる。彼女たちへのキスは、なんの約束も期待も伴わない。相互的な快楽を得て、欲望を満足させる。それ以上はなにもない。

しかし、アメリカ人の富豪令嬢にキスするのは別だ。結婚を約束する意思がないかぎりは……そしてその約束を自分はする気がないし、したくてもできない。いずれにせよ、とチャールズは自分に言い聞かせた。ミス・アサートンはチャールズからの申し込みなど、まったく関心ないだろう。オークリーとの未来が待っている。なんといっても、彼は彼女を公爵夫人にしてくれる。

いまのこの瞬間は、雨のなかで彼とキスしたがっているように見えたとしても、それは関係ない。

マデレンは息を押し殺して待った。彼はキスをするつもりだろうか？　これまでの人生で男性とキスしたことは一度しかない。それも、ニューヨークの舞踏会のテラスで一回唇を合わせただけの短くて慎み深いキスだった。初めてのキスという思い出以上のものではない。その男性の名前さえ、いまは思いだせなかった。

オークリー卿はキスをしようともしなかった。とても礼儀正しい方だから、そんなことはするはずもない。

育ちのいい女性は婚約するまで男性とキスをしないというのが世の中の常識。そうわかっていても、キスをされる――本物のキスをされるのがどんな感じだか知りたいと、マデレンはこれまでずっと願ってきた。

ふいに、自分はソーンダーズ卿にキスをされたいのだとはっきりわかった。馬にふたり乗りしたことは……たしかに品位に欠ける行いだった。でも、これまでの人生でもっとも興奮する経験だった。彼にキスをされたら、同じくらいすばらしいだろうか？　もちろん、心の片隅では、それがどんなにすばらしくても間違ったことだとわかっている。

それでも、彼が鋭く息を吸いこみ、両腕をおろして一歩さがった時、マデレンは心からがっかりした。

彼はなんとか落ち着きを取り戻し、その場にふさわしい言葉を探しているようだった。

「きみはテスラをみごとに乗りこなした」ようやく言う。「ありがとう」

「こちらこそありがとうございます」マデレンは自分の失望と、両手がかすかに震えている事実を彼が気づかないように祈った。その両手を握り締めてつけ加える。「テスラは名馬ですね。乗ることができてすばらしかったわ。ご親切に乗せてくださってありがとうございました」

「どうやら、ぼくの運命らしい、ミス・アサートン。池とか荒れた天気という状況で、きみやきみの持ち物を救出するのが」

マデレンは笑った。笑い声が心臓の速い鼓動と混ざり合って、マデレン自身の耳にも奇妙に聞こえた。

「残念なのは」彼が言葉を継ぐ。「この状況下で、きみときみのドレスを救えなかったことだ」

雨のなかで馬に乗っているあいだ、さまざまな感情が渦巻いていたせいで、自分の外見のことなど少しも考えなかった。どんな様子になっているかわかっていなかったのが、それも屋敷の窓に目をやるまでだった。午後の薄暗さのせいで鏡のようになった窓にひどい姿が映っていたからだ。

湖に落ちたあとみたいに見えた。ドレスも靴もびしょ濡れで、帽子はなくなり、髪の毛は乱れて半分落ちかかっている。「まあ、ひどい」マデレンはまた笑った。

彼も水がしたたるほど濡れた自分の髪を両手で掻きあげた。つかのま、ふたりは楽しさに包まれ、玄関ポーチの下にふたりの笑い声が響いた。

ようやくひと息つくと、マデレンは言った。「改めて、本当にありがとうございました、伯爵さま。連れ帰ってくださって」明らかにスキャンダラスな方法によってだったけれど。持ちあげた片眉の曲がり具合とその目に宿った表情を見れば、マデレンが口に出さなかった後半部分を彼が読みとったことは明らかだった。「どういたしまして、ミス・アサートン。じゃあ、失礼して、テスラを厩舎に戻してくる」そう言うなり鞍に飛び乗ると、彼は一度も振り返らずに速足で行ってしまった。

胸の高鳴りが収まらないまま、マデレンは彼のうしろ姿を見送った。馬にまたがった感触と、泥のなかを走り抜けながら、彼の両腕に包まれていた感覚の両方がくっきりとよみがえる。あの沸きたつような思いは一生忘れないだろう。

ついいましがた、自分は彼のキスを期待していた。

それに気づくと、うしろめたさに心が痛んだ。マデレン！　あなたはどうしてしまったの？　ソーンダーズ卿のことをこんなふうに考え、キスを恋い焦がれるなんて。彼にのぼせるなんて見当違いもはなはだしい。オークリーに対しても不誠実なことだ。

オークリーは出会った瞬間からこのうえなく紳士的だった。マデレンが乗っている馬の背に飛び乗ったり、あんな危険で奔放なやり方で馬を一緒に走らせたりしない。未来の公爵はそんな行動はしないものだ。それはアサートン家の一員でも同じこと。

そうよ、とマデレンは自分に言い聞かせた。これは一瞬の弱さ、一瞬の気の迷いにすぎない。今後はしっかり自制できるはず。

視界の隅でなにかが動くのに気づいた。後方の窓のひとつでカーテンが揺れているのに気づき、マデレンははっと動揺した。

不安にかられて急いで家に入る。ソーンダーズ卿とふたりで馬に乗っていたのを目撃されただろうか？　玄関ポーチで親密な感じで立っていたのをだれかが見ていただろうか？　そうだとしたら、だれが？　レディ・トレヴェリアンでないことを願った。ソフィだったらさらによくない。新しい友に苦痛を与えるかもしれないと思うだけで身が震える。

裏口玄関の広間を歩きだしたとたんに、どこからともなくウッドソンが現れた。

「ミス・アサートン」

「ウッドソン！　床を水だらけにしてごめんなさい。散歩に行ったら、雨に降られてしまって」

「そうではないかと思いました。あなたが……それにソーンダーズ卿が……お茶にお戻りにならなかったので」わかるかわからないほどかすかに持ちあがった濃い眉毛と青い瞳のほんの一瞬のきらめきが、外にいたマデレンとソーンダーズに気づいた人物が彼であることを告げていた。

ウッドソンはどのくらい見ていたのだろう？　でも、それは重要ではなさそうだ。彼のまなざしに非難が浮かんでいないのに気づき、マデレンはほっとした。

「ベッシーに命じて、お部屋に火を焚かせておきました。マーティンには、乾いた服を出しておくように指示しました。お支度の手伝いに、マーティンをうかがわせましょうか？」

「ええ、ありがとう、お願いします。ウッドソン、あなたはすごい方だわ」

「妻も毎日そう言います」

マデレンは驚いて彼を見やった。「結婚しているとは知らなかったわ、ウッドソン」

「マーティンと五年前から夫婦です」

「マーティン？　でも、名字が違うじゃない？」

「この屋敷で長くマーティンで通っておりましたので、結婚して新しい名前を覚えていただくのも大変かと」

マデレンは笑った。「そうだったの。マーティンは幸運な方ね」

「いえ、幸運なのはわたしのほうです。ところで、お出かけのあいだにこちらが届きました」そばのテーブルから一通の封筒が載った銀の盆を取った。

送り主の名前を見て、マデレンの心臓が高鳴った。待ちに待っていた姉からの手紙だった。

「ありがとう、ウッドソン」

マデレンは二階に駆けあがり、タオルで顔と髪を拭くと、急いで坐り、届いた手紙の封を開けた。

バース、シドニープレイス
一八八九年六月二十四日

最愛のマディへ

ついいましがたあなたの手紙を受け取り、急いで返事を書いています。

なんてすてきな知らせでしょう！　オークリー卿があなたに結婚の申し込みをしたと聞いて、もちろん興奮しているけれど、驚いてはいません。彼については、学校の時から友人であるトーマスからも、いい話しか聞いていないわ。最近の何通かの手紙であなたが書いていたことから判断しても、あなたにとって最高のお相手のようね。彼の話をもっと聞かせてもらうのを心待ちにしています。あなたが決断するのに役立つように、いくらでも相談に乗るし、助言もさせてもらうわね。出かけていて、あなたに会えなかったのが本当に残念です！　来ると知っていたら、出かけたりしなかったのに。今回のバースへの旅は突然決まったことなの。手紙に書いて知らせたのだけど、あなたが出かける前に届かなかったわね。ごめんなさい。

この数カ月、自分が自分でないような気分でした――でも、当然よね、お腹に子どもがいるんですもの！　わたしは順調だとドクター・ハンコックが請け合ってくださったのだけど、バースの著名なお医者さまは高く評価されている専門医だから、なんとしても診察を受けるべきだとトーマスが言い張ったのよ。ジュリアとリリーも行きたがったし、わたしも訪れたことがなかったし、妊娠のこの時期に列車で移動しても問題ないとドクターが言ってくださったので、荷物をまとめて出かけたわけなの。

バースは計画的に開発された街で、それはすばらしいところよ。百五十年ほど前に設計された美しい建物はどれも白い石でできていて、それが長い年月で色褪せて黄金色に輝いて見えるの。ローマ風呂の遺跡はもうすばらしいのひと言だし、女の子たちは買い物に夢中です。あなたもいつか絶対に訪れるべきだわ！

ドクター・アンドリュースに診ていただいて、とても順調だと太鼓判を押していただき、毎日の温泉浴と強壮剤の服用を含めたさまざまな処置を勧められました。最後の診察はあしたです。あなたがコーンウォールに来ていると知ったいま、荒馬を連れてこられても、必要以上には一分たりとも長居はしません。翌朝に出発して、水曜の夜には帰宅する予定でトーマスも同意してくれました。木曜日の朝にあなたを迎えに馬車を行かせますね。十一時でいいかしら？

返事の電報は必要ありません。もし可能ならば、この予定でよいとポルペランハウスに伝言してください。会うのが待ちきれないわ！

心から愛をこめて
アレクサンドラ

追伸　お母さまにいろいろ言われても気にしないこと。暴君ですものね！　わたしはあなたの味方です。

マデレンは手紙を胸に押し当てた。姉の言葉が、まるで姉妹で抱き合っているような安心感をもたらしてくれた。

紙を一枚取り、アレクサンドラ宛てに、木曜朝に迎えを寄こしてくれるという案を了承する旨を急いで書いた。ウッドソンに頼めば、アレクサンドラが戻った時に読めるように、すぐにその手紙をポルペランハウスに届ける手配をしてくれるだろう。

マデレンはペンを置き、安堵のため息をついた。あさって、ポルペランハウスに移動することになる。すべてが決まって本当によかったと思う。それは、姉に会いたいだけではなかった。

トレヴェリアンマナーで過ごす日が多くなれば、ソーンダーズ卿に出会う日も増えるからだ。

ひと目見ただけで、あるいはちょっとほほえみかけられただけで、心臓がどきどきしてしまう男性。馬にふたり乗りをして――しかもまたがった格好で――、キスしてほしいと思った男性。マデレンが友だちと思っている心優しい女性と婚約直前の男性。

木曜日の朝が待ち遠しい。

マデレンは屋敷からそっと抜けだし、使用人以外はだれも起きていないことに感謝した。前日、ソフィは頭痛のせいで部屋から出てこなかった。マデレンも同様に自室にこもり、ソーンダーズ卿に近づかないという決意のもと、本の執筆とキャサリンへの手紙を書くことに時間を費やした。

でも、けさはトレヴェリアンマナーで過ごす最後の朝だったから、もう一度だけ、どうしても浜辺を歩きたかった。トーマスの妹たち、ジュリアとリリーが貝殻が好きだったことを思いだし、彼女たちへの贈り物に、できるだけたくさん貝を拾ってこようと決めた。そのために朝早く起きて、ひとりで朝食をとり、旅行かばんに関しては、玄関におろしてポルペランハウスの迎えの馬車に載せる手配を頼んだ。

この時間に浜辺を散歩すれば、ソーンダーズ卿に会ったり話したりしなくてすむと考えてのことだ。彼が夢にまで出てくるのが目下の悩みの種だった。

同じ夢をすでに二回見ていた。前日に経験したように、馬にふたり乗りして雨の降りしきるなかを走っていた。ただし夢のなかでは、彼が鞍に坐り、マデレンを振り向かせて腕に抱きしめ、鬱屈したようなまなざしでマデレンを見おろしていて、ふたりの下で馬は前後に揺れていた。

そして、毎回ソーンダーズがマデレンにキスをしようとした瞬間に目が覚めた。どちらの時も、心臓がものすごい勢いで早鐘を打っていたから、収まるまで長いあいだ横になり、その夢がなにを意味するのか考えた。

幸いなことに、と岩崖の小道を浜辺に向かっておりていきながらマデレンは思った。夢は自分だけのもの、その中身をだれかが知ることはない。もしもソーンダーズ卿のことをそんなふうに思っているとだれかに知られたら、恥ずかしいだけでなく、大変なことになる。

浜におりると、マデレンは幸せな気分で空を見あげ、新鮮な海の空気を深く吸いこんだ。青い空は雲ひとつなく晴れわたり、朝の太陽が海面に映ってダイヤモンドのようにきらめいている。冷たい風が頬を撫でる感触を楽しみながら、マデレンは手袋をとった手で小さい貝やさまざまな色や形や大きさの石を拾いあげ、持ってきた巾着袋に入れた。

拾いながら十五分ほど歩いた時、遠くからマデレンの名前を呼ぶ声が聞こえた。マデレンは顔をあげた。心臓が飛びだしそうになった。

声の主はソーンダーズ卿だった。

10

三十分前にミス・アサートンが家を出ていく姿を見かけた時、彼女には近づくなとチャールズは自分に言い聞かせた。早朝の散歩という孤独を楽しむ権利を尊重すべきだろう。だが、きょうは彼女がトレヴェリアンマナーで過ごす最後の日。このあとは、彼がいない時を見計らって、朝のうちにさりげなく出発することは容易に推察できる。それでは、別れを告げる機会もない。

少なくともそれが、彼女の行った方向に向かってもっとも通りそうな小道を歩きながら、チャールズが自分を納得させた理由だった。この二日間昼夜を問わず、彼女のことを考えるのをやめられないという事実とは関係ない。

彼女の夢を見るという事実とも。

彼の頭は、ふたりで交わした会話の記憶で占められていた。彼女はこれまで会ったなかでもっともおもしろく、もっとも知的な女性だ。滞在がこれほど短くなくて、もっと話をする機会を持てればよかったのにと思う。

それに、あの雨のなかでのふたり乗り！　あれは、これまでの人生でもっとも興奮させられる経験だった。屋敷に着いて、馬からおりた彼女を両腕のなかに受けとめた時は、キスしたいという衝動を無視して一歩身を引くことしかできなかった。

きのうは一日中避けられているという印象を受けた。その理由は推測できる。女性が男性と同等だという威勢のいい主張にもかかわらず、彼女はみずからやっていることが適切かどうかをとても気にしている。馬にまたがって乗るだけでも心の葛藤があっただろう。そのことで自分を責めているかもしれない。ふたり乗りは言うまでもない。危うくキスしそうだったことも。

きょうの朝彼女は帰る。次にいつ再会できるかもわからない。こんな奇妙な状態のまま、彼女との関係を終わらせたくなかった。ひと言謝罪の言葉を言い、握手と笑顔で別れることができれば、状況は一変するだろう。

会えないまま庭の端に行きつき、そのまま海に臨む断崖に向けて歩き続けた。見おろすと、浜辺を歩く女性の姿が見えた――ミス・アサートンだ。貝殻を拾っている。チャールズは一瞬立ちどまり、魅せられたようにその姿を眺めたが、それから、岩の崖から浜につながる小道をおりていった。金色に輝く砂を踏んで彼女に近づいていくにつれ、チャールズの心臓はいままでと異なるリズムで打ち始めた。朝の神々しい光に包まれた海を背景に、ピーチ色のドレスが第二の肌のようにぴったり張りついた完璧な肢体が浮かびあがり、まるで海から出てきたばかりの女神のようだ。

「ミス・アサートン！」

打ち寄せる波とカモメの騒がしい鳴き声のなか、自分の声が聞こえたかわからなかったので、もう一度呼んでみた。

今回は彼女が驚いた様子で振り返った。ああ、なんと美しい女性だろう。冷たい風に吹かれて頬がバラ色に染まり、スカートがはためいている。結いあげた髪からほつれた巻き毛がふんわり揺れる。

チャールズは近づいていき、帽子を軽く持ちあげて挨拶した。「おはよう」

「おはようございます」そのまなざしと声には、彼に出会って嬉しいかどうか決めかねているようなためらいが感じられた。

「貝拾い？」

「ええ」小さな布の袋を持ちあげてみせる。「それから石も。ジュリアとリリーにあげようと思って。ふたりとも貝が大好きだから」

「それはいいみやげだ」これだけ近くに立って美しい顔を見おろし、チャールズは初めて自分の間違いに気づいた。明るい朝の光のなかで、彼女の瞳の色は藍色というよりコバルトブルーに近い。

ミス・アサートンの瞳にロマンティックな想いを寄せてはいけない。

チャールズはブーツの先で砂に線を描いた。「きょう、出発するんだね？」不本意ながら、その展望を残念に思う気持ちをどうしても隠せない。

彼女はまたためらった。彼の口調とその内容に驚いたようだが、警戒の表情は消えなかった。「あと一時間くらいで馬車が迎えに来ます」

「それなら、出発前に会えてよかった。別れを言いたかったから」

「ありがとうございます」

チャールズが手振りでうながし、ふたりは一緒に歩きだした。固まった砂の上を歩きながら言葉を探す。「先日の雨のなかの冒険で、風邪を引かなかったか心配していた」

「大丈夫でしたわ、ありがとう」

チャールズは彼女を見やった。ふたりの目が一瞬合う。彼女の頰のバラ色がみるみる濃くなる。馬に乗った時のことを考えているのだろうか？　キスしそうだったことを？　それとも両方？　彼女はなにも言わずに視線をそらした。

「馬にまたがったことを気にしているかもしれないが」チャールズは言った。「そのことで自分を責めないでほしい」

「それは大丈夫です。あの時はああするのが一番よかったと思いますから」

「それに、テスラの背に同乗したことも許してほしい。紳士的なことではなかったと思うが……」言葉に詰まる。

「それも大丈夫です。あんな土砂降りだったんですもの。できるだけ早く家に戻らなければ、どうなっていたことか」

「無事に戻れてよかった」

「ええ、戻れてよかった」彼女が繰り返した。

また目が合う。意外なことに彼女の目はきらきらして、いまにも笑いだしそうだった。次の瞬間、ふたりはどっと笑いだし、その場を支配していた緊張がゆるんだ。頭上でギャーギャー鳴いていたカモメが近くに舞いおりて、濡れた砂から食べ物を収集する。

「気が楽になるかどうかわからないが、このことはだれにも言わないと約束する」

「ありがとうございます。でも、いちおうお知らせしますが、あなたが馬で走り去った時、カーテンが揺れるのが見えました。ウッドソンが見ていたと思いますわ」

「なぜそう思う？　ウッドソンがなにか言ったのか？」

「彼は、わたしたちがお茶に遅れた理由を知っていました。それに、わたしを……見た時の……」

「たしかに、ウッドソンの一瞥《いちべつ》は多くを意味しているからな」

「でも、批判しているようではなかったわ」

「批判はしないだろう。ぼくたちは暖炉を目指して命からがら戻ってきた豪雨の被害者だ」

「たしかにそうですね」ミス・アサートンがまた笑った。「それに、結婚していると教えてくれました。マーティンと！　思ってもみなかったわ」

「彼らはこの屋敷の要だからね。何十年も前からだ。あのふたりがいなかったら、ぼくたちがどう過ごすのか想像もできない」朝の日差しが刻々と暑さを増している。チャールズは帽子を持ちあげ、指で髪を掻きあげて頭を冷やしながら、この瞬間が永遠に続けばと願った。

「ウッドソンとマーティンはあなたのご家族に献身的に尽くしているんですね」ミス・アサートンがうなずいた。「うかがおうと思っていたのですが、お父さまのご容態はいかがですか？　わたしの滞在中はずっとお具合が悪そうでしたが」

「ぼくもそれを心配している。ドクター・ハンコックも毎日来てくれているのだが、ぼくたちにできるのは、父のために祈ることだけだと言われた」

「わたしも、このあとも毎日祈りますね。早く回復されることを心から願って」

「ありがとう、ミス・アサートン。もしかしたら、願いの泉で祈るべきかもしれないな」

「願いの泉？」

「真水の泉で、そこの泉の水を飲んで願いごとをすれば実現すると伝えられている」笑顔で近くの崖を指さした。「その崖をまわったところに、この地元の願いの泉がある」

「まあ、ぜひ見たいですわ」

「本当に？」チャールズはためらった。「洞窟のなかだが」

「伝説も好きだし、洞窟も好き」

「そうか。では行ってみようか」浜を歩いて洞窟の入り口に向かう。ごつごつした黒い岩に囲まれてうまく隠れているので、たまたま通りがかったくらいでは絶対に見つからない。

「なんてすてきな場所でしょう」入り口でミス・アサートンが言った。「自分では絶対に見つけられないわ」

「それも泉の魔法のうちだ」ミス・アサートンの意図をつかめず、チャールズはためらった。

「もしもひとりで入りたければ、それもできると思う。魔法の泉への行き方を教える。少しわかりにくいが」

「そうですね。付添人なしでここに一緒に入っていくのは、とても不適切なことでしょう」

そう言いながらも、彼女の口角がなぜかいたずらっぽく持ちあがった。

気づくとチャールズはその唇を見つめ、味わったらどんなだろうかと想像していた。

あわてて思いを振り払った。ミス・アサートンが付添人について言及するのはしごく妥当なことだ。

「冗談ですわ」彼女は小さく笑うと、今度はきっぱりした口調で言葉を継いだ。「どうか、連れていってください」

この隔絶した場所にふたりきりで入っていくのが非常にいい考えとは思えない。しかし、ここで彼女に反論しても、彼自身の秘めた願望が募るだけだ。そこで、チャールズは紳士として振る舞うという決意のもと、彼女の意向に従った。洞窟のなかはひんやりと涼しく、小さめの寝室くらいの広さがあった。花崗岩が水と時に浸食されて黒ずんだ壁になっている。

「離れずについてきて」チャールズはミス・アサートンに言った。小石がたくさん混じった砂の地面をざくざく踏みながら進むにつれて暗さが増していく。「足元が見えているか？」

「あまり」ミス・アサートンが答えた。

「手を取ってもいいかな？」チャールズは提案した。「この先は、ぼくのほうがうまく案内できる」

ミス・アサートンは一瞬ためらってから、すぐに応じた。どちらも手袋ははめていない。手を握った瞬間に火花が散るのを感じ、はっと小さく息を呑むのが聞こえて、彼女も同じようにその火花を感じたとわかった。心臓が肋骨を叩き始める。

「進むにつれて暗くなる」チャールズは言った。「しかし、目が慣れるから大丈夫だろう。泉のところは割れ目からかすかだが自然光が入ってくる」

ミス・アサートンがうなずき、ふたりは手をつないだまま前進した。手を握るだけの軽い接触にすぎないが、それでも、彼女の裸体に指を走らせているかのように心臓は激しく鳴っている。

またか、チャールズ。おまえはまた彼女の裸体を思い浮かべている。

やめろやめろやめろやめろ。

遠くで水が滴《したた》る音がこだまする。洞窟の奥に入っていくにつれ、音が大きくなっていく。彼女を連れていくつかの通路を抜け、石柱や石筍《せきじゅん》や鍾乳石を通りすぎる。狭い通路を最後にもう一度曲がると開けたところに出て、そこが行きどまりだった。

「まあ」ミス・アサートンが驚きの声をあげた。

ふたりが立っているのは、岩の壁と高い天井に囲まれた丸い空間だった。空気が冷たく湿っている。頭上の狭い裂け目が外の崖まで続いているらしく、そこから差しこんだひと筋の陽光が内部を照らして、ふたりの前にある小さな青緑色の泉の水面をきらめかせている。

「これは本当に真水なんですか?」ミス・アサートンが訊ねると、その声が洞窟のなかに小さくこだました。彼の案内をもう必要としないことに気づいたかのように、彼女が唐突に彼の手を放した。

手の感触を失った瞬間、心にぽっかり穴が開いたような気がした。「正真正銘の真水。上の断崖を浸透してきた水だ」その言葉を裏づけるかのように、水滴が泉に落ちてぽちゃんと音を立てる。「コーンウォールの海岸沿いには真水の泉がある洞窟がたくさんある。どの泉にも伝説があると聞いている。何百年も前から伝わっている話もあるらしい」

ミス・アサートンが魅せられたように泉を見つめる。一、二歩しか離れていない場所に立つ彼女の姿は絵画のように美しかった。湿った空気のせいで巻き毛が縮れて小さな輪になり、顔のまわりで揺れている。ピーチ色のドレスが体に合いすぎているせいで、体の線がはっきりわかる。規則的な呼吸が独自の魔法を発揮し、チャールズの視線を胸に引き寄せて、その上下する動きから目をそらすことを不可能にした。

「魔法はどうすれば効き目があるんでしょう？」

チャールズは目を二回しばたたき、見つめていたところから無理やり彼女の顔へ視線を持ちあげた。「水を飲み、同時に願いをかける」

「わかったわ。やりましょうか？」

チャールズはうなずいた。「先にどうぞ」

「いいわ」ミス・アサートンはそばの岩の上に貝殻を入れた袋を置くと、泉の前に行ってかがみこんだ。少し考えて、それから片手を浸して水をすくう。「トレヴェリアン卿が早く回復するように祈るわ」水をすする。

その単純な動きが、不適切なことばかり考えている彼の脳にはすごく官能的に思えて、チャールズは理性を取り戻そうともがいた。

「もうひとつ願いごとをしても大丈夫ですか?」彼女が彼を見あげて訊ねる。

「願いごとの数に制限はないはずだ、ぼくの知るかぎり」

「よかった」ミス・アサートンはもう一度手を浸し、今回は目を閉じた。心のなかで願いをかけたらしく、それから目を開けて水を飲むと、笑みを浮かべて立ちあがった。「ここのお水はとても美味しいわ」

彼女を見つめると、ほかにも、とても美味しいはずのものがいくつも思い浮かんだ。チャールズは咳払いをした。「ふたつ目は、なんの願いごと?」

「言えませんわ」彼女がわざと謎めいた声で答える。「声に出して言ったら、かなわないから」

「それはアメリカの迷信かな?」

「願いごとに関する一般的な迷信だと思いますわ」

「コーンウォールでは聞いたことがないな」

「まあ。伯爵でも知らないことがあるのね」ミス・アサートンがほほえみ、手を振って泉を示した。「あなたの番」

チャールズは帽子をとり、岩棚の上に置き、かがみこんだ。泉に手を入れて水をすくって飲み、早口で言った。「父が高齢まで生きるように」

彼は立ちあがった。ふたりのあいだに沈黙が入りこむ。ゆっくりとネコのように。水滴が時折したたる音とチャールズの心臓の鼓動以外はなんの音もしない。鼓動が耳に大きく鳴り響き、ミス・アサートンにも聞こえるのではないかと心配になるほどだ。

「どうなんでしょう」彼女がそっと言う。「何世紀ものあいだに、何人くらいの人がここにやってきて願いごとをしたのかしら？」

「村の漁師と妻たちが多かっただろうな。豊漁を祈るために」

「妻だけで来て、夫が海から無事に戻ってくるように祈ったかも」

「あるいは、農夫が豊作を祈る」

「それとも、男女で一緒に来て、愛する人の健康を祈り合うとか」

「恋人たちが将来のことを願うこともあっただろう」チャールズははっとした。こんなことを言うつもりではなかった。口から出た言葉がまるで生きているかのように、ふたりのあいだにぽっかり浮かんでいる。恋人たち。

ふたりの目が合った。しばらくどちらも動かなかった。チャールズのこわばった体から発散する緊張感がふたりのあいだの空気を震わせる。彼女の近さを意識するあまり、言葉を発することもできない。

この親密な狭い空間で、彼女の息遣いがはっきり聞こえ、彼と同じようにみるみる速まり、不規則になっていくのがわかった。時間が止まったかのようだ。この静かな場所にふたりきり。あと一時間もしないうちに彼女は行ってしまう。こんな機会は二度と来ない。

熱くて重たい欲望に圧倒される。これが間違っているのはわかっている。無謀であり無責任だ。でも、彼女にキスをしなかったら、これから一生涯、自分はいつもこの瞬間を思いだし、キスをすればよかったと悔やみ続けるだろう。

止める間もなく両腕が延びた。彼女のウエストにまわる。そして彼のほうに引き寄せる。片手が彼女のうなじを包んで頭の角度を変える。唇と唇がほんの十センチほどの距離で向き合う。

ふたりの服の重なりを通して、彼女の激しい鼓動が彼の胸に伝わり、彼の心臓の高鳴りと共鳴する。鮮やかな青い瞳をのぞきこんだ。まなざしがこう言っているように思える。イエス、イエス、イエス。

彼は彼女にキスをした。

11

ソーンダーズ卿がキスをした。

さらに衝撃的なことに、マデレンはそのキスの一瞬一秒を楽しんだ。

彼にここに案内された時、こういうことが起こるのではないかと少し不安を感じた。先日、馬からおりたあとに見つめられた時……先ほど浜辺で見つめられた時のまなざしがよみがえったからだ。彼に好意を持たれていることはわかっている。

しかも、自分も彼に惹かれていることも、もはや否定できなかった。でも、これはただのぼせているだけだと、自分に言い聞かせた。ほんの数分洞窟に入るだけだし、彼と一緒のほうが安全だと。

そして、彼が手をつなぐように提案した。泉まで来るあいだ、一歩進むごとに心臓がどきどきした。そしていま、彼の腕に抱かれている。彼の唇が唇に当てられている。キスに関してはほとんど経験がないから、どう振る舞っていいかもわからない。でも、ソーンダーズは気にしていないようだった。

彼の最初のキスは熱くて、まるで長いあいだこらえていた衝動に屈したかのような情熱的なキスだった。でもいまは違う。荒い息を吸いこんだあと、彼のキスは和らいだ。ベルベットのような柔らかさで彼女の唇に触れ、優しくゆっくりと、そして巧みに前後に動かす。キスを繰り返すたび、そのキスが少しずつ長くなる。

その感覚に魅了され、マデレンはなにも考えられなかった。どこか遠くのほうで、これは間違っていると小さい声が訴えていたが、マデレンの耳はなにも聞いていなかった。

できたのはしがみつくことだけ。胸が彼の胸に強く押し当てられ、その激しい鼓動が伝わり、自分の鼓動と同じリズムで一緒に打っているように感じる。彼はほんの少し唇を離したが、どちらも息を吸いこむと、また唇を重ねた。

今回は全然違った。彼の唇は突き動かされたように執拗に動いた。マデレンの唇の合わせ目に舌先を当てて分かつようにうながし、そして口のなかに滑りこませた。マデレンは小さくあえぎ声を漏らした。舌を使うキスのことを聞いたことはあったけれど、心の準備ができていない。

彼の舌の動きに教えられて応え始めると、ふたりの舌がからまり、官能のダンスを踊った。彼は、いま飲んだばかりの泉の水のように澄み切って新鮮な味だった。彼の香りに包まれている。太陽に温められた木のような香り。彼の両手がマデレンの背中をなぞり、優しく愛撫する。マデレンの両手も彼の肩の硬い筋肉をたどってウエストまで撫でおりる。彼にさらに強く体を押しつけると、どこかから静かな音、ため息とうめき声の中間のような音が聞こえたが、それが彼の喉から出ているのか自分の喉から出ているか定かでなかった。両方だったかもしれない。

ほかにも感じることがあった。下半身に強く、執拗に押しつけられる硬いもの。一度も経験したことがない感覚だったが、本で読んだことがあったから、それが彼の欲望の証とわかって、ますます興奮が募った。

時間は無意味と化した。自分のふしだらさに驚きを感じる。キスをする。さらにまたキス。彼の体全部が燃えているように感じる。生まれて初めてのその感覚のせいで、太腿のあいだの秘めた場所が驚くほど熱くなっている。

しんとした静けさを破るのはふたりの荒い息遣いと興奮のつぶやき、そして水面に水滴が落ちる官能的な音だけ。洞窟はほかの世界から隔絶された安全な天国、ふたりだけのための親密な場所だった。

彼の手がマデレンのウエストのくびれを撫であげて胸の横で止まる。彼が胸に触れるつもりだろうかと、マデレンはぼんやり考えた。どんな男性にも触られたことはない。触られたいと思ったこともない。いままでは。でも、彼の全身の筋肉が欲望に張りつめているのがわかり、彼がもっとほしがっていると感じとった。

自分はどのくらい与えたいと思っているの？　その疑問が意識に入ってきたが、解答は浮かばない。その瞬間、彼が大変な努力をして唇を離した。荒い息をしながら、片手をあげてマデレンの頬を撫でる。そして、優しい笑みを浮かべてマデレンの目をのぞきこんだ。マデレンを引き寄せて、ただ抱きしめて彼の首に顔を埋めさせる。

長いあいだ、ふたりはそのまま立っていた。腕をからませ、無言のまま。マデレンの体は興奮で震えていた。いま起こったことに高揚感を覚えている。ずっと、熱いキスをされたらどんなふうに感じるだろうと思っていた。いまは知っている。キスはとてもすてきだった。自分はキスが好き。

ついさっき、マデレンはふたつの願いごとをした。ふたつ目の時は、声に出さずに、オークリーと結婚するべきかお断りするべきかを決められるよう、なにか助けになるお告げがほしいと願った。それから、ソーンダーズ卿にキスをされた。そして、ああ、ほんとにすばらしいキスだった。

これがお告げ？　マデレンは自問した。オークリー卿と結婚すべきではないということ？　そして、ソーンダーズ卿と結婚すべき？

こうした思いが頭をよぎったその時、ソーンダーズが一歩さがり、マデレンを手放した。片手で自分の顎を撫でる。顔には狼狽の表情が浮かんでいた。「なんてことだ」彼が言う。「ロングフォードは正しかった。ぼくは史上最悪のくずだ」

マデレンは彼を見つめた。たったいま分かち合った親密な喜びが瞬時に消えて、新たな疑念が取って代わる。

明らかに、彼はふたりのキスを恐ろしい間違いだと考えている。たしかに、彼には、マデレンにキスをしてはならない理由がたくさんあることはわかっている。自分だって彼にキスすべきでない理由はいくらもある。それでも、彼がキスを楽しんだと一瞬でも認めてくれればそれでよかった。とても魅力的だったから、とても美しかったから、とても……特別だったから、キスせずにはいられなかったと言ってくれれば。

「誓う。こんなことをするつもりではなかった」言葉を継いだ彼の目には後悔が浮かんでいた。「してはいけないことをしてしまった。きみとオークリーの邪魔をする気はまったくなかった。許してほしい」

マデレンはたじろいだ。なんと彼は、キスをしたことを謝っている。さっきみたいなキスをしてもらったら、謝罪なんてしてほしくない。あのようなキスは特別なものだから。少なくとも、マデレンにとっては特別なものだった。では、彼にとっては特別でもなんでもないわけだ。

社交シーズンのあいだにデビュタントたちが彼について言っていたことを思いだす。彼は遊び人、彼は放蕩者。あの言葉は真実だった。きっと何十人もの女性とキスしているのだろう。ただそうしたいから、洞窟のなかで女性にキスをして、そのあとは、いらなくなった玩具のように捨てる。そういう男性の典型。マデレンにキスをして、いまは間違いなく後悔している。気になるのは、マデレンを傷つけたと思って後悔しているのではなく、彼自身の行動規範を破ったことで自分に怒っているように見えたことだ。

でも、それは彼だけの問題ではないと思い、マデレンはふいに恥ずかしくなった。戻るべき時間、いるべきでない場所。自分も道徳規範を破ったと気づいたからだ。顔が熱くなり、頭の奥の声が目覚めて言う。マデレン、これはとても、とても間違ったこと。あなたもわかっているでしょう。

ほんの数日前、自分は友人を裏切ることを、人間としてもっともひどい行為と見なしていたのでは？　その咎《とが》だけを理由にソーンダーズ卿を厳しく糾弾していたはず。それなのに、自分はまさに同じことをした――しかも、みずから進んで。ソーンダーズとキスしているあいだ、自分はオークリー卿に不実だっただけでなく、ソフィをも裏切ったことになる。

気まずい沈黙に包まれた。これほどの居心地の悪さは経験したこともない。マデレンはごくりとつばを飲みこみ、傷ついた感情は横に掃きやって、残っている自尊心を掻き集めようとした。

しっかりしなさい、マデレン。あなたにも彼と同じくらい責任があるのだから、せめて体面だけでも保ちなさい。そして、前に進みなさい。

「どうやら、ふたりとも我を忘れてしまったみたいですね」ようやく言うと、貝殻と石を入れた袋を取りあげながらつけ加えた。「でも、心配しないでください、伯爵さま。あと少しで出発ですし、これについては、ひと言も言わないと約束します。なにも起こらなかったこととして振る舞いましょう」

彼が重々しくうなずいた。そして、それ以上なにも言わずに帽子をかぶると、きびすを返し、マデレンを案内して洞窟の出口に向かった。浜辺に出ると、ふたりとも陽光に目をすぼめた。彼が屋敷まで送り届けたほうがいいかどうか訊ねた。

マデレンはきっぱりと首を振った。「いいえ、大丈夫です。ひとりで戻ったほうがいいと思うので」

彼がまた黙ったままうなずいた。

マデレンは浜辺を走って戻り、崖の小道もできるだけ急いでのぼっていった。トレヴェリアン領を歩いて横断するのがこんなに長くて疲れるものとは、これまで感じたことがなかった。マナーハウスの裏口にたどり着いた時、マデレンはすっかり息を切らしていた。

十五分後、部屋に残してあった荷物を全部持って、階下に戻ったところでちょうど時計が十一時を打った。

「お迎えの馬車はもう着いております」ウッドソンが言った。旅行かばんも全部積んであります」

「ありがとう、ウッドソン。あと一分だけ。すぐに戻ります」

マデレンが急いで朝食の部屋に行くと、ちょうどレディ・トレヴェリアンとソフィがコーヒーを飲み終えたところだった。

「マディ！」ソフィが立ちあがり、小走りに迎え出た。「散歩に出かけたとウッドソンに聞いたけれど、どちらに行ったかわからなくて。出発前に会えなかったらどうしようと心配していたのよ」

頰が紅潮し、首の下まで赤くなるのがわかった。ついさっき洞窟であんなことが起こったあとに、どうして友の目をまっすぐ見ることができようか。でも、見なければいけない。

「あなたに別れを告げずに出発するわけないわ、ソフィ」

「よかった。あなたに贈り物があるの」ソフィがそばの椅子からなにかを取った。「きのう頭痛がすると言ったけれど、あれは計画があっただけで、本当は部屋でこれを作っていたのよ」そう言うと、マデレンに向かって、誇らしげに贈り物を差しだした。リネンのハンカチで、スミレの花と飾り文字のMが刺繍されている。「友情の証になにかあげたかったの」

「まあ、ソフィ」ほんの少し前にひどいことをしてしまった当の女性から、こんな思いやりのある贈り物をもらい、マデレンはまた罪の意識に苛《さいな》まれた。「なんて美しいんでしょう。でも、申しわけないわ。わたしはなにも用意していなくて」

「やめて、そんなふうに考えないで。あなたのためにこれを作って、とても楽しかったんですもの。お返しなんて全然期待していないし、必要ないのよ」

「ありがとう、ソフィ。大事に使わせていただくわ」ソフィを抱きしめると、恥ずかしさに、目の奥が涙でちくちくした。

「あなたがいなくなって本当に残念よ。きっととても寂しくなるわ」

「わたしも会えなくて寂しいわ」ごくりとつばを飲みこみ、マデレンはレディ・トレヴェリアンのほうを向いた。「奥さま、この一週間、こんなにおもてなしくださってありがとうございました。ご親切を心から感謝します」

「こちらこそ、あなたが滞在してくれて楽しかったですよ」夫人もやってきて、マデレンに握手の手を差しだした。「わたしたちに会いに、またぜひいらしてくださいね、ミス・アサートン」

「ぜひそうさせていただきたいですわ」そう答えたが、二度と来られないとわかっていた。

レディ・トレヴェリアンが口を引き結んだ。「チャールズはどこかしら？　お見送りに来るべきなのに」

「昨夜、お礼は言いましたから」マデレンは顔を赤くして言い張った。「もう行かないと」

「手紙を書くと約束してね」マデレンと一緒に廊下を歩き、馬車が待っている外に出ながら、ソフィが懇願した。

「約束するわ」マデレンは最後にもう一度ソフィを抱きしめると、馬車に乗りこんだ。馬車が車寄せを走りだす。マデレンは振り返って窓から手を振り、ついにポルペランハウスに向かって出発したことに安堵のため息をついた。

ソーンダーズ卿に対する浮ついた気持ちは、マデレンの人生には必要ないものだ。彼の人生にも。

このあとは、とマデレンは自分に約束した。もう彼のことは考えない。もっと適切な方向に思考を向ける。つまり、オークリー卿のことを考える。

その男性こそが、そもそもコーンウォールに来た理由なのだから。


「すべてを話してくれなければ」

アレクサンドラが籐椅子に坐ったまま、青い瞳を輝かせて手を伸ばし、マデレンの手を握った。妊娠七カ月のアレクサンドラは、いままで以上に美しかった。穏やかな幸せを得た姉の顔は、マデレンがこれまで見たことがないほど輝いている。

到着してすぐに、会えてあまりに嬉しかったから、思わず姉の腕のなかに飛びこんだ。アレクサンドラの体調が本当によいと確信してから、トーマスと彼の妹たちと抱き合って再会を喜び、そのあとは屋敷の見学を楽しんだ。

マデレンが前回訪れたあとに、ポルペランハウスでは多くの改革が行われ、この十カ月で目を見張るような成果があがっていた。エリザベス様式の広大な邸宅で修復を必要としていた屋根や窓、石造部分に工事が入り、館内のかなりの部分に配管設備が導入されて、新しくたくさんの家具が購入された。大がかりな改修はいくつもある庭のすべてにも施され、アレクサンドラの言葉を引用するなら、元の姿が復元されてかつての栄光を取り戻した。

裏側の見晴らしのよいベランダからは、みごとに手入れされて花々が咲き誇る幾何学的配置庭園が眺められる。この庭園が地所の残りの部分に加えられた改良を示す一例であるなら、地所全体が美しい名所に変容したに違いない。

「すべてを？」マデレンは言い、姉にほほえみかけた。晴れ渡った空の下に家族全員が集い、チキンサラダとサンドイッチにアイスティーと新鮮な果物の昼食を楽しんでいた。「どこから始めたらいいかしら？」

「結婚を申しこまれたところから」ジュリアが声をあげた。金髪の美しい十六歳はファッションに関心があり、それは、いま着ているおしゃれな服からも見てとれる。

「相手はどなた？」十三歳のリリーが興奮して言う。白いドレスとカールした茶色の長い髪の両方に青いサテンのリボンが結ばれている。

「ああ、ぜひ話してくれ」数年前に両親が亡くなってからずっと、幼い妹たちの後見人を務めているトーマスは、快適な椅子にゆったり坐り、引き締まった長い脚を前に投げだして、茶色い瞳を興味深そうにマデレンに向けている。陽光に金髪が輝いているその姿はまさに領主と呼ぶにふさわしかった。

「アレクサンドラはなにも教えてくれないの！」ジュリアが不満げにつけ加える。

「それは、わたしも母に聞いたことしか知らなかったからよ」アレクサンドラが言う。「マディがわたしたちみんなに話してくれるまで待ったほうがいいと思ったの」

マデレンは少し間を置き、けさの出来事以来、自分のなかでずっとくすぶっている動揺を隠そうとした。姉とふたりだけの時にオークリー卿のことを相談したいと願っていたが、どうやら家族全員に相談することになるらしい。

「そうね……」深く息を吸い、話し始める。「彼の名はフィリップ・ヘイヤー。オークリー侯爵と呼ばれていて、第五代コートトニー公爵の長男よ」

「長男」リリーが叫んだ。「じゃあ、いつか公爵になるのね」

「ええ、そうね」マデレンはうなずいた。

「きみの母上は大喜びだろうな」トーマスが皮肉っぽく指摘する。

アレクサンドラはまたうなずいた。「当然ながら、母はこの縁談に大賛成ですわ」

「オックスフォードの時に一緒だった」トーマスが言う。「いいやつだ」

「わたしもそう思うわ」アレクサンドラが同意する。

マデレンは驚いてアレクサンドラのほうを振り返った。「会ったことがあるの？」

だったけど」

「昨年の社交シーズンに一度踊ったことがあるわ。背が高くて、品格のある男性という印象

マデレンはうなずいた。「本当にそう。長く続く由緒ある名家で、サセックスに広大な地所を所有している。数週間前に母と一緒にうかがったの。とても美しいところだったわ」

「家のことはあとにして、マディ。まずは本人のことを話してくれ」トーマスが言う。

「そうよ。彼が気に入ったの？」アレクサンドラは訊ねた。

「ええ、とても」マデレンは、オークリー卿との出会いについて語った。「話がとても上手なの。気遣いがあって優しいわ」

「ハンサムかどうか、まだ教えてくれていないわ」ジュリアが指摘する。

「彼はとてもハンサムよ」マデレンは認めた。

「申し込みをする時、彼はひざまずいた？」リリーが固唾を呑む。

「ええ、そうしたわ」

「物語と同じね」リリーがため息をついた。

だが、アレクサンドラは鋭いまなざしでマデレンを観察していた。「模範的な男性に思えるけれど」慎重な口調で言う。「でも、あなたの手紙をわたしが正確に読んでいるとすれば、あなたはまだ受けるお返事をしていないんでしょう？」

マデレンは首を振った。「してないわ、まだ」

「それはなぜ？」ジュリアが訊ねる。

「なにを待っているの？」リリーも言う。

マデレンはトレヴェリアン卿にも同じ質問をされたことを思いだし、落ち着かない気持ちになった。なんと返事をするべきだろう？

アレクサンドラは片手をあげて、厳しい声で言った。「もうこのくらいで充分でしょう。このあとは、個人的に議論する問題だわね、姉と妹で」

リリーが残念そうにうめき、ジュリアは不満を口に出した。「なぜ？　そんなの公平じゃないわ」

トーマスが思いやりに満ちたまなざしでマデレンを見やり、さりげなく会話を別な方向に導いた。「リリー、きみがいま読んでいる本のことをマデレンに話したらどうだ？　きみも知っているとおり、マデレンは小説が大好きだ」

リリーがこの新しい話題に飛びつき、自分が最近気に入っている本について嬉しそうに話し始めたので、マデレンは内心ほっと息をついた。その話題なら、マデレン自身も心から楽しんで話せる。

そのあと、昨年はジュリアがソーンダーズ卿の弟ジェームズ・グレイソンに夢中だったことを思いだし、その若者が今年はアイルランドで夏を過ごしていると聞いたと話題を振ってみた。

「あらやだ！　彼にはもうなんの興味もないわ」ジュリアが頭をつんとそらして言う。「もっとずっと大事なことがあるもの」そう言うと、女性の服装を描いたスケッチブックを取りだした。どれも創造性に富む美しい組み合わせばかりで、マデレンとアレクサンドラはページをめくるたびに称賛の声をあげた。

「いま、トーマスが水彩画も教えてくれているの」ジュリアが熱心に言う。「そのうち油絵の授業もしてくれることになっているわ」

午後はずっと、家族の最新情報の収集に費やされた。少女たちの家庭教師は、昨年の夏、アレクサンドラが短期的にその仕事に就いたあとに雇われたが、いまは母の介護のために帰省しており、トーマスはまだ替わりを見つけていなかった。そのあいだ、アレクサンドラが少女たちの日々の授業をふたたび受けもち、さらには奉仕活動として、週に一度は地元の学校で教えていた。

「教えるのが好きなのよ」アレクサンドラが説明する。「それに、村の子どもたちがこの一年でどれほど成長したか、その姿を見るのは喜びだわ」

かつてフィレンツェで学んだ非常に才能ある画家として、トーマスはいまや英国芸術家協会の会員だった。会員となった初めての貴族であり、作品のひとつで栄誉ある賞を獲得していた。

「きみたちふたりの絵を描きたいと思っている」夕食の時にトーマスが宣言し、カベルネの入ったグラス越しに愛おしそうに妻とマデレンを眺めた。「姉妹の肖像画だ。どう思う?」

「すばらしい考えですわ。肖像画のモデルをするほど長く滞在できるかどうかわかりませんが」マデレンは残念に思って小さくほほえんだ。

その晩、少女たちがベッドに行ったあと、トーマスは彼の書斎にこもり、マデレンとアレクサンドラに彼のいわゆる〝姉妹の時間〟を作ってくれた。

「さあ、やっと」美しく装飾された二階の居間でふたりきりになると、アレクサンドラはマデレンのほうを向いて言った。「自由に話せるわ」

マデレンは姉の隣のソファに深々と腰かけた。「ええ。でも、ようやくそうなったら、突然、少し滑稽に思えてきたわ」

「なぜ？」

「わからない。たぶん、あなたに相談したくてコーンウォールに飛んできたけれど、本当は自分で決めなければいけないことだと思ったからかしら」

「ねえ、マディ、心の問題は複雑なものよ。わたしに助言できることがあれば、もちろんするわ。でも、まずは最初から話してくれたほうがいいと思う」

12

心優しい姉が耳を傾けてくれていることに感謝しつつ、マデレンはアレクサンドラに、オークリー卿との求愛期間について詳細に語った。

「求愛されることはわかっていたわ。そうでなければ、母とわたしをハットフィールドパークに招待しないでしょう？」

「彼の家族はあなたの財産が必要なのでしょうね」

「ええ。でも、彼はわたしを愛していると言ったわ」マデレンはため息をついた。「決めるのはたやすいはずよね。お母さまが言い続けているように、彼と結婚すれば、将来は公爵夫人になるのですもの」

「マディ。わかっていると思うけれど、幸せでなければ、公爵夫人になるなんて、なんの意味もないわ。お母さまとその願望は、この問題から除外しましょう。あなたはその人と結婚するのであって、爵位と結婚するわけじゃない。それに、トーマスから聞いたこと……あなたから聞いたこと……から、彼はいい若者に思えるわ」

「それが問題なの。彼はいい人。すばらしい人だわ」マデレンは目を閉じて、ふたりの最初の出会いを、マデレンの手を取ってダンスフロアにつれて行った時のオークリー卿を思い浮かべようとした。でも、どうしてか頭のなかでほほえみかけている男性はオークリー卿でなかった。ソーンダーズ卿だった。

マデレンは苛立ちを感じ、目を開けてぱちぱちとしばたたいた。こんなのはばかげている。ソーンダーズ卿に邪魔されずに、オークリー卿のことを考えることすらできないなんて！

マデレンの思いは洞窟のなかのキスに飛んだ。そのとたんにまるで毛布にくるまれたように全身が熱くなり、さまざまな感情や感じるべきでない興奮が湧きおこった。「レクシー、わたしがオークリー卿に感じているものがただの好意ではなく真実の愛かどうか、どうしたらわかるのかしら？」

「愛は説明を必要としないものだとわたしは思うわ」アレクサンドラが答えた。

「もう少し説明してほしいわ。あなたはトーマスのことを心から愛している。それはだれの目にも明らか。それはどんなふうに感じるものなの？」

「はっきりは言えないけれど」アレクサンドラが考えながら言う。「トーマスとつながっているような感じ。わたしの分身というか、魂の一部かしら。わたしにとって、彼を幸せにすることが、自分の幸せよりも大切なの。なぜなら、彼が幸せなことが、わたしを喜びであふれさせてくれるから」マデレンに向かって肩をすくめた。「でも、それがわかるまでには、結婚して、ふたりの人間がこれ以上ない近い存在として毎日を暮らしても一年くらいはかかるでしょう。いまは、最初に会った時に感じたのよりもずっと深い感情を抱いているわ」

「最初はどういうふうに感じたの？」

「最初は見かけに惹かれたかもしれないわね。オークリー卿をすてきだと思う？」

「思うわ」

「彼をすばらしい方と思う？　尊敬している？　彼と一緒にいて楽しく感じる？」

「ええ」マデレンはさまざまな場所でオークリー卿と過ごした楽しいひとときを思い浮かべた。「彼は動物もかわいがるし、お母さまを溺愛しているわ」

アレクサンドラがためらった。「溺愛？」

「過剰という意味ではないわ。いい感じで」

「それならいいわ。どれも彼にとっていい評価ばかりね。共通の関心事はあるの？」

「ええ。ふたりとも音楽と乗馬と美味しいワインが好きよ。それに彼はダンスがとても上手だわ」

「あとは？」

「そうね。彼は建築に強い関心があるわ。控え壁とか小柱とか切妻とか薔薇窓とか、細かいことまでなんでも知っている」マデレンは少し考えた。「あとは狩猟も好きで、銃と猟犬のことを話し始めたら止まらない。でも、それは慣れることができると思うの」

アレクサンドラは次の言葉を慎重に選んでいるようだった。「あなたが打ちこんでいることについては、彼に話したの？」

「ええ。わたしの執筆については気にしていないようだったわ」

「気にしていないよう？　それはとても熱心に賛成するという感じではないわね」

「まあ、少なくとも、反対はしなかったわ。本はあまり読まないみたい。でも、今シーズンにたくさんの紳士と会ったけど、読書が好きという方はあまりいなかったわ」そう言いながらも、マデレンの思いはふたたびソーンダーズ卿に向かった。マデレンが書いている本について、心から称賛してくれたこと。池からマデレンのメモを全部救出してくれたこと。

「会えない時に、彼のことをしょっちゅう思いだす？」

「ええ」自分がそう答えるのが聞こえた。その言葉が口から飛びだした瞬間に、マデレンは自分がソーンダーズのことを言っていると気づいた。オークリーではなく。

マデレンの意外なほど熱のこもった口調に気づき、アレクサンドラがほほえんだ。

「そう。それなら、ほぼ結論に達したじゃないこと？　教えてちょうだい。オークリー卿と一緒にいる時、心臓がどきどきする？　彼に触れられるとぞくぞくと感じる？」

マデレンは口ごもった。思いはいまも、まさにそのように——馬で疾走している時に、その朝洞窟で——感じさせたその男性に向いている。あの不道徳なキスのことをまた思いだした。あの時、体はぞくぞくした？　ええ、すごく。髪の生え際まで赤くなるのを感じた。「わたし——わからないわ」

アレクサンドラがマデレンをじっと見つめた。「なぜ赤くなっているの？」

「わたし、赤くなっている？」マデレンは思わず両手で頬を押さえた。

「ええ。わたしに言っていないことがあるでしょう？」

「ないわ」

「彼とキスをしたの？」

「だれと？」

「ほかにだれがいるの？　もちろんオークリー卿よ」

マデレンの心臓がどきんと打った。「いいえ、いいえ。オークリー卿とはキスしていないわ。でも……でも……」マデレンは両手で顔を覆った。「ソーンダーズ卿とキスをしたの」

「なんですって？　チャールズ・ソーンダーズとキスをしたの？」

マデレンは恥ずかしさに姉に顔を見ることができず、ただうなずいた。「もっとはっきり言えば、彼がわたしにキスをしたのだけど、わたしも彼にキスを返したのよ」

アレクサンドラが驚いた声で訊ねた。「いつ？」

「けさ。夜明けの浜辺で。洞窟があって……」

「あなたとソーンダーズ卿は、ふたりきりで洞窟になにをしに行ったの？」

マデレンは顔から両手を離した。「彼が願いの泉に案内してくれたの。そして……そして……」マデレンは続けられなかった。

「どんなキスの話をしているの？　唇をちょっと触れ合うくらいの短いキス？」

マデレンは首を振った。「短くないわ。それは……ああ、レクシー。間違いなくスキャンダラスなキスよ。そして、それはまさに夢見ていたようなキスだったの」

「そう」アレクサンドラがゆっくりとうなずいた。「もしかして、あなたにとって初めてのキス？」

「ちゃんとしたキスは初めてよ、もちろん！　わたしをそんなふしだらな娘だと思っていないでしょう？」

アレクサンドラが頰を赤らめ、一瞬なにか思いだしているような表情を浮かべた。「ただ訊ねただけよ」早口で言う。「あなたはソーンダーズ卿に惹かれているのね？」

「いいえ！　ええ！　いいえ！　つまり、そうすべきじゃないとわかっているわ」マデレンはうろたえ、ため息をついた。「最初は嫌っていたのよ。でも今週、彼をよく知るようになって」

アレクサンドラがじっと見つめる。「それで？」

「それで……彼はとても賢くて親切で寛大だったわ。科学に関心を持っていて、しかも職人なの」

「職人ってなんの？」

「装飾品を作っているのよ。髪飾りや、時計の部品とかで作る複雑な置き物とか」

「トーマスから、子どもの時にチャールズがそういうものを作っていたと聞いたことがあるわ」アレクサンドラが考えこんだ。「まだやっているとは知らなかったけれど」

「お父さまが断固反対しているから、隠してやらなければならないのよ。トーマスが肖像画家という仕事を隠していたように」

「まあ、それは気の毒に」

「貴族は高貴で力のある立場だから商売に従事してはならないという規則はばかげているし、あまりに窮屈だと思うわ。ソーンダーズ卿は才能あふれる職人であり芸術家なのに」

アレクサンドラはマデレンをじっと眺めた。「あなたは彼が好きなのね」

「ええ、レクシー、そうだと思うわ」

「あなたにキスをしたということは、彼もあなたが好きなのね」

「それはわからないわ。社交シーズンのあいだ、彼は遊び人だとレディの皆さんからさんざん聞かされたもの。それに、わたしにキスをしたのは過ちだったと認めたわ。そのことを謝罪したのよ」

「それは当然でしょう！　きわめて不適切なことをあなたにしたのですもの」なぜかわからないが、アレクサンドラの頬がまた赤くなった。

マデレンはふいに合点がいった。「レクシー！　今度はあなたが赤くなっているわよ。あなたとトーマスも同じような……不適切なことをしたのね……婚約する前に？」

アレクサンドラが照れくさそうに目をそらした。口元をぴくぴくさせて少しこらえていたが、すぐに笑いだした。「こんなこと話すべきじゃないわね。でも――それを知ることであなたが決断しやすくなるのなら――答えはイエスよ。トーマスはわたしに……キスをした……何度もね。結婚を申しこむ前に」

「何回も！」マデレンは仰天した。

「最初の時は、彼も謝罪して、二度としないと約束したわ。でも、物事は変わるわ、マディ。あなたの場合も変わるかもしれない」

「わたしの筋書きでは、なにも変わらないわ。変わるべきじゃない。ソーンダーズ卿とわたしのあいだがどうにかなるはずないもの」

「それはなぜ？」

「彼はレディ・ソフィの婚約者だから」

「レディ・ソフィというのはどなた？」

「ソーンダーズ卿のいとこよ」マディはレディ・ソフィのことを詳しく姉に話した。

「あなたの話だと」アレクサンドラが指摘する。「ふたりは結婚することを期待されているけれども、婚約はしていないのね」

「でもするでしょう。ソフィはソーンダーズ卿を愛しているわ。そして、ソーンダーズ卿は、自分の義務を全うするつもりだと言っていたわ」

「彼の義務を全う？　それは愛情の表明とは言えないわね」

「そうであったとしても、ふたりのあいだに入ることはできない」マデレンは顔をしかめて姉を見やった。「わたしの初お目見えの舞踏会を忘れたの？　パールがわたしになにをしたか」

「忘れてないわ」

「だからこそ、わたしはほかの人にあんなことはできない。ソフィが大好きなの。彼女を傷つけるなんて耐えられない」

「わかるわ」アレクサンドラは少し考えてから言葉を継いだ。「ソーンダーズ卿はそのいとこと結婚するかもしれない。もしそうなれば、わたしもふたりの幸せを祈るわ。でも、きっと彼はしないでしょう。それよりも、マディ、あなたとチャールズのあいだに起きたことは――ただ無視することはできないはずよ。あなたが抱いた感情をしっかり探求しないと」

「しっかり探求って、どういう意味？」

「わたしが言いたいのは、だれかほかの人に惹かれていながら、オークリーと結婚することはできないってこと」

マデレンは勢いよく首を横に振った。「ソーンダーズ卿に惹かれる気持ちを吟味したりしないわ。ひとりの人間として、できるかぎり彼から離れているつもり」

アレクサンドラが落胆のため息を漏らした。少しのあいだ、物思いにふけっているようだった。なにかいい計画を思いついたように姉の瞳が一瞬輝いたのを見たと思ったが、その光はすぐに消えた。「わかったわ」最後にうなずいた。「でも、ソーンダーズ卿を考慮に入れないとしても、オークリー卿に対する責任はあるでしょう。結婚は一生続くもの。あなたが彼の申し込みを受けたら、これまで出会ったどんな男性よりも彼を愛さなければいけないのよ」

「わかっているわ。でも、どうやって、オークリー卿が一生愛せる男性だと見分けられる？彼はイタリアかフランスかどこかに出かけているのに？」

「どのくらい出かけているの？」

「三カ月」

「では、その三カ月を活用して、自分の心を徹底的に探るのよ。一緒にかなりの時間を過ごして、彼の人となりはわかっているでしょう。それに、彼はあなたに結婚を申しこんだ。ということは趣味がよくて、見る目があるということよ」

マデレンは笑った。「それはひいき目よ」

「会えないことが愛を育てるということわざもあるくらいよ。彼があなたの運命の人ならば、夏の終わりまでにきっとわかるでしょう」マデレンの両手を取り、アレクサンドラはつけ加えた。「そのあいだはここに滞在しなければだめよ」

その提案はマデレンにとって嬉しいものだった。「いいの？　本当に？　夏のあいだずっと？」

「それ以上に嬉しいことはないわ」

「ああ、レクシー、すごく嬉しいわ。あなたに会いたくて仕方なかったんですもの。赤ちゃんが生まれる時にここにいて、そのあとも手伝えるなんて、すばらしいことだわ。でも、トーマスに聞く必要があるでしょう？」

アレクサンドラはほほえんだ。「もう聞いたわ。彼はあなたにいてほしいと思っているし、妹たちも大喜びすると思うわ」

ある考えが浮かぶ。「でも、お母さまは？」

「お母さまがなに？」

「母はわたしの衣装やロンドンのホテルに多額のお金を使い、交友関係を築くためにとても苦労していたわ。それなのにわたしは公式に婚約していない。母はわたしがここに滞在するのに賛成しないでしょう。もしもわたしがオークリー卿の申し出を受けなかったら、残りの社交シーズンを棒に振ったことを一生許してくれないわ」

アレクサンドラの目が青い炎のように燃えあがった。「わたしが昨年経験したことを繰り返してはならないわ、マディ。あなたがなにをするかを、お母さまに決めさせてはいけないとわかっていてほしい。強制されて、愛していない男性と結婚することだけは絶対にだめ。あなたはずっと模範的な娘だった。でも、変わることを考える時期よ、自分に最善のことをするために」

マディはうなずいた。ポルペランハウスでひと夏を過ごすという見通しに、ふつふつと興奮が湧きおこる。「そうできるようにがんばるわ」

アレクサンドラにおやすみを言い、広々した客用寝室に引っこんだあと、マデレンは母宛に、夏の計画を知らせる手紙を書いた。

それからベッドに入り、枕に頭を載せて仰向けになると、安堵のため息をついた。重たい荷物が肩からなくなったような気がする。最近の数年間はひたすら忙しく、疲れる日々を送ってきた。それから解放され、ここコーンウォールで愛する家族と過ごせる。まさに本物の休暇であり、夢のような話だった。ここにいれば、夏の終わりまでには、オークリー卿についても決断できそうに思える。

マデレンは目を閉じて、オークリーのたくさんの長所を思いだそうとした。いつしかうとうとして、すてきな夢を見た。夢のなかでマデレンは、かすかな光が差しこむ洞窟のなかで青緑色の泉に浸かっていた。少し離れた光の当たらない薄暗い水のなかにハンサムな男性がいた。オークリー卿だった。

マデレンは大胆に彼のところまで泳いでいって、両腕で彼に抱きついた。「キスして」彼の耳元でささやく。

オークリーの口がマデレンの口を奪う。マデレンは高まる情熱をこめてキスを返した。キスをしているうち、また太腿のあいだに奇妙な温かい感覚が湧きおこるのに気づいた。なぜ知っているかわからないが、マデレンはこの新しい感覚が性的欲望だと知っていた。あえぎながら、マデレンは唇を離して、愛する人をじっと見つめる。

ぎょっとして目を覚ました。心臓が激しく高鳴っている。

マデレンがキスをした男性はオークリー卿ではなかった。ソーンダーズ卿だった。

13

「非常にうまくできた。ありがとう」チャールズはうなずき、小作人の家に職人が取りつけた新しい窓を眺めた。職人に工賃を支払い、謝意を表す小作人夫婦とひと言ふた言話したあと、別れを告げる。

馬を走らせながら、チャールズは心のなかのやることリストに書かれた最後の項目にチェックをつけた。きのうは一日中鉱山で過ごし、よく油を差した機械のようにすべてが円滑に動いていることを確認した。けさは農家の畑を数カ所訪ねて、新しい用具がどんなふうに使われているかを視察し、午後は先ほどのような家をまわって必要な補修を手配した。やるべきことはほぼ終わった。残りはひとつ、マナーハウスの父を見舞うことだけだ。そのあとは作業場に戻り、絶えず頭のなかにある別な仕事に取りかかれる。

しかしながら、このところ絶えず頭のなかにあるのは、この仕事だけではなかった。

ミス・アサートンが出発してからの二日間、昼も夜も苛立ちを絵に描いたような状態だった。

いくら試みても、彼女のことを考えるのをやめられなかった。彼女は、これまで出会ったどんな女性とも違う。高等教育を受けて、たくさん本を読んでいるというだけでない――もちろん、その二点が彼女をほかと違う特別な女性にしていることは間違いない。でも、彼女のすばらしさには、なにか別なものがある。人生に対する率直な好奇心や多くのものに対する飽くなき興味かもしれない。それとも、さまざまな質問や見解にあふれる知性と機知のせいか。彼女と話していると、これまで感じたことがないほど、生きていると実感できる。彼女とならば何時間でも話していられる。いくら話しても、話題が尽きることはないと思える。

さらに言えば、これほどの肉体的魅力を感じたこともこれまで一度もない。最初に見た時に惹きつけられ、その感覚はその後一度も揺らいでいない。

そして、あの洞窟で交わしたあのキス！　チャールズはどうしても頭から追いだすことができなかった。

これまで多くの女性とキスをした。でも、ミス・アサートンとのキスは違った。彼女の最初の反応から、これまでキスをしたことがないとわかった。だが、ああ、なんとすばやく習得したことだろう。キスをしただけだったが、あまりに情熱的であまりに官能的で、まるで彼女の純潔を盗んだように感じるほどだった。あの時のことを考えただけで瞬時に股間が硬くなる。

テスラを駆るたびに、馬の動きにミス・アサートンとふたりで乗ったひとときを思いだした。胸にしっかり抱き締めた。唇をうなじに近づけ、濡れた肌の香りを吸いこんだ。当然ながらその記憶は、体のなかでくすぶっている性的な緊張を和らげてくれない。

いまこの世のなによりも願っているのは、彼女ともう一度会うこと。彼女を抱き、その美しい体のそそるような曲線のすべてを探索する。

しかしもちろん、そんなことはできないと、そんなことは起こらないと、チャールズは充分承知していた。

どうやら、ふたりとも我を忘れてしまったみたいですね。これについては、ひと言も言わないと約束します。なにも起こらなかったこととして振る舞いましょう。

キスのあとにミス・アサートンが口にした言葉が、頭のなかに響き、チャールズは顔をしかめた。彼女は正しい。ふたりとも我を忘れた。もっと正確に言えば、自分が我を忘れた。キスを始めたのは自分だ。彼女も間違いなくキスを返してきたし、彼と同じくらい楽しんでいるのを感じた。しかし、あそこであんなったのは彼の責任だ。

彼女にキスをするべきではなかった。たしかに、彼女に惹かれている。取り憑かれていると言ってもいいほどだ。しかし、惹かれていること自体が間違ったことであり、あってはならないことだ。どちらもほかの人に対する義務がある。あのキスのあと、自分は罪悪感に苛まれた。自分が謝った時に浮かんだ彼女の表情から、彼女も同じだっただろう。情熱にかられて抑えが効かなくなった。あれ以上に進まなくて本当にありがたいと言うしかない。

情熱とは危険なものだ。つかの間の情熱に負けて、人生を破滅させるところだった。二度とそうはならない、とチャールズは自分に言い聞かせた。理性が性的欲望に圧倒されることは二度とない。

ミス・アサートンとのあいだでまたそういう状況が起こるというわけではない。ミス・アサートンがわざと彼を誘惑する姿など想像できないし、たとえそうなったとしても、彼女がそれを利用するとは思えない。しかし、ミス・タウンゼンドの時も、彼女がそんなことをするとは予想しなかった。自分自身も含め、人がなにをするかは、実際にはわからない。

トレヴェリアンマナーの厩舎に到着すると、チャールズは馬からおりて厩舎係にテスラを預け、屋敷に向かった。歩きながらため息をつく。ミス・アサートンのことを考えるのはやめなければいけない。

控えめで礼儀正しい英国女性と安全で常識的な関係を築くべきだ。

ソフィは物静かで地に足がついているから、時に感情が優先するチャールズとは、うまく釣り合いが取れている。正直に言って、ソフィに対する好意は、むしろ妹たちに抱いている感情に近い。だが、それは必ずしも悪いことではないだろう。彼より善良な男たちが、そこまでの愛情を抱けない女性とベッドをともにして跡継ぎを設けている。自分にもできるはずだ。もちろんできる。

チャールズは屋敷に入り、階段を駆けあがって父に会いにいった。侯爵はベッドの上で体を起こし、コーニッシュパイを口に入れ、エールで流しこんでいた。しかし、食事を楽しんでいるようには見えなかった。実際、チャールズがこれまで見たなかで、もっとも具合が悪そうだった。

十語も話さないうちに、父は眠りたいと言った。

チャールズはこれまで以上に心配しながら、部屋を離れた。父にはどのくらいの時間が残されているのだろう？　見た様子から判断すれば、さほど長くはないだろう。正式に婚約するという父との約束は、夏の終わりまで待ってくれるだろうか？

そう願っていた。自分を縛りつける前に、成し遂げておきたいことがたくさんある。

階段をおりながら時計を確認した。三十分もすればお茶の時間になる。それを待っていれば、妹たちに会える。それは彼にとってとても嬉しいことだった。一方で、そうすれば最低一時間は客間に坐り、母やソフィと話さなければならない。とくにソフィは彼のほうに期待のまなざしを向け、一言一句に耳を傾けるだろう。

そのあいだずっと、自分の想いが別な女性に向いていることをチャールズは知っていた。トレヴェリアンマナーを去り、二度と会わない女性に。夢のなか以外では。

顎をこわばらせてきびすを返し、チャールズは急ぎ足で裏口を抜け、厩舎に戻った。夕食は家族と一緒に過ごすと約束してある。それまでの時間は、自分を待っている仕事に当てよう。

願わくは、数時間、仕事場で仕事に没頭することで、魅力的なミス・アサートンを頭から追いだせるように。

「チャールズ、きょうはソフィを村に連れていってもらいたいの」月曜日の朝食の席で母が言った。

チャールズはコーヒーを飲んで、口のなかの卵を胃に流しこんだ。「いいけれど、なんのために？」

「ソフィの新しいドレスができたそうなの。仕立屋が届けてくれると約束していたのだけど、謝罪の手紙を寄こしてね。馬が脚を悪くしたので、しばらくのあいだこちらに来られないと」

「ほかに約束があるならば、そちらを優先してくださいな、チャールズ」ソフィが優しく言う。「ドレスは待てるもの」

「そうだな」チャールズは言いよどんだ。「行けるかどうか――」

「チャールズ」母がチャールズに向けた一瞥が、これは依頼ではなく命令だと語っていた。

チャールズは少し考えた。たしかに、長いあいだソフィに関心を払っておらず、そのことは申しわけなく感じている。未来の妻を仕立屋に連れていき、ドレスを試着するのを待っているくらい、どうということはないだろう?

むしろ、ミス・アサートンがドレスを試着するのを見たい。そして脱ぐところを。

頭のなかの光景にふいに欲望が募り、脳から股間を直撃した。チャールズは身をこわばらせ、頭のなかのカーテンを閉じてその思いを隠した。ちくしょう。この二日間、作業場にこもって、さまざまな作品を作っていた数時間も、期待していたほど気をそらしてはくれなかった。金槌を打つたびに、ネジまわしをまわすたびに、ミス・アサートンと経験したい同様の動きが思い浮かび、それしか考えられなくなった。

彼女に関する思いを消去するために、なにか新しい行動を取る必要がある。村へ出かけるのは、いい気晴らしになるだろう。

「喜んでお連れしよう、ソフィ」チャールズはソフィに言った。ソフィは感謝をこめたほほえみで彼に報いると、椅子から立ちあがった。「三十分で準備しますわ」

チャールズは四輪馬車を出すように命じ、一時間も経たないうちにソフィとふたりで後方の革の座席に並んで坐り、村へ向かっていた。

横目でソフィを見やり、なにか優しいことを、未来の夫が言いそうなことを言うべきだろうと考える。たぶん褒めるのが適切だろう。「きょうはすてきだね、ソフィ」実際にすてきだった。緑色のドレスと帽子がとてもかわいい。

「ありがとう。チャールズ。あなたがこうしてくれて感謝しているわ」

「どういたしまして」

「一緒に馬車に乗ったのは久しぶりね」

「そうだな」

ソフィがなにか悩んでいるらしいと感じたが、それがなにかわからない。「二頭立て二輪馬車で、自分で御することも考えたが、あの雲が気に入らなかったからやめた。これからたぶん雨になると思う」

雨。ミス・アサートンとふたり乗りした時も雨だった。彼女のほっそりしたウエストに両腕をまわした。ふたりの太腿の下でテスラが荒々しく疾走していた。

「きのうは小作人の農場を訪問したのでしょう？　いかがでした？」

チャールズは目をしばたたいた。強く。農場？　きのう？　ああ、そうだった。「ああ……そうだ。非常に実り多い訪問だった。聞いてくれてありがとう。きみはここで過ごす時間を楽しんでいるかな？」

「ええ、とても。母に毎日手紙を書いているわ。マディと散歩や乗馬をして楽しかったし。飾り文字を刺繍したハンカチを差しあげたのよ」

「マディ？」

「マデレン・アサートン。お姉さまと妹さんはそう呼んでいるのよ」

もちろんそうだろう。くそっ。どんな話も彼女に戻らなければならないのか？「ミス・アサートンを名前で呼んでいるのか」

「短期間にとても親しい関係になったから」ソフィがあっさり答える。

そのあとソフィは一、二分、なにも言わなかった。チャールズはなにか言おうと知恵を絞ったが、思いつく前にソフィが口を開いた。「チャールズ、あなたはいまもわたしと結婚したい？」

その言葉は完全な不意打ちだった。はっと目をあげて彼女を見る。眉間に寄せた皺が美しい顔立ちをいくぶん損なっている。彼の思いがどこにあるかがわかったのだろうか？「なんだって？　いったい全体なぜそんなことを聞くんだ？」

「ずいぶん長く待っているから。あなたはそうなってほしくないいんじゃないかと、時々思うことがあるのよ」

動揺のせいで鼓動が速くなる。「そんなことはない」

ソフィは膝の上に置いた自分の両手を眺めた。「一度、あなたがミス・アサートンを見つめているのを見たことがあるわ」

「ミス・アサートン?」チャールズの心臓が跳びはねた。罪悪感が押し寄せる。「彼女がなにか関係があるのか?」

「わからないわ。ただ、たぶんあなたが……彼女のことを好きなのではないかと思ったの」

「ばかげたことを。ミス・アサートンとは、滞在中もほとんど話をしていない」真実ではなかったが、ソフィにとっては、どうしても聞きたい言葉だろう。チャールズはソフィの手袋をした手を取り、持ちあげて唇を触れた。「きみは申し分ない人だ、ソフィ。いつの日かふたりが結婚するというのは、ぼくたちの手が及ばぬところで決められた天命だと思う。だから、そうなるだろう」

ソフィが感謝をこめてほほえみ返した。「でもいつ?」

いつだろうか。チャールズはソフィの手を放し、眉根を寄せて答えを出そうとした。父とした約束について考えた。母はこの夏、チャールズが行動を起こすことを期待して、ソフィを招待した。そして、ソフィはもう何年もずっと忍耐強く待っている。

すぐに行動するべきだ。先祖伝来の指輪は、ずっと書き物机の引きだしのなかに置かれている。だが、指輪は必要ない。大げさにひざまずく必要もない。ただ、もう一度ソフィの手を取り、ふたりを永遠に結びつける言葉を言えばいい。

みぞおちがきりきり痛んだ。だめだ、まだだめだ。

なぜ急ぐ？　ひと夏かけて約束を果たせばいい。父がそれまでもったらということだが。

ソフィが返事を待ってじっと見つめている。チャールズは咳払いをした。

「まもなくだ」彼は言った。「その前にやっておきたい計画がいくつかあるので」

「どんな計画？」

「聞いてもおもしろくないと思うよ」チャールズははぐらかそうとした。「関係ない話だからね。結婚すれば、そちらのほうに費やす時間はないと思う。もう少し気長に待っていてもらえないかな」

「もちろん待つわ、チャールズ」そして、意味ありげにつけ加えた。「あなたのお母さまが夏のあいだに舞踏会を開くおつもりだとご存じでしょう？　誕生日のお祝いに」

「そうなのか？」この話を持ちだしたソフィの意図を推測し、それが間違いであることを願った。

「結婚式はまだ挙げたくなくても、発表する機会としては最適ではないかしら？　そうすればお母さまも喜んでくださるでしょう。そこで確定すればわたしも嬉しいわ」

彼女の目には希望と愛情があふれていた。その彼女を傷つけるのは耐えられない。だが、彼女が望む答えを与えることもできない。妥協の返事をひねりだした。「すばらしい考えだ。検討しておくよ」

「ありがとう、チャールズ」口角を少しあげて小さくほほえむと、ソフィは窓のほうを向いた。そして黙りこんだ。

チャールズもそれ以上会話を交わす気分ではなかった。村に着くまで、チャールズは胸の前で腕組みし、無言でずっと窓の外を見つめていた。


トレヴェリアンの小さな漁村は、しっくいの白壁の建物と港から丘に続く玉石で舗装された美しい大通りで知られていた。港のぬかるんだ土手沿いには何艘もの漁船が係留され、潮の干満に合わせて上下している。ネッドが仕立屋の店の外で馬車を駐め、ソフィが店のなかでドレスの試着をしているあいだに、チャールズは隣のパブに入っていき、ビールを一パイント注文した。

パブは、早朝の漁から戻っておしゃべりに興じる漁師たちや、パイプをくゆらす地元の老人たちであふれかえっていた。赤ら顔の男数人がバーで立ちどまり、チャールズに対して丁重に帽子をあげて父親の容態を訊ねた。

しばらくしてパブを出ると、向かいの家から出てきたドクター・ハンコックに鉢合わせした。チャールズは彼に近寄り、ふたりは握手を交わした。

「街にはなんのご用で？」ハンコックが訊ねた。

チャールズは身振りで仕立屋を示した。「ソフィがいま、新しいドレスを受けとっているところだ。あなたは？　患者さんですか？」

「ええ、善良な優しい婦人ですよ。御年九十二歳、彼女に神の祝福あれ。百五歳まで生きると、ぼくは予測していますよ」

チャールズはにやりとしたあとに、真面目な顔でつけ加えた。「父もそのくらい健康だったらよかったが」

ハンコックが顔をしかめた。「お父上の病状は、これまで診た症状のなかでももっとも不可解ですよ、ソーンダーズ卿。癌だと診断しましたが、さまざまな点で癌らしくない。もっとなにかできればいいのですが」

その瞬間、ソフィが大きい荷物を抱えて仕立て屋から出てきた。チャールズがそれを受けとろうとした時、ハンコックがソフィの前まで行き、帽子を持ちあげた。「レディ・ソフィ、ぼくに運ばせてください」

「ありがとう、ドクター」ソフィがハンコックに箱を渡した。

「新しいドレスですね？」ハンコックが言う。「気に入られましたか？」

「ええ。大好きな色で特別に仕立ててもらったので」

「ああ、ラベンダー色ですね？」

ソフィは驚いた顔でハンコックを眺めた。「なぜわたしの好みの色をご存じなのですか、ドクター・ハンコック？」

「推測しただけですよ」彼が笑顔でうなずいた。「一度、あなたが投函するために置いていた手紙を見かけたので。便箋もお使いの封蠟もラベンダー色でした」

ソフィがほほえんだ。「観察力が優れていらっしゃるのね、ドクター」

この会話が突然中断したのは、通りで騒ぎが起こり、ふたりの注意がそちらに向いたからだ。馬のひずめの音をとどろかせて走ってきた質素な服を着た男三人が馬を飛びおり、そのうちのふたりがパブに駆けこんでいった。顔に浮かべた深刻な表情から、なんらかの知らせを店の常連たちに持ってきたらしい。チャールズの推測は、ほどなく店のなかから聞こえてきた叫び声で証明された。三人目の男がだれか、チャールズはすぐにわかった。鉱山で働く労働者のひとりの父親、アブナー・ドゥイックだ。彼は馬をおりると、チャールズとドクター・ハンコックのほうに走り寄った。顔が心配でゆがんでいる。

「ドゥイック？　どうしたんだ？」チャールズは訊ねた。

「ウィール・ジェニーで事故があったんです、旦那さん」ドゥイックが切羽詰まった声で言いながら帽子を取った。

「ほんとか？　ひどいのか？」チャールズは声をあげた。

「はい、それであなたを呼びに来たんです、ドクター・ハンコック。多くの怪我人が出ていて、死者もいるかもしれない。ありがたいことに息子は無事だったが」

「すぐに行く」ハンコックが言った。

「一緒に乗っていっていいか？」チャールズはハンコックに訊ねた。

「もちろんですよ」

チャールズはソフィのほうを振り返った。顔が青ざめている。「ソフィ、すまないが、ネッドと一緒に家に帰ってほしい」

ソフィがうなずいた。ハンコックがソフィの荷物を四輪馬車に載せた。彼女が出発するのを見送ると、チャールズはハンコックと一緒に彼の馬車に乗り、急いで村をあとにした。彼らがウィール・ジェニーに到着した時には、労働者たちは右往左往し、女たちは泣き崩れ、すべてが混乱していた。五、六人の男たちが血を流して地面に横たわり、心配する妻たちに介抱されていた。さらにふたりの遺体が地面に置かれて汚れたシーツをかけられていた。

チャールズはあまりの惨事に言葉を失い、現場監督を見つけて駆け寄った。「なにが起こったんだ？」

「爆発です、旦那さま。男たちの話では、ランプの火が移ったのではないかと」

チャールズは思わず悪態をついた。炭鉱作業員が働くためにランプは必須だ。だが、そのランプの炎が死を招く可能性があることが、この炭鉱でふたたび証明されてしまった。

「ありがたいことに」現場監督が続けた。「爆発があったのは炭鉱の一部で、そこには数人しか働いていなかった」

チャールズは悲痛な面持ちでうなずいた。たしかに、もっとひどいことになっていたかもしれない。

ドクター・ハンコックはすぐに怪我人の手当てに取りかかった。チャールズもできることをすべく、シャツの袖をまくりあげた。亡くなった作業員の名前を聞いた時には、怒りと悲しみの涙で目の奥が熱くなった。どちらもいいやつだった。しかも家族がいる。

こういう事故を、とチャールズは思った。二度と起こしてはならない。現代は発明の時代

だ。こうした悲劇が二度と起こらないために、自分はいま作成中の装置を必ず完成させると
チャールズは誓った。

ポルペランハウスに来て五日目、マデレンは電報を受けとった。

ミス・マデレン・アサートン
コーンウォール州ロングフォード、ポルペランハウス

愚かな娘。オークリーが気を変えないことを祈るのみ。ブラウンズホテルを引き払い、母
友人と大陸を旅行中。ドレスのトランク五個送った。

「まあ、いいじゃないの」マデレンが電報を見せると、アレクサンドラが言った。「ドレス
がよりどりみどりというのもきっと楽しいわ」
ふたりは笑いだした。
しかし、その笑いもすぐに消えた。トーマスがウィール・ジェニーの恐ろしい事故のこと
を話したからだ。炭鉱内の爆発は、とトーマスは説明した。不幸なことだがしばしば起こる。
むしろ今回は犠牲者が少なくて幸いだった。
翌朝、トーマスは助力できることはないかを聞きに、馬でソーンダーズ卿に会いにいった。

アレクサンドラとマデレン、ジュリアとリリーはトレヴェリアン村を訪ね、怪我した男たちの家に食べ物と薬を届けて、悲嘆にくれる家族を慰めた。同じ目的で訪れていたレディ・トレヴェリアンとヘレンにも出会った。しかし、みんなが行き来しているなかでソーンダーズ卿の姿はなく、マデレンはそれがありがたかった。

炭鉱の爆発という悲劇がこの地域のすべてに暗い影を落としていた。それに影響されて意気消沈しているジュリアとリリーを元気づけようと、アレクサンドラとマデレンは、ヘレンとアンナを七月四日の催しに招待した。独立記念日というアメリカの祝祭に敬意を表し、ポルペランハウスの敷地内で女性だけのピクニックをする予定だった。

その日は天気に恵まれた。芝生でゲームをして遊んだあと、庭に敷いた毛布の上にくつろぎ、ミセス・ネトルが用意してくれたサンドイッチや果物、ビスケットの食事を楽しんだ。食べ終わると、マデレンは大好きな本『若草物語』を朗読した。

少女たちは真剣に聞き入り、とくにマーチ家の姉妹が友人たちを招いて劇をするところに心を奪われたようだった。

「わたしたちも劇をしましょうよ」マデレンが第二章を読み終わると、リリーが言った。「マーチ姉妹のように」

ジュリアが目を輝かせた。「とってもいい考えだわ」

「劇？　演技なんてしたことないわ」ヘレンが疑わしげに言う。

「それは大丈夫よ」ジュリアが主張する。「去年、アレクサンドラが初めて家庭教師として来てくれた時、わたしとリリーも恥ずかしくて演技できなかったの。でも、本の朗読を始めたら、すぐにできるようになったわ。劇で演技すれば、もっとずっとおもしろいでしょう」

アレクサンドラのほうを見やる。「やっていいかしら？」

アレクサンドラは一瞬思案してから笑みを浮かべた。「もちろんよ。すばらしい考えだと思うわ。あなたがたの夏の活動として、劇は理想的ね」そしてマデレンのほうを見やり、つけ加えた。「わたしたちも楽しみだわ」

アレクサンドラの表情から、姉がなにか思いついたらしいとマデレンは思った。しかし、アレクサンドラはそれについては言及せずにただ続けた。「マデレンとわたしがあなたがたくらいの年だった時は、家で舞台を作って劇をしたものよ。妹のキャサリンも一緒に」

マデレンは子どもの時に大はしゃぎしたことを思いだしてうなずいた。「両親と使用人たちを招待したわね。衣装や小道具も全部作り、芝居のビラなんかもみんな描いた」

「両親を招待できるかしら？」ヘレンが訊ねる。「チャールズも？」

「もちろんよ」アレクサンドラが答えた。「ご家族全員をお招きしなければ」

マデレンはぎょっとして目をあげた。アレクサンドラがなにを企んでいるかがわかった気がした。この劇により、マデレンがソーンダーズ卿にもう一度出会って、気持ちを再燃させることを期待している？　それこそ、マデレンがもっとも望んでいないことだった。

「もちろん、ご家族を招待しなければ」マデレンは急いで言った。「でも、皆さんがいらっしゃれるかどうかはわからないわね。お父さまはお加減がよくないし、お兄さまは忙しい方だから。ソーンダーズ卿は鉱山のことで解決しなければならないことが山積みでしょう」そう言い、そんな考えは頭から追いだしてねという意図をこめてアレクサンドラをちらりとにらんだ。

アレクサンドラは他意なさそうに肩をすくめてみせた。

「まあ」アンナが言う。「もしもみんなが来られないとしても、きっと楽しいわ」

「どんなふうにやったの？」リリーがアレクサンドラに訊ねる。「台本はどこから手に入れたの？」

「全部書きおろしよ」アレクサンドラが誇らしげに答えた。「台本はいつもマディが書いたの」

四対の驚きに満ちた目がマディのほうを向いた。「演じる劇をご自分で書いたの？」ヘレンが信じられないという顔で聞く。「『若草物語』のジョーみたいに？」

マデレンは誇らしさに顔を紅潮させた。「ええ、そうよ」

「しかも、すばらしい台本ばかりだったわ」アレクサンドラが言う。「みんなにそう言われたわ」

「母をのぞいてはね」マデレンは皮肉っぽく指摘した。「母はいつも、わたしが文を書くことをばかげた趣味と言っていたわ。演じることを許してもらっただけでも幸運だったくらい」

「母の考えでは、楽しいことはすべてだめなのよ。いまもそう」アレクサンドラがため息をつく。

「マディ」リリーが呼びかけた。「わたしたちのために劇を書いてくださる？」

その質問にマデレンはためらった。「わからないわ、リリー」いま執筆している本が着々と進んでいるいま、その勢いを崩したくない。

「マディ、絶対に書かなければだめ」アレクサンドラが言った。「数日で書けるでしょ。以前もそうだったじゃない」

「どうかお願い」ジュリアが言う。

「ええ、本当にお願い！」アンナも熱心に言う。

マデレンはまたためらった。劇の台本はずっと書いていない。そんなにすぐに書けるかどうか確信がなかったし、なによりも、演じる価値のある台本を書けるかどうか不安だった。しかし、少女たちの期待に満ちた目を前にして、どうしてできないと言える？「どんな劇がやりたいの？」

「感動的なドラマ」ジュリアが答えた。

「アクションが多いもの」ヘレンが言う。

「ラブストーリー」アンナが反駁する。

「コメディ」リリーも主張する。

マデレンは笑いだした。四人の意気込みもさることながら、全然違う答えが返ってきたのがおもしろかった。「こうしましょう」思わず笑顔になった。「その全部の要素を盛りこんで書いてみるわね」

14

翌日から四日間、マデレンは寸暇を惜しんで少女たちのために劇を書いた。朝起きた瞬間から始めて夜が更けるまで、食事と睡眠以外はすべての時間を費やした。

マデレンが考えた作品は、退屈な貴族たちから結婚の申し込みを受ける公爵令嬢姉妹の話だった。姉妹のひとりは彼女の視野を広げてくれた事務弁護士を愛していたが、その男性のことは公爵が大反対する。マデレンはその筋書きのなかに、失敗に終わる駆け落ちや馬車の事故、広大な羊牧場を抜ける脱出劇を盛りこみ、最後は娘たちが結婚を先延ばしして女子大学に入学することを公爵が許可するという結末にした。

少女たちは出だしからその劇に夢中になった。リリーとアンナが姉妹を演じ、一方ジュリアとヘレンは頭の弱い色男たちや両親その他、ひとりで何役もこなすことに決まった。アレクサンドラは妊娠を理由に演じることを断り、その代わり、喜んで舞台係を務めると申しでた。マデレンは演出担当となり、少女たちに頼まれて、さっそうとした事務弁護士も演じることになった。

台本ができあがった翌日にはみんなで終日図書室にこもり、自分の分の台本を書き移した。家族や使用人たちに招待状を送ったあとは、真剣な——そして楽しい——作業が始まった。下稽古と小道具集め、芝居のビラ描きに丸々八日間を費やした。衣装は自分たちの洋服だんすや、先祖のものが詰まっているポルペランハウスの屋根裏から掻き集めた。

マデレンは準備と計画のあらゆる局面を楽しんだ。同様の活動をしていたのは何年も前のことだったから、ある意味、今回のことは、子ども時代の最高の思い出をふたたび体験しているようなものだった。

下稽古の時は部外者の入室は禁止だった。ヘレンは最初、舞台の上での立ち位置と移動に手こずっていたが、台詞を覚えることに関しては達人で、すぐに本領を発揮した。アンナとリリーもそれぞれ、自分たちの役柄に入りこみ、生き生きと演じていた。ジュリアは求婚者のひとりを演じて見る者たちを大笑いさせ、父親役では、死の瀬戸際をさまよったあと奇跡的に回復する娘のベッド脇で、心温まる演技を見せた。

最初のうちは、下稽古のたびに、ヘレンとアンナがトレヴェリアンマナーとポルペランハウスを行ったり来たりした。しかし、それでは時間の無駄だということになり、上演前の最後の数日はふたりがポルペランハウスに滞在して、あたかも屋敷で大お泊まり会を開いたかのようだった。

全力を傾けなければ実現できない計画だったから、そのあいだマデレンはオークリー卿のことを一度も考えず、ソーンダーズ卿に惹かれるという卑しむべき感情について悩むこともなかった。たしかに、一、二度はソーンダーズの夢を見た。いえ、三回だったかも。どの夢でもふたりは濃厚なキスを交わし、マデレンは体が熱く火照った状態で目を覚まして、自責の念にかられるのだった。

そして、あわてて、その自責の念を頭から追いだすのだった。

いまこの瞬間は、とマデレンは自分に言い聞かせた。自分は手に入らない伯爵に夢中の富豪令嬢でもないし、未来の公爵の結婚の申し込みも関係ない。この舞台の作品を創作したひとりの脚本家だ。その役割ならば、自分が本領を発揮していると感じることができる。


公演は七月中旬の木曜日の午後に、ポルペランハウスの東翼全体を占める広大な絵画展示室にて開催されることに決まった。

物を全部片づけて舞台にした場所に向かって椅子を列に並べた。カーテンの代わりに、折りたたみの衝立《ついたて》を舞台の両側に置き、そこに隠れて演技者が衣装を替えたり、出ていく合図を待ったりできるようにした。冒頭の場面の居間の情景のために、家じゅうから集められた家具で舞台が作られた。馬車で駆け落ちするなどいくつかの冒険の場面は、パントマイムで表現することにした。

開催当日、予定時間が近くなって、観客が到着し始めた。〝事務弁護士ミスター・ダンヴァース〟の衣装を着て、衝立の裏からのぞきながら、マデレンは不安と期待で胃が締めつけられる思いだった。

衣装はトーマスの父のものだったが、痩せて背も低かったらしく、マデレンにぴったり合った。男性に扮したのは、子どもの時を除いては初めてだったから、毛織りのズボンも、シャツとネクタイにフロックコートも高いシルクハットも、どれも着心地が悪いうえ、はらはらするほどスキャンダラスだと感じずにはいられなかった。顔は、上唇の上に木炭で口ひげを描いた。

衣装を着て髪を結い、化粧をした少女たちが、マデレンのそばでくすくす笑っている。アレクサンドラがトーマスを案内して前列に坐らせるのが見えた。トーマスはにこにこ笑っている。後方に席を占めた十数人の使用人たちも笑顔でおしゃべりをしている。部屋全体が興奮に沸いている。そのうち、廊下のほうからざわめきが聞こえてきた。アレクサンドラが案内し、トレヴェリアン卿夫妻が入ってきた。

マデレンは驚いて飛びあがりそうになった。夫妻を招待したことは知っていたが、予想のとおり、レディ・トレヴェリアンからは、トレヴェリアン卿の不安定な健康状態を言及し、残念だが欠席する旨の返事が届いていた。それなのに来てくれたのは本当にありがたい。侯爵は車椅子に坐り、看護婦に押されていた。顔色が非常に悪く、とても弱って見える。ヘレンとアンナが演じるのを観るために、ベッドから起きあがり、ここまでやってきたその努力がいかばかりか、マデレンには想像もできなかった。娘たちを愛する想いと意志の力のたまものだろう。

夫妻がここまで来たということは、とマデレンはふいに思った。それが意味するのは……。最後まで考えが及ぶ前に、ソーンダーズ卿がソフィを伴って部屋に入ってきた。

マデレンは動けなくなった。心臓が胸のなかで太鼓のように連打している。前回ソーンダーズ卿に会った時は洞窟でキスをした。あれから三週間が過ぎている。そのあいだ、会わなかったせいで、頭のなかで彼の魅力を倍増させているだけだと自分を説得してきた。

でも、そうではなかった。

ふたりは戸口を入ったところでいったん足を止めた。ソーンダーズ卿は広い肩幅と背の高い筋肉質の体型を目立たせる黒っぽい色のスーツを着用し、その魅力を部屋全体に発散している。ソフィはラベンダー色の絹のドレスを着ている。結いあげた豊かな金髪がかわいい顔立ちを際立たせている。

マデレンは彼が来ることを予期していなかった。というより、来ないでほしいと願っていた。アマチュア劇で妹たちが演じるのを観るよりも、やらねばならないことがあるだろうと思っていた。でも、なかったらしい。マデレンは彼とソフィが席に坐るのをそっと見守った。

それからうしろを向き、目を閉じた。彼の存在に影響されることを断固拒否する。この劇に向けて、女の子たちと一緒にがんばってきた。最後まで全力を尽くすつもりだった。

ソーンダーズとソフィがどれほどお似合いかに関しても考えないように努めた。二列目に並んで坐ったふたりは、彼の男らしい魅力とソフィのヒナギクのように初々しい表情が補完し合って完璧だ。

それに対し、マデレンはここで男性の服装で立っている。フロックコートを着てズボンを穿いて。口ひげまでつけて。

劇が終わった。観客から拍手が湧きおこり、女性たちのほとんどが立ちあがった。

チャールズも立ちあがり、力のかぎり手を叩いた。

もっとつまらない劇を予想していた。単に自分の妹たちとロングフォードの妹たちが夏のあいだに行う活動にすぎないと。それでもここまで来たのは、妹たちに懇願されたからだ。ミス・アサートンがこの全体を仕切っていると、行けば、彼女にもう一度会う機会があるかもしれないと知ったこととはなんの関係もない。

あのこととは無関係だ。

予測していたのは、アマチュアが書いた台本をアマチュアが演じる一時間だった。だが、たったいま鑑賞したのは、まったく別なものだった。劇自体が、観客を楽しませることを主眼としながらも、非常に知的で心温まるものだった。女性にこれほどのものが書けるとは思ってもみなかった。ロンドンで観た劇はすべて男性によって書かれたものだった。女性の教育の重要性を説くという——チャールズはこの論点に関して少しも驚かなかった——ミス・アサートンの主張が、華麗な筋書きのなかにさりげなく織りこまれている。

少女たちの経験不足については、この公演に感じている喜びが充分に補っていた。そしてミス・アサートンは——書くことに対する情熱は聞かされていたが、それでも思いもしなかったほどの——天賦の才能を発揮して劇を創作し、卓越した感覚で舞台を作りあげた。彼女の演技はとてつもなく滑稽だった。なんと男を演じるとは！　その役柄を完璧にこなしていた。もしも、ぴったりのフロックコートが女性的な曲線をすべて隠していたら、彼女を男と間違えただろう——美しすぎる男性ではあるが。

若い女優たちが興奮のあまり跳びはねるような足取りで前に出てきた。チャールズは妹たちを抱き締め、ジュリアとリリーに、すばらしい演技だったと褒めた。車椅子に坐ったチャールズの父も、少女たちの手を取って心からの称賛を表明した。チャールズの母もトーマスもアレクサンドラも大絶賛だった。

使用人たちも前に出てきて礼を述べる。チャールズは、ミス・アサートンが離れた場所に立って、笑顔でみんなを眺めていることに気づいた。彼女のところに行くべきか行かないべきかを考える。洞窟で起こったことを思えば、ミス・アサートンが彼と二度と話したくなくても到底責められない。それでも、まるで磁石のように彼女に引き寄せられる。

これについては、ひと言も言わないと約束します。なにも起こらなかったこととして振る舞いましょう。

自分もそうできる。そうするつもりだ。どれほど困難であっても。耳の奥で鼓動がどきどきと鳴り響くのを感じながら、チャールズは部屋を横切り、彼女に一礼した。「ミス・アサートン」

彼女の青い瞳が彼を見あげた。明らかに身構えているようだ。「伯爵さま」丁重に挨拶する。

「すばらしい演劇だった。お祝いを言わせてほしい」

「ありがとうございます」

そのあとにぎこちない沈黙が続いた。言いたい言葉はたくさんあるが、まわりにこれだけの人々がいる状況で、そのひとつたりとも口にできない。「妹たちから、あのみごとな演技を引きだしてくれた。しかしそれ以上に、台本がすばらしい。滑稽なのに意味深い。きみの主題に敬服している。急進的ではあるが」

「急進的だと思いましたか？」彼女の口角がおもしろがっているように持ちあがった。炭のばかげた口ひげも一緒に曲がってほほえみを作る。

ふいに指先でその口ひげを拭い去りたいという衝動にかられた。それとも、その代わりに同じ指先でその下のピンク色の唇をなぞりたい。

やめろ、やめろ、やめるんだ。「非常に急進的だ」そう答えている自分の声が聞こえた。

「公爵令嬢が大学に進学する？　今世紀中には実現しないと思う」

「たしかに、今世紀はもうすぐ終わりですものね。次の世紀にはもう少し進歩的になることを期待しましょう」

チャールズは答えようと口を開いたが、滑るように近づいてきたソフィの言葉にさえぎられた。「マディ、あなたを尊敬するわ。本当にすばらしかった」

「気に入ってくれて嬉しいわ」

「気に入ったどころじゃないわ。大感激よ。みんなそう言っているわ」

「お嬢さまがたはとても楽しんでいたわ」ミス・アサートンが言った。「それが一番大事なこと」

「あなたのような勇気は絶対に持てないわ！　舞台の上で演じるなんて！」ソフィが声をひ

そめ、おもしろそうに瞳をきらきらさせた。「それに、男の人に扮するなんて、なんという醜聞！」

ミス・アサートンがこれを聞いて笑い、答えようとした時、チャールズの両親がやってきた。「ミス・アサートン？」弱々しい様子で車椅子から声をかける。

「侯爵さま」ミス・アサートンが挨拶し、かがんで彼の手を取った。「お越しくださり光栄ですわ。なんとお礼を申しあげたらいいかわかりません。お加減はいかがですか？」

「よくも悪くもない」老人が答えた。そう話すだけでも疲れるようだ。「だが、その話はしだ、ミス・アサートン。この企画を成功させたあなたに祝いを言いたい。女が大学に行くなどというばかげた話は感心しないが、この劇はかなり見どころがあった」

「あら、最高でしたよ」チャールズの母が言葉を挟んだ。「ヘレンとアンナはこの数週間、この劇の話しかしなかったんですよ。ヘレンがあんなに楽しそうなのは初めて見たわ。あなたは彼女からやる気を引きだしてくれたのね、ミス・アサートン。まさにあなたの大変な努力と才能のおかげですよ。ありがとう」

ミス・アサートンはその称賛に頭をさげた。「そんなふうにおっしゃってくださって、ありがとうございます」

「残念ながら、もう失礼しなければなりませんわ」侯爵夫人が言い、夫のほうに心配そうなまなざしを向けた。「チャールズ？　馬車を呼んでくれた？」

チャールズは苛立ちを抑えてうなずいた。「もちろん」もう少しミス・アサートンと話していたかった。だが、いまできるのは、ほほえみかけて別れを告げることだけだった。「ごきげんよう、ミス・アサートン」

「ごきげんよう」ミス・アサートンがその場にいた彼の家族みんなに向けて言った。「いらしてくださり、皆さま、本当にありがとうございました」

「見逃すはずないだろう」それだけ言うと、遺憾ながら部屋をあとにするしかなかった。

その日の午後はマデレンとアレクサンドラが少女たちを監督し、そのあいだに使用人たちが劇のあと片づけをした。ヘレンとアンナは衣装を片づけるために、もうひと晩泊まることを許された。

夕食時の会話は劇に関する話題で盛りあがった。少女たちは自分たちが成し遂げた成果に大喜びで、観客の反応を思いだしては、自分たちの小さな失敗について語り合った。笑われたけれど、いまとなってみれば、その失敗のおかげで劇のおもしろさが増して、さらに盛りあがった。

寝る時間になっても、家のなかはまだ興奮でざわめていた。マデレンはベッドに横になり、廊下の先から聞こえてくる少女たちのおしゃべりや笑い声をぼんやり聞きながら、自分の脳を静めようとした。

少女たちのことが誇らしかった。劇自体も大成功だった。観客全員が笑ってほしい場面で笑い、事態が展開するたびに息を呑んだ。劇作家になりたいわけではないが、自分の書いた作品が好評を博せば、なによりの励みになる。

劇のあとにソーンダーズ卿が近づいてきた時のことを思いだした。彼とまた話をするのは気が引けた。彼も気まずそうだったが、ソフィがそばに立っていたのだから当然だろう。ほんの一分足らずしか話さなかったが、そのくらいでむしろよかった。

たぶん、と、ようやくうつらうつらしながらマデレンは思った。これからの二カ月間、もう彼と出会う機会はないだろう。彼のことを忘れて、前に進もう。そして、安らかな気持ちで、ポルペランハウスの夏を楽しもう。

この思いは、二日後の朝、トレヴェリアンマナーから届いた一通の手紙によって否定された。

「あなたさまにお手紙が来ております、ミス・アサートン」マデレンが朝食室に入ると、威厳ある白髪の執事ハッチェンズが静かに言った。

ジュリアとリリーはまだ起きていなかった。トーマスは小作人のひとりの問題を解決するために出かけていた。ハッチェンズが封筒を載せた銀の盆を差しだした。だれかしらとぼんやり考える。それに、いったいなぜ、盆に載せて手紙を渡すというばかげた習慣があるのかしら？　しかも、なぜいつも銀の盆なの？

「ありがとう、ハッチェンズ」マデレンはソフィが送ってきたものと思って封筒を取った。ポルペランハウスに来てから、ソフィとは何通もの手紙をやりとりしている。しかしながら、封筒に書かれていたのは知らない筆跡だった。

「またソフィから手紙が来たの？」アレクサンドラがサイドボードから皿を持ってきて椅子に座った。

「違うみたい」封筒には侯爵夫人の名前が書かれ、見覚えのある小冠が刻印されていた。「レディ・トレヴェリアンからだわ」マデレンは驚きの声をあげた。

「使用人が一階で、あなたさまのお返事を待っております」ハッチェンズが言う。「急ぎの用件のようです」

興味をそそられ、マデレンはすばやく手紙を取りだして文面に目を通した。

トレヴェリアンマナー
一八八九年七月二十日

信頼なるミス・アサートン

まずは、すばらしい舞台を成功させてくださったあなたの多大な努力にもう一度感謝させてください。娘たちはいまだに劇の興奮と満足で有頂天になっています。ふたりにとって、あの劇はこの夏最高の催しとなることは確実でしょう。

ところで、きょうはまったく異なることでお便りしました。これは姪のために書いています。

ソフィがきのうの朝、チャールズと乗馬に出かけている時に落馬しました。軽い脳しんとうと手の部分骨折のほかに、くるぶしもくじいていて、一時はとても心配しましたが、ドクター・ハンコックによれば、どの怪我もあとを引くものではないとのこと、不幸中の幸いでした。実際に、きょうは頭痛もほぼないそうです。

しかしながら、ドクターの見立てでは、手が全治するのに三週間、くるぶしもかなりひどい捻挫らしく、治るのに同じくらいかかるそうです。

怪我したのが右手なので字を書くことができず、それでわたくしが頼まれてこの手紙を書いています。丸々三週間は外出禁止で、日課の散歩も乗馬もできないうえに、定期的に送っていたお母さまへの手紙も書けないとわかり、ソフィはひどく落ちこんでいます。

それで、ソフィに懇願されて、ご無理を承知でお願いしているのですが、あなたにトレヴェリアンマナーにいらしていただき、回復するまでのあいだ、ソフィの話し相手になっていただけないでしょうか？　同じ年頃の友人がそばにいてくだされば、ソフィの回復にとてもいい影響があるでしょう。あなたとソフィが知り合って間もないことは承知していますが、そのあいだに、とても仲良くなったとソフィから聞きました。ほかのだれよりもあなたに来ていただきたいとソフィが言っています。

このお願いが大変なご負担をおかけすることは承知しています――ロンドンにお帰りになる予定があるかもしれませんし、あるいは、これからの一カ月、ご自分のご家族と一緒に過ごしたいとお考えかもしれません。でも、それを押してソフィの願いを聞き入れてくださったら、あの子はつらい三週間をとても幸せに過ごせることでしょう。

トレヴェリアン卿とわたくしも、あなたをまた我が家にお迎えできることを心から願っています。お好きなだけご滞在していただければ幸いです。ロングフォード卿の馬車をお使いになれるようでしたら、どうぞすぐにいらしてください。きょうの午後でもかまいません。こちらからお迎えの馬車を差し向けたほうがよければ、そうおっしゃってください。

いいお返事をお待ちしております。

敬具

シャーロット・グレイソン

マデレンは驚くと同時に困惑しながら、姉に手紙を渡した。「気の毒なソフィ」アレクサンドラが手紙を読み終えるのを待って姉に言う。

「行ってあげるべきだわ」アレクサンドラが勧めた。

マデレンは首を横に振った。ソフィがそんなにひどい怪我をしたことはとても気の毒だと思う。それに、ソフィがこれから困難な数週間を過ごすのに、自分を話し相手に望んだことを嬉しく光栄に感じている。でも、トレヴェリアンマナーに戻ることは、ふたたびソーンダーズ卿がいる場所に行くということ。

最初の訪問の時、彼に惹かれてしまうやっかいな感情に抗うのがとても難しかった。キスする前までは。あのキスの燃えるような感触はいまだに唇に残っていて、もっとも不都合な時に記憶をよみがえらせる。いまもまた、その思いに頬がかっと熱くなった。

「それはどうかしら」マデレンは答えた。「あなたとここで夏を過ごすのをとても楽しみにしていたし、赤ちゃんの誕生を逃したくないわ」

「赤ちゃんは八月二十三日までは産まれないはずよ。まだ五週間もあるわ。来てほしいと頼んでいるのはたった三週間でしょう。余裕を持って帰ってこられる」

「実際のところ、ソフィはわたしを必要としないでしょう。お世話をする使用人はたくさんいるんですもの。手紙だって、レディ・トレヴェリアンが代筆できるわ」

「ソフィはわざわざあなたに頼んできたのよ。友だちでしょう？　しかも怪我をしている。あなたなら、本当に必要な助けを与えてあげられるわ。行かないなんて、考えられないはずよ」アレクサンドラがマデレンを見やった。「本当はなにを心配しているの？　ソーンダーズ卿のこと？」

「もちろんソーンダーズ卿のことよ！　彼とわたしがキスをしたと、ソフィがほんの少しでも感づいていたら、来てほしいなんて、絶対に頼んでこなかったでしょう。もしもレディ・トレヴェリアンが知っていたら、この手紙を決して書かなかったはずよ」

「たしかにそうだと思うけれど、でも――」

「劇の日に彼に会ったのは仕方ないわ」マデレンは姉の言葉をさえぎった。「たくさん人がいる部屋でほんの短い時間だったし。でも、三週間もまたトレヴェリアンマナーで生活する？　彼に毎日会う？　いいえ、とんでもないわ。とても難しいことでしょう」

「そうかもしれないわね」アレクサンドラが両手でマデレンの手を取り、マデレンの目をじっと見つめた。「でも、別な見方をすれば、これはあなたがソーンダーズ卿のことを本当はどう思っているかを知るいい機会になるかもしれない。そして、彼も、あなたのことをどう感じているかを見極められる」

「彼はなにも感じていない。嘘じゃないわ」マデレンは言い張った。「わたしは、彼がキスをした女性たちの長いリストに加わっただけよ」

「そうは思えないけれど。ほかのレディたちが彼についてなにを言おうが関係ないわ、マディ。わたしはあなたより長くチャールズを知っている。彼は善良で立派な人よ。あなたにキスをして、そのあとにすぐ謝ったのなら、それはただの無意味な遊びではなく、彼の感情がそうさせたのよ。あなたになにか感じていて、それをはっきりさせることを自分に禁じているのだと思うわ。もう少し一緒に過ごす時間があれば、互いの惹かれ合う気持ちには根拠がなく、ゆえに将来もないと確信できるかもしれないわ。そうなれば、あなたも心を整理して、オークリー卿があなたにとってどんな存在か見極められるし、チャールズも、良心の呵責を覚えずにソフィと結婚する計画に邁進できるでしょう」

　マデレンはごくりとつばを飲みこんだ。「でも、その反対のことが真実だとわかったら？　わたしが彼を愛していると気づき、でも愛されないとわかったら？」

「なにが起ころうと、真実から目をそらし続けているより、ちゃんと知るほうがいいのではないかしら？」

「わからないわ。でもそのとおりかもしれない」マデレンは長いため息をつき、それからまた首を横に振った。「やっぱり、こんな状況でトレヴェリアンマナーに行くのは間違っている気がするわ。ソフィに対してひどいことだもの」

「ソフィは自分の家から遠く離れたところにいて、友だちを必要としているわ」アレクサンドラが言う。「もしも結婚しようと思っている男性が彼女を愛していないのならば、彼女は真実を知る権利があると思う」少し考えて、それからきっぱりと言った。「マディ、いまトレヴェリアンマナーに行って、自分の心がどこにあるか見つけなければ、あなたは一生、真実はどうだったかを悩み続けるでしょう」

15

その日の午後六時に、マデレンはトレヴェリアンマナーの、前回使ったのと同じ寝室に案内されていた。部屋は心地よく、心から歓迎されていると感じさせてくれた。

明るい黄色のバラがいけられた花瓶がふたつ、化粧台とサイドテーブルの上に飾られている。机には用紙がきれいに積まれ、ペンと新しいインクの瓶も置かれている。ウッドソンが用意したものに違いない。ウッドソンはマデレンが本を執筆しているとわかっているだろうか。それとも手紙用に準備してくれたのだろうか？　どちらにしろ、思いやりと洞察力を兼ね備えた人にしかできないことだ。

それでもまだ、マデレンはここにいることに居心地の悪さを感じていた。犯罪現場に戻ってきたように感じ、姉の意見に同意しなければよかったと思った。でも、すでにここにいるのだから、最善を尽くすしかない。

ソフィのために、友だちとしてできるだけのことをして、埋め合わせをしようと決断する。そして、ともうひとつ決意する。ソーンダーズ卿とはできるだけ会わないようにする。彼は外出している時間が多そうだから、運がよければ、ほとんど顔を合わせずにすむだろう。

もちろん、絶対にキスはしない。

今回の訪問は、最初に来た時よりも荷物が多かった。日中着るために、母がロンドンから送ってきたトランクから何枚かお気に入りの服を選んだ。荷ほどきをしていると、ノックの音が聞こえた。扉を開けると、そこにいたのは、侍女のナンシーが押す車椅子に坐ったソフィだった。

「マディ！」侍女に車椅子を押されて部屋に入るなり、ソフィが声をあげた。右手は肘までギプスで固定され、夏用ドレスの下からのぞいている右足のくるぶしも包帯でぐるぐる巻きになっている。それでも、ソフィは絵のように美しく、気分もよさそうに見えた。「あなたが着いたと聞いたのよ！　一瞬も待てなくて、押しかけてきてしまったの。いらしてくださって本当に嬉しいわ」

あのキスのことを知ったら全然嬉しくないだろう。マデレンはなんとか笑みを浮かべた。「わたしも来られて嬉しいわ」心から言う。「こんなにひどい怪我をして大変だったわね」

「見かけほどひどくはないのよ。馬が石だらけの地面で足を踏みはずしてしまったの。奇跡的に頭が落ちたところが草の上だったからよかったわ。岩に打ちつけていたら、もっとひどい脳しんとうに苦しんだか、もしかしたら死んでいたでしょうとドクター・ハンコックに言われたわ」

「まあ！」マデレンは顔をしかめた。「では、むしろ幸運だったのね」

「ええ。だから、不満なんか言ってはいけないとわかっている。でも、このギプスはむずむずするわ。それに、三週間も歩けないし書けないというのはとてもつらい。きのうは一日中泣いていたの。けさ、あなたの返事が戻ってきて急に元気になったのよ」

夕食の時に、レディ・トレヴェリアンが品よく挨拶をつぶやいた。「おいでくださってありがとう。おわかりかと思いますけど、ソフィにとっては大変な違いなんですよ。目に見えて元気になりましたわ」

夫人から、トレヴェリアン卿の具合が悪くて食事におりてこられないと聞き、マデレンは心から気の毒に思った。夫人はさらに、ソーンダーズ卿は二日ほど出かけていると言った。「トルロにいる友人のレオナルドを訪ねていますわ」少なくともきょうはソーンダーズ卿に会わなくていいとわかり、ほっとすると同時に、失望感に胸が苦しくなった。そしていま一度彼の作業場はどこにあるのだろうかと考えた。

夕食の話題はおもにソフィの事故に集中した。いとこがいかに雄々しく、自分を家まで安全に連れ帰ってくれたかをソフィが説明する。

「チャールズがいなかったら、どうなっていたか想像もつかないわ」ソフィがスープを飲むあいまにほほえみながら言う。左手にスプーンを持って、ゆっくりと注意深く口に運んでいる。「チャールズはとても親切で優しかったわ。抱えて運んでくれたのよ、家までずっと」

ソーンダーズ卿が森を抜けてソフィを運んでいるあいだ、ソフィがソーンダーズ卿の首に両腕をまわし、ありがたそうに彼の頰に顔をすりつけている姿がマデレンの脳裏に浮かんだ。やるせない思いに胃がちくちくする。これは嫉妬心？

しっかりしなさい。ソーンダーズ卿が両腕にソフィを抱えて運ぶのは当然のこと。アレクサンドラがなんと言おうと、ソーンダーズとソフィはきっと結婚する。やるせない思いはオークリー卿のために取っておきなさい。

ふいに、かなり長いあいだオークリー卿のことを考えなかったことに気づく。

目を閉じて、オークリー卿がマデレンを抱えて、ハットフィールドパークの芝生を歩く姿を思い浮かべようとした。オークリーはあまりに上品で礼儀正しく、しかも、よく言えば慎重、悪く言えば優柔不断だから――もしも試みたとしても――その行為を気まずく感じるだろう。そしてマデレンを地面に落っことすに違いない。そう思うとおかしくて、マデレンはくすりと笑った。

「ソフィの事故になにかおかしいことでも、ミス・アサートン？」レディ・トレヴェリアンが戸惑った顔でマデレンを見た。

「いいえ、とんでもありません」マデレンは急いで答えた。「ソーンダーズ卿の勇敢な行動があったからこそ、ソフィの怪我がこれ以上ひどくならずにすんだと思いますわ」そして、話題を変えようと、ソフィの新しいドレスのことを訊ねた。ソフィとその叔母にとって衣装は最大の関心事だから、そのあとは最新流行のドレスの話になり、食事が終わるまでその話題が続いた。

その晩、全員が寝室に引きあげたあと、マデレンはトランクから原稿を出して、数時間仕事に没頭した。劇でしばらく中断していたから、新鮮な気持ちで本の執筆が再開できて、章から章へと驚くほど筆が進んだ。

翌朝は図書室で、ソファに寄りかかるソフィのそばに坐り、母親宛ての手紙を代筆した。間違いなく長くなりそうな手紙を数節書き進め、ソフィの怪我やソーンダーズ卿の活躍、そして医師の気遣いについてしたためたところで、当のドクター・ハンコックが図書室に入ってきた。

「おはようございます」一礼し、室内を抜けてふたりのほうにやってくる。

ソフィが急いで身を起こしてスカートをまっすぐ撫でつけ、女性ふたりは振り返った。

「閣下のご様子を拝見したあと、もうひとりの患者さんを診察しようと思いましてね。具合はいかがですか、レディ・ソフィ？」レディ・ソフィに向けた笑顔は、医師として、と同時に個人的な親しみもこもっていた。

「だいぶいいですわ、ドクター」ソフィが彼の笑顔にほほえみ返した。「頭痛はすっかりよくなりました」

「それはよかった。ミス・アサートン、トレヴェリアンマナーでまたお目にかかれるとは嬉しいです」

「こちらこそ、ドクター。トレヴェリアン卿はいかがでしたか？」

「あまりお変わりないのです」

「奥方さまにうかがいましたが、侯爵さまの症状は不可解な点が多いとか」マデレンは訊ねた。

ドクターがうなずいた。「ええ、通常ならば一緒に現れない症状が重なっていて、病名を特定できないのです。残念ながら、この数カ月、治療による症状の改善が見られなくて」

「とても心配ですわ」

「ぼくたちみんなが心配しているのですが」彼の言葉には実感がこもっていた。

黒いかばんをおろし、ドクター・ハンコックはソフィのくるぶしの包帯を解いた。細心の注意を払って変色した足首を触診し、完治したと自分が断言するまでは、いかなる状況でも体重をかけないようにと言った。患者とさらに少し言葉を交わし、鎮痛剤を処方すると医師は帰っていった。

そのあと午前中は、マデレンがソフィの車椅子を押し、ヘレンとアンナも許可されて、みんなで庭を散歩した。昼食後、ソフィは昼寝のために二階に運ばれ、マデレンはまた外に出て、今度はひとりで散歩に出かけた。

浜には行きたくなかったので、これまで足を向けたことがないほうへ、森や草地を抜けていった。歌を口ずさみながらのんびり歩く。何軒かの農家を通りすぎ、土地の境界に設けられた踏み越し段を越える。青々と広がる風景は静謐《せいひつ》という言葉がふさわしく、聞こえるのは木々や草のあいだを抜ける風のささやきと静かに響く虫の音、そして羊の鳴き声だけだ。

四十分くらい歩くと、こぎれいな農場にやってきた。畑で男性がひとりせっせと働いている。農家は補修が行き届き、納屋と厩舎も比較的新しい。中庭では張られた紐に女性が洗濯物を干していて、子どもがふたり、干したシーツのあいだで鬼ごっこをしている。

土地の一番端に石とレンガと材木で造った古い納屋が建っていた。茅葺《かやぶ》き屋根の、絵になるような魅力的な外観だ。いくつかある窓はどれもよろい戸が閉まっている。隣接した小さな建物は、いまはもう使われていない厩舎のようだった。農夫がこちらの古い建物に替えて、新しい建物を建てたのだろうとマデレンは思った。

その時、使われていないと思った古い厩舎のオランダ扉（上下二段に分かれた扉）の開いた上部から、一頭の馬が首を突きだした。見覚えのある馬であることに気づき、マデレンは立ちどまった。テスラだ。その情報を頭が勝手に解析し始めたその時、古い納屋の扉が突然開いた。

ソーンダーズ卿が出てきたのを見て、マデレンの心臓がどきんと跳びはねた。

彼が十メートルほどしか離れていないところに立っている。そして、彼の格好は……無精という言葉がぴったりだった。

上着もネクタイもつけず、白いシャツは首を大きく開けて、袖をまくりあげている。その上につけている染みがたくさんついた灰色の長いエプロンは、鍛冶屋か大工がつけそうな代物だ。茶色い髪はくしゃくしゃくしゃであらゆる方向に跳ねているが、なぜかその乱れた様子が魅力的だった。

マデレンは彼を凝視し、朝ベッドから起きだした時の髪もあんなふうになっているだろうかと思った。頬がかっと熱くなる。なに考えているの？　彼がベッドから出た姿を思い浮かべるなんて。

実際には、この観察にかかった時間はほんの一瞬だった。マデレンが眺めていると、ソーンダーズはかがんで、入り口前の石を敷いた通路に使用済みの皿とグラスを載せた盆を置いた。そして身を起こし、周囲を眺めて……そして凍りついた。

衝撃で声も出ないらしい。

マデレン自身も言葉を失っていた。意図しないうちに、自分がどこに来てしまったかがはっきりわかったからだ。ソーンダーズ卿があの美しい髪飾りや時計仕掛けの彫刻を作成した場所。

彼の秘密の作業所。

彼がここで働いていることをほかにだれが知っているのだろう？　彼の居場所を探すことは絶対にしないと自分に誓ったのに、誓いを守れなかった。それに加えて、たまたま会うとしても、手短に会うだけと誓った。手短にはできるはず。しかし、好奇心が罪の意識を上まわった。

マデレンは小道をゆっくりと歩いていき、彼の数メートル手前で立ちどまった。「ごきげんよう」


チャールズは彼女を凝視した。

彼が知っているかぎり、ミス・アサートンはポルペランハウスに安全に隔離されているはずだ。安全に、というのは、彼の手が届かないところ、彼の目に見えないところという意味だ。だがそれで頭からも追いだせたわけではない。数週間前のあの日、彼女がトレヴェリアンマナーを去ってからも、引き続き、彼の思考のほとんどは彼女に占められていた。気づくと、彼女がいまどこにいるか、いまなにをしているだろうかと考えている。

数日前に作業場に引きこもってからは、その思いがますます高まって事実上性的欲望と化した。もしもだれもいない場所でふたりきりになったら、彼女と――彼女に――したいことを詳細まで生々しく想像した。白昼夢は信じられないくらい官能的で、そのたびに彼のものはうずき、石のように硬くなった。

こうした白昼夢が一生現実にならないことはよくわかっている。願うことは勝手だが、彼女が突然魔法のように戸口に現れて、彼とベッドをともにすることなどあり得ない。

それなのに、いまここに彼女がいる。どうやってここを見つけだした？

彼の半分はこの幻影を喜んでいたが、もう半分――道理をわきまえた正気なほう――は、この女性は知的で優秀な女性であり、頭のなかで彼がなにを考えているか思いつきもしないと警告を発している。どんなことがあっても、彼女を彼の作業場に入れるべきではない。なにを作業しているかを知らせたくないだけではない。あれだけ官能的な想像をしたあとで、両手をしまっておけるとは思えないからだ。

とくに、いまの彼女の姿――かすみのような白いサマードレスが曲線にぴったり貼りつき、その白さが色白の肌と輝く赤茶色の髪を際だたせて非常に魅力的な姿――を見てはなおさらだ。ふと、自分がもっとも古い服を着て、世界一汚れたエプロンをかけていることに気づく。

困惑の体《てい》で自分のうしろの扉を閉め、チャールズは乱れた髪を手で掻きあげた。「ミス・アサートン。なぜこんなところに？」

「散歩をしていたんです。こちらのほうは、以前の時に探検していなかったので」なにも他意はなさそうに、彼にほほえみかける。

他意がない？　チャールズはそれが本当かどうかわからなかった。十年ものあいだ、この作業場の場所を秘密にしてきた。この女性がコーンウォールに来てからどのくらいだ？　一カ月くらいじゃないか？　それなのに、ここを見つけた。意図的に探していたとしても不思議ではない。そのねばり強さをのろうべきか称賛するべきか、チャールズはわからなかった。

「ふーっ、とても暑いですわ」ミス・アサートンは帽子を脱ぎ、それで自分をあおいだ。「ここはまだトレヴェリアンの地所内ですか？」

チャールズは彼女の額に浮かんだ汗を眺めた。ミス・アサートンが手の甲で額を拭う。その手になりたいとチャールズは願った。大ばか者、彼女の質問に答えろ。「いや、境界線のすぐ外側だ」

ミス・アサートンの視線が彼の足元に置いてある汚れた皿の盆におりた。それから農家のほうに向かった。それから彼に戻った。その静かな表情から、この皿の意味を理解していると推察できた。「つまり、ここがその場所なんですね？」彼女が言う。「時々数日こもって、魔法を使うところ？」

チャールズの口元が思わずゆるんだ。もはや否定しても意味はない。「そうだ。だが、このことはきみのところでとどめておいてくれるとありがたい」

「もちろんですわ。あなたとのことについて、もうひとつ秘密が増えるだけですもの」

チャールズは顔が赤くなるのを感じた。もちろん、ふたりのキスについて言っている。彼女はなぜ赤くならないんだ？　まばたきさえしていない。「なぜここに？　トレヴェリアンに、いう意味だが。お姉さんのところに滞在していると思っていたが」

「あなたのお母さまから頼まれたんです。ソフィが回復するまで、話し相手になってほしいと」

「ああ。それはどうもありがとう」ソフィはかわいそうにとても気落ちしていた。だが、全快するまでには何週間もかかるだろう。それまでずっとミス・アサートンはマナーハウスに滞在するのか？　そうだとしたら、彼女のことを考えるたびに浮かぶこの空想や感情にどう対処すればいい？　しかも、基本的には日がな一日考えているのに？「そうか。それできみはぼくを見つけたわけだ、ミス・アサートン。おめでとう」チャールズは一歩さがり、扉の取っ手に手をかけた。「では失礼する、ごきげんよう」

「待って！　このままわたしに背を向けるんですか？　なにを作っているか見せてくれずに？」

「まさにそうしようと思っていた」

「でも、わたしはぜひ見せていただ――」

「きみがおもしろいと思うものはなにもない」

「そうは思いません。あなたが作る芸術品はなんでも興味あります、伯爵さま」

やはりそうだ。ミス・アサートンは彼を芸術家だと思っている。「好奇心はネコも殺すと言うじゃないか、ミス・アサートン」

「わたしはネコではありません」

「ぼくの作業場はレディに見せるようなところではない」これは真実だ。

「わたしはレディではありません。少なくとも、英国人の定義によれば」いたずらっぽい表情でほほえみかける。

「作業場はだれにも見せたことがないので」

「なぜですか？」

「進行中の計画がまだ終わっていない。ぼくだけの問題で、ほかの人には関係ないことだからね」

「わたしも同じように感じますわ。なにかを書いている最中はいつも。完成するまでは、だれにも見せたくありません」

「そうか、では、理解してくれるね、なぜぼくが――」

「でも」ミス・アサートンがチャールズの言葉をさえぎった。「ある人たちには、自分の書いたものを見せますわ。その意見や忠告を価値があるとわたしが思う人たちです。ひとりで仕事をすることは、一定の期間は絶対に必要ですが、寂しいものだわ。時には、ほかの人の目で見ることも役立ちます」

チャールズはためらった。彼女の言葉には一理ある。自分がロンドンにしばしば出かけるのもそれが理由だった。同じような考えを持った人々と議論するため。ミス・アサートンは独創性にあふれた女性だ。チャールズは断崖の小道で交わした会話を思いだした。科学の問題に関する情報量の多さは驚くばかりだった。たしかに、彼がやっていることにも関心を持つかもしれない。作業場をちょっとのぞいたからといって、だれかが傷つくわけでもないだろう？

いや、だめだ、だめだ。彼女を作業場のなかに入れるのは――短時間でもふたりきりで過ごすのは――いい考えとは言えない。たったひとりの女性くらい説得できなくてどうする。

「すまない。きみには役立つかもしれないが、ミス・アサートン、ぼくにとっては違う」

驚いたことに、ミス・アサートンが突然、彼のそばの小道に坐りこんだ。

「なにをしているんだ？　白い服が台なしだ」

「かまいません。ほかに行かなければならない場所があるわけでもないし。必要ならば、午後ずっと、喜んでここに坐っていますわ。いまの季節は夜でも冷えないし」

「真剣に言っているのではないだろう」

「人生でこれほど真剣だったことはありません」

チャールズは信じがたい思いで頭を振った。「思いどおりにするまでは、絶対に帰らないというわけか？」

「ええ」彼女が向けた笑顔には一抹の迷いもなかった。

チャールズは大きくため息をついた。ミス・アサートンを、彼の戸口の前で野営させておくわけにはいかない。いいだろう。必要なのは、彼女から距離を置くことと、礼儀正しくすることだ。チャールズは扉を開けて、彼女を建物のなかに通した。「いいだろう、ミス・アサートン。しかし、警告しなかったとあとで言わないでくれ」

16

洞窟のような空間に入ると、マデレンはすぐに金属の匂いと機械油の匂いに気がついた。外の明るさから室内の暗さに目が慣れるのに少し時間がかかった。ちゃんと見えるようになると、マデレンは思わずはっと息を呑んだ。

職人の作業場を予想していた。針金とか時計の部品が入った箱が積まれた作業台があり、もしかしたら、作成中の作品がいくつかあるだろうと。

たしかに針金や時計の部品が入った箱はあったが、芸術作品はひとつも見えなかった。芸術家の工房ではなかったからだ。

ここは発明家の作業場だった。

板張りの床や壁が水しっくいを塗って仕上げられていることから見て、この納屋にも近代的な設備が導入されているに違いない。なにに使うかマデレンには見当もつかない機械や道具が部屋中に配置されている。一度父が所有する機械工場を訪れた時に見たものと似ていた。開放的な広い空間のあちこちにともされたガス灯が、一ダースかそれ以上の数の作業台を照らしている。木片や金属の部品がいっぱい入った箱がいたるところに置いてあった。作業台に置かれたたくさんの装置は、完成するまでの各組み立て行程を順に追っているように見える。木材でできているもの。金属でできているもの。針金で。布で。厚紙で。管を使って。

それと一緒に図面が山積みになり、ほかに書き殴ったメモ用紙の山が数え切れないほどあった。

「言っただろう。散らかっている」ソーンダーズはエプロンをはずし、そばの洗面器で手を洗った。「いいえ、とんでもない。すばらしいです」マデレンは驚嘆の表情を浮かべて首を振った。「芸術家だと思っていたのに、違ったんですね？　あなたは発明家なのね」

チャールズは肩をすくめた。「そうなりたいと願っているが」

「ここで始めてからどのくらい？」

「十年ほどだ。もっと若い頃は地所内に小さな作業場を持っていた。しかし、十四歳の誕生日に父が取り壊した。諦めようと努力したが、無理だった。そうこうするうちに見つけた……ほかの場所を」

「お母さまと妹さんたちはご存じみたいだったわ。認めはしないけれど」

「作業場を持っていることは知っている。場所は教えていない。知っているのは、この建物を貸してくれている農家の夫婦だけで、彼らに食事を用意してもらっている」

奥の壁のそばにだるまストーブが置かれていた。その横の小さなテーブルで食事をしているのだろうとマデレンは推測した。上に目をやり、納屋にもともとあった屋根裏乾草置き場が、きれいな居住空間に改造され、階段でのぼっていかれることに気づいた。「ここに泊まっているんですか」

「時々」

ソーンダーズ卿が裸になり、個人的な場所だけわずかにシーツをかけた状態で手足を広げてベッドに寝ている姿がマデレンの脳裏に浮かんだ。その光景にマデレンの頬が赤くなる。やめなさい、マデレン。

「ここに寝れば、邪魔されずに長時間作業することができる」ソーンダーズが言う。「それに、幻想を本当だと思わせせられる。ぼくが出かけて」

彼がちらりとこちらを見て、マデレンと目を合わせた。

「トルロに行っていると」ふたりの声が揃う。そして一緒に笑いだした。

「作業をしたい時はいつも、ご家族には、お友だちのレオナルドに会いに行くと?」

彼がうなずいた。

「レオナルドというご友人は実在するんですか?」

彼は瞳を緑色にきらめかせ、横目でマデレンを見やってにやりとした。「いや、ぼくのでっちあげだ」

「あなたの常套手段なんですね」マデレンはほほえんだ。「想像上のご友人には、レオナルド・ダ・ヴィンチにちなんで名前をつけたのかしら?」

彼が驚いた顔をした。「すごい洞察力だ、ミス・アサートン」

「それほど意外ではありませんわ、ダ・ヴィンチはすばらしい発明家ですもの」

「たしかにそうだ」

ソーンダーズ卿が両手をおろして、ズボンのポケットに親指をかけた。その動きがマデレンの目をとらえた。思わず彼の両手と巻きあげた袖の下の腕を見つめる。この両手に両手を包まれ、体と顔に触れられた記憶が落雷のように全身を貫き、キスをされた時に湧きおこった感情がふたたびよみがえった。

マデレンは目をそらした。自分を蹴飛ばしたかった。あのような触れ合いは二度と起きてはならない。だから、いま、それについて考えてはならない。

咳払いをし、マデレンは数歩歩いて、そばの作業台に近づいた。小さなパンの塊くらいの大きさの金属の箱がたくさん置いてある。「これはなにを作っているのですか?」

「もっと性能のよい電池を作ろうとしている」

マデレンはその考えに引きつけられた。「百年ほど前にアレッサンドロ・ヴォルタが最初の電池を作ったのでしたね?」

「そうだ」マデレンがそれを知っていることに、ソーンダーズは感心したようだった。「しかし、彼の電池には寿命があまりに短いことも含めて、さまざまな問題がある。それ以来、改善すべく世界中の科学者が研究しているが、いまだ前途遼遠《りょうえん》だ。ぼくが必要としているのは、大きすぎず重すぎず運べるもの、そして、できれば一日中電力を供給できるものだ」

「特定の目的があるんですね?」

「そうだ。電球をともす、命を救うために」

「電球が命を救う?」思いめぐらせる。そして、ふいにこの計画の裏にある動機を理解した。

「ああ、炭鉱のことを考えているのですね?」

「そうだ」

「ごめんなさい。ウィール・ジェニーの事故のことをうかがっていたのに、お悔やみとお見舞いを申しあげる機会がなくて。本当にお気の毒でしたわ」

「ありがとう。事故のあと、あなたとご家族が作業員の家族に支援をしてくれたと聞いた。心から感謝している」

「どういたしまして」マデレンは少し考えた。「つまり、こういうことでしょうか、伯爵さま？　炭鉱夫の明かりが裸火ではなく、電池を備えたものならば、爆発が起きにくくなる、ずっと安全になると？」

「まさにそうだ」マデレンを見やったソーンダーズ卿の目に感謝が浮かんでいた。作業場に入りたいと言った時にあれだけ渋ったが、いまは、自分のこの一面をほかの人と共有できたことを喜んでいるようにマデレンは感じた。

「なんてすばらしい考えでしょう」

「計画はほかにもある。炭鉱夫たちがかぶっている帽子だ」ソーンダーズはさまざまな試作品が並んでいるなかから金属のヘルメットを取りあげた。「いま設計しているヘルメットは、頭を守ると同時に、炭鉱夫が当てたいと思う場所に照明を直接当てる」その装置の部品をマデレンに見せた。「この柔軟性のあるケーブルをヘルメットの照明に接続させ、それを炭鉱夫のベルトにつけた電池につなげる」

「天才的だわ。このことをお父さまにおっしゃるべきです。お父さまの労働者たちの利益になることですもの。この成果をお知りになったら、きっと誇りに思うでしょう」

「彼が思うのは誇りとは逆のことだ、ミス・アサートン。父の言うことを聞いただろう。自分の家族が手を汚して働くという考えが父には耐えられない。それに、まだなにも完成していないからね」彼はその仕掛けを台に置いてため息をついた。「こいつをうまく機能させられない」

「でも、きっとできますよ。それが使えるようになった時に、どれだけたくさんの命を救えるかを考えたら」

「もちろん、それがぼくの願いだが」

この装置についてもっと言おうとした時だった。その絵に気づいたのは。

一枚の絵はがきが、まるでいつでも鑑賞できるためというように、すぐそばの作業台の箱に立てかけてある。なんとそれは、ポルノ絵画だった。自転車に乗っている裸の女性。

そういう絵画があることは聞いていたが、見たのは初めてだった。なにも着ていない黒髪の美しい娘が花綱で飾られた自転車の上に坐り、右足を前輪に載せている。

マデレンの胸のなかがかっと熱くなり、炎が燃えあがるように頬まで熱くなった。衝撃を受け、それでいながら目が離せない。その絵を見ているだけで、体のほかの部分も熱くなってくる。下腹とか。そしてその下も。

ソーンダーズ卿がマデレンの視線の向きに気づいたらしく、すばやくはがきを裏返しにして、悪びれた様子もなく肩をすくめた。「この作業場はレディに見せられる場所じゃないと言っただろう」

マデレンはなんとか呼吸を再開して目をそらした。だが、その目に入ったのは、隣りの作業台に立てかけた同様の絵はがきだった。細かくは見えなかったが、同種のものであることは間違いない。

女性の裸の絵を収集して、作業場に飾っておくのはどういう種類の人？　目の前にいるような男性だ、もちろん。

新しい意識が室内を満たし、まるで部屋にあるすべてが変化したかのように思えた。彼とふたりきりでここにいることをふいに実感する。やはり、これはいい考えではなかったかもしれない。いいえ、そんなことはない。彼は完璧な紳士のように振る舞っている。恥ずべきことを考えているのは自分のほうだ。

「ぼくのほかの仕事も見るかい？」彼の声がマデレンを物思いから引き戻した。

「ええ」

ふたりは作業台から作業台に移動し、ソーンダーズ卿がさらに口述録音機と電池式のヤカンという、創案して開発中のふたつの装置について説明した。

「発電がうまくいけば、電池の使い方は際限なく考えられそうですね」

「そうだ。自動車とか」

「自動車？」

「ドイツでは、内部で燃料を燃やして動力を発生させるエンジンを使った自動車が開発されているが、電池を使った電気自動車のほうがきれいだし、静かで安いと思う」

見せてくれるたび、新しいものもその前の装置と負けず劣らず魅力にあふれ、自分の発明品に対する彼の情熱をはっきり示していた。

絵はがきに対する情熱も同じくはっきりしていた。ソーンダーズは礼儀正しく、次の台に近づくたびにいちいち絵を裏返したが、それでも、マデレンの目に一瞬入るのは防げなかった。一枚は透けたネグリジェに真珠のネックレスを何連もかけた女性が二人乗り二輪馬車に横たわる写真。別な一枚では、裸の女性が縦溝彫りの柱にもたれて、穏やかな表情を浮かべている。

絵を見た時の最初の衝撃は次第に薄らいだ。芸術的に評価されないものであることは知っているが、撮影者がとらえた裸体女性の姿は偽りなく美しい。

もう一度作業場全体を見まわし、マデレンは言った。「この発明を全部ひとりでなさったのですね？」

「だいたいはそうだ。しょっちゅうロンドンに行って科学者や発明家から情報を得ている」

マデレンは彼を見つめた。「そのためにロンドンに行かれているのですか？　でも、社交界の催しでよくお見かけしましたけれど。それにわたしが聞いたのは……」

「ぼくの不愉快な悪評かな？」ソーンダーズがマデレンにからかうような笑みを向けた。「駅からの馬車のなかで、きみからそれについて言われたのを覚えているよ。たしかに街に行けば女性と会うこともあるが、そこまで頻繁ではないし、それがロンドンに行く主目的だったことはない。だが、噂はありがたいと思っているよ。必要な時に姿を消すのがたやすくなるし、質問されない」

マデレンはあっけにとられて頭を振った。彼の〝評判〟のせいで彼を嫌い続けていたのに、それは真実ではなく、策略にすぎなかった。

アレクサンドラの言葉が頭に浮かんだ。彼は善良で立派な人よ。姉が正しかったらしい。

「ご自分の活動を隠さなければならないのはあんまりだわ。どの発明も開発する価値があるものばかりだし、あの炭鉱夫用のヘルメットは命を救うことができるのに。実用化できたら、どのように流通させるつもりですか？　お金で売ることが許されていないとしたら」

「わからない。そうなってから考える」

ふたりは作業場の一番奥までやってきた。大きな作業台がふたつあり、小さめの機械が少なくとも一ダース並んでいた。それを見てマデレンの全身に興奮が走った。「これはタイプライターですか？」

「そうだ」

マデレンは機械に目を走らせた。いくつかは工場で組み立てられたもののようだが、ほかは手作りの試作品らしく、組み立てる行程のそれぞれの段階のものが並んでいる。「父の銀行には、手紙作成用にレミントンのタイプライターが数台あるけれど、わたしは使ったことがなくて」つい熱心な口調になる。「本の執筆にこんなタイプライターがあったらどんなにすばらしいかといつも思いますわ。いまは考える速さに手が追いつかなくてもどかしいですけれど、タイプライターならずっと速そうだし、手が痛くならないし、インクでも汚れないわ」

「ぼくも同じことを考えたので、レミントンを一台と、ほかの製品の見本として別なものを一台購入した。現在生産されている製品を比較検討するために。現在の製品は原始的で、いくらでも改良の余地がある」

「打ってみてもいいですか?」

「もちろんだ」ソーンダーズは包みから白紙を一枚取り、マデレンに差しだした。

マデレンはレミントンに近づいた。「用紙をどのように入れるんですか?」

「こんなふうに」彼がマデレンの背後に移動し、両腕をまわして前に伸ばした。彼の両腕がマデレンの両腕に触れ、彼の硬い体が背中に当たると、ふいに火花のような感覚がマデレンの全身を走り抜けた。彼がレバーをまわし、機械に紙を取りつける。

マデレンの呼吸が喉につかえた。「次はどうするのですか?」

「なにか打ってみてくれ」

ソーンダーズは姿勢を変えない。むしろ両側から腕を伸ばして作業台の端に手を置き、抱くようにマデレンを包みこんだ。屋根を叩く雨粒のようにマデレンの心臓が跳びはねる。さがってと彼に言うべきだとわかっていた。そんなに近くに立つのは適切ではないと。

でもそうせずに、マデレンはキーを見おろし、なんとか集中しようとした。「おもしろい配列ですね。なぜアルファベット順に文字が並んでいないのですか?」

「初期のキーボードはアルファベット順だった」彼が答える。息がマデレンの耳にかかる。「しかし、どうしてもキーが引っかかってしまう。そこで配列が変更された。クワーティ《QWERTY》配列と呼ばれている。わざと、打つ速さが遅くなるように設計されている。頻繁に続けて押す文字をできるだけ離して配置してある」

「まあ、おもしろいですね」マデレンは右手の人差し指でキーを叩いてみた。タイプする棒《バー》が紙に向かってあがったが、紙に触れずに落ちた。

「もう一度」ソーンダーズが励ます。「しっかり叩く必要がある」

マデレンはもう一回、今度はもう少し強く叩いた。パシッといい音をさせて、棒の先が黒いインクリボンを叩く。

「それでいい。続けて」

彼の体が親密に押し当てられているせいで、熱い感覚が体じゅうを走りまわっている。その感覚ではなく手元の動きに集中しようとマデレンは必死になって叩き続けた。文字を強く打って、頭に浮かんだ最初の文をタイプする。

〝タイプライターはすてきな機械です。打つのはおもしろい作業です〟

紙の端に近づくと、チンと鐘が鳴った。目をあげ、リターンレバーを押そうとした瞬間、あることに気づいた。「タイプをした文が見えないわ」

「どのタイプライターもそうだ。タイプをした文は圧盤《プラテン》の下に隠れているからね。だが、往復台《キャリッジ》を戻せば文字が見える」彼がリターンレバーを押すと紙が巻きあがり、いまタイプしたばかりの行が現れた。

「なぜ、打った文字が見えないようにできているのかしら？」

「タイプバーの形をこれしか思いつかなかったのだろう」

「ではそこはあなたが改良するべきですね」

「ぼくが？」

「ええ」彼はマデレンのうしろにいた。すべてを包んでいた。マデレンの血管のなかでふつふつと血がたぎる。「奇妙な設計ですもの。目を閉じて書いているのと同じでしょう？」

「なるほど。興味深い指摘だ、ミス・アサートン」彼の頬がマデレンの頬に触れそうだ。

マデレンは息を止めた。胸のなかで心臓が激しく高鳴ってなにも考えられない。喉の横の感じやすい肌に彼の息を感じる。彼の唇がうなじの髪をかすめ、キスの約束のように優しく触れる。

「考えてみよう」

マデレンは自分が破裂してしまうかと思った。欲望のもやのなかで、キスしてほしいと思っている自分に気づく。それ以上を願っていることも。彼の腕のなかでゆっくりと体を回して、彼と向き合う。ふたりの顔は触れそうになるくらい近かった。

ふたりの目が合った。彼の目が炎のように輝いている。視線がマデレンの唇におりてじっと見つめる。唇が触れ合う感触をもう一度感じたかった。彼も同じことを望んでいると感じる。彼が頭をさげた。彼の唇はあと数ミリで触れる。その時ふいに、鋭い断続的な音が聞こえた。

「くそっ」ソーンダーズ卿がうめき、マデレンを離した。

触れている感触が消えたのは、殴打されたかというほどの衝撃だった。聞こえてきた音がマデレンの脳に充分に浸みこんで、それがノックの音と認識するまでにしばらくかかった。表の入り口だ。

ソーンダーズ卿が戸口に出ていった。マデレンは作業場の一番奥の、戸口から見えないところにとどまった。聞こえてきた会話から、農夫の妻がソーンダーズの夕食を運んできたらしい。マデレンが家の前を通りすぎて、作業場に入っていったのを見ただろうか？　まだここにいることに気づいているだろうか？　マデレンは恥ずかしさでいっぱいになった。

「ありがとう、ミセス・スミス」ソーンダーズが謝意を述べて食事の盆を受けとった。農夫の妻は戻っていった。テーブルに盆を置くと、彼はマデレンのところまで戻ってきた。「すまない、残念だ」

彼がなにに対してすまない、残念だと言ったのか——農婦の邪魔のことか、キスをしそうになったことか——、マデレンにはわからなかった。自分はどちらを残念に？　ふいに両方だとわかった。「もう行かなければ」

彼がうなずく。その表情は悔やんでいるように見えた。ぎこちない沈黙のなか、彼はマデレンを戸口まで送っていった。

「見学させていただきありがとうございました」戸口まで来て、マデレンはようやく言った。

「あなたの仕事場はすばらしいと思います」

「わかってもらえる人がいるのは嬉しいことだ」彼がうなずいた。「タイプライターについて意見してくれたのを感謝している」

「いつご自宅に戻られるご予定ですか？」マデレンは訊ね、すぐに言わなければよかったと後悔した。彼がいつ帰宅するかなんて、自分には関係のないことだ。

「あしたかあさってに」彼がよろい戸を少し開けて外をのぞいた。「だれもいない」

その言葉に、彼とここにいることがきわめて不適切であり、しかも、不適切な行動をしていたことを痛感せずにはいられなかった。マデレンは別れを告げると、ミセス・スミスがあの瞬間にやってきたことを感謝しながら、急いで作業場をあとにした。来なかったら、どうなったかわからない。

頬を真っ赤にしながら、小道を抜けて野原を横切り、マナーハウスに向かう。作業場のなかに入った時、ほんの短いあいだ気軽な訪問をするだけとマデレンは自分に固く約束した。それなのに、またしても彼とふたりきりになり、まったく違うことを願っていた。

トレヴェリアンマナーには、この先二週間半も滞在することになっている。そんなに長い期間を、いったいどうやって切り抜ければいいだろう？

17

「パーティを計画するなんて、とても無理ですよ」レディ・トレヴェリアンがテーブルの向かいに坐る夫に愛情のこもったまなざしを向けた。

「妻よ、ノーという返事は受け入れないぞ」トレヴェリアン卿が言い張る。

侯爵が夕食の席に加わるのは非常に珍しいことだったが、おりてきたのがよかったかどうか、マデレンには疑問に思えた。それほど疲労した様子で痛みも強いようだった。

マデレンは牛のひれ肉をつつき、トレヴェリアン卿の気分がよくなることを願いながらも、周囲の会話に集中できずにいた。その午後にソーンダーズ卿の作業場から戻って以来、何事にも集中できずに困っている。あそこで起きたことで、頭のなかはいっぱいだった。

彼の個人的な空間のなかで、ソーンダーズ卿はマデレンが見たこともないほど生気にあふれ、非凡で優れた内面を垣間見せてくれた。マデレンは彼の発明品に、そして彼を突き動かす知的かつ創造的な情熱にすっかり魅了された。

彼は別な情熱にも突き動かされていた。彼とふたりきりで過ごしたひとときを思いだすだけで、心臓がどきどきする。洞窟のなかでのキス。そして、きょう、作業場で彼の道具の一部を試した時……。

彼の道具の一部を試す？　その言葉に含まれる性的な意味に気づき、マデレンの鼓動はさらに速まった。

『緋文字』のヘスター・プリンになって、Aの文字が胸に赤く刺繍されているかのような気になる。隣のソフィをちらりと見やり、それからテーブル越しにこの家の主人夫妻を眺めて、全員が議論に没頭し、マデレンの困惑に少しも気づいていないことにほっとした。だれもが、マデレンが友人や付き添い役なしに彼の作業場に入ったことを不適切と考えるはずだ。

きょうの午後に危うくキスしそうになり、洞窟では実際にキスしたことを知った時の、裏切られ、傷ついたソフィの目を思い浮かべただけで、マデレンは身がすくんだ。なぜわたしに対してそんなことができたの？　ソフィはそう責めるだろう。ふたりの友情はその瞬間に終わるだろう。マデレンはこの屋敷を離れざるを得ず、評判はずたずたになる。

彼らが知ることはあり得ない。それは確実だ。だれかに知られることは絶対にない。

「マデレンが手伝ってくれると思うわ」ソフィの声がマデレンの思いをさえぎった。「そうよね、マデレン？」

マデレンはぎょっとして目をあげた。なんの話をしているのだろう？　パーティのこと？

「もちろんですわ」なにに参加するのかよくわからないまま、マデレンは急いで答えた。

「きみが望むだけたくさん招待すればいい」トレヴェリアン卿が妻に言う。「仮装、ご馳走、音楽、ダンス。やりたいようにやりなさい」

「本当にいいんですか？」夫人はまだためらっているようだ。

「もちろんだ。きみの誕生日だろう、最愛の妻よ。最新流行の形で祝ってほしい」

「でも、ジョージ。どうかしら？　あなたがあまりよくなければ……」

トレヴェリアン卿が妻の手を取った。「わたしの健康状態によって、この一年ずっと夢見ていたパーティを開かないなんて論外だ。わたしも出るよ。できるだけ長く参加すると約束する。計画のあいだも、きみは——ほかのみんなも楽しい時間を過ごせるだろう」

レディ・トレヴェリアンは少し考え、それから折れて、夫にほほえみかけた。「ありがとう、ジョージ。では、八月八日に決めますね。その時ならば、きっとソフィの怪我もよくなっているでしょうし、マデレンはまだ一緒にいてくれて、しかも、計画のために二週間半使えるから」

翌朝、トレヴェリアン卿は部屋からおりてこなかった。レディ・トレヴェリアンとソフィは朝食後、夫人の誕生パーティに招く招待者リストをまとめた。

その仕事に関してなにも手伝えないことに、マデレンは落胆せずにはいられなかった。ソフィを助けるためにここに来たのに、なんの役にも立っていない。空いた時間をどうすべきだろう？

マデレンは部屋に戻って、トランクから原稿を出すことにした。数時間いなくても、だれも気にしないだろうし、物書きに戻りたいという気持ちは否定できない。しかし、階段をのぼり始めると、ちょうど心配そうな表情のウッドソンがおりてくるのに出会った。

「ウッドソン？　どうしたの？」マデレンは階段の途中で立ちどまって、彼を見あげた。

ウッドソンが少したためらい、それから低い声で言った。「はい、お嬢さま。医者を呼びに行くところです」だれかに聞かれていないか確認するようにマデレンの背後を見やってから、小さくつけ加えた。「奥さまにはなにも言わないようにとおっしゃるのです。心配させて、パーティの計画を邪魔したくないと」

「だれにも言わないわ」マデレンはうなずいた。気の毒で仕方がない。トレヴェリアン卿が自分の部屋でひとり苦しんでいると思うとつらかった。ふいにある考えが浮かんだ。自分が役に立てるかもしれない。「ウッドソン、トレヴェリアン卿のお加減は、訪問を許せるくらいかしら？」

「訪問？　どなたのことですか？」

「わたしのことよ」

十五分後、マデレンはトレヴェリアン卿のベッド脇に置かれた椅子に、膝に本を置いて坐っていた。年輩の看護師が隅で編み物をしている。

「それで、ミス・アサートン」トレヴェリアン卿が言った。キルトの上掛けの下に横たわり、目には苦痛と不快感を浮かべている。「わたしに会いたがっているとウッドソンに聞いたが？」

「はい、お邪魔して申しわけありません」マデレンは答えた。「ご気分が悪い時に」

「若くて美しい女性の客を歓迎できないほど悪くはないぞ」

マデレンはにっこりほほえみかけた。「侯爵さまはとてもひとを魅了する方でいらっしゃいますね」

「わたしの本質を見抜いたな、ミス・アサートン」侯爵が小さくほほえみ返した。「魅惑の侯爵とはわたしのことだ。だからこそ、まだ社交シーズン中なのに、あなたのような美女がこんな田舎に埋もれているのが気にかかっておる。オークリーをやきもきさせているのかな？」

　マデレンはこの発言に反論しないことに決めた。「オークリー卿は夏じゅうヨーロッパに行かれています。お返事を考えさせていただく時間と思っていますわ。結婚は大きな決断ですから」

「それはそうだ。では、夏の終わりにいい知らせを聞くことを楽しみにしていよう！　その頃には、もうひとつの――チャールズとソフィの――婚約も整うことを期待しているのだが。ふたりが結婚することになっているのは知っているかな？」

　侯爵の言葉にマデレンの胸がきゅっと苦しくなった。「そのようなことを聞きました」

「あの娘《こ》が生まれた時から、ふたりが神に祝福されて結婚することがシャーロットの夢だったからね。ソフィは優しい子だ。チャールズのよい妻になるだろう。そう思わんかね？」

「ソフィはとても幸運だと思いますわ、ご子息さまと結婚できて」マデレンは優しく答えた。

「それもそうだ。いつかは侯爵夫人になるのだから」侯爵がマデレンを見やった。「それで？　用事はなにかかな？　ウッドソンの話では、なにか読んでくれるとか？」

「侯爵さまがよろしければ」ソーンダーズ卿とソフィのことを頭から追いだし、マデレンは言葉を継いだ。「祖母が病気の時にいつも本を読んであげていたんです。とても元気になると喜んでいましたので」

トレヴェリアン卿が小ばかにするような笑い声を漏らした。「本を読んでもらったことはないぞ。子どもの時以来」

「それは残念なことですわ。朗読を聞くとくつろげますもの。気分がよくないのを忘れさせてくれますわ。侯爵さまのためだけの朗読劇みたいなものです」

「劇か、なるほど」侯爵が寝間着用のシャツの袖の上から肘を掻いた。「たしかに、あなたがポルペランハウスで行った劇はとても楽しんだよ、ミス・アサートン。あんなふうに読んでくれるかな?」

「全力を尽くしますわ、侯爵さま」

「なにを読んでくれるのかな?」

マデレンは持ってきた本をかかげてみせた。「『サミュエル・ピープスの日記』。読んだことはありますか?」

「あるとは言えないな。どこで見つけたんだね?」

「こちらの図書室ですわ」棚に美しい革張りの蔵書がずらりと並んでいるのを見て、マデレンは有頂天になった。「なにがお好きかわかりませんが、歴史ものならば、お楽しみになれるかと思って」

「歴史は好きだ」

「そうですか。では、この本は回想録のなかでも、もっともおもしろい本の一冊ですわ。サミュエル・ピープスは事務官から始めて、ふたりの国王の下で海軍省事務次官までのぼりつめました。大疫病やロンドンの大火から王室や海軍の内輪の話まで、十七世紀のさまざまな出来事の目撃談を書いています」

「なるほど」トレヴェリアン卿が片手を振って合図した。「では、ぜひ読んでくれ」

そのあとの一時間、マデレンは侯爵のために本を読み、侯爵は本の中身とマデレンの朗読の両方を気に入ったようだった。マデレンはそのあいだに二度、侯爵がキルトの上から両手で腹部を押さえ、苦痛で顔をゆがめたのに気づいた。最初の時は、言葉を切り、やめたほうがいいかどうか訊ねた。侯爵が続けてくれと言ったので、次の時には訊ねなかった。

しかし、侯爵が突然顔をしかめ、両手をさすりだした時には、読むのをやめないわけにはいかなかった。「侯爵さま？　なにかわたしにできることがあったら」

「いやいや、なにもない。両手と両脚がうずいているだけだ」

「うずくのですか？」侯爵のつらそうな様子を見ているだけでマデレンはいてもたってもいられなかった。

「夜中に足が痙攣を起こした時の痛みに比べればなんでもない。だがわたしの問題を心配しないでくれ、ミス・アサートン。さあ、続けて」彼がせきたてた。「ミスター・ピープスが非常に気に入った」

だが、その時突然、扉を叩く音がした。看護師が扉を開けると、入ってきたのはドクター・ハンコックだった。

「ドクター！」トレヴェリアン卿が元気に呼びかけた。「きみは必要ではなくなったぞ。新しい薬を見つけたのでね。感じのよい若い女性による本の朗読という薬だ」

ドクター・ハンコックがくすくす笑い、それから挨拶が交わされた。マデレンの訪問が終了であることは明らかだ。トレヴェリアン卿がマデレンに礼を述べた。マデレンは中座の言い訳をつぶやき、部屋を出た。

しかし、自分の部屋に戻っても、トレヴェリアン卿のことが頭から離れなかった。このマナーハウスに戻ってきた最初の朝にドクター・ハンコックから聞いた言葉が耳のなかで響いている。トレヴェリアン卿の多くの症状が、普通ならば一緒には起こり得ないもので、病名を特定できないのですと言っていた。

トレヴェリアン卿のいくつかの症状を見て、心のなかでなにか引っかかるものがあるのに、それがなにかわからない。マデレンは部屋のなかを行ったり来たりして、必死に記憶をたぐる。そして突然、答えが思い浮かんだ。

マデレンは廊下を走って翼の端まで戻った。連結している次の翼の廊下も走る。トレヴェリアン卿の部屋のそばまで来ると、ありがたいことに、ドクター・ハンコックはちょうど戸口から出てくるところだった。

「ドクター！」マデレンは息を切らしながら声をかけた。「少しお話しできますか？」

「もちろんですよ。どうなさいました、ミス・アサートン？」

マデレンはドクター・ハンコックと一緒に歩きだした。「わたしは滞在客であって、こちらのご家族と関係ないことはわかっているのですが、トレヴェリアン卿のことが心配なものですから。卿は消化器の痛みに苦しんでおられますね」

「そうです」

「それに、腕を掻いていらっしゃいました。卿のお話では、夜中に脚が痙攣したり、両手足がうずいたりするとか」

マデレンがそんなことまで話すのを聞いて、ドクター・ハンコックは驚いたようだった。

「たしかにそうですが」慎重な口ぶりで答える。

「卿の症状が、知られている病気に当てはまらないと言っておられましたね。なんの関係もないかもしれません。でも、先月ロンドンで耳にしたことが、もしかしたら、先生のご関心を引くかもしれないと」

ドクター・ハンコックが失礼にならないように我慢強く話を聞こうとしているのは明らかだった。「なんのことでしょう、ミス・アサートン？」

「パーティに出た時のことです」マデレンはゆっくり話し始めた。「とても退屈なパーティでしたので、図書室に隠れました。隅で本を読んでいると、ふたりの紳士が入ってきました。わたしがいることには気づかず、健康について議論を始めたんです。ひとりの方が消化器の不調で苦しんでいて、治ったばかりとのことでした。胃に激痛が走る、と言っていました。脚が痙攣して朝起きてしまったり、うずいたり、ほかに肘に発疹が出て、歯が痛んだと」

「本当ですか？」ドクター・ハンコックは興味を引かれた様子だった。

「その症状は何年も続いていて、これまで経験したことのない苦しみだったと言っていました。でも、ロンドンの聖バーソロミュー病院で治療を受けて全快したと」

「それについては聞いたことがある」ドクター・ハンコックが足を止めて、マデレンのほうを向いた。「どんな治療だったと、その方は言っていましたか？」

「それが……食事だと言っていたことしか思いだせなくて」

「食事？　どういう意味ですか？」

「わかりません。でも、侯爵さまの症状がとても似ていたので、お話すべきかと思いました」

「話してくれてよかったですよ」ドクター・ハンコックはマデレンに向かってうなずき、また歩きだした。階段の上でまた立ちどまり、振り返った。「ミス・アサートン、その紳士は、治療を受けた医師の名前を言っていましたか？」

「彼は〝ドクター・G《ジー》〟と呼んでいたと思います。まるで、医師の正体を隠すために頭文字を使っているようで、奇妙に感じました」

「ドクター・G？　聖バーソロミュー病院の？」ドクター・ハンコックは少しのあいだ考えに沈んでいる様子だった。それから、黒い目をあげてゆっくりうなずいた。「ありがとう、ミス・アサートン。ごきげんよう」そう言うと、帽子をかぶり、階段をおりていった。

チャールズは目の前のタイプライターをにらみつけた。

タイプバーの分岐を再設計した試みは完全な失敗に終わった。数えきれないほど何回も調整を重ねたが、もっと速く、もっと機敏に跳ねあがる動きは実現できなかった。ほんの少しでも速くタイプをすれば、すぐにバーが絡んでしまう。

「まったくいまいましい機械だ」彼は悪態をついた。丸二日かけたのに、なんの成果も得られていない。

そのあいだずっと、集中力がさんざんな状態だったこともある。いくらやめようとしても、気づけば想いはミス・アサートンに飛んでいる。

作業場の入り口に現れた時の彼女の様子が忘れられなかった。長く歩いてきたせいで、頬が紅潮し、陽光に髪がきらめいていた。彼女が策を弄して彼の聖域に入ってきたあとは、手を伸ばして彼女に触れることしか望んでいない時に、適切な思考ができなかったのも予想どおりだった。

しかし同時に、自分がどんな仕事をしているかを見せられたことで、信じられないほどの満足感を得られたことは否定できない。ミス・アサートンは彼を理解し、なにを成し遂げようとしているかをわかってくれた。彼女の滞在の一瞬一瞬をチャールズは楽しんだ。いまも目を閉じれば彼女の香水を感じ、レミントンのタイプライターに紙を巻きつけているあいだ、ふたたびこの作業台で自分の前に彼女が立っていると想像することさえできた。

彼女の背中に、そしてウエストと腰の曲線に体を押し当てた時の興奮を思いだした。彼女のうなじから発せられる熱は、あまりに唇に近くて、あまりに誘惑的だった。彼の腕のなかで彼女がこちらを向いた時は、どれほどキスをしたかっただろう。いや、キスだけじゃない。彼女の体から服を全部はがし、二階に運んでいって情熱的に愛し合いたかった。

洞窟でキスした日に望んだように。

あのキスの記憶に、血が体の隅々まで駆けめぐった。彼女のしなやかな体を両手でなぞった時に全身ではじけた火花がいまだ感じられた。あの洞窟で、彼女は唇や舌の動き、そしてうめき声や荒い息遣いにより、彼と同じくらいそのキスを楽しんでいることをはっきり示した。

ふたりともあれが間違いだと知っていた。

ふたりとも我を忘れてしまったみたいですね。

なにも起こらなかったこととして振る舞いましょう。

自分は忘れようとした。そして、それが不可能であることがわかった。

彼女から離れていようとした。しかし、運命がふたりを再会させた。

今頃、彼女はマナーハウスに戻って、――事もあろうに――ソフィの話し相手として振る舞っているだろう。この皮肉を痛感せずにはいられない。自分が憧れ、この腕に抱きたいと切望している女性が、彼の友人と婚約しそうなだけでなく、彼自身が結婚することを期待されている女性と親友になった。世界でもっとも厄介な難問であり、解決策は見えない。

ため息をつき、チャールズは持っていた道具を散らかった作業台に放りだして、自分を苦しめる以外のなにものでもない無益な思いを乗り越えると決意した。ポケットから懐中時計を引っぱりだす。真夜中を過ぎている。疲労を実感した時、腹が鳴った。

非常に空腹であることにようやく気づいた。午後六時にミセス・スミスが置いていってくれたコーニッシュパイを食べたきりだ。その前は昼にハムサンドイッチだけ。だが、作業場には食べ物を置いていない。

窓に近寄って外を眺めた。よく晴れているし、月は半月と満月の中間くらいの大きさだ。充分に明るいから、馬に乗って家に戻るのに支障はないだろう。


マデレンはインク壺にペンを浸して、また執筆に戻った。

また書けるのは最高の気分だった。こんな喜びと満足感を得られる活動はほかにない。毎晩、みんなが寝てから書くことができれば、ここに滞在しているあいだにこの本の初稿を完成できるかもしれない。

書き続けているうちに、話はマデレンが予想していなかった方向に進んだ。確信を持てずに筆を止め、線を引いてその文を消すと、今度はペン先の金属が引っかかって、インクが紙全体に飛び散った。マデレンは苛立ってため息をついた。このページ全体を書き写さなければならない。

ちょうどその時、廊下の時計が一時を告げた。一回だけ響き渡った大きな音にマデレンは驚いて飛びあがった。もうそんなに遅い時間？　いつの間に時間が過ぎてしまったの？　早く寝たほうがいい。さもないと、朝、きちんと起きられない。

マデレンは寝る支度をして床に入り、目を閉じた。しかし、執筆による興奮で全身がざわめいていた。頭のなかで考えや思いつき、筋書きや台詞のすべてが注意を引こうと騒ぎたてている。

どうやっても寝られずに、とうとうマデレンは上掛けを払いのけて起きあがった。温めた牛乳を一杯。それが眠りの切符だ。家では、執筆で遅くまで起きている時はいつも、気持ちを落ち着けるために温めた牛乳を飲んでいた。

シルクの部屋着を羽織ると、マデレンはろうそくに火をともし、足音を立てないように階段をおりていった。トレヴェリアンマナーを訪れたのは二回目だが、一度もキッチンには行っていない。ただ、地階にあることは知っていた。

本能に導かれて、地階の一番奥に向かうと広々とした静かな部屋に行きあたった。冷え切って暗いだろうと思って中に入ると、驚いたことに、巨大な暖炉には小さな火が燃え、いくつかのランプがともされていた。食料貯蔵庫と思われる隣部屋でカサカサという音がする。コックがこんな遅くまで——それとも、こんなに朝早く——起きて、翌日の準備をしているのだろうか？

願わくは、マデレンが牛乳を少し温めることをミセス・グリーンが反対しませんように。

マデレンは大きな黒い料理用ストーブの上にずらりとかけられた鍋から小さな銅の鍋を選んだ。牛乳が食品貯蔵庫に保存されているのか、それとも、別な冷蔵貯蔵室があるだろうかと思った時、近づいてくる足音が聞こえた。男性の驚いた低い声がした。「ミス・アサートン」

マデレンはくるりと振り返った。心臓が飛びだしそうになる。

ソーンダーズ卿――上着もネクタイもつけずに作業場にいた時と同じ普段着で――室内の真ん中に立っていた。片手にワインの瓶、もう片手に冷製チキンを載せた皿を持っている。

「ぼくたちは、このようにばったり出会うのをやめる必要があるな」彼の目が、おもしろがっているようにきらめいた。

18

チャールズが彼女を見て驚いたのと同様に、ミス・アサートンも彼を見て驚いたのは明らかだった。「伯爵さま。帰っておられたとは知りませんでした」

「戻ったばかりだ」チャールズは部屋の真ん中のテーブルにチキンの皿を置いた。「すごくお腹がすいて」すごくあなたに会いたくて。自分は声に出してそう言ったのか？ 言っていませんように。

白いコットンの寝間着の上に部屋着をはおり、おろした髪が肩に波打っている姿は、幻かと思うほど美しかった。部屋を横切り、両腕に彼女を抱いて、気がおかしくなるほどキスをしたくてたまらない。だが、そうしないでその場に立ち尽くし、ただ彼女に見とれた。

「喉が渇いたので」ミス・アサートンが先に口を開き、彼に鍋を見せた。「温めた牛乳を飲んだら眠れるかと」

「すばらしい考えだ。ここに牛乳があればの話だが。いま確認したが、牛乳の瓶は空だった」

「まあ、残念だわ」ミス・アサートンは鍋をフックにかけて元の位置に戻した。「では、もう行かないと」

そうだ、行かないと。もしもここにとどまれば――とくに、いまのように半分しか着ていないような姿では——この魅力に抵抗できるのは修道士くらいのものだろう。だが、あまりに長い日々、彼女のことを考え続けていたあとで、ただこのまま送りだすことはできなかった。

「なぜだ？　牛乳以外でも、寝つきがよくなる飲み物はいくらでもある」チャールズは持っているカベルネの瓶を示した。「上等なワインを飲めば、くつろげることは確実だ。しかもこれはヴィンテージワインだ。一杯飲みますか？」

ミス・アサートンは床に目を落とし、ためらった。「どうでしょう。賢明なことかどうかわかりません、わたしたちが……」

「ふたりきりでいることが？」チャールズは彼女の言葉を引き継いで言った。

ミス・アサートンがうなずく。

たしかにこれは危険だ——しかし、それが彼女とあと何分か一緒に過ごせることを意味するならば、彼にとっては、あえて冒してもいいと思える危険だった。「このあいだも、恥じるようなことはなにもしていない」いたずらっぽい表情を浮かべて言う。「タイプするのを不適切な活動に数えるのでなければ」

ミス・アサートンが笑い声を立てた。「たしかにそうですけれど。でも、危なかったですわ。それに洞窟では……」

「洞窟については忘れることで同意したと思うが」

「ええ。でも……」ミス・アサートンがまたためらう。

「では、こうしよう。いくつか規則を定める。きみはそこに坐ることができる」彼は食卓の前の腰掛けを指さした。「そして、ぼくはここに坐る」六十センチほど離れたもうひとつの腰掛けを示す。「身体的な接触はいっさいないことにする。ただ、ふたりの人間がワインを一杯楽しむだけだ。この挑戦を受けて立つかな?」

「受けて立ちましょう」彼女が前に出てきた。

「すばらしい」チャールズは棚からワイングラスをふたつ取ってカベルネを注ぎ、片方のグラスを差しだした。

ミス・アサートンは手が触れないように気をつけながら、グラスを受けとった。「なにに乾杯しましょうか?」

チャールズは、ミス・アサートンが彼の前、ほんの数十センチしか離れていないところに立っていること、そして、シルクの部屋着の下には、間違いなく薄い寝間着以外になにも着ていないことを強く意識しながら自分のグラスを掲げた。「女王陛下に乾杯しよう」

「だれもが女王陛下に乾杯しますわ。もう少し独創的なものにしませんか?」

「いいだろう」チャールズは最初に頭に浮かんだことを述べた。ミス・アサートンを念頭に置いた言葉だった。「気取りなき美しさと偽りなき美徳に」

彼女のほほえみが消え、青い瞳につらそうな表情が浮かんだ。「その言葉は聞いたことがないわ」

チャールズはすぐに間違いに気づいた。明らかに罪悪感を……そう、ふたりが分かち合ったキスについて……抱いているこの女性に〝偽り〟という言葉を言うべきではなかった。

「英国の昔の乾杯の言葉だ」急いで説明する。「ほかにもある」もっと安全な言葉をあげた。「孤児と未亡人の守護者に」

「いくらなんでも古臭いわ」ミス・アサートンがあきれた声を出し、少し考えてからグラスをあげた。「これはどうでしょう？　収税吏が来世で許されますように」

「それこそ聞いたことがない」

「でも、おもしろいでしょう？」

「収税吏に乾杯したくないな。これはどうだ？　英国人男性の家が永遠に彼の城であるように」

「あなたの家はお城とは違うけれど」

「そういう言い回しだ」

「これはどうかしら？　ここにいないすべての友のために乾杯」彼女が提案する。

「それならむしろ、ここにいる友のために飲みたいな」彼は考え、またグラスをあげた。

「シャンパンは真の友に、偽《シャム》の友には真の苦しみを」

彼女がまた笑った。「友だちは全員、真の友と考えたいですわ」

「きみは一緒に乾杯するのが難しい人だ」彼は感じよく指摘した。「このままでは、一滴のワインも味わえない」

「これはどうでしょう？　友人にも、友と飲むワインにもこと欠くことのないように」

「それにしよう」チャールズは同意した。

「乾杯」

ふたりはグラスを合わせ、ひと口飲んだ。

「うーん、美味しい」彼女が満足げに言う。

ワインは非常に美味しい《デリシャス》。そして彼女もそうだ。そそられる《デリシャス》。チャールズは彼女から目を離すことができなかった。薄暗い明かりしかともっていない室内で、触れることができないとわかっていながら、数十センチしか離れていない場所に立っているのは死ぬほどつらい。

少しして、ミス・アサートンが言った。「チキンを少し勧めてくださるおつもりかしら？」

チャールズは笑いにむせそうになり、あわてて口に含んでいたワインを飲みこんだ。「どうぞ食べてくれ。きみが空腹だとは気づかなかった」

「わたしも気づいていなかったです。あなたが冷製チキンをわたしの前に置くまでは」

「チキンにこだわらなくても、食料品室にはいろいろ揃っている。ちょうど襲撃を開始した時にきみが現れたんだ」

ミス・アサートンがにっこりした。「見てみましょうか」

食料品室には、真夜中の軽食に望みうるすべてがしまわれているようだった。ふたりで交互に食料品室に入り、肉やチーズから果物やパイ、菓子など、次々と料理が載った大皿を出してきた。キッチンの食卓にご馳走を並べ終わると、チャールズが取り皿とナイフやフォークを用意した。

「ところで」ふたり腰掛けに並んで坐って食べだすと、ミス・アサートンが口火を切った。「きょうは、なにに取り組んでおられましたか？　炭鉱夫のランプ用電池？　それともタイプライター？」

「タイプライターだ」

「進展はありました？」

チャールズは燻製ハムを二枚切って、一枚をミス・アサートンの皿に載せた。「まったくない」

「残念ですね」

「いや、そんなことはない。こうしたものは時間と忍耐が必要だ」

彼女はうなずき、ポロネギのパイをひと口食べた。「忍耐はすべてに打ち勝つ美徳ですものね」

彼はその引用に気づいて、彼女を見やった。「チョーサーを読んだことがあるのか？　待て。いまの言葉は忘れてくれ。もちろん読んでいるだろう」

「『カンタベリー物語』はのちの文学に大きな影響を与えた画期的な作品ですもの」彼女がワインをすする。

「人々は想像力だけで死ぬことができる」チャールズは大げさな口調で言うと、ハムをひと口ほおばった。

「『粉屋の話』ですね。チョーサーのなかで一番好きな話ですわ」

「ぼくもだ」

ミス・アサートンがポテトグラタンを試した。「まあ、美味しい。本当に、過剰な想像力で死ぬことができると思いますか？」

「ああ。少なくとも、発明家の場合は大いにあるな。きみの国の発明家ふたりの身に実際に起こっている」

「だれですか？」

「ホレス・ハンリーは南部同盟軍のために潜水艦を発明したが、彼の指揮下で航行している時に沈没した。ウィリアム・ブロックも自分の発明した輪転印刷機のせいで亡くなった」

「まあ、おそろしい」

「ほかにもある。飛行機械を作る試みがどんな危険をはらんでいるか、想像してくれ」

「飛行機械は可能だと思いますか？」

「もちろんだ。ぼくはさしあたり、もっと安全でありふれた発明で甘んじるよ」

「あなたの電池式電灯はありふれてないですわ。あり得ないほどの偉業だと思います」彼女がピクルスをフォークで差しながら言う。「はからずも駄洒落になってしまいましたね」

ピクルスをなめて、それから少しかじる。その唇の動きが彼の思いを行ってはいけない方向に向ける。チャールズは目をしばたたき、気の利いた返事をしようとした。

「ああ……褒めてくれてありがとう、ミス・アサートン。そして、同じ言葉を返したい。きみが妹たちのために書いた劇はあり得ないほどの偉業だった」彼女の唇を見るな。唇以外のところを見ろ。チャールズはふたりのグラスにワインを注いだ。「プロの俳優が演じれば充分にウエストエンドの舞台で上演できるほど質の高い作品だ」

「それは最高の褒め言葉ですわ」

「しかし、心からそう思っている。きみはすばらしい才能の持ち主だ」チキンレッグを取り、大きく嚙み切った。「小説はうまく進んでいるかな?」

「ええ、そう思います。ちょうど壁にぶち当たったところですけれど」

「どんな壁?」

「自分が予期していなかった方向に物語が進んでしまうんです」彼女はまたワインをすすった。「主人公のひとりのアメリカ人の銀行家が、自分の最大の投資者がたくさんの人々に詐欺行為を働いていることを発見します。当局に報告すれば、彼は何億ドルも失い、彼の銀行は破綻してしまう。でも、なにも言わなければ、銀行での地位は安泰、自分が愛している女性と結婚できる」

「それが壁……なぜだ?」

「自分の主人公に不可能な選択をさせていると感じて」

「きみの主人公が進む方向ははっきりしている。彼は良心に従うはずだ。男が人生でもっとも大切にするのは名誉であり、それがなければ、彼は無に等しい」

「そのとおりですね」ミス・アサートンが眉をひそめた。「でも、そうすると、彼の恋愛に暗雲が立ちこめる。どうすれば、ハッピーエンドにすることができるでしょう?」

「それについては、助けてやれないな。だが、おのずと答えは見つかるだろう。そんな気がする」

「そうであってほしいわ」ミス・アサートンはいまやアップルクランブルに取りかかっていた。「うーん、これもすばらしいわ。ぜひ召しあがってみて」

チャールズはかがんで、彼女の皿からフォークでひと口すくった。そうやって接近した瞬間、彼女の表情をうかがわずにはいられなかった。彼の目がこれを好機とすばやく彼女の唇に舞い戻る。食べている時の唇の動きがとんでもなく官能的だったから、無理やり目をそらして、思いを議論に戻すのは至難の業に近かった。「本を書くのは……根気がいることだと思う」

「発明に比べたら、ずっと楽だと思いますわ」

「そんなことはない」彼は答えた。「なにもないところから物語を作りだす能力と、壁にぶち当たるとか、思ってもいない方向に行った時に継続する意欲、それはまさに、発明家にも必要なものだ」

ミス・アサートンがゆっくりとうなずいた。「ほかのことを考えなければいけない時に、進行中の仕事で頭がいっぱいになったことはありますか?」

「いつもだ」彼はうなずいた。「一度など、家族とのクリスマスの会食の席で、内蔵しているインクが漏れない万年筆についていい考えが浮かんでね。理論を試したくて、嵐のなかを馬で走って作業場に行った」

「うまくいきましたか？」

「いや、だめだった」

「まあ、悔しいですね！　わたしもニューヨークで舞踏会に出ていた時、突然、なぜ主人公がダンスを嫌っているかの理由を思いついたんです。即座に舞踏室から走りでて、ペンと紙を探しましたけど、見つからず。思いつきは、あっという間に頭から消えてしまいました」

芝居がかった身振り手振りで話すせいで、部屋着を縛っていたベルトがゆるんだ。前が開き、夏用ネグリジェの丸い襟ぐりの上のクリーム色の肌をあらわにする。彼の視線がおりて薄い布地に覆われた胸で止まった。乳房の輪郭と乳首の陰がはっきりわかる。それを見ただけで、口が渇いた。

チャールズはグラスに入ったワインを飲み干し、必死の思いで目をそらした。「時々、真夜中に最高の考えを思いつくことがある。そうなると、メモを取るため起きなければならない」真夜中にキッチンで彼女とふたりきりで坐っているのは、もちろん最高の考えではない。

「わたしは書いていると、六時間が一瞬で過ぎ去るの」ミス・アサートンがうなずいた。

「ミセス・スミスが食事を持って戸口に来なければ、ぼくもおそらくまったく休まないだろうな」

「こんな異なる仕事がこんなに似ているなんて、だれが思うでしょうね？」そう言いながら、イチゴをつまむ。「コーンウォールで一番美味しいイチゴだわ」

少し酔いがまわっているらしい。チャールズは彼女がイチゴを口に入れ、そっと噛んで茎から取る様子を見守った。彼の脳が、ピクルスの時と同じく、あらぬ方向に向かう。想像したのは、この唇がほかのものをそっと嚙むところ。

息遣いが荒くなる。今夜はここでやめておくべきだ。いますぐにこの部屋を出ていくんだ。彼の高まりを彼女が気づく前に。後悔することをふたりでやってしまう前に。

だが、そうせずに、チャールズはもうひとつイチゴをつまみ、深皿に入ったクロテッドクリームに浸すと、腰掛けから身を乗りだし、ミス・アサートンに差しだした。「イチゴはクリームをつけるともっと美味しい」

柔らかい笑い声。「クリームつきのイチゴには絶対ノーと言わないわ」イチゴをもらうために、彼のほうに身を傾ける。部屋着がさらに開く。彼女は気づいていないらしい。チャールズはじっと見つめずにはいられなかった。ネグリジェの薄い生地の下で乳房は完全な球体をなし、その突きでた先端が彼の手からわずか十数センチのところにある。

チャールズはごくりとつばを飲みこみ、彼女の開いて待っている口にイチゴを入れた。彼女が嚙むと、クリームが少し下唇についた。

「クリームがついたぞ、そこに」声がかすれる。

「ここ？」口を拭いたが、取れていない。

「いや、そこだ」触れないようにしようとした。だが、できなかった。人差し指が勝手に彼女の唇をなぞり、そして口に向かう。

彼女が彼の指についたクリームの泡をなめる。その感触が彼の股間を稲妻のように直撃した。

「取ってくれたかしら？」柔らかい声が訊ねる。

「いや……全部は取れていない」唇には、まだほんの少しだけ泡がついている。これ以上こらえられなかった。この唇を味わう必要がある。流れるような動きで、チャールズは椅子から立ちあがり、片腕をミス・アサートンにまわして彼女の唇に唇を押し当てた。


彼を止めなければいけないことをマデレンは知っていた。

でも、止めたくなかった。

両手が勝手に彼のうなじまであがり、口づける彼をさらに引き寄せた。彼の舌が唇を分かち、口のなかに侵入する。彼は甘い味がした。クリームつきのイチゴとカベルネ・ソーヴィニヨンの味。

この何週間か、マデレンはこれを夢見ていた。これを望んでいた。いけないことだと知っていたけれど。ふたりの会話の一言一句が彼をさらに近く感じさせ、さらに欲しいと思わせた。ワインが誘発した目まいとかすみの奥で、馴染みの警告の声が声を張りあげていたが、マデレンは聞きたくなかった。キスをする。そしてまたキス。彼が荒く息を吸い、今度は首すじに唇を這わしておりていく。マデレンの全身にぞくぞくと官能のさざ波が押し寄せた。

「これが好きかい？」彼の声がかすれている。

「ええ」マデレンはあえいだ。

彼がさらにキスをしながら、胸の先までおりる。片手が胸の横をさまよい、羽がかすめるようにそっと触れる。マデレンは自分の部屋着の前が開いていることにふいに気づいた。彼の手のひらとマデレンのむきだしになった胸を隔てるのは、ネグリジェの薄い布地しかない。

いまが彼を止める時だ。彼はあなたのものではないでしょうと、小さい声が主張する。でも、マデレンはその声を払いのけた。彼がマデレンと目を合わせる。黒い瞳がけぶっている。

「ぼくに触れてほしいか……ここに?」

マデレンはうなずいた。

彼の手のひらがマデレンの胸を包んで、優しく揉む。信じられないような感覚が起こった。そのあと、彼の親指とほかの指の先がマデレンの乳首にもっとすごいことをした。うめき声を漏らし、彼はネグリジェの布地をつまんで少し引きあげた。手のひらをその下に滑りこませ、肌をなぞり、乳房を見つけだす。そしてじかに触れて先ほどと同じように乳房と乳首を揉んだ。マデレンは息を呑んだ。電流が通ったような感覚に下腹とその下がじんとうずく。

彼が唇を戻して、またふたりの唇が重なった瞬間、それはこれまでと違う情熱的なキスになった。彼は布地の下で乳房をまさぐり続けている。彼の高まった硬いものが下腹に押しつけられているのを感じた。それが意味するのは、彼がマデレンを欲しているということ、マデレンの体のあらゆる部分が欲求にうずいているのと同じように彼も感じているということだと、マデレンは知っていた。体の一番奥で熱くて重たい感覚が湧きおこる。それがなにか、いまはまだ想像もつかないけれど、でも根源的な、もっとも重要なものを求めて手を伸ばしているような、そんな感覚だった。

こんな感覚はこれまで一度も経験したことがない。洞窟でのキスもすごかったけれど、いまのキスはもっとずっと官能的で、マデレンに自分の強さと女性らしさを感じさせてくれた。そして、敬愛する素晴らしい男性から、これほど激しい情熱を引きだす力が自分にあると教えてくれた。

彼がキスをしたまま、空いたほうの腕でマデレンをさらに抱き寄せる。マデレンは彼の広い背中に両手を這わせた。

彼の両手に体のもっとほかの場所も触れてほしかった。撫でられ、触れられることを切望している秘密の場所を。彼の脚がマデレンのネグリジェにからまる。ふたりは倒れこむように食卓にぶつかった。

すさまじい音がして、グラスが割れる音が響き渡った。

19

ふたりは抱き合ったままじっと動かなかった。どちらの息を弾んでいる。

「破片に気をつけて」ソーンダーズが低く言う。

マデレンはなにがなんだかわからずに茫然と彼を見あげた。自分がどこにいて、なにが起こったのかという認識がゆっくりと戻ってくる。「わたしたち、なにをしているの？」小さくささやいた。

「深夜の宴会を楽しんでいる」彼がまたマデレンにキスをする。

「やめなければいけないわ」マデレンは彼の唇に向かってつぶやいた。

「いや、やめられない」彼の声は低くてかすれていた。

「いいえ、やめられる」マデレンは穏やかに、しかし毅然と身を引いて彼の腕から抜けだし、部屋着の前を閉じてウエストのまわりのベルトをしっかり結んだ。

ソーンダーズ卿を見やる。片手で髪を掻きあげ、心を落ち着けようとしているらしい。彼の高まったものでいまなおズボンの前が張りつめているのを見て、マデレンの熱い体がさらに熱くなった。自分はなぜ流れに身を任せてしまったの？　心を静めようと必死になりながらも、この疑問が脳に響いている。

アレクサンドラからは、ソーンダーズ卿に対して自分が抱いている感情をしっかり探求するようにと助言された。たしかに探求したことは間違いない。あの燃えあがるような経験のあとでは、もはや彼に対する感情を否定することは到底できなかった。それも、非常に強い感情を抱いている。これほど明らかに、完全に、この男性に夢中なのに、どうしてオークリーと、あるいはほかの男性との関係を考えられるだろう？

彼も同じように感じている？　明らかに、彼はマデレンの同じくらいキスを楽しんでいた。明らかに、彼はマデレンを欲していた。でも、彼の意図は？　なにか変わったのだろうか？　それを知る必要がある。

マデレンはごくりとつばを飲みこんだ。「わたしたち、このことをどうするべきかしら？」

「どうする？」彼がマデレンを見つめた。「なんのことを？」

「つまり……わたしが言っているのは、これのこと。わたしたちのこと」

彼は答えようと口を開き、それから考え直したようだった。マデレンに向けたまなざしは熱い切望に満ちていたが、そのあとに浮かんだのは自責の念だった。「たぶん」彼がようやく口を開いた。後悔がこもった口調だった。「ぼくがもう一度謝罪をしなければならないようだ」

また謝罪。マデレンはため息をついた。それは、彼がマデレンを利用したと思っているということ？　それとも、別な女性と固い絆を築いているから？　マデレンがその答えを見つけられないでいると、彼はかがんで、足元に落ちている割れたワインの瓶を拾った。「どこかにほうきはあるかな？　だれかが歩いてガラスの破片を踏んではいけない」

掃除用品を入れた棚はすぐに見つかった。マデレンはほうきでガラスを掃き、ソーンダーズ卿にちりとりの使い方を見せた。この分野に関して、彼はおかしいくらい不器用だった。

「これは貴重な体験だな」彼が軽口を叩く。「百万ドルの資産を持つ令嬢がうちのキッチンで掃き掃除をするのを手伝うとは」

マデレンは体や両手がいまだに震えていることを彼が気づかないようにと祈りながら、彼の軽い口調に合わせようと必死になった。「ちょっと困りますわ、わたしの財産の額を大声でおっしゃるなんて」

「どの新聞も書いている周知の事実だ」

そして、必要なお金をすべてお持ちのあなたには関係ないこと。気づくとマデレンは、自分の財産を彼が必要としてくれていたらよかったのにと願っていた。ガラスを掃き集めてゴミ箱に捨て終わると、ふたりのあいだに沈黙が流れた。「食べ物も戻したほうがいいかしら?」マデレンは訊ねた。

「使用人が片づけるだろう」瞳に先ほどと同じ願望を浮かべながらも、彼は戸口のほうに向いた。「ではまた」このまま部屋から出ていってしまいそうだ。

「待ってください。行く前に言わせて」マデレンは深く息を吸いこみ、それから言った。「わたしはキスをしたことを後悔していません。本当のことを言えば、とても気に入りました」

かすかな笑み。「ぼくもだ」

「それで……」

「それで？」彼が繰り返す。

マデレンの心臓は破裂しそうなくらいどきどき打っていた。「あなたがなにを考えているか知りたいんです。もしもこれが……もしもあなたとわたしが……」マデレンは言葉を切った。

彼は答えを慎重に考えているかのように、しばらく黙っていた。そして最後にマデレンと目を合わせて静かに言った。「ぼくはこれまで、きみのような人に会ったことがない。希有《けう》な人だと、本当にすばらしい女性だと心から思っている」

「わたしもあなたのことを同じように感じていますわ」

「でも……」

そのあとにどんな言葉が続くかわかっていたが、それでも、彼が言うのを実際に聞きたかった。「でも？」

彼がため息をついた。「ぼくの運命ははるか昔に決定されている。この夏の末にはソフィと正式に婚約すると父に約束した。その約束は……守らなければならない」

予想していた答えだったとはいえ、その告白はマデレンにとって、胃に一発くらったような衝撃だった。つまり、彼はすでに約束をしている。戻ることはできない。「もちろんだわ。よくわかります」

「心からすまないと思う」

「いいえ、そんなこと思わないでください」マデレンの頬は炎のように熱かった。ソフィに対してどう感じているかはわからないが、それは関係ないらしい。彼はソフィと結婚する。自分の義務を果たすだけ。男性にとって人生でもっとも大切なものは名誉。彼はそれを守ろうとしている。「ご家族がずっと望んできたことなのですから。それに、ソフィはすてきな方ですわ。あなたはとても幸せになれると思います」

彼の表情が硬くなり、暗く曇った。「そして、きみはオークリーと……」

「ええ、そうですわ、オークリー卿と」いまのこの瞬間、マデレンはオークリー卿にはまったく関心がなかった。

「かえって幸いですわ」心の痛みと困惑を乗り越えるという決意のもと、言葉を続ける。「むしろ最善です。どちらにとっても。あなたの約束のためだけではなく、オークリー卿に対するわたしの責任でもなく、何年も前に自分自身と交わした約束のために」

「どんな約束？」

マデレンは腰掛けに坐り、深く息を吸った。「十二歳の時、パン屋の息子を好きになったんです。わたしが彼のお父さんの店に行くたびに、シナモンロールをただでくれたの。そのあと、彼はわたしの友だちのエイダにシナモンロールをあげ始めたんです。何週間も泣きました。十五歳の時は、家族と過ごした夏休みの休暇で農家の息子に夢中になったの。そしてある日、彼が納屋のうしろでアレクサンドラとキスしているのを見て、そのあとは二度と彼とは口をきかなかったわ」

彼はテーブルにもたれ、胸の前で腕を組んだ。「それはどちらも気の毒だった。しかし――」

マデレンは片手をあげて彼を止めた。「十八歳になった時、父の銀行で働いていた若い男性と恋に落ちました。わたしの初めての舞踏会で求婚してくれると確信していたんです。でも、その晩、親友のパールが彼のダンスを全部独り占めして」打ちのめされたあの時の光景を思いだし、マデレンは声を詰まらせた。「そのあと、テラスでふたりがキスしているのを見たわ。数カ月おつき合いしたあと、パールが断ったけれど。その後ジョーからはなんの連絡もありません」

ソーンダーズはしばらく考えていた。「つまり、若い時にふたりの少年を好きになり、十八歳で失恋したわけか」

「三回とも、好きになった男性をほかの人に取られた――信頼していた親友たちに、そして姉にまで！　三回も、わたしは選ばれなかった。二番目の存在だった。その時感じた心の痛みは一生忘れないでしょう。自分がちっぽけでつまらないと感じてしまう。吹っ切れるまでに何年もかかりました。だから、自分が苦しんだようにほかの女性に苦しんでほしくない」

この説明に彼が、そして自分が納得できるかどうかわからなかった。「それが、あなたが正しいと思う理由です。ソフィをそんなふうに傷つけることはできない。彼女はあなたを愛している。彼女の未来はあなたの両手の上にある。ご自分でもおっしゃったように、あなたは約束を守るべきだわ」

彼がマデレンを見つめた。「意見が一致したようだ」

「ええ！」それが本当ならば、マデレンの心はどうしてこんなに重たくよどんでいるのだろう？「この……この……のぼせた感情がなんであれ、それを乗り越えて、今後はただの友人になることに同意しましょう」

「友人」彼は半信半疑の様子だった。

「そして、契約を結ぶのはどうかしら？」

「どんな契約？」

「互いに近づかない」

彼は眉をひそめた。「どうすればそれが可能かわからない。きみがいつも――」

「試してみるべきですわ。わたしがここに滞在する残りの期間、なるべく会わない。夜にたまたますれ違った船のように。そして、こうしたことは二度と起こさないことに同意する」

彼はためらい、それから不承不承うなずいた。「わかった」

「もしも、たまたまふたりきりになってしまった時は」……ある思いが心に浮かぶ。「ある言葉を思いだしましょう」

「なにを？」

「わたしが子どもの時、母が思いださせる言葉を作ったの。わたしが不適切なことを言ったり振る舞ったりしないために」

「なんという言葉だ？」

「パイナップル」

ソーンダーズは彼女を凝視した。「パイナップル」

「ぴったりの言葉なの。パイナップルはとげだらけで、おもしろい格好でしょ。それを思い浮かべることで、つい笑いたくなって動きを止めるというわけ」

ソーンダーズの目がきらめき、笑いをこらえているように、少し唇が曲がった。「パイナップルだね、ミス・アサートン」

マデレンは翌日、お昼まで寝ていた。ようやく起きて服を着た時には、もう昼食の時間だった。ドクター・ハンコックは往診に来て、マデレンがいなかったのでソフィの車椅子を押して庭を散歩して、そのあと帰ったということだった。

医師に会えなかったのが残念だった。トレヴェリアン卿の健康状態についてもう一度話したかったからだ。彼に伝えた情報はなにか役立っただろうか？

ソーンダーズ卿は仕事のためにロンドンへ出発し、一週間は戻ってこないと聞かされた。レディ・トレヴェリアンがこの話をした時、マデレンは不本意ながら寂しく思わずにはいられなかった。本当にロンドンで仕事の用事があるのだろうか？　たしかではなかったが、彼が互いに会わないようにするという約束を履行しやすいように、わざと出かけた気がする。彼はその約束をしたくなさそうだった。でも、マデレンは最善の方法だと確信していた。

それから数日はパーティの計画に忙殺された。ヘレンとアンナは、自分たちも盛装して祝いの催しに参加できると知って大喜びだった。ただし、参加できるのは午後九時までで、舞踏会室のダンスには出ないことになった。

レディ・トレヴェリアンが招待状の印刷を村の印刷屋に依頼した。それが届くと、ソフィとマデレンも居間で夫人を手伝い、招待客の名前をカードに記入し、封筒に宛名を書いた。

「仮装のテーマは決めるのですか？」ペンをインク壺に浸して最初の封筒に宛名を書きながら、マデレンは訊ねた。

「いいえ」レディ・トレヴェリアンが答えた。「皆さんに、それぞれ好きなように着飾ってほしいと思っているのよ。歴史上の人物がもっとも人気ですけれどね。わたしはマリー・アントワネットに扮するつもり。屋根裏部屋で、夫の親族のものだったとても美しいドレスを見つけたんですよ」

「仮面はつけるんですか？」ソフィが訊ねる。

レディ・トレヴェリアンが首を横に振った。「踊っている相手の紳士がどなたか知りたいですからね」

マデレンは笑った。「心から賛同しますわ」

翌日の午後、マデレンとソフィと女の子たちはトレヴェリアンマナーの屋根裏部屋に行き、自分たちの衣装を探した。

「これはどうかしら？」ヘレンが青緑色のだぶだぶズボンと刺繍が施された白い胴衣というトルコ風の衣装を見つけた。

「あなたにぴったりだわ」ソフィが坐っているぼろぼろの古いソファから褒める。くるぶしに怪我していても参加できるように、従者がソフィを屋根裏部屋に運びあげた。

ヘレンがその衣装を着てみて、今度はマデレンがとても似合っていると請け合った。

アンナは金色のウールの古いショールをトランクから引っ張りだしてにっこりした。「わたしはなにになるか決まっているの。夜になるのよ」

「夜？」ヘレンが聞き返した。「どうやって夜になるの？」

「このショールから金の星を切り抜いて、わたしの紺色のドレスに縫いつけるの」アンナが説明する。「そして、髪にもたくさん金の星をつけるのよ」

「とてもかわいくなりそう。それに独創的ですばらしいわ」マデレンが言うと、アンナが嬉しそうに顔を輝かせた。その時、摂政時代風の白いモスリンのドレスがマデレンの目にとまった。肩先を隠す短い袖と白いリボンで縁取りされた高いウエスト、スカートには白い小花が何段にも刺繡されている。「これ、かわいくないかしら？」着古した感じがなく、新品のように見えた。

「あなたが着たらすてきだわ、きっと」ソフィが言う。「ジョゼフィーヌ皇后になれるじゃない」

「それとも、レディ・ハミルトンね」マデレンはそのドレスを自分に当ててみた。「でも、少し小さいかも」

「マーティンに直しを頼んだらいいわ」ヘレンが言う。「わたしは去年から六センチも背が伸びて、六キロも体重が増えたの。でも、まだ着ていない白いドレスがあって、諦めたくないって言ったら、マーティンが脇を出して、裾にひだ飾りをつけてくれたのよ」

「わかった。頼んでみるわ」マデレンはソフィのほうを向いてつけ加えた。「ところで、あなたはどうするの？」

「どうかしら。衣装を着ても仕方ないと思うわ。車椅子に坐っているでしょうし」

「八月八日ならば、もう立ってダンスが踊れるかもしれないとドクター・ハンコックがおっしゃっていたわ」マデレンは言い張った。「だから、どうなってもいいように、ちゃんと仮装の用意をするべきよ」

「そうよ、絶対仮装しなきゃ」ヘレンが大きくうなずき、大きな胸衣がついた豪華なサテンのドレスを引っ張りだした。「これなら、フランス国王の愛人になれるわ」

ソフィが顔をしかめて首を振った。「選べるならば、もっとなりたいものがあるわ」

「なにになりたいの？」マデレンは訊ねた。

「蝶よ」

アンナが目を輝かせた。「蝶！　ソフィ、それはすてきだわ」

「でも、どうやったら蝶になれるのかわからないわ」

「わたしたちで力を合わせれば、きっとできると思うわ」マデレンの頭には、すでにいろいろな思いつきがぐるぐるまわっていた。洋服かけにかかったほかの衣服をざっと見て、スミレ色のサテンで、黒いベルベットの胴着と黒いレースの縁取りがついたジョージ王朝風の夜会服を見つけた。「これはどうかしら？　まさにこの色の蝶を見たことがあるわ。オーバースカートをはずして、それで羽を作ればいいわ」

「黒いヘアバンドと触角も作りましょうよ」アンナが提案する。

ソフィが笑った。「みんなすごいわねえ。あなたがたがいなかったら、絶対に無理だったでしょう」


翌朝、ソフィが手紙を書くのを手伝うために、マデレンが階下におりていこうとしたちょうどその時、廊下にトレヴェリアン卿の声が響き渡った。

マデレンの耳に細かい言葉まで聞こえてきた。これはいったいなんだ！　しかも、パンがだめだと？　ビールもだめ？　わたしを飢え死にさせる気か？　侯爵はかんかんに怒っているようだ。

なにが起きているのか関心はあったものの、マデレンはあえて調べにいこうとはしなかった。階下におりて図書室に入ると、ソフィとドクター・ハンコックがソファに坐って話しこんでいた。マデレンの姿を見ると、ドクターが頬を赤くして立ちあがった。

「ミス・アサートン」咳払いをした。「あなたにお会いしたいと思っていました。わたしの患者の容態についてお知らせしたいことがあります」

「まさか、ソフィの具合がよくないんですか？」マデレンは心配になった。

「レディ・ソフィではなく、トレヴェリアン卿のことです」

「まあ」マデレンはさらに心配になった。「なにが起こったのですか？」

「なにが起こったかというよりはむしろ、ぼくがなにを学んだかです。あなたがとても関心を寄せておられるようだったので……」ドクター・ハンコックがソフィを見やった。「失礼していいですか？　少し特殊な話なので」ソフィがうなずくと、マデレンのほうを向いて言った。「廊下でお話しできますか？」

「もちろんですわ」

ドクター・ハンコックがソフィに一礼して別れを告げた。彼について、マデレンも部屋を出る。

「ミス・アサートン」表玄関に向かって廊下を歩きながら、ドクター・ハンコックが言った。「先日、ロンドンの聖バーソロミュー病院のドクター・Gのことをおっしゃっておられましたね。実は、その名前の医師について聞いたことがありました。Gから始まる名前の頭文字ではなく、本名がG《ジー》－E《イー》－E《イー》で、ドクター・サミュエル・ジーとおっしゃる方です。彼に手紙を書きました」

マデレンの鼓動がふいに速くなった。「それで？」

「ドクター・ジーはある新しい病気に関して興味深い理論を唱えています。実際のところ新しい病というわけではないのですが。紀元一世紀に、著名な医学者であるカッパドキアのアレタイオスが発見したものです。しかし、残念ながら、その理論は科学の世界で長いあいだ失われていました。ところが、古代ギリシャ語に堪能なドクター・ジーが、消化器の障害について詳しく記した『腹腔の疾患』というアレタイオスの著作を読み、彼の患者の多くが、そこに書かれたさまざまな症例と同じ症状を訴えていることに気づきました。そこで、臨床研究を行い、昨年初めて、彼がセリアック病と名づけたこの疾患について論文を発表したんです」

マデレンはドクター・ハンコックの話に好奇心をそそられた。「侯爵もその病気だと思われますか？」

「可能性は非常に高いと思います」

「消化器の不調とおっしゃいましたね？」

「ドクター・ジーは、腸が栄養を吸収できないことに起因する症状ではないかと考えています」

「興味深いですね。治るのですか？」

「それはまだわかっていません。ただ、幸いなことに、食事を変えることで症状を抑える方法をドクター・ジーが発見したんです」

「食事？」マデレンは息を呑んだ。「それこそ、あの舞踏会の晩に、わたしが耳にしたことだわ！」

「けさ、トレヴェリアン卿ご夫妻にお会いして、一定期間、その方法を試すことについて説明しました。トレヴェリアン卿には小麦と大麦で作られた食物をすべて避けていただきます」

「では、パンを食べないのですね」

「パンもなし、ケーキもなし、ビスケットもなし、ヌードルもなし。そして、大麦がだめということは、ビールや大麦麦芽酢《モルトビネガー》もなしです」

マデレンは深刻な表情でうなずいた。「ついさっき、侯爵の怒鳴り声が廊下に響いていましたわ。朝食が運ばれた時だったんですね？」

ドクター・ハンコックが悲しげにため息をついた。「にせ医者とかいんちき医師とか呼ばれて、自分の好きな食べ物をすべて取りあげるのかと怒られましたよ。夫人のほうが受け入れてくださった様子でした。まあ、これから数週間は、侯爵によく思ってもらえるとは期待しないでおきますよ。数週間経った頃には、この食餌療法が効果的かどうかわかるはずです」ちょうどその言葉とともに表の玄関広間に着くと、扉のそばにウッドソンが気をつけの姿勢で待っていた。

「効果があると思いますか？」マデレンは訊ねた。

「時が教えてくれるでしょう。たとえ今回は効き目がなくても、今後この病気に苦しむ患者はたくさんいるはずです。教えてくださったことを心から感謝しています」

「あの情報が少しでも役立ったのなら、本当によかったですわ。侯爵がどんなご様子かまた教えてくださいね。よくなることを心から願っていますわ」

「みんなが願っていますよ、ミス・アサートン」ドクター・ハンコックは言い、頭をさげて別れを告げた。

二週間は飛ぶように過ぎた。ソーンダーズ卿は約束を守った。ロンドンから戻ったあとも、驚くほど巧みな手際でマデレンのそばにはいっさい近寄らず、たまにちらりと見かけるくらいだった。彼と会う数少ない場でも、そばにはつねに家族がいたから、ひと言ふた言しか言葉を交わさなかった。

彼と話せなくて寂しいと自分が感じているのと同じくらい、彼も感じているだろうか？ 彼のことを考えただけで、切望のあまり胸が痛んだ。部屋の向こうにいる彼を、あり得ないほどハンサムな彼を見ると、その痛みはさらに深くなった。

彼が出かけていて、廊下を曲がったところでばったり出くわす心配をしなくていい時のほうが、気分が楽なことは認めざるを得ない。あのキッチンでの出会いから学んだことがあるとすれば、彼に対する感情を抑え、友人以上ではないと認めなければいけないということだ。

ドクター・ハンコックは毎日訪れて、トレヴェリアン卿とソフィの両方を診察した。後者のくるぶしに関しては、かなりよくなっており、このまま順調に回復すれば、仮装舞踏会で踊ることができると請け合った。

前者については、そこまで順調な成果は見えていなかった。マデレンは、食事が運ばれるたびにトレヴェリアン卿の寝室から聞こえてくる悪態の集中砲火に毎日たじろいでいた。しかし、レディ・トレヴェリアンはこの新しい食餌療法を歓迎していた。

「もう何年も、食事のあとのほうが、主人の具合が悪くなるようだと言い続けていたんですよ」ある日の午後のお茶の席で夫人がマデレンに言った。「関係があるのではと何度も質問しましたが、ドクターが耳を貸してくれなくて。これこそが治療ですよ。あなたも聞いてきたことを、よくぞドクターに伝えてくれましたね」

そう言われてもなお、マデレンはトレヴェリアン卿に、もう一度朗読すると申しでることができず、午後はソフィとヘレンとアンナが舞踏会用の衣装を作る手伝いをして過ごした。自分の白いモスリンの衣装については、直すと約束してくれたマーティンに感謝して任せてある。夜になって屋敷中が寝静まってからは小説の執筆に没頭し、完成に近づきつつある現状に満足していた。

毎朝、ソフィを介添えしたが、最近のソフィは時々元気がなかったり、心ここにあらずという様子を見せたりした。

「なにか困ったことがあるの？」ある晴れた日、ソフィが載った車椅子を押して庭を散歩しながら、マデレンは訊ねた。

「困ったこと？　なぜそんなことを聞くの？」ソフィが聞き返した。

「あなたが二十分間、ひと言もしゃべっていないからよ。わたしが聞いた質問も、ふたつとも答えなかったわ」

「まあ、ごめんなさい。ぼうっとしていたんだわ」ソフィはなにか別なことが思い浮かんだように、言いよどんだ。それからちょっと顔をしかめて言葉を継いだ。「自分を哀れんでいたのかもしれないわ。歩けないことに苛立つし、この手のギプスは邪魔だし」

「でも、もうしばらくの我慢でしょう」マデレンは指摘した。「うまくいけば、ずいぶん早く完治すると思うわ」

ミス・アサートンに近づかないようにと言われたから、チャールズはその言葉に従うべく最善を尽くしていた。

とくに用事もないのにロンドンに行き、滞在中はひたすらずっと、彼女のことを思い、戻る日を指折り数えて過ごした。

コーンウォールに戻っても、家族とは食事をともにせずに、小作人を訪ねたり、鉱山の作業を監督したりして、それ以外は自分の作業場にこもった。一度、ソフィの車椅子を押して庭を一周散歩した。ほんの何回か、お茶の席でミス・アサートンと会う機会はあったが、必ず部屋の反対側に坐るように留意した。

ふたりのあいだにこうして距離を置くのは彼女が主張したことであり、彼もまた、それが正しく賢明であると納得していたものの、それが必要である状況にしてしまったことに後悔を覚えずにはいられなかった。

ミス・アサートンのことを考えるたびに――そして、はからずもそれはあまりに頻繁だったが――、燃えるように熱い血が体を駆けめぐった。彼をそのように駆りたてているのは、彼女と交わしたキスの記憶だけでなかった。たしかにそれは扇情的とも言えるほどすごいキスだったが、これだけ熱くなっているのは、ふたりで分かち合ったすべての経験のひとつひとつの記憶とその完璧さのせいだった。

噴水で彼女のメモの紙をすくった日。洞窟で願いをかけたこと。作業場で発明品を彼女に見せた時。キッチンでの真夜中の宴。どの時も、ふたりで意味深い会話に興じ、それを彼は心から楽しんだ。

あのようなすばらしい議論を二度とできないと思うと、人生のなにか大切なものを失ったかのように感じる。当然だろう、とチャールズは自分に言い聞かせた。彼女に限らず、とくに気に入っていて、心から称賛している人と離れていなければならないとなれば、同じように感じるだろう。

のぼせあがっている時も。

こののぼせた感情がなんであれ、それを乗り越えて、今後はただの友人になることに同意しましょう。

友人。それこそ、ふたりがそうあるべきとミス・アサートンが判断した関係だ。しかし、自分が彼女に感じているのは友情以上のものだ。この激しい圧倒的な感情を……彼女に惹かれるこの思いを捨てられればいいのだが……。それがすべてを複雑にしてしまっている。

けさも、部屋を出て、こうしたことを考えながら歩いていたら、驚いたことに階段の上で、客用翼から来たミス・アサートンとばったり出会った。心臓が飛びだしそうになり、チャールズは立ちどまった。ふたりだけになったのは、この数週間でこれが初めてのことだ。

彼女は言い表せないほど美しかった。しゃれた青色のドレスが彼女の瞳によく合い、完璧なスタイルを際立たせている。髪は触れたくなるような緩やかな巻き方で結いあげている。自分は二度と触れられないとわかっている巻き毛。

彼女の表情からは、強制的な決別に対する後悔が口に出さなくても伝わってきた。チャールズ自身はもはや隠そうともしていない感情だった。

「おはよう」彼は言った。

ミス・アサートンが挨拶を返した。一瞬ためらい、それからわずかに笑みを浮かべ、伏し目がちに彼を見あげた。そのまなざしを見れば、彼女が楽しい、しかし不道徳的な記憶を思いだしているとわかった。それはこの何週間も彼の夢に頻繁に現れ、いまも頭のなかで飛びまわって、彼の体に欲望を注ぎこんでいるのと同じ記憶だろうか？　イチゴとカベルネを食べたあとの熱いキスと素肌の触れ合いの記憶か？

チャールズはごくりとつばを飲み、いまのこの瞬間に焦点を当てようとがんばった。どれほど彼女を腕のなかに抱きしめたかっただろう。キスはできなくても、ただ抱くだけでいい。彼女の体が彼の体に押し当てられるのを感じて、彼のなかで燃えている炎をいくらかでも弱めるために。

そうできる方法――いかなる倫理規定も破らないでそうする方法――を考えていた時、廊下の奥から父の怒鳴り声が聞こえてきた。

「まったくのたわごとだ！　ひどい似非《えせ》療法だ！　卵を載せたトーストが食べたいのに、いったいこれはなんだ！　それに、コーヒーに合うのはシナモンケーキだ！」その声のあとに陶磁器が割れる音がして、看護婦の抑えたつぶやきが続いた。

チャールズはそちらの方向に目をやったが、どうやっても、笑みがこぼれるのを抑えられなかった。「ぼくの理解したところ、あれは全部、きみがやったことのせいだとか？」

ミス・アサートンが表情をこわばらせた。「わたしは耳にしたことを伝えただけですわ」

「耳にした？」

彼女がその時の状況を語った。いかに退屈な舞踏会を抜けだして、図書室に隠れていたか、そしてふたりの紳士が内科的な疾患について話すのを小耳に挟んだこと。「もしかしたら重要かもしれないから、ドクター・ハンコックにお伝えすべきだと、その時は思ったんです。でも、伝えなければよかったわ。お父さまがあんなにお怒りになるなんて」

「父の怒鳴り声は気にしなくていい。きみが話してくれてよかったとぼくは思っている」ふたりは一緒に階段をおり始めた。

「本当に？」

「ああ。父は楽しんで食事をする――していた人だからね。大好物の食べ物こそ、父にあれほどひどい症状をもたらした張本人だと思うとおもしろい」

「新しい食事を召しあがって、少しはよくなられたのですか？」

「母の話では、先週から目に見えて改善してきたそうだ。まだ始まったばかりだが、父の症状のいくつかは、明らかに減少している」

「そううかがって、とても嬉しいですわ」ミス・アサートンの顔が期待に輝く。「舞踏会にも参加できるかもしれませんね？」

「父は参加するとぼくに断言したよ。舞踏会と言えば――きみはまだここにいるのか？　舞踏会の夜は？」

「ええ」

「一曲だけ、ぼくと踊ると約束してくれないか？」イエスと言ってくれ。イエスと言ってくれ。

彼女はためらい、それから首を振った。「そうおっしゃってくださってありがとうございます。でも、それは賢明とは思えません。わたしたちの協定を考えれば」

「ぼくたちは距離を置くことに同意した。夜中にたまたますれ違った船のように。それがきみの言葉だったと思うが？　それについては、最近非常にうまくいっていると思わないか？」

「思います」

「人々でいっぱいの舞踏会場で一曲踊っても、なんの害もないのでは？」お願いだから、イエスと言ってくれ。チャールズはその瞬間を思い描いた。ダンスフロアを滑るようにまわっていく。もう一度彼女をこの腕に抱いて。

「でも……」

「ノーという答えは受け入れない」チャールズは言い張った。「ダンスを一回。頼みたいのはそれだけだ。どうか約束してほしい」

「いいわ、わかりました」ミス・アサートンがしぶしぶうなずき、それから、からかうような口調でつけ足した。「ダンスカードがいっぱいでなかったら」

イエス、イエス、イエス。「楽しみにしている」きみが思っている以上に。階段の下まで来ると、チャールズは会釈し、彼女と目を合わせた。「いい一日を、ミス・アサートン」

「朝食に行かれないのですか?」ミス・アサートンは明らかにがっかりしたようだった。

彼は首を振った。「出かけた先で食べるよ」

「それがどちらかおうかがいしてもいいですか?」

チャールズはウインクした。「トルロだ」

20

舞踏会の前日の朝、マデレンの部屋に小さな包みが届けられた。

「ソーンダーズ卿がこれをあなたにお持ちするようにと」女中が膝を曲げてお辞儀しながら言うなり、廊下に姿を消した。

包みには添え書きがついていた。

親愛なるミス・アサートン、
トレヴェリアンマナーでの滞在の思い出に、ささやかな記念品です。
あなたの健康と幸せと成功を祈って。
ソーンダーズ伯爵チャールズ・グレイソン

マデレンが包みを開けると、銅製のヘアピンが現れた。この家のほかの女性たちのために彼が作ったのと同じように繊細で美しい品だ。列になったきらめく真珠のほか、型を取って細工を施した手作りらしい小さな飾りがついている。それは本の形だった。

心臓が止まりそうになった。このとても美しい髪飾りは、明らかにマデレンのために作られたもの。そして添えられていた彼の言葉から、これが別れの贈り物であり、ふたりが友人であることをさりげなく思いださせる品だと伝わってきた。

そうなるはずだ、とマデレンは自分に言い聞かせた。でも、これほど悲しい気持ちにならなければいいのに。

仮装舞踏会はあと三十分で始まることになっている。マデレンとソフィは、マデレンの寝室で鏡の前に立っていた。ソフィの腕からさがるキラキラ光ったシルクの羽の位置を、マーティンが調整し終えたところだった。

「ソフィ、あなた、夢のように美しいわ」マデレンは言った。

「本当にそう思う？」ソフィが遠慮がちに鏡に映った自分の姿を眺める。

「会場の男性全員が振り返るわ」マデレンは断言した。ドクター・ハンコックが、二日前にソフィのくるぶしが完治したと宣言し、けさの往診で手からギプスを取りはずした。「それに、踊れるのよ。すばらしいじゃないの」

みんなでがんばってソフィの衣装を作りあげた甲斐があった。黒地に紫色のドレスを着て、クモの糸のような薄い羽を手にまとい、針金とベルベットで作った触角を頭につけたソフィは、まさに美しい蝶だった。

自分自身の衣装について、マデレンはそこまで自信を持っていなかった。マーティンが直してくれたドレスを試着した時は、レディ・ハミルトンにしては襟ぐりが少し浅いように思えた。しかも、マーティンがドレスの丈や脇をできるだけ出してくれたにもかかわらず、ぴったりすぎて、服に体を詰めこんでいるような気がする。それでも、髪をギリシャ風に結いあげ、屋根裏部屋で見つけた青いリボンつきの英国海軍十字勲章を胴着にピンで留めると、全体の雰囲気は、まさにエマ・ハミルトン風に仕上がった。

姉からはすでに、残念ながら自分とトーマスが出席できないという旨の手紙が届いていた。マデレンに宛てた手紙で、アレクサンドラはユーモアを交えてこう書いていた。

日ごとに体が大きくなっていて、クジラの格好でもしないかぎり、仮装したわたしはとても滑稽に見えるでしょう。どちらにしろ、出産予定日が近すぎて、遠出はできそうにありません。赤ん坊が生まれてくるまで、トーマスはわたしが馬車に足を一歩踏み入れることも許可しないと言っています。

ロンドンであまりにたくさん出席したせいで普通の舞踏会には飽きていたし、姉が来ないという知らせにがっかりしたものの、マデレンは気づいてみると今回の舞踏会を心待ちにしていた。トレヴェリアンマナーでの滞在はもうすぐ終わる。ソフィも自分で手紙を書けるようになった。今夜はソーンダーズ卿と踊る最初で最後の機会になるだろう。ここを去れば、次にいつ彼に会えるかもわからない。

夏の末、つまりいまから六週間後に、彼はソフィと婚約し、マデレンもオークリー卿に関して心を決めなければならない。自分はおそらくオークリー卿の申し込みを断るだろう。自分の気持ちが完全にほかの人に向いていながら——たとえ、その人が別な女性と結婚する予定だとしても——、どうして違う男性と結婚できようか？

　それに、自分のものにならなくても、少なくとも今夜は彼と踊れる。最後の思い出を作ろう。

「あなたに必要なのは、髪飾りよ」ソフィの声がマデレンの思いに割りこんできて、鏡に映るふたりをじっと眺めていたマデレンをはっとさせた。「チャールズがわたしにくれた髪飾りを使いたい？」

　その申し出にマデレンは顔を赤らめた。この女性の優しさと無邪気さには際限がないのだろうか？「実は、わたしもひとついただいたの」打ち明けないわけにはいかない。まだつけたことがなく、ソフィにも言っていなかったのは、この贈り物をソフィが不快に思わないかどうか心配だったからだ。しかし、ソフィはむしろ目を輝かせた。

「そうなの？　なんて親切なんでしょう。わたしにも見せてちょうだいな」

　マデレンは化粧台の引きだしから髪飾りを取りだし、友に見せた。

「まあ、すてきねえ。それをつけるべきだわ。貸して。わたしがつけてあげる」ソフィが熟練の手つきで銅製の髪飾りをマデレンの髪に留めた。「ほら、これで完璧だわ」

「おふたりとも、今夜は皆さんの注目の的ですよ。わたしがそう言ったと覚えていてくださいよ」マーティンがにこにこしながら言う。「ほかの女性の方々に勝ち目はありません」そう言うと、部屋を出ていった。

ソフィが心配そうな顔でマデレンを振り返った。「そんなことあるかしら？　まさか、シャーロット叔母さまを差しおいて視線を集めることはないわよね。叔母さまの誕生日パーティなのに」

「そんな心配はないでしょう。レディ・トレヴェリアンの衣装はそれはそれは豪華ですもの。ご自分の舞踏会で一番美しくて一番注目されることは間違いないわ」

「そう願うわ。それとわたしが願っているのは……」ソフィが最後まで言わずに言葉を切った。

「なにを願っているの？」

ソフィの頰がほんのりピンク色に染まった。「ああ、マディ。あなたにずっと話したいと思っていたことがあるのよ。でも、なんか奇妙な感じ。だってわたし……」ソフィは言葉を探しているようだった。「なんと言ったらいいのか……」それから、マデレンの耳もとに顔を近づけてささやいた。「実はわたし、今夜、求婚されることを願っているの」

求婚。マデレンは胸が苦しくなった。「そうなのね？」

部屋からすべての空気がなくなってしまったような気がした。今夜、ソーンダーズ卿がソフィに求婚する可能性はあるだろうか？　たしかに、グレイソン家の友人知人がみんな出席しているこの舞踏会は、婚約を発表するには理想的だろう。

ばかなことは考えないこと。彼がソフィと結婚することはわかっているはず。でも、いつかそうなると理解しているのと、今夜それが執り行われるという事実と向き合うのはまったく違う。

「むなしい願いだとわかっているわ」ソフィが早口で言う。「わたしが言ったこと、忘れてちょうだい」

マデレンが答える前に、美しく着飾ったヘレンとアンナが部屋に飛びこんできた。「まあ、おふたりとも、とってもすてき」アンナが叫ぶ。

紺色のドレスと金の星で夜に扮したアンナ自身も輝かんばかりに美しかったし、トルコ風のズボンを着たヘレンもまた絵のようにかわいかった。しばらく全員が互いの衣装を吟味したり褒めたりしているあいだに、マデレンはなんとか気力を取り戻した。ソーンダーズ卿にダンスを申しこまれている。婚約しても婚約しなくても、彼はその約束を守るだろう。なにが起ころうと、自分は舞踏会を楽しもうとマデレンは決意した。

「下に行きましょう」ヘレンが急かす。「お客さまが到着し始めているわ」

「行きましょうか」ソフィがマデレンに腕をからませ、ふたりは少女たちについて部屋を出た。

「待って」マデレンは言った。「扇子を忘れてしまったわ。先におりていてちょうだい。あとで追いつくから」

三人は急ぎ足で階下におりていった。数分後、片手に扇子を持ち、マデレンは正面玄関の大広間を見おろす階段の手すりのところで足を止めて階下の光景を眺めた。

色とりどりの花綱が飾られ、無数のろうそくがともされたシャンデリアが光輝いて、屋敷全体がまるでおとぎの国になったようだ。仮装の衣装で着飾った客たちが次々と到着し、笑ったりおしゃべりしたりしながら、舞踏会場に入る順番を待っている。

マデレンはたくさんの人々をざっと眺めた。多くの男女が、文学や歴史上のカップルに扮している。ナポレオンとジョゼフィーヌがいる。エリザベス女王とロバート・ダドリーもいる。ヘンリー八世とアン・ブーリン、そしてロミオとジュリエット。気づくとソーンダーズ卿を探していたが、彼がだれに扮しているのか見当もつかない。

ようやく部屋の一番向こう端に彼が立っているのを見つけた。金で縁取りされた英国海軍の濃紺の制服を着ている。まるでマデレンの視線を感じたかのように、彼がマデレンのほうを見あげた。驚いたように会話の途中で言葉を切り、称賛の表情を浮かべる。ふたりの視線が合い、そのまま見つめ合った。

胸をどきどきさせながら、ゆっくり階段をおりる。彼が話していた客に詫びを言い、マデレンと目を合わせたまま、人混みを抜けてこちらに歩いてくるのが見えた。マデレンの耳のなかで、彼の言葉が響いた。これまできみのような人に会ったことがない。希有な人だと、本当にすばらしい女性だと心から思っている。

目に見えない電流がふたりのあいだの空間を横切り、互いをつなげているように感じる。だれかに気づかれただろうか？　一瞬周囲の様子をうかがい、笑い声や会話が途絶えずに続いているのを確認して、マデレンは安堵を覚えた。

そのあと、ソフィがささやいたことに思いが飛んだ。ソーンダーズは今夜ソフィに結婚を申しこむつもりだろうか？　そう思うだけで胸が痛んだ。だから、そのことは考えないほうがいい。少なくともいまは。いまこの瞬間は、彼がこちらに向かっていて、しかもあんなふうにわたしを見つめてくれるとわかっただけで充分。

ふたりは階段の下で会った。

英国海軍の制服を着て、肩章やリボン、勲章を飾ったソーンダーズ卿はこの世のものとは思われないほど魅力的だった。ぴったりした白いズボンが、筋肉質の長い脚を強調している。少し斜めにかっこよくかぶった三角帽子がそのいでたちを完璧なものにしていた。

「レディ・ハミルトン」挨拶した時の表情が彼の驚きと喜びを示していた。

マデレンはふいに彼がだれに扮しているかに気づき、なぜ驚いた顔をしたのかを理解した。頬を真っ赤に染め、膝を折ってお辞儀をする。「ネルソン提督」トラファルガー海戦の英雄でエマ・ハミルトンとの不倫関係で悪名高きネルソン提督だった。

「わたしがなんの衣装を着るかご存じだったのですか？」マデレンは訊ねた。薄くて透けそうなドレスとその低く刳った胸元がスキャンダラスと思われるかもしれないと思う。

「いや、知らなかった」彼の笑い声には深い喜びが感じられた。

「この制服もけさ屋根裏部屋で見つけたばかりだ。伯父かいとこか、英国海軍にいただれかのものだろう。まったくの偶然だ」彼がマデレンと目を合わせてほほえんだ。「心配かな？　ぼくたちが示し合わせてカップルの衣装にしたと思われるかもしれないと」

「ええ、少し心配ですわ」マデレンはうなずいた。「ソフィがなんと思うか……」

「悩まないほうがいい」ソーンダーズがさえぎり、肩をすくめた。「今夜はみんなで楽しむ催しだ。あそこの紳士が見えるかな？」手作りの大きなシャンパンのラベルを胸に張りつけて瓶に仮装し、銀紙で包んだ栓にそっくりの帽子をかぶっている。「彼は法廷弁護士で、普段は厳粛な顔しか見たことがない。それから、あそこに海賊に扮したカップルがいるだろう？　慈善活動で尊敬されているダートムア卿夫妻だが、今夜はどちらもブーツにナイフを忍ばせている」

マデレンは笑いだした。彼のユーモアを前にして、マデレンの心配は消え去った。「安心させてくれてありがとう。ところで、ネルソン提督は片腕を失いませんでしたっけ？」

「失った。だが、のちのことだ。それに、片腕ではうまく踊れない。ゆえにぼくが扮しているのは若きネルソンで、勲章も半分、ご覧のとおり、肩にかける赤い帯もなしだ」周囲に目をやり、つけ加えた。「ここに集っている人々はだれも知らない？」

「あなたのご家族以外は」

「それはすまなかった。紹介しよう」マデレンの肘に手を添えて歩きながら、ソーンダーズは会場にいる隣人や友人たち、すなわち男女のピエロ、妖精の王オベロンと女王タイターニア、さまざまなタータンチェックのハイランダーたち、そして修道士と修道女などに紹介してまわった。ちょうどベドウィンの長老と雑談を終えた時、レディ・トレヴェリアンがやってきた。マリー・アントワネットに装った姿が驚くほど美しい。

「チャールズ！　マデレン！　ここにいたのね」

にこやかにほほえむレディ・トレヴェリアンは、まさに水を得た魚のように生き生きしている。ドレスはバラ色と金色のサテン地で、うしろに金のアヤメが散った青いベルベット地の裳裾が長く伸びている。間違いなくこの会場でもっとも豪華でもっとも美しいドレスだった。頭には高い羽根飾りがついた白いかつらをかぶっている。夫人は息子の帽子をぐいと曲げてまっすぐかぶるように直しながら、愛情こめてほほえんだ。「こんな昔の制服があることをすっかり忘れていましたよ。あなたにとても似合うわねえ」

「母上こそとてもすてきですよ。お誕生日おめでとう」

「ありがとう。ミス・アサートン、あなたは息を呑むほど美しいわ」

「同じ言葉をお返ししますわ、レディ・トレヴェリアン」マデレンは膝を折ってお辞儀をした。

レディ・トレヴェリアンの関心がマデレンの髪に向いた。「チャールズ！　ミス・アサートンに髪飾りを作ったの？」

「作ったよ」ソーンダーズがこともなげに言う。「この家のほかの女性が全員持っているのに、作らないのは申しわけないと思って」

「すてきだわ」観察するように息子を眺め、侯爵夫人がしばし沈黙した。「事情がわかっていなければ、わたしでも、あなたがたふたりがカップルと思ったに違いないわ」

「まったくの偶然ですわ」マデレンは急いで答えた。本当のことだ。それならなぜ、頬が急に熱くなるの？

「父上は参加される予定ですか？」ソーンダーズ卿が訊ねた。

「必ず来ると約束してくれましたよ」レディ・トレヴェリアンがマデレンにほほえみかけた。

「新しい食餌療法のせいで不機嫌だけど、効果が出ているとわたしは信じているのよ、ミス・アサートン」

「そううかがって、とても嬉しいですわ」マデレンにとって、とても嬉しい知らせだった。

「そういえば」レディ・トレヴェリアンが扇子で息子の肩を軽く叩いた。「最初のダンスは、あなたとソフィが先導する役ですよ。ソフィを見つけてきてちょうだい」

「失礼する、ミス・アサートン」ソーンダーズは詫びるようなまなざしをマデレンに向けると、母親と一緒に立ち去った。

胸にぽっかり穴が空いたように感じたが、その喪失感はすぐに消えた。ヘレンとアンナが走ってきて、それぞれマデレンの腕に腕をからませたからだ。

「ミス・アサートン！」アンナがマデレンにほほえみかける。「会場の一番端にいるならば、ダンスを見学していてもいいと母から許可をもらったの。わたしたちと一緒に会場に入らない？」

「喜んで」それぞれ違う方向から近づいてきていた三人の若い男性たちが、残念そうな顔をして立ち止まるのが見えた。

「あなたはとってもすてき」会場に入る列に並んで歩きながら、ヘレンが言った。「絶対に、ダンスの申し込みが殺到すると思うわ」

「どうかわからないわよ」マデレンは答えた。

マデレンにとって意味を持つダンスはひとつだけ。それが実現すればだが。

21

ソフィとともにダンスフロアをまわりながらも、チャールズの目は混み合った舞踏場をさまよい、ミス・アサートンを探していた。

ようやく見つけた時、彼女は部屋のなかほどで踊っていた。かすみのような真っ白なドレスを着た姿は光輝き、会場の女性たちが穿いている重たいペティコートを穿いていないせいで軽やかに見える。その様子を見て、女性の服装が摂政時代《リージェンシー》に回帰すればいいのにとチャールズは思った。ミス・アサートンのドレスの布地はとても薄く、踊りながら体をまわすと、光が当たる角度によってはスカートの下の脚の輪郭がはっきり見えた。

美しくて形のよい脚。

ドレスは襟ぐりが深く、胴着に閉じこめられた胸がいまにもあふれだしそうだ。息もつけないほど、という言いまわしは知っていたが、彼女が階段をおりてくるのを見た時ほど、その言葉の文字通りの意味を実感したことはなかった。まさに胸から心臓が飛びだしそうな衝撃だった。

彼女を初めて見た時のように。

あれ以来、多くの変化があった。まず、彼女と知り合いになった。あの生き生きした笑顔とそそられるような肢体の内側に、聡明で好奇心に満ちた頭脳と温かくて繊細な心、そして炎のように燃えあがる情熱が隠れていると知った。彼女は——。

「とてもハンサムなネルソン提督ね」ソフィが言った。

罪悪感に苛まれ、チャールズは腕のなかにいる女性に無理やり気持ちを戻した。「きみの蝶もとてもすてきだ」心をこめて返事をする。

「ありがとう。マディが考えてくれたの。とても賢い人だから」

マディ。すべてがマディに戻っていくのはどういうわけだ？「そうだね、非常に賢い」

ソフィはなにかほかのことを言おうとしたが、途中で気を変えたようだった。妙な動揺が伝わってきて、チャールズは意外に思った。いつものソフィは冷静で思慮深い。それこそ彼が気に入っている性格のひとつだが、きょうはなんらかの理由で緊張しているらしい。そのうち、ソフィが奇妙なまなざしで彼をちらりと見たあと、気もそぞろな様子で彼の肩越しに目をやったことに気づいた。

「なにか気になることでも？」チャールズは訊ねた。

「いいえ、ありがとう」

ふたりは踊り続けた。ソフィはいつものように熟練の身のこなしでステップを間違えることもない。怪我をしていたとは思えないほどだ。そう考え、それについて訊ねるのを忘れていたことに思い当たった。「くるぶしは大丈夫か？」

「ええ、大丈夫よ、ありがとう。完治したとドクター・ハンコックがおっしゃったから」

「それはよかった。手のほうは？」

「だいぶよくなったわ。ただ前のようにしっかり握れるようになるにはしばらくかかるとドクター・ハンコックがおっしゃったわ。だから、当分、母に手紙を書くのは難しいかもしれない」

「気の毒に」ソフィほど頻繁に母親に手紙を書く人にこれまで出会ったことがない。ふたりはそれ以上なにもしゃべらずに、ワルツを踊り終えた。

「これは三曲目だったかしら？　それとも四曲目？」ソフィが訊ねる。

「四曲目だ」

「では、もう上限ね。別なパートナーを探さなければならないと思うけれど」

「そうだと思う」

ソフィがほほえんだ。「ありがとう、チャールズ」

チャールズはソフィの手の甲にキスをした。「こちらこそ」ソフィを椅子までエスコートしようとした時、ドクター・ハンコック扮するロビンフッドが歩み寄ってきた。

「ネルソン提督、ご立派ですよ」

「あなたも、ならず者が堂に入っている」チャールズはにやりとした。

「それが狙いです」ドクター・ハンコックがソフィに向かい、優雅に一礼した。「レディ・ソフィ、次のダンスのお相手をお願いできますか？」

「もちろんですわ」ソフィがドクターの手を取り、ふたりは一緒に歩き去った。

ソフィが大事に扱われることが確認できたので、チャールズはミス・アサートンを探して部屋を見まわした。どこにも姿はない。演奏者たちが次の曲を弾き始めた。

　ダンスが始まった時、母扮するマリー・アントワネットの対となるフランス国王ルイ十六世に扮した父が部屋に入ってきた。これは明らかにサプライズだったらしく、母は喜びのあまり泣きだし、父をしっかり抱き締めた。そのあとはふたり揃って会場をまわり、侯爵は客と握手を交わした。

　チャールズがようやくミス・アサートンを見つけた時には、残念ながら、彼女はすでに別なだれかと組んでダンスフロアにいた。すぐ背後から父の声が聞こえてきた。「チャールズ。なぜソフィと踊っていないのだ？」

「踊りましたよ、父上。彼女はいま別な男性と踊っている」

「すぐ戻ってくればいいが」父はかつらの上に載せた金の冠の位置を直した。「彼女がどれほどおまえを慕っているかわかっているだろう」

「父上からいつもそう言われていますからね。それより、お元気そうでよかった」

「ありがとう。かなり気分がいい。むしろ元気と言ってもいいほどだ。それより今夜は、昨年のクリスマスの舞踏会の時のように、どこかに消えてしまわないよう頼むぞ」

「そんなことしませんよ。母上の誕生日ですからね」

「いい子だ」父はチャールズを眺めた。「ネルソン提督か？　おもしろい選択だ。アサートンの娘がなにを着ているかを考えればということだが」

　父の露骨なあてこすりにチャールズはむっとした。「なぜアサートンの娘なんて呼ぶんですか？」

「それが彼女の名前だろうが？　あの娘は気をつけろ、息子よ。アメリカ人の資産家令嬢のせいで、一度は危うく身を滅ぼすところだった。ああいう輩は、金で爵位が買えると思っている。二度と同じ間違いを犯すな」

チャールズは苛立ちではらわたが煮えくりかえるような気がした。「間違いをするつもりはありません。それに、言わせていただきますが、ミス・アサートンがここに滞在しているのは、母上の招待によるものだ」

「わたしに言わせれば、できるだけ早く帰ったほうがいい。関係ないところに鼻を突っこんで、まるで自分が医者であるかのように、医学的意見を申すとはな」

「彼女が伝えてくれた情報によって、命が救われたかもしれないんですよ」

「ばかばかしい。わたしが死ぬとすれば、それはハンコックの指示による食餌療法とやらのせいだ！　いったいなんだ！　二度とビールが飲めないと？　パンもケーキも食べられないと？」父が吐き捨てるように言う。「いいか、チャールズ。おまえの母親とわたしは、おまえが正式に婚約を発表するのを夏じゅう待っているんだぞ……シャーロットの話では、おまえが今夜その問いかけをしてくれることをソフィは期待しているらしい」

「ソフィが？」チャールズは罪悪感を覚えて目をそらし、なんとか冷静な表情を保とうとした。村に服を取りにいった日、ソフィはたしかにそのようなことを言っていた。彼女の奇妙な態度はそのせいか。

「約束を履行するのに、今夜は最高の機会だと思うが」

「自分の準備ができた時にソフィに求婚しますよ、父上。でも、それはきょうではない」

父がため息をついた。「そうか。だが、少なくとも、ソフィを無視することはいかん。彼女は知り合いもほとんどいない。彼女と踊ってやりなさい、チャールズ。何曲でも」

「何曲踊れば充分だとあなたは思うんですか？　たしか、紳士は特定の相手と最大四曲までしか踊ってはいけなかったのでは？　それとも、規則が変わったのかな？」

「このわたしに向かって、舞踏会の礼儀作法を引き合いに出すのか？　規則などすべて無視していたおまえがか？　もしもこれ以上ソフィと踊らないなら、踊りたがっている若いレディはまだたくさんいる」

「覚えておきますよ」演奏が終わり、ダンスフロアにいた人々が相手を換え始める。ミス・アサートンは部屋の反対側にいるが、いまこの瞬間は先約がなさそうだ。自分にとっては好機。「失礼しますよ、父上」

しかし、そう言いながら振り向いた時にはすでに、父は羊飼いの衣装を着て前に立っているミス・ゴードンを彼に押しつけようとしていた。

「ミス・ゴードンがおまえと踊りたいそうだ、チャールズ」父が命令する。

「ご一緒に踊れれば光栄ですわ」ミス・ゴードンが愛想笑いをする。

ダンスフロアを一瞬振り返ると、ミス・アサートンはほかの男性と所定位置に移動しているところだった。くそっ。チャールズは歯を食いしばった。

「仰せのままに、父上」チャールズは言い、若いレディの手を取った。

その夜は延々と続いた。マデレンは陽気なアーサー王と踊り、汗っかきのジョージ王と踊り、あごひげをつけ、自分のローブの裾につまずいてばかりいる魔術師マーリンと踊り、シャンパンの瓶と踊った。その都度、会話をしようと試みたが、どの相手もマデレンが言うことよりも、胸の谷間を凝視するほうに関心があるようだった。

そのあいだもずっと、マデレンは気づくとソーンダーズ卿を探して会場を見渡し、彼がダンスを申しこんでくれることを期待していた。しかし、彼は申しこんでこなかった。

彼は最初の四曲をソフィと踊った。それは正しく適切なことだ。それでも、同じ曲を別な相手と踊りながら、マデレンはソーンダーズとソフィが抱き合ってダンスフロアをまわっていく様子を盗み見ずにはいられなかった。ふたりを見るたびに羨望と切望――まさにばかげた感情――に胸が痛んだ。

そのあとも、ソーンダーズ卿は見るたびに別なだれかと踊っていた。そうであっても、おそらくふたりだけの時間を見つけて、ソフィに結婚を申しこんだに違いないとマデレンは思った。しかし、そのあと見かけた時のふたりの様子を見れば、まだそうなっていないことは明らかだった。少なくともいまはまだ。

ソーンダーズ卿がソフィにパンチの入ったグラスを運んでいる。ふたりは話もしている。だが、そのやりとりに格別な温かさは感じられなかった。それどころか、どちらも必死にほほえんでいるように見えた。実際よりも幸せなふりをしている人々のようだ。マデレンは、今夜申しこまれることを期待していたソフィを気の毒に思った。その一方で、もしかしたら利己的な希望的観測のせいで自分の目が曇り、ふたりの様子を誤解しているのかもしれないとも思った。

十時半ちょうどに、トレヴェリアン卿がシャンパンのグラスをかかげ、集まった全員の前で誕生日を祝って乾杯し、妻のすばらしさを列挙したうえで、このように洗練した催しを成功させたことを称賛した。その元気そうな様子を見て、マデレンは嬉しく思った。

しかし、万雷の拍手がようやく鳴りやんで音楽が再開した時は、ため息しか出なかった。これ以上踊りたくない。自分の部屋に戻って休むことも考えたが、誕生日のケーキがまだ出されていなかった。その時にいないのは、さすがに失礼だろう。そこで、図書室に行って本を見つけ、しばし物語のなかにこもることに決めた。

図書室は屋敷のなかほどにあった。美しい内装が施され、棚には数えきれないほどの本が並んでいる。夏の夜の暑さを緩和するために窓はすべて開け放たれ、マデレンが入っていった時も、舞踏会場の音楽がかすかに聞こえていた。

書名をざっと見て一冊の本を選ぶと、マデレンは光を放つランプの横の革製ソファに坐った。時が経つのも気づかないほど本に没頭していた時、男性の声が静けさを破った。

「一曲踊ってくれることになっているはずだが」

マデレンの心臓が一拍飛ばしで打った。見あげると、坐っている場所から三メートルのところにソーンダーズ卿が立っていた。海軍の制服を着た姿は信じられないほどハンサムだ。ガス灯の琥珀色の光に照らされて強い顔立ちが浮かびあがる。

「そっと抜けだしてきたのに」マデレンは言った。「どうして、わたしがここにいると？」

「パーティに飽きた時は図書室に引きこもるときみが言っていたのを思いだした」

「そんなささいなことを覚えているなんて、すごいわ」

「ぼくには重要なことに思えたのでね」

彼が見つめるまなざしに、マデレンの脈拍はさらに速まった。ここまで探しに来たのは、どうして？　彼はソフィと一緒にいるべきでは？　でも、その質問はせず、代わりに小説の本を持ちあげてみせた。「本は時にすばらしい話し相手になりますから」

「たしかに。しかし、今夜はダンスをする晩だ」彼は近づいてきて、マデレンの前で立ち止まった。「ひと晩じゅう、きみにダンスを申しこみたかったのだが、見つけるたびに、きみはだれかと踊っていた」

彼は本当に探していたのだろうか？　体が震えるほどの衝動に屈して、彼の腕のなかに飛びこんでしまいそうで、マデレンは立つのが怖かった。「それは、あなたがほかの方と踊っていたから」

「好きで踊っていたわけではない」彼は帽子を脱いでそばのテーブルに置くと、片手をマデレンに差しだした。「一曲踊っていただけますか、ミス・アサートン？」

「ここで？　図書室で？」

彼は舞踏会場から漏れてくる楽器の音のほうを手振りで示した。「ここでも音楽が聞こえる。しかも充分に広い。それに、ここならばだれかにぶつかることもない」

「家具にぶつかってしまうかも」

「そうかもしれない」彼のハシバミ色の瞳がきらめいた。

マデレンは自分が立ちあがったことに気づいた。「でも、わたしたちの協定のことは？」

「いまいましい協定など放っておこう」低くうなるような声にマデレンの下腹がうずき、膝から力が抜ける。

「わかりました。舞踏会に出たら、レディは紳士のダンスの申し込みを決して拒否しないこと。さもないと、無礼のそしりを免れない」手袋をした手を彼の手に預ける。がっしり握られると、マデレンの全身に震えが走った。

「それが規則？」ソーンダーズ卿のもう一方の手がマデレンのウエストにまわり、ワルツの位置に引き寄せた。

「実際にあった規則なの」ふたりの体は十センチほどしか離れていない。近すぎて、彼の発する熱まで感じるほどだ。「子どもの時から叩きこまれてきた規則のひとつ」

「規則が好きだったことはないが、それは気に入った」彼が音楽に合わせて動きだし、マデレンも本能的に彼のリードに従った。彼が熟練した優雅な身のこなしでマデレンを導いて部屋をまわる。「きみはすばらしい踊り手だ、ミス・アサートン」

「あなたもでしょう、伯爵さま」

「それは、子どもの時から叩きこまれてきたからだな」彼がすかさず答える。「舞踏会で踊るのは、貴族の教育でもきわめて重要なことのひとつだ」

「社交シーズンに参加して、それがよくわかりましたわ。会話の才能がない貴族の方も、いちおう踊ることはできますもの」

「ぼくの会話がダンスに恥じないことを願おう」

「それはすぐにわかるでしょう」

ふたりは目を見つめてほほえみ合い、音楽に合わせて踊った。ステップを踏むたびに、握られた彼の手とウエストに添えられた手の感触、そして彼の熱いまなざしを感じる。彼を避けようと最善を尽くしたのに、ふたたび、人々の目からはるか離れた場所にふたりだけでいるという偶然を意識せずにはいられない。「最近は夜遅くにお腹がすかない？」彼が訊ねる。彼に会えるかもしれないというかすかな期待を抱いてキッチンにおりていく誘惑に、ほぼ毎晩抗っているという事実を彼に伝えるつもりはなかった。「いいえ。あなたは？」

「今週はずっと、夜は作業場で過ごしていた」

「なにか前進はありました？」彼の熱と汗とコロンが混じった心地よい香りに包まれ、まるで抱き締められているような親密さを感じる。

「少し。きみの本は？」

「昨夜、初稿が仕上がりました」

「それはすばらしい」音楽が終わった。ふたりも止まった。彼は手を放そうとしなかった。

むしろ、両腕をマデレンにまわし、胸のなかに抱き寄せた。「その初稿をこれからどうするつもり？」彼の声はささやき声ほど小さい。くすぶるようなまなざしがマデレンの唇におりて、そこにとどまる。

マデレンの腕が彼の肩にまわる。耳の奥で血流がとどろいている。なんの話をしていたのかしら？　マデレンは思いだせなかった。考えられるのは、彼の体の近さと、彼の口と自分の口の近さのことだけ。

キスをするつもりだろうか？　それは二度と起こらないとふたりで合意した。それでも、もう一度起こらないかと夢見ずにはいられない。彼は頭をさげてきて、唇がわずか数センチのところで動きを止めた。唇が触れ合うのを待つように。マデレンはくらくらする感覚におそわれた。この男性を望むのは間違っているかもしれない。でも、自分は彼を望んでいる。ああ、どれほど望んでいるだろう。欲望のかすみを通して、彼が鋭く息を吸う声が聞こえてきた。警告ののろしのように心の隅にひとつの言葉が現れ、喉から漏れ出た。

「パイナップル」

マデレンは、ふたりがまったく同時にその言葉を発したことに気づいた。どちらも身をこわばらせ、抱き合ったまましばらく立ち尽くす。それから彼が静かに笑いだした。彼の温かい息がマデレンの唇にかかる。

「きみが正しかった」彼がくすくす笑いながら言った。「この言葉は秀逸だ」

それに応えてマデレンの胸からこみあげてきたのは、笑いというより苦笑だった。答えようと口を開いた時、別な音がふたりの注意を引いた。遠くの声。だれかがマデレンの名前を呼んでいる。

「ミス・アサートン？　ミス・アサートン！」廊下の足音が近づいてくる。

ソーンダーズ卿が数歩さがった。「ウッドソンだ」

マデレンはあえぎ声を抑えた。ウッドソンがわたしになんの用だろう？　このようにソーンダーズ卿とふたりきりでいるのを見つけたら、彼はどう思うだろう？

ソーンダーズ卿が帽子をつかみ、マデレンに先ほど読んでいた本を渡して、目でソファのほうを示した。マデレンはすばやくソファに坐って本を開いた。彼はひと言も発せずに落ち着いた足取りで部屋を抜け、奥の扉を通って姿を消した。その数秒後、ウッドソンがそばの扉から図書室のなかをのぞきこんだ。

マデレンはなんとか呼吸を整え、本から目をあげた。「なにかあったの、ウッドソン？」

「ポルペランハウスからお迎えです。ドクター・ハンコックをお呼びで、あなたさまにも来ていただきたいと」

マデレンはあわてて立ちあがった。「どうして？　なにがあったのかしら？」

「ロングフォード伯爵夫人のお産が始まったそうです」

22

マデレンは急いでショールをつかみ、ドクター・ハンコックの馬車に乗った。衣装を着替えたり、みんなに別れを告げたりする時間はないとドクターが断言した。

「あと二週間は生まれないと思っていたのに」馬車が勢いよく走り始めると、マデレンは不安にかられて言った。

「そうですね」ハンコックの唇も心配そうに結ばれている。「出産が早まるのはよくあることですが、お姉さまはこの数週間、血圧が高かった。母子ともに余病に気をつける必要があります」

心配のあまり、答えも思いつかない。アレクサンドラからは最近も手紙を受けとったが、血圧についてはなにも書かれていなかった。おそらく、マデレンを心配させない配慮だろう。長く出かけなければよかった。最初の予定どおり、ポルペランハウスにとどまっていればよかった。

緊迫した沈黙のなか、馬車は走り続けた。到着すると、ふたりともすぐに二階の主寝室に駆けあがった。アレクサンドラはベッドに横になっていた。顔がほてり、額には汗が玉のように噴きだしている。数人の女中がつき添い、トーマスは心配そうに歩きまわっていた。

「ドクター、よかった、来てくれてありがとう」トーマスが言う。

「レクシー！」マデレンはベッドの脇に駆け寄った。「ここにいるわ」

「マディ、ああ、マディ。これは思っていたよりもずっと大変だわ」

姉の目に恐怖が浮かんでいる。「大丈夫よ。うまくいくわ、レクシー」それが本当でありますようにとマデレンは祈った。

ドクター・ハンコックがすぐに仮装の上着を脱いで袖をまくりあげ、てきぱきと指揮をとり始めた。その動きがマデレンを元気づけてくれた。袖をまくりあげるのは、重要な仕事を始める時に男性がやるしぐさだ。アレクサンドラが子どもを無事にこの世に送りだすのを助けるほど、重要な仕事はほかにない。

ドクター・ハンコックはトーマスを寝室から追いだし、マデレンも出ていくことを勧めた。しかし、アレクサンドラがマデレンの手を握って言った。「いいえ、ドクター。妹はここにいてほしいわ」

ドクターが許可した。不安にかられながらも、マデレンはそれを無視してアレクサンドラを励ました。「わたしはどこにも行かないわ。大丈夫、乗り越えられるわ、レクシー。一緒にがんばりましょう」

長い夜のあいだずっと、マデレンは陣痛の痛みに耐える姉の額の汗を拭い、励まし続けた。出産に立ち合うのは初めてのことだ。時々短いが静かな時間が訪れ、姉妹とも普通の呼吸ができる。そのあいだに、アレクサンドラがマデレンの摂政時代風ドレスの衝撃的な襟ぐりについて指摘し、ふたりで笑い合った。また、とても不安な時間もあり、アレクサンドラの血圧が高いせいで分娩が予定どおり進まないことをドクター・ハンコックが心配した。それでもマデレンは自分の恐怖をぐっと呑みこみ、前向きなエネルギーと明るい展望だけを姉に注ごうと気持ちを集中した。

そしてついに、夜明けのかすかな光が東の空に差し始めたと同時に、アレクサンドラが最後にもう一度いきんで赤ん坊をこの世に送りだした。

「小さな男の子ですよ！」ドクター・ハンコックが満面の笑みを浮かべ、毛布に包んだ新生児を母親の腕のなかに置いた。

「まあ！　なんてかわいいの！」アレクサンドラの目から喜びの涙があふれた。「この子は大丈夫ですか、ドクター？」

「完璧ですよ」医師が請け合う。

「本当に完璧な赤ちゃんだわ」マデレンはベッドの端に坐り、両腕を姉とその赤ちゃんにまわして深い安堵感に浸った。

「ありがとう」アレクサンドラは長いため息をつくと、マデレンに頭をもたせた。「あなたがいてくれて、とても感謝しているわ」

「わたしこそ、ここにいられてよかったわ」

アレクサンドラがまたマデレンの手を取った。その無言の簡単なしぐさに、マデレンは一緒に乗り越えた経験によって生まれた深い愛の絆を感じた。しばらくのあいだ、ふたりはそのままの姿勢で坐り、天から授かった奇跡としか思えない新生児を眺めていた。

ほどなくして、トーマスが部屋に入ってきた。これほどまでに安堵している男性も、これほどまでに誇らしげな男性も、マディはこれまで見たことがなかった。産まれたばかりの赤ん坊をうっとり見つめている母と父を残して部屋を離れたマデレンは、眠い目をこすりながら自室に戻り、すぐにベッドに入って眠った。

その日かなり遅くなってから目覚めたマデレンは、トレヴェリアンマナーからトランクが届いていると知らされた。急いで出てきたせいであとに残してきた服が全部入っていた。しかし、荷物のなかに原稿は入っていなかった。それに気づいてあわてたが、すぐに原稿は寝室の書き物机の一番底の引きだしに隠したままだと気づいた。

手紙を出して、原稿を送り返してもらうことも考えた。でも、あの原稿のことは、ソーンダーズ卿以外には話していないし、だれの注意も引きたくない。だれかに読まれたら？　あれは初稿にすぎない。隠し場所にそのまま置いておいたほうがいいと判断した。時間がある時に馬に乗って取りにいけばいいだろう。

その後の数日間は、新生児がやってきた一家らしく、種々の調整に当てられた。赤ん坊は父親の名前を受け継いでトーマスと名づけられ、愛称はトミーということで意見が一致した。

赤ん坊が起きるとすぐに、乳母がアレクサンドラのもとに連れてくる。ジュリアとリリーは叔母の役割に夢中になった。至福の時を過ごしているアレクサンドラは、パリにいる母親に電報を打って祖母になったことを知らせた。

ある朝、マデレンは姉の部屋に行き、戸口で立ちどまった。ベッドにいるアレクサンドラの横にトーマスが坐り、赤ん坊を抱く妻を見おろしている。愛情に満ちた表情でふたりが見つめ合うのを見て、マデレンは嫉妬のうずきを感じた。ひと目見ただけで、ふたりがどれほど深く愛し合っているかよくわかる。

これこそ、結婚が本来あるべき姿。夫と妻はお互いを愛し尊重するべきだ。マデレンはふいに、これまで自分でも認めることができなかった事実に気づいた。それこそまさに、自分がソーンダーズ卿に感じている気持ちだということ。

彼と一緒にいると、ほかのどこにも行きたくないと感じる。離れている時も、考えているのは彼のことだけ。ソーンダーズ卿とは興味とか思考とか、根本的な部分でわかり合える。彼はマデレンがどういう人間かを理解し、マデレンが重要と思うことを尊重してくれる。彼をひと目見るだけで、全身の血が燃えあがる。触れ合う時、そして、ああ、キスをした時、いつも体が床に溶けてしまいそうな気がする。

自分は彼を愛している。

ソーンダーズ卿に恋している。狂おしいほど、絶望的なほど愛している。

でも、彼はほかの女性と結婚する。

それがわかっていて、自分の感情は無意味だと思うと、心が突き刺されるように痛かった。気づくと、目から涙があふれでていた。ソーンダーズ卿の結婚の意志はわかっていたこと。彼は初めから、ソフィに対して義務があるとはっきり言っていた。ああ、トレヴェリアンマナーにもう一度戻らなければよかった！　これからずっと、あの時の記憶が絶えず浮かんできて心を占領し、マデレンを苦しめるだろう。

「なぜ戸口に立っているんだい？」トーマスが言った。「入ってきたらいいのに」

目をあげると、トーマスと姉がマデレンを見つめていた。

「どうかしたの？」アレクサンドラが訊ねる。「なぜ泣いているの？」

「あなたがた三人があんまり美しいから」マデレンは答え、涙を拭って部屋に入った。「お邪魔するつもりじゃなかったの」

「そんなことはない。ぼくはもう行くところだ」トーマスは妻と息子にキスをすると、立ちあがってマデレンの頰にキスをした。「またあとで」そう言って部屋を出ていった。

マデレンはベッドにあがり、アレクサンドラの横に坐って一緒にヘッドボードに背をもたせた。マデレンが赤ちゃんを抱きたいと頼むと、アレクサンドラはすぐに抱かせてくれた。

「ハイ、坊や」両腕でトミーを抱いてそっと揺すりながら、父親そっくりのきれいな茶色の瞳をのぞきこんで話しかける。「あなたは自分が第八代ロングフォード伯爵になるってわかってるかしら？　ようやく会えて嬉しいわ。よろしくね」

アレクサンドラがほほえんだ。「あやすのが上手ね、マディ」

「赤ちゃん大好きですもの」マデレンは言った。「とくにこの坊やは」

「いつか、あなたも自分の赤ん坊を持つでしょう。きっと遠くない将来に」アレクサンドラが意味ありげにマデレンを見る。

それは質問であり、別の日だったら、マデレンは顔を赤らめただろう。でも、きょうは違った。心が重たすぎる。また涙が勝手にあふれだし、マデレンは目をしばたたいた。

アレクサンドラが心配そうにマデレンを見つめる。しばしためらい、そのあいだに言葉を注意深く選んでから口を開いた。「この数週間、あなたの手紙に書かれていたほとんどは、仮装舞踏会のこと、レディ・ソフィについてだったわ。ソーンダーズ卿のことはほとんど書いてなかった」

この質問をされることは予期していて、避けるすべはないとわかっていた。「ああ、レクシー」マデレンはそっと答えた。「あなたに彼のことを書きたかったけれど、書きだすと、この感情を文字にするのは間違いだと感じて、いつも手紙を捨ててしまっていたの」

その時、乳母が赤ん坊を連れにやってきた。トミーは叔母と母から優しいキスの一斉射撃を受けたのち、部屋から出ていった。

ふたりだけになると、アレクサンドラは両手でマデレンの両手を包みこんだ。「なにがあったの、マディ？　あなたの心に深く影響していることがあるのね」

あふれそうな涙を飲みこみながら、マデレンは姉にソーンダーズ卿の作業場を発見したこと、彼がそこでやっている価値ある仕事について語った。キッチンで真夜中に会ったことも話した。そしてキスのこと。図書室で踊ったこと。「彼を愛しているの、レクシー。あなたがわたしに発見しなさいと言ったことだわ。そして発見した。彼をどうしようもないほど愛している。でも、それについて、わたしにできることはなにもない」

「どうして、マディ？　話を聞いたかぎり、彼もあなたを愛しているように思えるけれど」

「いいえ、彼はそうじゃないの」マデレンは首を振った。「わたしをすばらしい女性だと思っていると言っていた。希有な人だと。でも、それ以上ではないの。彼はソフィと結婚するとお父さまに約束をしている。そして、ソフィは彼がその約束を守ることを期待している」マデレンはわっと泣きだした。

「まあ、マディ」アレクサンドラはマディを両腕で抱き締めた。「彼がソフィと結婚するつもりなのは確かなの？」

「ええ、確かよ」涙が頬を伝う。「ソフィがわたしに、レディ・トレヴェリアンの舞踏会の晩に結婚を申しこまれることを期待していると言っていたわ」

「それで彼は申しこんだの？」

「わからないわ。彼が図書室にいるわたしを見つけて、一曲踊った時は、結婚を申しこんだばかりには見えなかった。でも、それからすぐにここに来てしまったから、そのあとになにが起こったかわからないわ」

マディはドレスの袖からハンカチを取りだし、広げて目を拭い、鼻をかんだ。すぐにまた新たな涙があふれだしたのは、それがソフィの刺繍してくれたハンカチだと気づいて動揺したからだ。「そもそもなぜ、彼への気持ちをこんなに募らせてしまったのかしら？　彼はソフィのもの。最初からそうわかっていたのに。彼にとってわたしはたぶん、もうひとり現れた罪作りなアメリカ人女性にすぎないわ。遂行すべき義務から彼の気をそらす面倒な存在。

言葉よ」

「思いだせる言葉？」

彼もあの思いだせる言葉を使ったもの」


「覚えていない？　わたしたちが幼い時、不適切なことをするたびにお母さまに言われた言葉よ」

アレクサンドラがマデレンを見た。「パイナップル？　ソーンダーズ卿にパイナップルのことを話したの？」

マデレンはうなずき、濡れた目を拭いた。「後悔するようなことをしないために」

「そして、彼がその言葉を使ったの？」

「わたしにキスしないために」

アレクサンドラは眉間に皺を寄せてゆっくりうなずいた。「彼は名誉を重んじる人だわ。エリーズ・タウンゼンドの時も、結局は彼女を守ったのですもの。愛していなかったのに。舞踏会の話を聞いたかぎり、彼がほかの人に結婚の申し込みをしたとは考えられないわね」

「でも、はっきりしていることがひとつあるわ。彼が、わたしにキスをしたことは間違いだとわかっていること。わたしもわかっている」マデレンはまたヘッドボードに背をもたせた。

「望みはないのよ、レクシー。怖れていたとおり」

「ごめんなさい、わたしがいけなかったわね。トレヴェリアンマナーにもう一度行くように言い張ったのはわたしですもの」

「あなたのせいじゃないわ」マデレンはため息をついた。「たしかに勧めてはくれたけれど、行くと決めたのはわたしですもの。それに、行ったあとに起こったことはすべてわたしの責任」

ふたりとも黙りこんだ。重苦しい沈黙に包まれる。ずいぶん経って、ようやくアレクサンドラが口を開いた。「オークリー卿のことはどうするつもりなの？」

マデレンは肩をすくめた。「わからない。正直言って、ここしばらく彼のことは考えていなかったから」

「そうでしょうね」アレクサンドラは言った。「立ち直るのに時間が必要だわ。でも、立ち直れるわ。わたしが約束する。話したければ、ここにわたしがいますからね。将来のことをよく考えて、相談したくなったらいつでも来てちょうだい」

チャールズは作業場に使っている古い納屋の前で四輪軽馬車を停車させた。

「ここでなにをするの、チャールズ？」ソフィが隣の席から訊ねる。

「ここをきみに見てもらいたかったんだ」

ミス・アサートンが出発してから三日が経っていた。さまざまな思いが駆けめぐって大混乱の心中で、感情の地雷原を擦り抜けようとひたすら試みた三日間だった。彼女と離れているのは死ぬほどつらかった。

昼間は仕事に集中できた。しかし夜は彼女の夢を見続けていた。

昨夜はまた抱き合っている夢を見た。薄いネグリジェしか着ていないのは実際に見たことがある。夢ではそれを脱がせて一糸まとわぬ姿にした。彼女を床に横たえて、口に乳首を含み、指で太腿のあいだの女性の秘部をさぐって撫でる。なかに入り、魂で感じていた結合を肉体でも完結したその瞬間、彼女があえいで悲鳴をあげた。そして自分も絶頂の限界を超えようとしたその時、鋼のようにかちかちの状態で目が覚めた。その高まりはあまりに強く、自分の手くらいではどうにもならないほどだった。

彼女のこういう夢を見るのが間違っていることはわかっている。彼女は良家の子女であり、しかも――賭けてもいいが――処女だ。その純真さにつけこむなんて夢であっても許されない。

彼女と愛し合うためには、結婚しなければならない。

だが、それを可能にする道はない。オークリーとソフィ、そして自分が父にした約束がふたりのあいだに立ちはだかっているのだから。

約束を破れば、父は――そうならないよう祈るが――また発作を起こすだろう。そうなれば完全にチャールズの責任だ。未来のトレヴェリアン侯爵として、果たさねばならぬ多くの義務がある。はっきり約束していなくても、母とソフィに期待を持たせた責任もある。ふたりに対して忠誠を尽くすべきであり、失望させてはならない。

自分がどれほどミス・アサートンと一緒になりたいと願ってもそれはかなわない。不可能だ。ということはつまり、性的な夢やこのばかげた切望すべてをやめなければならない。今度こそ。

考え続けた結果、自分が取るべき行動はただひとつという結論に達した。正しい行動をする唯一の方法はソフィとの関係を強めること、ソフィに、彼の人生にもっと関与してもらうことだ。ミス・アサートンに感じたような親密さを、ソフィとも築く努力をすること。

それを、きょうの外出から始める。

ここに来るまでの馬車のなかで、ソフィはいつにも増しておとなしく、物思いに沈んでいるようだった。彼自身もいろいろなことを考えていたので、そのほうがかえってよかった。

チャールズは馬車から飛びおりると、反対側にまわってソフィがおりるのを手伝った。

「ここしばらく、ぼくも来ていなかったんだが」

「ここに？　この古い納屋に？　なんのために？」

「すぐにわかるよ」チャールズは扉まで行って鍵を開け、少し待ってくれとソフィに頼んで室内に駆けこみ、いくつかランプをつけた。「もういいよ、入ってくれ」彼女をここに連れてくる前に、フランスの絵はがきは片づけておいた。あのコレクションこそ、ソフィが決して理解できない最たるものだ。

ソフィがためらいながら建物に入ってきて、すぐに立ちどまり、鼻に皺を寄せた。「この匂いはなに？」

「機械油だと思う。それから、古い納屋の匂いかな」チャールズは小さくほほえんでみせた。

ソフィが戸惑った顔で室内を見まわした。「ここはなんなの、チャールズ？」

「ぼくの作業場だ」手振りで進行中の仕事を示す。「発明品を作っている」

「発明品？　でも、何年も前に諦めたと思っていたけれど」

「それが諦めなかったんだ」

ソフィが彼を見つめた。「でも、お父さまに約束したじゃないの。約束を破ってはいけないわ」

その非難の重みを感じてひるんだのは、暗黙の了解となっている彼女への義務の重荷を改めて思いださせられたからだ。「ぼくは父が聞きたいことを言っただけだ、ソフィ」ソフィになんとか理解してもらいたかった。「わからないか？　発明はぼくが生きている証なんだ」

ソフィは返事に困った様子を見せた。

「きみや母上や妹たちにあげた髪飾り、あれはロンドンで買ったものではない。ぼくが作った」

「まあ、そうだったの？」ソフィは驚いた顔をした。にこりともせずにお義理で言う。「美しい髪飾りだわ」

「ほかにやっていることを見せよう」

チャールズはソフィを案内して作業場をまわった。ソフィは熱意を示そうと努力していたが、実際には、彼が見せるものに対してなんの興味もないことがはっきり伝わってきた。

「どれもとてもすばらしいわ」最後にソフィが言った。

「本気で言っている？」チャールズはぎこちなく訊ねた。

ソフィがためらった。「そうね。これがあなたにとって重要であることはわかります。でも、正直に言って、なぜ重要なのかを理解できない。このランプをどうしようというの、チャールズ？　たとえ使えるようにできたとしても。売るわけにはいかないわ」

「それはそうだ。しかし、製造会社に投資することはできる。炭鉱の現場にどれほどの変化をもたらすか考えてみてくれ。命を救えるんだ」

ソフィはしばらく考えた。「それでもやっぱり、この環境はあなたには汚すぎると思うわ。この職業の人に任せたほうがいいことだと思うけれど」

「なぜだ？　なぜぼくは、関心のあることを追求してはならないんだ？」

「あなたが侯爵の跡取りだからよ」

「きみの言い方はぼくの父とまったく同じだ」チャールズは苛立ちのため息をついた。

ソフィが眉をひそめて悲しそうな顔をした。そのあとふっと心がほかの場所に行ってしまったようだったが、少しして気を取り直したらしい。「あなたを怒らせたいわけではないわ、チャールズ。たぶん、わたしが意見するようなことではないのでしょう。でも、わたしは生まれてからずっとあなたを知っている。あなたは現実的にならなければならないわ。尊敬される立場にいて、いつの日か侯爵になる人なんですもの。当然、このすべてを諦めなければならないことを理解するべきじゃないかしら？」

「おそらくきみの言うことが正しいだろう。そうしなければならないだろうな、いつの日か」チャールズは暗い声で答え、ソフィを戸口に案内した。

トミーが生まれて五日後、ポルペランハウスに電報が届いた。

コーンウォール、ロングフォード伯爵及び令夫人宛

トーマス坊やようこそ。明日パリを発つ。八月十六日午後二時に列車でボルトン駅に到着。要迎えの馬車。母

マデレンは朝食のテーブルに電報を置き、姉とため息をつき合った。いまもっとも望んでいないのは母と会うことだった。母の頭にあるのはひとつのことだけ。マデレンがオークリー卿の申し込みを受ける気になったかどうか。

「そのため息はなんのせいかな」トーマスがスクランブルエッグを食べながら訊ねた。

「わかっているでしょう？」妻が答え、コーヒーをすすった。

「母上が来るから？」

アレクサンドラがうなずいた。「母はとても頑固になる時があるから」

「母は」マデレンも同意した。「どうやっても手に負えない時があるから」

「では」トーマスが言う。「初孫に会えた喜びで最高にいい人でいてくれることを祈ろう」

金曜日の午後、中庭の砂利道に馬車が停止した時には、屋敷中の人々が外に並んで待ち受けていた。

従者が馬車の扉を開けて昇降段を引きおろすと、マデレンとアレクサンドラの母親がいつもとはまったく違う満面の笑みを浮かべて戸口から顔をのぞかせた。

「ごきげんよう！」大声でのたまう。

従者の手に支えられてミセス・アサートンが馬車からおりた。パリでしか作れない細部まで凝りに凝ったドレスを着て、それに合った帽子をかぶっている。

「なんて美しいドレスでしょう」ジュリアが批評した。

「とても幸せそうだわ」リリーが観察する。

「幸せすぎるでしょ」マデレンがつぶやいた。

「いつも不機嫌な顔で、文句を言いながらおりてくるのにね」アレクサンドラもささやいた。

「なにがあったのかしら？」

ふたり目の乗客がおり立った。母の旅行に同行している侍女のフィオーナだ。そして、そのあと、マデレンが仰天したことに、もうひとりの人物が馬車から姿を現した。

オークリー卿。

23

オークリー卿が砂利道におり立つのを見て、マデレンは困惑のあまり言葉を失った。

彼はここでなにをしているの？　招待されていないのに現れるなんて、どういうこと？　オークリー卿から最後にもらった手紙には、イタリアにいて、これからフランスを訪れる予定だと書かれていた。少なくとももう一カ月は帰国しないはずだった。カボチャ色のアスコットタイを結んだ姿はとても威厳がある。何日も旅してきたはずなのに、どうやっているのか、清潔な雰囲気と元気はつらつな様子を保っている。

「伯爵さま」母がトーマスに言う。「オークリー卿はご存じかと思いますが」

マデレンの姉とトーマスもマデレンと同じく、この男性の予期せぬ登場に驚愕したはずだが、どちらもそんな動揺もみじんも見せなかった。

トーマスが手を差しだす。「オークリー！　もちろんだ。オックスフォードのきみのことはよく覚えているよ。久しぶりだな」

「会えて嬉しいよ、ロングフォード」オークリー卿が握手を返した。

「ぼくの妻、レディ・ロングフォードを紹介しよう」

オークリーがアレクサンドラに向かってお辞儀をした。「レディ・ロングフォード。前にお目にかかりましたね。あなたが英国の社交界に初めてお目見えされた時に」

「そうでしたね」アレクサンドラがうなずいた。

トーマスがオークリーに妹のジュリアとリリーを紹介し、ふたりは膝を折って丁重にお辞儀をした。

そのあとオークリーはマデレンのほうを向いた。彼の淡いブルーの瞳が温かみを帯びる。

「ミス・アサートン、またお会いできてとても嬉しい」

マデレンは混乱のさなかにいた。彼がどれほどハンサムかすっかり忘れていた。必死に話す気力を取り戻して口を開く。「こちらこそ、侯爵さま。外国での休暇はいかがでしたか？ なにかあって早くご帰国されたのでなければいいですが」

「いやいや、非常に楽しかったですよ。しかし、パリであなたの母上に偶然お会いしたあとは、躊躇なく旅を切りあげて帰途に就きました」

オークリーがやってきた意味がやっとわかった。マデレンは暗いまなざしを母に向けたが、母は気づいた様子もなかった。

「わたしの驚きを想像してくださいよ」母が言う。「グランドホテルテルミナスのロビーに行き、オークリー卿が同じところに滞在していることがわかった時の驚きを！」

「幸せな偶然でしたね」オークリーが言う。

偶然ですって？ まったく！

「生まれた孫に会いにコーンウォールに戻ることをお伝えしたら」ミセス・アサートンが言葉を継いだ。「わたしがひとりで旅をすると聞いて、同行を申しでてくださったんですよ。

でも、そのことは、電報で伝えてあったわねえ」この嘘にだれか反論できるのとでも言うように、白々しくほほえんでみせる。

「ええ、もちろん」アレクサンドラが答えた。

「来てくれて嬉しい」トーマスも言う。

「ぼくこそ、来られて嬉しい」オークリー卿が答えた。「コーンウォールに来たのは初めてだ」中庭を囲むように建つ壮大な三階建ての建物を見あげてつけ加えた。「古いが非常に美しい屋敷だ。とくに胸壁と小塔がすばらしい。もともと四つの翼があったのだろう?」

「そうだ——一世紀前に火事で焼け落ちた」トーマスが認めた。

「そうだろうと思った。ぼくはちょっとした建築愛好家でね」オークリーが誇らしげに宣言する。「なかを見学させてもらうのが楽しみだ」

「どうぞこちらへ」トーマスが身振りでオークリーをうながし、アレクサンドラと一緒に屋敷に入った。ジュリアとリリーもそのあとに従った。

「それで」母と一緒に屋敷に入りながら、マデレンは小声で言った。「パリでたまたま彼に出会ったわけ?」

「わたしをなんだと思っているんです?」母が厳しい声でささやき返す。「もちろん、彼のお母さまに旅程をいただいたんですよ」

「そして、彼は英国に戻ることに決めたわけ? ただ、お母さまをエスコートするという理由だけで?」

「彼は立派な紳士ですからね。まあ、あなたが求婚を受け入れる用意ができたからには、すぐに訪問したほうがいいとわたしが言ったのが大きな要因にはなったかもね」

「そんなことを彼に言ったの？」マデレンは愕然とした。「お母さま、どうしてそんなことが言えたの？」

「もう充分すぎるほど考える時間があったでしょう、マデレン。離れていたからといって、より心が近づくわけでもあるまいし。彼の申し込みを受けて早く結婚しなさい。のちのちわたしに感謝することになりますよ」玄関広間を通り抜け、みんながいる客間に入ったとたんに、ミセス・アサートンが声をあげて呼びかけた。「わたしの孫にはいつ会えるんです？」

夕食時の話題はオークリー卿とミセス・アサートンの旅行の逸話に終始した。どの話もおもしろく、なかには腹を抱えて笑うような話もあったが、マデレンにとって、その会話に集中するのは不可能だった。

夏のあいだずっと、ソーンダーズ卿に惹かれる気持ちにとらわれて、オークリーのことはほとんど考えなかった――それについては多少罪の意識を感じている。現実に彼がここにいて、隣に坐っているのがまだ信じられないほどだ。母によれば、マデレンが求婚を受ける用意があると聞いたから、わざわざここまで来たらしい。

列車に乗り、避けられない終着点に向けて猛スピードで線路を突っ走っているような気がした。ソーンダーズ卿を愛したけれど、彼との関係はそもそも起こるはずがなかったこと。

最初からずっとオークリー卿と結婚するはずだった。そもそもマデレンがコーンウォールへ来ること自体がないはずだった。

　マデレンのとりとめない思いにオークリーの声が少しずつ染みこんできた。「イタリアで訪れた都市のなかでは」彼がグラスのワインをまわしながら言っている。「ヴェネチアが気に入りましたね。古い建物がすべてすばらしかった。とくに聖マルコ大聖堂。記憶に刻まれましたよ」

「トーマスとわたしはハネムーンでイタリアに行きましたわ」アレクサンドラが熱心にうなずいた。「ヴェネチアでゴンドラに乗ったのが忘れられません。とてもロマンティックでした」

「しかし残念ながら、一緒に乗る人がいなければロマンティックではない」オークリーがマデレンのほうを向いた。「遠からずいつか、あなたと一緒に月明かりの下で運河を渡れることを期待していますよ」

　彼の感傷的な言葉に同意できればいいのにとマデレンは願った。必死に返事を模索する。

「フィレンツェにも行かれましたか？」

「ええ、美しい街だ」

「ぼくはフィレンツェで絵の勉強をしていた」従者が銀の盆に載せたローストポテトを供するのを待ちながら、トーマスが言う。「ミケランジェロのダビデを初めて見た時に感じた畏敬の念は一生忘れないだろう」

「不要になったただの大理石の塊から、あれほどすばらしい銅像を彫ったと思うと信じられないわ」アレクサンドラも言った。

「三十年前に、イタリアの大公がヴィクトリア女王にダビデの複製を進呈したんですよ」ミセス・アサートンがふんと鼻を鳴らす。「女王は裸体像ということで非常に気分を害されて、慎みのために、石膏製の葉の作成を依頼したそうですよ」

オークリーがうなずいた。「それは正しいことだ」

マデレンは彼を凝視した。「正しいこと？　なぜそんなことを言えるんですか、侯爵さま？　ダビデは芸術品なのに」

「それはそうだ」オークリーが同意する。「しかし、異なる鑑賞者を生みだすことになる。ぼくが見た日にも、三人もの貴婦人が像を眺めたとたんに失神し――ひとりはぼくの腕のなかに倒れてきましたよ」

食卓を囲んだ人々から笑いが湧きおこった。マデレンは笑うふりをしたが、実際は少しも笑う気持ちにならなかった。

夕食後、全員が客間に移ってお茶を飲んでいると、唐突な感じでトーマスとアレクサンドラが息子の世話をするために呼ばれ、ミセス・アサートンも疲れたから寝室に行くと言って席を立った。

「ぼくたちをふたりきりにするために巧妙に計画された口実かな？」オークリーがソファでマデレンの横に坐ったまま、おもしろがっているようにマデレンに訊ねる。

マデレンの鼓動が速まったが、それは期待というより不安のせいだった。「そうだと思います」

「非常に親切なことだ。それに大変ありがたい」オークリーがマデレンに優しくほほえみかけた。「ミス・アサートン、二カ月も離れていて、戻ってきたばかりだとわかっている。こんな話をするのは性急すぎるかもしれないが、こんないい機会はもうないかもしれないから」息を吸いこむ。「まず、ぼくたちのあいだに誤解がないことを確かめたい。ぼくのコーンウォールに来た理由について、あなたの母上の説明で、あなたが誤解したかもしれないと思う」

「まあ？」マデレンは膝に目を落とした。

「もちろん、母上がひとりで旅をするのがよくないと思ったのは事実だが、同行したいもっと重大な理由があった」マデレンの両手を取る。そして、心からの感情がこもっているように聞こえる声で言った。「パリであなたの母上にお会いした時、ぼくの申し込みについて、あなたが決断したと言われた。ぼくを地球上でもっとも幸せな男にしてくれる決心をしたと」

マデレンは目をあげた。彼の瞳は穏やかな愛情をたたえている。マデレンの心臓がどきどき鳴った。どう答えるべきだろう？　自分はオークリー卿をすばらしい人だと思っている。彼はとても忍耐強かった。すでに二カ月も待たせている。しかも、彼はマデレンに会うためにヨーロッパ旅行を切りあげた。つまり、自分には、彼に対してイエスと言う義理がある。

何カ月も前に、オークリー卿を愛せるかどうかわからないと告白した時に母が言った言葉をマデレンは思いだした。そんな特別に考えることはありません。結婚してから愛することを学べばいいんですよ。わたしもそうでした。財産がある女性はみんなそうするんです。もしかしたら、それが真実なのかも。もしかしたら、オークリー卿を愛することを学べるかも。

彼の申し込みを受けて早く結婚しなさい。のちのちわたしに感謝することになりますよ。しかし、マデレンが答えを思いつく前に、オークリーがかがんでほんの一瞬唇をマデレンの唇にそっと押しあてると、笑みを浮かべて宣言した。「とうとう話がまとまって非常に嬉しい。一緒にすばらしい人生を送ろう、大切なマデレン。心からあなたを愛している。母も、結婚式の手はずについて話し合うのを心待ちにしている」

マデレンの頭のなかをさまざまな思いが渦巻いた。いったいなにが起こってしまったの？自分は彼の申し込みを承諾したの？　オークリー卿と婚約したということ？　彼はわたしにキスをしてマデレンと呼んだ。婚約したカップルにしか許されない馴れ馴れしさだ。募る狼狽と深い失望感。ふたつの感情がマデレンのなかで激しくせめぎ合った。

「しかし、その前に」オークリー卿が言葉を継ぐ。「ぼくは怠慢のそしりを免れない。食事の時に自分の旅行のことばかり話していた。きみのことを話してくれ。ぼくがいないあいだに、なにをしていたんだい？」

マデレンはなんとか声を探しだした。「ええ、そうね。忙しかったわ。大半はトレヴェリアンマナーで過ごしていたし」そしてソーンダーズ卿とキスをした。二度も。耳がかっと熱くなる。いまされたオークリー卿のキスはとても礼儀正しくて、ためらいがちだった。マデレンはなにも……感じなかった。あのキスと、ソーンダーズ卿と分かち合ったキスの違いが極端すぎて、とても受け入れられない。

「トレヴェリアンマナー？」オークリーが訊ねた。「どこのことだ？」

「ここから八キロほどの場所。トレヴェリアン侯爵ジョージ・グレイソンのお屋敷ですわ」

「ああ、そうか。長男のチャールズ・グレイソンは学校の友人だった。非常に優秀なやつだ。再会するのが楽しみだな。しかし、なぜきみがそこに？」

「滞在しているいとこの女性が話し相手を必要としていたからです。ほかには、この夏はずっと書いていました」

「書く？　ああ、母も言っていた。女性にとって、手紙を書くのはいい気晴らしだと」

「手紙はあまり書きません。書いたのは劇ですわ。それと、自分の本を仕上げました」

「きみの本？」

「前にお話しした小説です」

「小説？」その言葉を、彼はまるで酸っぱいレモンを囓《かじ》ったかのように発音した。

「ええ、申しあげたでしょう？　そしてあなたは――」

「しかし、それを全部終えたわけだね？」彼がせっかちに言う。

「終えた？　いいえ、違います。出版できるように、これから推敲を重ねるんです」

「出版？」オークリーの唇から笑いが漏れた。「侯爵夫人として、そして未来の公爵夫人として、小説の出版など考えてもいけないことはわかっているはずだ。そうしたことはやらない」

「やらない？」ハットフィールドパークでマデレンがこの願望について話した時は、完全に受け入れた様子だったが、実は聞いてもいなかったということがいまになってわかった。

「女性が手紙と日記を書くのは適切であり、許容できる」オークリーがさらに言う。「しかし、小説を書く？　母には絶対に聞かせられない。それに人々がなんと思うか」

母には絶対に聞かせられない。彼が母親について言ったのは、この数分で三度目だ。彼の考えのほとんどは母親の意見であることに、マデレンはこれまで気づいていなかった。

彼が話し続けるあいだ、マデレンの頭は回転し続けた。オークリー卿は家柄がよく、欠点を補うほどの教養がある。財産との結婚を必要としているが、選ぼうと思えば、彼との結婚を望む資産家令嬢はいくらでもいる。彼はマデレンを愛していると言ったが、それは真実ではないだろう。なぜなら、彼はマデレンを理解せず、マデレンにとってなにが大切かを気にしてもいない。さらに重要なことは、自分が彼を愛していないことだとマデレンは気づいた。初対面の時に彼に対して感じた愛情は、存在したとしても淡いもの。そして一時的なもの。本物の火花が散ったことは一度もなかった。それこそが、二カ月前に彼に返事ができなかった理由だとやっとわかった。

その後、マデレンは真の愛がなにかを知った。ソーンダーズ卿を愛した。彼とは結婚できないけれど、いつの日か、いまは想像することも難しいけれど、だれかほかの男性にそういう感情を抱くかもしれない。その日が来るまで、来るかどうかわからないけれど、待つしかない。

「いずれにせよ、そんなことにふけっている暇はないよ、愛する人」オークリー卿が言う。「ロンドンの屋敷と田舎の邸宅の両方を管理しなければならない。子どもを育て、多くの時間を慈善活動に捧げることになる。充分に忙しいはずだ」

「おっしゃるとおりですわ、侯爵さま」マデレンは言い、目をあげて彼を見つめた。「そうしたすべてのことで、女性はとても忙しいでしょう。そして、世の中のほとんどの女性にはそれで充分でしょう。でも、わたしには充分ではないんです」

オークリー卿はマデレンの決断に失望を隠さなかったが、彼の名誉のために言えば、非常に紳士的だった。翌日の早朝、家じゅうが起きだす前にポルペランハウスを出発したのだ。朝になって階下におりていき、オークリーが発ったと聞かされたマデレンは安堵のため息を漏らした。この決断がどれほど重荷になっていたか、自分でも理解していなかった。この何カ月かで初めて、マデレンは心からのやすらぎに満たされた。

しかしながら、そのやすらぎはつかの間だとわかっている。もうすぐ母が階段をおりてくるだろう。娘が未来の公爵夫人になるという期待に胸を膨らませて。

母の激怒を受けとめることはできない。少なくとも、けさはまだ無理。逃げだす必要がある。

　でも、どこに行けるだろう？　どんな言い訳でこの屋敷を離れられるだろう？　突然答えが浮かんだ——ひとっ走りしてこなければならない用事がある。それを片づけるのに、けさほどいい機会はないだろう。

　速足で馬を走らせていると、朝のそよ風がマデレンの髪をはためかせた。乗っているブラックシャドウはポルペランハウスの厩舎の馬のなかでも一番のお気に入りで、マデレンはこのおとなしい牝馬に前にも何度か乗っていた。

　トレヴェリアンマナーへの訪問は短くすると決めていた。緑色のシルクで作られた夏用の乗馬服を着ているが、社交的な訪問でないから許されるだろう。目的は、あの舞踏会の夜に急いで出発したせいで忘れてきてしまった原稿を回収すること。

　ほんの数分でも、ソフィやほかの家族にまた会えるのは嬉しい。甥のことを少し話し、近いうちにまた来ると約束してすぐに帰ればいい。オークリー卿の名前が話題にのぼらないうちに。もしもソーンダーズ卿がいたら……。

　マデレンはソーンダーズ卿が家にいないことを願った。彼がいなければ、すべてがずっと簡単にすむ。マナーハウスに近づくと、厩舎の世話係の少年が現れた。

「数分だけで、すぐに帰るから」マデレンは馬からおりながら少年に言い、手綱を渡した。

「水を与えて、すぐに戻ってきてくれたら、とてもありがたいわ」

　少年はうなずき、馬を引いていった。マデレンは乗馬服のスカートの重ね部分の長い裾をたぐって持ちあげ、つまずかないようにボタンで留めた。玄関に近づくと、ノックする前にウッドソンが扉を開けてくれた。

「ミス・アサートン。お目にかかれて嬉しく存じます」そう言いながらうしろにさがり、マデレンをなかに通す。

「わたしもよ、ウッドソン」玄関広間はしんと静まりかえっていた。「侯爵ご夫妻はご在宅ですか？」

「残念ながら出かけています。ご家族でセントオーステルの友人のところへ」

「まあ」マデレンはがっかりした。コーンウォールに着いた初日のような気分になった。「わたしには、不在の知人を訪ねるという悪い癖があるみたい」

「がっかりなさらないでください。また別な日にいつでもいらっしゃれるのですから」ウッドソンが慎重にマデレンを眺めた。「こちらにいらした理由は社交的な訪問でないと思ってよろしいでしょうか？　もしかして……前にいらした時に残していかれたものを取りにいらしたかと」

マデレンはにっこりした。「どうしてわかるの、ウッドソン？」ばかげた質問だ。ウッドソンはいつでもなんでも知っている。

「女中が掃除の時に書き物机の引きだしから原稿を見つけて、わたしのところに持ってきたので」

「では、あなたが持っているのね」

「いいえ、わたしは持っておりません」

「ではどこに？」

「閣下がお持ちです」

「トレヴェリアン卿が？」侯爵があの原稿を見て、読んだかもしれないと思うと多少の不安は禁じ得ない。

「いいえ、ソーンダーズ卿です」

マデレンの心臓がときめいた。「ソーンダーズ卿？」

「二日前にお出かけになる時、一緒に持って出られました。あなたにお返しするつもりだったと思いますが。まだお返ししていないのですね？」

「ええ、まだだわ」マデレンの脈拍がどきどきと打ち始めた。すでに二日間もソーンダーズ卿がわたしの原稿を持っている？「ウッドソン、ソーンダーズ卿がどこにいらっしゃるか知ってる？」

「存じております」ウッドソンが青い瞳がきらめかせてマデレンにほほえみかけた。「トルロでございます」

マデレンが馬を走らせていると、黒雲がたれこめてきた。残念なこと、とマデレンは思った。この二週間、ずっと晴れて暖かい日が続いていたのに。よりにもよって、遠出をしたきょうにかぎって、天候が変わるなんて。

空を見あげ、雨が降ってくる前に、ソーンダーズ卿の作業場から原稿を回収してポルペランハウスに戻れるだろうと見積もった。しかし、目的地まであと一キロ弱のところで、最初の雨粒が落ちてきた。すぐに本格的な雨がやってくるだろう。

冬用の乗馬服を着てくればよかった。あれならば、ウール地だから、この軽い夏用の服よりは、はるかによく雨から守ってくれただろう。古い納屋が見えた時には、帽子の縁から雨が絶え間なくしたたり、顔と髪もすっかり濡れて、何枚も重なった衣類のなかまで湿気が染みこんでいた。

古い納屋の煙突から煙が立ちのぼっている。厩舎にはテスラの姿が見えた。マデレンはため息をついた。この夏、馬に乗っていて嵐につかまったのはこれで二度目。しかも、二度目の今回は、骨の髄まで濡れそぼった姿をソーンダーズ卿に見せることになる。隣の農家を見やったが、まったく知らない人々に迷惑をかけるのはしのびない。とくにいまの状態では。用事を諦めて、ポルペランハウスに戻ることも考えたが、すでに濡れそぼち、体が冷えて震え始めている。

馬を速足で走らせて納屋の前まで来ると、マデレンは馬をおりて扉をノックした。優に一分は過ぎたように感じた時、よくやく扉が勢いよく開いた。

「どうした？」ソーンダーズ卿が不機嫌な声で言う。しかし、マデレンを見たとたん、その苛立ちは一瞬で消滅した。「ミス・アサートン。失礼した」雨で濡れた状況を理解すると、ブラックシャドウに目をやった。「どうか入っていてくれ。ぼくはきみの馬を厩舎に入れてくる」

24

滝のように雨が降るなか、チャールズは厩舎から納屋に走って戻ってきた。

彼女がなぜここにやってきたかは見当がついていた。原稿だ。

ミス・アサートンが彼の作業場のなかにいて、ひとりで彼を待っていると考えただけで、雨と同じくらい激しく心臓が高鳴っている。

なにも変わっていない。自分はいまもソフィとの約束に縛られている。しかし、その事実もこの女性を望む気持ちを止めることはできない。間違ったこととわかっていても。

そしていま、彼女がここにいる。このひどい雨が通り抜けるのを待つあいだ、しばらくとどまることになるだろう。まさに、彼女に触れないという彼の意志の固さを試すテストになりそうだ。キスをしたことですでに一度屈しているが、今回はそうはいかない。

「大丈夫だ」彼は納屋に戻り、ブーツの泥を表の入り口の内側に敷いたマットで拭いながら言った。「きみの馬は餌をやって、安全に厩舎に入れてきた」

「どうもありがとうございます」ミス・アサートンは帽子と革の長手袋を脱ぎ、だるまストーブの前に立って、両手を火にかざしていた。身につけているしつらえの乗馬服の上着と長いスカートは、夏用のシルクの生地でできているようだ。「ひどい雨のなかを外に出ていかなければならなくて、申しわけありませんでした」

「きみこそ、雨に降られてしまって気の毒だった」チャールズはそばの洗面台から小さなタオルを二枚取り、部屋を突っ切ってミス・アサートンに渡した。彼女がまた礼を言った。彼女が顔と髪にそのタオルで拭いているあいだに、彼も一枚使って濡れた髪を乾かした。ミス・アサートンは身を震わせている。「ご迷惑をかけて申しわけありません」

「いや、全然迷惑じゃない。どんな時でも、きみに会えるのは嬉しい」そう答えながら、濡れたシャツを脱ごうとボタンをはずし始める。

ミス・アサートンが彼をちらりと見やった。意図を探るかのように、視線が彼の指の動きに釘づけになる。「わたし……その……原稿を取りにマナーハウスにうかがったんです。原稿は見つかったけれど、いまはあなたが持っているはずだとウッドソンに言われたので」

「ああ、持っている」チャールズは申しわけなさそうに言った。「すぐに返さねばいけなかったが、忙しくて行けなくてね。すまなかった。それにしても、すっかり濡れてしまった」シャツを脱ぎ、ストーブのうしろに物干し用に張ってある紐にかけると、彼女のほうに振り返った。彼を凝視している様子から、男の裸の胸をこれまで見たことがないらしい。

「きみもだろう」つけ加える。「すっかり濡れたという意味だが」

彼女のスカートが濡れて張りつき、股のV字にいたるまで脚の輪郭がはっきり浮きでている。それを見ただけで、チャールズの全身を血が駆けめぐった。なんてこった。姿を見ただけで張りつめるとは。彼女は気づいただろうか？

ミス・アサートンの視線が下におりていく。目が大きく見開かれている。くそっ。彼女はすでに気づいている。頬がかっと熱くなった。「毛布を取ってこよう」

つかの間の逃避に感謝しつつ二階に駆けのぼりながら、いきり立っている部分に無言のメッセージを送った。おまえ、落ち着け。ある程度戻ったことを確認してから、ベッドのキルトを二枚取って下におりていき、彼女が髪をほどいていることに気づいた。階段の下で立ちどまり、残りの数本のピンを抜くのを眺める。頭をさっと振ると、長い髪が落ちて肩にかかった。チャールズは息を呑んだ。長い髪をおろしている姿は一度しか見ていない。キッチンで小宴会をした夜だ。

キスをした記憶がまたよみがえり、いま収めたばかりの身体的興奮状態が復活しそうになる。くそっ。これではどうしようもない。チャールズは咳払いをして自分がいることを知らせてから、彼女のほうに近づいていった。

「不快に思われたらごめんなさい。ストーブの前で髪だけでも乾かそうと思って」

「遠慮なく乾かしてくれ」首から下もぐっしょり濡れている。「濡れた服も脱ぐべきだと思う」いまのは、自分が声に出して言ったのか？

ミス・アサートンが彼をまっすぐに見て、からかうような笑みを浮かべた。「伯爵さま、それができないことは、よくご存じのはずですが」

チャールズも低い笑い声を立てた。「だが、上着の下にブラウスを着ているだろう？」神に逆らい地獄に落ちるとわかっていても、彼はミス・アサートンが上着を脱ぐのを見たかった。ブラウスも。そしてほかのものすべてを。

「もちろん着ています」

「ブラウス姿で客をもてなすことはあると思うが」

彼女はためらい、それから肩をすくめた。「たしかにそうですね」少し向きを変え、濡れた乗馬服の上着のボタンをはずして脱ぐと、それを彼に渡した。

チャールズはそれを自分のシャツの隣にかけて振り返り、そして凍りついた。

白いブラウスがこれほど濡れて、ほぼ全部透けている状態とは思いもしなかった。この事実をミス・アサートンは気づいていないらしい。チャールズは見ないように努力したが、それはどだい無理な話だった。薄い生地を通して、ほっそりしたウエストの輪郭を描くコルセットとシュミーズ、そしてクリーム色の胸の丸みがはっきり見えた。コルセットの下はいまなおスカートが脚に張りついている……ああ、どれほどその脚をじかに見たかったことだろう。ミス・アサートンが一糸まとわずに彼の前に立っている姿が脳裏に浮かぶ。ああ、それが現実ならいいのに。

チャールズはつばを飲みこんだ。彼の思考の方向をミス・アサートンに知られてもなんの役にも立たない。とはいえ、これほど濡れた服を着ているのは彼女の健康のためによくない。次のように言うのはそれが理由だと、チャールズは自分に言い聞かせた。正当な理由だ。

「間違っていたら正してほしいが、そのスカートの下に乗馬用のズボンを穿いているだろう？」

「ええ」ミス・アサートンが笑うような声を立てた。「でも、あなたの作業場をズボンで歩きまわるわけにはいきません」

「男は日々そうしているが」彼は言い返した。

「わたしは男ではありませんもの」

「ああ。しかし、数週間前にその姿で舞台を歩きまわっていた」

その言葉にミス・アサートンはひるんだようだった。「たしかにそうですわ」

チャールズは火を掻きたて、ふたたび股間でくすぶり始めた炎のほうは無視しようとした。

「違いはないと思うが?」

彼女の顔にさまざまな表情が次々と浮かんでは消えた。なにを考えているか推測できる。あれは舞台用の衣装で、あそこにはたくさんの人々がいた。ここはふたりだけ。適切と言えるだろうか?

彼女は正しい。衣類はできるだけ脱がないほうがいい。「気にしないでくれ」チャールズは唐突に動き、ミス・アサートンに毛布のうちの一枚を渡した。「これで体をくるんだらいい。少しは暖かくなるだろう。そのあいだにぼくはお茶を入れてくる」

「ご自分でお茶を入れられるのですか?」彼女が驚いたように言う。

「必要に迫られれば、なんでもできるようになる」チャールズが台に置いた水差しからヤカンに水を注ぎ、紅茶の箱とティーポットを探していると、背後で布地がさらさらと鳴る音が聞こえた。振り返ると、驚いたことにミス・アサートンが濡れたスカートから一歩足を踏みだしたところだった。危うくヤカンを落としそうになる。スカートと同じくらい濡れた乗馬用のズボンが、あらゆる曲線をくっきり見せていたからだ。

ミス・アサートンが長いスカートを物干し綱に干すのを見ているだけで、このまま部屋を横切って彼女を抱き締め、豊満で女らしい曲線を自分の体に感じたいという願望に打ち負かされそうになった。

いったいどうすれば、彼女に触れずにこれからの一時間か二時間をしのげるだろう？　頭がおかしくなってしまうに違いない。


ソーンダーズ卿が部屋の向こうからじっと見ている。彼の視線がとどまっているのは……紳士の視線がとどまってはいけない場所だ。熱を帯びた表情に見つめられて、マデレンのなかにも熱い反応が生じ、火花が立ちのぼって頰がかっと熱くなる。

心臓がまたどきどきと打ち始めた。ソーンダーズ卿にズボン姿を見られてもまったく問題ないと判断したはずだ。以前にも彼は見ているのだから。マデレンが舞台で男性の衣装を着た時も、とくに問題視した人はいないように思えた。しかし、いまの彼の反応を見ると、自分の決断に疑念を持たざるを得ない。

どうにかして、空気を震わすようなこの無言の緊張を破る必要がある。

マデレンは彼がくれた毛布を広げて自分に巻きつけ、首からつま先まで全身を隠した。さあ、これで少しいい。ズボンとブラウスも濡れているが、もちろんそれを脱ぐわけにはいかない。ストーブのそばに立って自分を包みこむ熱をできるだけ吸収しようとする。そしてバラ色に染まった頰を、彼がその熱のせいと思ってくれるよう願った。

ソーンダーズはストーブの上にヤカンを載せてから、そばのテーブルの椅子二脚をまわして、ストーブに向けて置いた。

「ありがとう」マデレンは言った。

彼は感謝の言葉に対して軽くうなずいたが、目の表情からうわの空なのがよくわかった。

マデレンは椅子に坐った。心臓はまだどきどき鳴っている。短いブーツのなかも、柔らかい革を通して雨がなかまで染みこんでいた。「靴を脱いでもかまわないでしょうか？」

「スキャンダラスだときみが思わないなら、全然かまわない」彼が冗談めかして答える。

マデレンは笑いをこらえながらブーツを脱いで、少しでも乾くようにストーブの前に置き、ストッキングを履いた足をストーブに向けて伸ばした。

「少しはくつろいだかな？」彼が訊ねる。

「ええ、ありがとう」マデレンはもう一度言った。真実を言えば、少しもくつろいでいなかった。まだ濡れた服を着ているとか、毛布の下は服を半分脱いでいるというだけでなく、また彼とふたりきりになっているからで、その状況には二度とならないと自分に約束したことだ。

彼が最初にシャツを脱いだ時、少なからず衝撃を受けた。ウエストから上が裸の男性は以前にたくさん——拳闘家や泳いでいる男性やサーカスの超人——見たことがあり、それでもなにも思わなかった。でも、上半身裸の男性とふたりきりでいるのは初めてだった。しかも、この男性の裸の胸を見たのも初めて。それは美しいとしか言いようがなかった。すべてが硬く男らしい曲線、そこに手を伸ばして触れたくてたまらない。胸の上部を薄く覆う茶色い毛、毛の狭い道が引き締まったみぞおちを過ぎておりていきズボンのウエストに消えている。

彼のズボンも雨が濡れて体に張りつき、すべての輪郭をあらわにしていた。筋肉や腱……そしてほかのところも。マデレンの体の内側がまたかっと熱くなり、その熱が今回は両脚のあいだになにか足りないような感覚を引きおこした。額に軽くかかる濡れた髪、ハンサムな容貌とはっとするほど印象的なハシバミ色の瞳、ぴったりしたズボンのなかで存在を誇示している力強く引き締まった太腿と張りつめた男性のもの。まるで彼がマタタビで、ネコのわたしが狙いをつけているかのよう。

マデレンは思いが脱線する自分を叱り、彼の顔と体から目を離そうと努力した。彼自身のことだけを考えなさい。それこそあなたが彼を愛している理由なのだから。

マデレンは深く息を吸いこみ、周囲に目をやって、張りつめている緊張を和らげる話題を見つけようとした。「あの」口を開く。「発明は進展しましたか？」

「電池は以前よりも五分以上長く保つようになった」彼が言い、冗談めかしてつけ加えた。「やったぞ！」

「正しい道への第一歩を踏みだしたんですね」

「ゆっくりした道だが」ソーンダーズがテーブルにカップを二つ置き、ティーポットに茶の葉を入れた。

「タイプライターのほうは？」

「きみの意見を取り入れてみた。キーを打った時にその字が打ち手に見えるように、新しい形のタイプバーを作成しているところだ。まだ初歩の段階だが、うまくいくのではないかと期待している」

「どちらも成功すると信じていますわ」

「信任投票だな。ありがたい」

マデレンは最初に来た時に見た裸の女性のはがきがどの作業台にも置いていないことに気づいた。

「フランスの絵はがきはどうなさったのですか？」マデレンは衝動的に訊ねて、すぐに訊ねなければよかったと思った。彼はその質問に当惑した様子だった。

「あれは……しまった」顔を赤くする。「いつ来客があるともわからないから」

その答えにマデレンは思わず笑った。「そうですね」それからもうひとつ訊ねた。「きょう、ご家族はセントオーステルに行かれているとウッドソンに聞きました」

「そうなのか？　何日も家に戻っていないので知らなかった」

「お出かけになったということは、お父さまの具合が前よりよいということですか？」

「そうだ」ソーンダーズが二枚目の毛布を開いて自分の肩に巻きつけ、マデレンの隣の椅子に腰をおろした。「この二週間ほどで劇的に改善した。父は認めたくないようだが、新しい食餌療法は非常に効果があるようだ。家族はみんな、きみに深く感謝している。いつか、きみがしてくれたことに、父が感謝を表明する日が来ればいいと思っている」

「わたしがしたことはほんのわずかです。でもそれがそんなにいい結果になるとは、ほんとに嬉しいですわ」

「ぼくたちも喜んでいる」

マデレンはほほえみ、それから言った。「改めて、こんなふうにお邪魔したことをお詫びします。わたしの原稿を持っているとおっしゃいましたね？」

「そうだ。二階にある。気を悪くしないでくれればありがたい。好奇心に負けて、読ませてもらった」

「そうなんですか？」マデレンはまた落ち着かない気分になったが、それでも訊ねずにはいられなかった。「どう思われましたか？」

「すばらしい本だ、ミス・アサートン。断言できる」

「まあ」喜びと安堵が入り交じったため息とともに、そのひと言が口から漏れた。「それは、気に入ってくださったということ？」

「非常に気に入った。最初のページから話に引きこまれたよ。途中でやめられずに、きのうから読んで、ミセス・スミスが置いていってくれた食事を食べるのも危うく忘れるところだった。きょうも起きてからずっと読んで、ちょうどきみが来た時に読み終えたところだった。戸口に出た時にぶっきらぼうだったのはそのせいだ。没頭していたので、最後の一文を読み終えるまで邪魔されたくなかった」

マデレンはその言葉に感激し、答えることもできないほどだった。「なんて嬉しいんでしょう。自分以外であの本を読んでもらったのはあなたが初めてだから」

「それは光栄だ」ヤカンのお湯が沸騰した。彼はヤカンを取ってティーポットに注ぎながら、言葉を継いだ。「きみは言葉に……なんと言うか、魅力を吹きこむすべを知っている。読んでいて、ぼくはきみが描いている場所場所に実際に立っているような感覚を覚えた。登場人物もすばらしい。全員が実在しているように思えて、それぞれが出す正しい結論も間違った結論もどれも納得できた」

「まあ」マデレンはまたため息をついた。「ありがとう、伯爵さま。なんてご親切な言葉でしょう」

茶葉を蒸らすためにティーポットは置いたままにして、彼はまた椅子に坐った。「正直な感想を述べたまでだ」

「あなたが思っている以上に嬉しいことなんです。出版社に認められる可能性はあると思いますか？」

「もちろんだ。契約する出版社のほうが幸運と言うべきだろう」

面倒な考えがふと浮かぶ。「あなたが親切すぎて、わたしの気持ちを傷つけたくないだけでは？」

「そんなことはまったくない。出版業界の仕事はしたことがなくても、いい作品は読めばわかる。それに、あの本は男性には書けない。仮に書いたとしても、あの作品には遠く及ばないだろう」

「本当に？　あなたがそんなことを言うんですか？」

彼はマデレンの皮肉っぽい口調に、少し恥ずかしげにうなずいた。「きみが正しかった。コーンウォールに到着した日に、馬車のなかで言ったことだが。きみは、女性も男性と同じくらい優秀で、時には女性のほうが優秀なこともあると言った。ぼくは女性が大学に進学することの意味に疑問を呈した。だがきみは、ぼくの考えがどれほど間違っていたかを示してくれた。きみがなにをできるか、この目で見て、やっと理解できたよ、ミス・アサートン。男性ができることはすべて、女性もできる。機会さえあれば、もっとよくできるかもしれない」

マデレンは顔に笑みが広がるのを感じた。「その言葉を聞いて、わたしがどれほど嬉しいか、あなたは想像もできないでしょう。ほかの男性もあなたと同じように感じてくれればいいのに」

「きみはさまざまなことが変わると言った。やがてそうなるだろう」

「そう願いますわ」マデレンはためらった。「生意気に聞こえる危険を冒して、もうひとつ質問していいでしょうか？」

「なんでも聞いてくれ」

「女性だけがこの小説を書けるという意味のことをおっしゃいました。その著者が貴族社会の一員であったら——公爵夫人とか——、あなたはどう考えますか？」

彼はこの質問がどの方向に向かうかわかっているというように、くすくす笑った。「その公爵は非常に才能ある妻を持って幸運だと思うだろう」

「公爵夫人が小説を書くのを醜聞だと思わないですか?」

「それはない」

マデレンは長いため息をついた。その答えこそ、ふたりが共有する絆の存在を裏づけであり、自分がこの男性をこれほど大切に感じている理由だった。

ソーンダーズは椅子の背にもたれた。「当ててみようか。きみが訊ねているのは、きみが書いていることを彼が知った時にどう考えるか心配だからだろう」

「いいえ、それに関する心配はもうすみました。オークリー卿は全部ご存じですわ。昨晩、その件についての意見を伝えてくれましたから」

「昨晩? しかしどうやって? 彼は国外にいると思っていたが」

「突然、わたしの母に同行してヨーロッパから戻ってこられたんです。母から、わたしが彼の求婚を受ける用意があると聞かされたせいですわ」

よほど驚いたのか、ソーンダーズが口をぽかんと開けた。そして閉じた。「それで……きみは……用意できていたのか?」

「お受けできないとわかりました」

彼がゆっくりうなずいた。彼の目に安堵の表情が浮かんだのを見たとマデレンは思った。でも、そんなことはないはずだ。彼はソフィと結婚するのだから。マデレンがだれと結婚しようが、結婚しなかろうが、気にかけるはずないでしょう？

「なぜ受けられないのか、聞いていいだろうか？」

マデレンは毛布をつかんでいる自分の両手をじっと見おろした。なぜなら彼を愛していないから。そう言いたかった。なぜならあなたを愛しているから。でも、どうしてそんなことが言えようか。彼に罪悪感を抱かせるだけ、あるいは、マデレンと結婚できない数多くの理由を並べさせるだけ。「理由はいくつもありますが」ようやく言った。「そのひとつは、小説を書く妻を是認しないと彼がはっきり宣言したことです。そんなことにふけっている暇はない、と彼は言いました。未来の公爵夫人はそんなことはやらないと」

「残念だ」ソーンダーズ卿はそう言いながら、マデレンのほうに向き直った。ふたりの椅子がとても近かったせいで、彼の太腿がなにげなくマデレンの太腿にぶつかった。重ね合わせた毛布と衣類がふたりを隔てているにもかかわらず、その接触の衝撃はマデレンの体をいっきに貫いた。彼も感じたに違いない。先ほどのうわの空のような表情が戻ってきて、脚を注意深くずらしたからだ。

マデレンの心臓がどきどきし始めた。外の石を叩く雨音に合わせるように激しく打ち鳴る。少し前までふたりの太腿が触れていて、いまはぽっかり空いてしまった場所を眺めながら、マデレンはもう一度彼の硬い脚の重みを感じたいと願った。

正直に言えば、太腿の圧力以上のものを感じたいと思っている。彼が立ちあがって両腕で抱き寄せてくれることを願っている。もう一度キスしてほしいと。いいえ、今回だけは、キス以上のものがほしいと。

ふたりを隔てている衣類すべてから解き放ってほしかった。彼の両手と唇を胸に、そしてすべての場所に感じて、この体の内側の欲する感覚を満たしてほしかった。

自分はこの男性を愛している。結婚はできないけれど、だからといって愛することはやめられない。彼を欲することも。彼を望むのは間違ったことだとわかっている。それでもやはり望んでいる。今回だけ。だれも知ることはない。

「オークリーは愚かだ」ソーンダーズが言った。

「彼が愚かだとは思いません」マデレンはごくりとつばを飲みこみ、顔をあげて彼と目を合わせた。「わたしには合わない方だっただけ」


三つの思いが脳裏に浮かび、チャールズは息を呑んだ。

ひとつ、オークリーは愚か者だ。この女性のすばらしさをわかっていない。美しい顔立ちや完璧な肢体だけではない。知性と精神がすばらしい。この女性はすべての面で並はずれている。オークリーは希有な宝石を失った。

ふたつ、彼女はオークリーに対する義務から解放された。

みっつ、彼女は彼を望んでいる。

彼を見つめる瞳の青い深みのなかに、隠しようのない感情が見えている。愛情と切望が入り混じったその強い感情に、チャールズの心臓は野ウサギのように駆けめぐり、必死に抑えてきた体の一部がふたたび頭をもたげて張りつめた。

過去にキスをした時の彼女の熱い反応から、自分が感じているのと同じくらい、彼女も彼に惹かれていることはわかっている。あの晩キッチンでもそう言われた。わたしもあなたのことを同じように感じています。しかし、そう言われた時にチャールズは自分の立場を説明した。ふたりは二度とこの衝動に従って行動すべきでないことで同意した。契約を交わした。欺瞞に満ちた契約なんてくそくらえだ。同意しなければよかったと心から思う。体の全細胞が彼女とのキスを望んでいる。キス以上のことを。ベッドに運んでいって愛し合いたかった。

絶対に考えるな、警告の声がする。それができないことはわかっているはずだ。

心のなかでその言葉を自分に繰り返し、立ちあがって部屋の向こうに行き、ふたりのあいだに距離を取るだけの意志を掻き集めようと必死になった。

しかし、彼女の瞳に浮かぶ表情を無視することはできない。彼女も彼を望んでいる。

そして、彼が行動に出る前に、彼女が前のめりになって唇を彼の唇に押しあてた。

25

チャールズは小さく息を吸いこんだ。それから、みずからを抑えられず、両手をあげて彼女の顔を挟み、感情をこめてキスを返した。

ふたりの毛布が両方とも床に落ちた。ふたり同時に立ちあがり、チャールズが彼女を抱き寄せて片手を頭のうしろに当て、もう一方の手を背中とその下の滑らかな曲線に這わせた。これは間違っている。絶対に間違っている。しかし、あまりの甘美さに熱狂し、もはや抗することはできなかった。彼女の唇が進んで開き、舌が彼の舌に触れて愛撫する。ああ神さま、なんと甘いんだ。

彼女が両手を彼の肩にかけてさらに強く引き寄せ、彼の硬くなったものに柔らかな体を押しつけた。小さくあえぎ声を漏らしたのは、彼の興奮の証を感じたからに違いない。しかし、もはや隠せない。どうすれば隠せる？　キスのたびに大きく長く硬くなっているのに？

チャールズは彼女の頰にキスをし、そのキスを顎におろしていった。ブラウスの高い襟がそれ以上の前進をはばむ。一番上のボタン数個をすばやくはずし、唇が喉に近づけるように襟を開く。首筋の脇にキスを降らすと、彼女の体が脈打ち震えるのが感じられ、喉にからまったような息の音が聞こえた。ああ、なんといい反応なんだ。その反応が彼をさらに興奮させた。

心の奥まったどこかで、声が注目を引こうともがき、弱々しい声を出している。おまえはなにをしているんだ？　忘れたのか――しかし、チャールズはそれを無視した。

彼女の胸が彼の胸にそそるように押しつけられる。チャールズはふたりのあいだに片手を滑りこませて柔らかい丸みを包みこみ、衣服の重なりの上から揉んだ。彼女が彼の唇に向けて小さく快感のうめきを漏らす。手を動かし続けると、親指がブラウスとコルセットの下で硬くなった乳首を見つけた。唇をさらに低く這わせて胸の上のクリーム色の肌の広がりにキスをする。この服の重なりがどうにもわずらわしい。

彼女のブラウスはまだ濡れていたが、もはや完全に透けてはいなかった。彼女が見たい。全身を見たい。さらに数個のボタンをはずす。彼の視界のたった十数センチのところに、コルセットとシュミーズ、そして乳房の上側の膨らみがあらわになった。その乳房を口で味わいたかった。

片方の乳房をわずかに持ちあげると、バラ色の乳首がコルセットとシュミーズの上に顔を出した。ピンク色の乳輪は丸さも大きさも申し分なく、その中央で乳首が彼の唇を待ち受けて優しく誘っている。頭をさげ、その魅惑的な先端を硬くそそり立つまでなめる。彼女がはっと息を呑み、身をそらした。彼女の体が彼の張りつめたものをさらに押して、彼からあえぎ声を引きだした。彼の心臓はすでに早鐘を打っている。彼自身をそっと彼女にこすりつけたが、その本能的な動きに興奮が危険な段階までいっきに募り、チャールズは動きを止めた。

下半身を動かさないように抑えて口に含んだ乳房に集中し、それからもう一方の乳房に移動して同じように注意深くなめては吸う。体が激しい興奮に沸き返り、喉から漏れるかすれ声から、彼女も同じ感覚の波に乗っているとわかった。息遣いが荒くなったが、それは彼女も同じで、彼の手の動きが、耐えられないほどの快感を与えているかのようにあえいでいる。

いまここで、事態が完全に手に負えなくなる前にやめるべきだとわかっていた。例の小さい声がしきりに騒いでいる。頭がおかしくなったか？　この女性はミス・アサートンなんだぞ。やめろ、やめろ、やめろ。しかし、やめられなかった。いまはまだ。これ以上の快感を得られるはずだから。彼女がどこまで望んでいるかわからなかったが、声を出したくなかった。訊ねることで呪文を破りたくなかった。

片手で彼女の胴を撫でおろし、両脚のつけ根のすぐ上で止めて、彼女の反応を待った。かすかに体がこわばったから、ここで終わりと言われるだろうと思った。しかし、そうではなかった。

ズボンの生地越しに片手をじわじわとおろしていき、もっとも親密な場所に当てる。夢のなかでしかやったことがない行動だった。リズミカルな動きで指を動かし、もっとも快感を与えるはずの場所を手探りすると、彼女がまたうめいた。探り続けるにつれ、その声がさらに深まる。彼女が頭をそらす。彼の腕のなかで体が少し沈んだのは、まるで自分の体をこれ以上支えていられないかのようだ。

「待って」かすれ声で言う。

彼女が彼にやめるように言う潮時だった。だが、彼女はそうはしなかった。代わりに、深い意味を帯びたまなざしで彼を見あげ、そして言った。「わたしたち、できるかしら……これ以上のことを……妊娠を心配せずに?」

チャールズは手の動きを止めた。心臓がばくばく鳴っている。いまの質問が、場の勢いで行動するあいだ、考えるのを拒否していたことを思いださせた。この女性は経験がない。自分がなにをしようとしているかわかっていないはずだ。それに、自分は彼女にその行為をする立場ではない。いったい全体なにを考えているんだ?

なにも考えていない。それが問題だ。

チャールズは長い息を吐いた。「ああ、できる」そっと答える。「だが、だからと言って、そうすべきだというわけじゃない」無念に思いながら、彼女を手放した。

「もしもわたしが望んでいたら?」彼女がそう言いながら、ブラウスの残りのボタンをはずし始めた。

「だめだ」

手遅れだった。彼女はブラウスを肩から滑らせて床に落とし、ズボンとコルセットとシュミーズだけの姿で彼の前に立った。瞳に陰が差している。そのまま彼に両腕をまわし、ふたたびキスをした。

ふいに奇妙な既視感《デジャヴュ》に襲われ、チャールズはかすかに身をこわばらせた。別な時期の別な場所、そして別な女性の映像が脳裏をよぎる。それはエリーズ・タウンゼンドと過ごした夜の光景。なぜエリーズ・タウンゼンドのことなど考える？　チャールズはその思いを追い払ったが、ノー、ノー、ノー、と唱えるいまいましい声に替わっただけだった。

これは間違っている。チャールズは自分に言い聞かせた。だめな理由はたくさんある。しかし、抱いている女性に乳房を押しつけられ、熱く硬くうずいている部分に下半身をぴったりつけられると、そのあまりの心地よさに彼の思いは砕け散った。

これほど進んで差しだされているものをどうして断れる？　彼女はおとなの女性だ。そして、自分は聖人じゃない。

チャールズはキスに溶けた。彼女の裸体に手を触れる必要がある。彼女に彼自身を挿入し、彼女の濡れて熱い肌に包まれる必要がある。この何週間か彼の内側で蓄積してきた炎のような欲望が満たされるまで。

「本当に？」彼女の唇にそっと訊ねる。

「本当に」

それ以上思案せずに、チャールズは両腕で彼女を抱きあげ、階段をのぼって屋根裏部屋に運んでいった。


マデレンは抱かれて敷居をまたぐ花嫁のような気分だった。でも結婚式はない。今後も彼との結婚式はあり得ない。でも、花嫁が夫を愛するのと同じように彼を愛している。そして、自分はこれを望んでいる。全身全霊で愛している男性と愛を交わしたら、どんなふうに感じるのかをどうしても知りたい。

屋根裏部屋に入ると、彼はマデレンを優しく床に立たせ、もう一度キスをした。唇が合わさり、舌がからみ合う長いキスは、このあとに起こるであろう結合を示唆していた。彼がマデレンを抱いたままゆっくりうしろ向きにさせ、コルセットの紐をほどき始めた。そのあいだも背後からうなじに沿ってあがったりさがったり唇を押しあてる。そのキスのせいで全身に震えが走り、膝に力が入らない。喉元の肌がこんなに感じやすいとは、そしてこれほど激しい欲望を生じさせるとはまったく知らなかった。

コルセットが解けると、彼はそれを脇に放り、薄いシュミーズの裾をたぐり寄せた。マデレンは両腕をあげて、彼が衣類の最後の一枚を上半身から脱がせるのに協力した。乳房の束縛が解かれたとたんに一瞬恥ずかしさを覚え、両腕で隠したい気持ちにかられたが、マデレンはその衝動に抗った。彼がかかんで乳房を口に含み、それが、あまりにすばらしい感覚で、やめないでほしかったからだ。

マデレンの体をまわしてもう一度彼のほうを向かせると、彼は顔をあげて乳房を眺めた。ゆっくりと笑みを浮かべ、目を輝かせて言う。「きみは本当に美しい」

彼の熱っぽいまなざしは、マデレンの体のなかで野火のように燃える炎と同じくらい輝いていた。彼の彫刻のような胸からウエストの下まで視線をおろしていく。彼の欲望の証が鋼のねじくぎのようにズボンを押しあげている。それを眺め、その器官が自分のなかに入った状態を想像しようとしただけで口が渇いた。でも、自分はそれを望んでいる。彼との親密な関係を経験することを切望している。

彼の両手がマデレンのズボンのウエストに向かって動いたが、先にボタンをはずしたのはマデレンの手だった。ズボンをするりと下に落とし、一歩脇にどいて足からはずす。その下にはなにも着ておらず、マデレンはふたたび隠したい衝動と必死に闘った。頰を真っ赤に火照らせながらストッキングを脱ぎ、一糸まとわぬ姿で彼の視界に立つ。

彼は無言だったが、目にしたものを非常に気に入ったことは、その目のきらめきがはっきり語っていた。

彼がもう一度マデレンを抱き寄せ、両手で背中と腰を撫でおろす。マデレンも彼の背中に両手をまわし、盛りあがった筋肉をなぞった。さらに引き寄せ、彼がマデレンの髪にキスをする。そして額と頰に口づけ、唇をとらえた。ふたりのあいだに挟まれてズボンの布地越しに彼の硬いものがさらに張りつめるのを感じてマデレンは思わず息を吞み、立ちはだかる最後の障壁を早く取り去ってほしいと願った。

彼が唇を離した。ふたりとも荒い息遣いを整えるあいだに、彼はベッドのカバーをはずすと、マデレンを優しく導いてベッドの彼の隣に坐らせた。

まずブーツと靴下を脱ぐ。それから立ちあがり、下に向かったすばやい動きでズボンと下着を瞬時に脱ぎ去ると、屹立した男性自身が束縛を解かれて大きく跳びはねた。彼が向きを変え、生まれたままの姿でマデレンの前に立った。一瞬息が止まり、マデレンの心臓が新しい速さで鼓動を打ち始めた。これまで裸の男性を見て、その姿に魅了された経験は一度もない。彼はとても美しかった。マデレンの指が触れたくてうずうずしている。彼に。彼の体じゅうすべてに。

彼はマデレンを仰向けに横たわらせると、隣に自分も寝そべってマデレンを抱き寄せた。またキスを開始する。合うように作られた二片のパズルのごとく、ふたりの体が重なってぴったり合わさり、口と舌が、両手と両腕がからみ合う。彼が体を下にずらし、ふたたび唇でマデレンの乳房に敬意を表する。

「きみの乳房は完璧だ」彼が低い声で言う。

口と舌で刺激されると、電気に触れたような衝撃が全身を貫き、それが女性の中心部にずんと響いた。恍惚感に思わずうめく。愛しているわ。あなたを愛している。マデレンはそう言いたかった。その告白の言葉が心に響き渡る。でも、口に出して言うことはできない。彼がその言葉を決して言わないことはわかっていたが、それは関係なかった。彼の触り方ひとつひとつの優しさと、彼の称賛に満ちたまなざしが、感じながらも決して口にしない気持ちを語っていたから。きょう、彼と一緒にこうして過ごしている。もう二度と起こらないことをわかっていても、それだけで充分だった。充分であるはずだった。

彼の手がさがって、前に触れた両脚のあいだのV字形の巻き毛を捉える。ただし今回はマデレンの体と彼の指のあいだに服が存在しないせいか、指の動きがその場所になんだかよくわからない魔法をかけて、経験したことがない不思議な興奮を引きだした。

「ああ、すごい」自分がつぶやくのが聞こえる。

彼の指が、マデレン自身もあると知らなかった感じやすい場所を探しだした。そこは濡れていた。信じられないほど濡れていた。それがなにを意味するかは推測できる。マデレンの体が、彼を受け入れ、よくわからないけれどなにかをする準備万端ということ。

体が絶壁に向けてのぼっているかのような、あるいは、体じゅうの神経すべてが奥深くにある一点に向けて集まっていくような感覚だった。頭がくらくらする。女性のあそこの中心がうずき始めるにつれて息が荒くなり、そしてはっと息を吞んだ瞬間、体がこわばるのを感じた。稲妻に全身を貫かれる。思わずのけぞって頭を前後に振った。拍動に合わせて震えが両脚を伝っていき、頂点でいっきに爆発してこのうえない快感をもたらした。それは長く続き、この快感に死んでしまうかもしれないと思うほどだった。

「ああ」マデレンはつぶやいた。ゆっくりと、少しずつ脈動が遠のき、心と体が天国から戻ってくる。「思いもしなかったわ。こんな……」

彼の低く響く笑い声が聞こえると同時に感じたのは、彼がキスでマデレンの言葉をさえぎったからだ。そして顔をあげてマデレンを見つめた。「気に入ったかい？」唇に感じる彼の息は温かく爽やかだった。

「ええ」このひとつの言葉に、経験したばかりの至福のすべてがこめられていた。精根尽き果ててぼうっとしていながら、満ち足りている。同時に漠然となにかを切望している。これで終わりではないことは知っていた。太腿に押しつけられている彼の鋼のように硬いものが、彼はまだ満足を得ていないと告げている。

マデレンは彼に触れたくて手を伸ばした。思い切って彼のその部分をそっとつかむ。彼がはっと息を呑んだ。それからマデレンの手にそっと手を重ねて上下に動かし、彼を喜ばせるやり方を示してくれた。ほどなく瞳をきらめかせてマデレンの手を止めると、彼はマデレンの上に体を滑らせた。熱く濡れて待ち受ける場所に、彼のものがぴったり当てられるのを感じた。

「マデレン」彼がかすれ声で言う。

名前で呼ばれたのはこれが初めてだった。彼の口をついて出たその言い方がマデレンは好きだった。

「チャールズ」ささやき声で答える。

限りなくゆっくりと、彼はマデレンの重なった襞の部分に押し当てたものを上下させた。彼の息遣いがみるみる荒くなる。「ああ、すごく気持ちがいい」

彼がそう感じるのが嬉しく、彼の動きによる感じも好きだったが、その感覚がすごすぎて言葉にできない。彼が入るすぐ手前のところで動きを止めた。でももう準備はできている。マデレンは彼に入ってきてほしかった。ふたりのこのつながりを全うしてほしかった。

その時、彼の腕と肩がふいにこわばった。呼吸を整えようとあえぎながら体を少し起こし、疑念を浮かべた目でマデレンを見おろした。「マデレン」もう一度言う。

マデレンは手をあげて彼の唇に指を当てた。「パイナップルと言ったら、一生許さないから」

彼は低い笑い声を漏らしたが、すぐに真面目な表情になった。「きみの処女を奪いたくない。それはできない。もっとずっと前にやめるべきだった」

「やめてほしくなかった。いまもやめてほしくない」

「ぼくもやめたくない」彼が優しく言う。「信じてくれ、本当だ。しかし――」

「それなら、やめないで」彼の尻を押して体を移動させて、彼のものと自分のものを合わせると、彼の先端が入ってくるのを感じるように位置を直した。

その動きが彼の抑制心を打ち砕いたらしい。「ああ、だめだ」そう言うなり、マデレンの動きに合わせてもう少し彼女のなかに入った。「気をつける……優しくするように。きみを傷つけたくない」

ひと息に押しこまないために、彼が自制心のすべてを総動員しているのを感じとり、マデレンは彼のその優しさが嬉しかった。とてもゆっくり、少しずつ押し入ってくる。最初のうち、痛みのせいで体がこわばっていたが、彼を包みこむ感覚に慣れると次第に力を抜けるようになった。

「大丈夫か?」耳元で彼がささやく。

「ええ」

「すごく気持ちいいよ」これ以上行けないところまでさらに進ませ、ついにマデレンのうずいている場所が彼のものでいっぱいに満たされた。

彼がリズムよく前後に動き始めると、マデレンの体のうずきが倍増した。痛みはいつしか消えている。しかし、彼女のなかでふたたび欲望が湧きだす前に、彼が際までのぼり切ったのが感じられた。

突然彼が息を止める。そして小さくあえいでマデレンのなかから引きだすと、最後は自分で刺激し、男っぽい満足の声とともにいき果てた。マデレンの目にその行為はとても魅力的で刺激的——そして生々しく、原始的に見えた。

少しのち、彼がマデレンを優しく拭いてきれいにし、横になって互いの腕のなかに寄り添うと、彼が掛け布団をかけて、ふたりを温かな繭に包みこんだ。彼が与えてくれた快感のせいで物憂く、まるで酔ったようにぼうっとしている。

「申しわけなかった」彼がようやく優しい声で言い、マデレンを見つめて、彼女の顔にかかった巻き毛をそっと払った。

「申しわけないって、なにを?」彼女の純潔を奪ったことを謝っている? 結婚できないのに性交渉をしたこと? でもそうではなかった。

「最後に長く保たせられなかったこと」

つまり、それが、いまもっとも彼の気になっていること。でも、マデレンはそんなことにくよくよしないと決めた。「謝らないで」彼の胸を覆う巻き毛を指でそっと撫でた。「すてきだったわ。信じられないほど」

「ああ、本当にそうだった」彼が目を輝かせ、かがんでまたキスをした。

「いつもこんなふうになるの?」唇が離れた時に訊ねる。

彼は答える前に少し考え、それから、信じられないというように頭を振った。「いや、いつもではない」

ふたりはキスをした。長くて甘くて穏やかなキス。彼の手がふたたび乳房を包む。そしていつの間にか、ふたりはもう一度愛し合っていた。

マデレンは目を開けてぱちぱちとまばたいた。夕方の薄れていく光が部屋をぼんやり照らしている。自分がどこにいるか思いだすのに数秒かかった。

ソーンダーズ卿——チャールズ——が隣で眠っている。愛し合った記憶が心によみがえり、自分がどれほどみだらだったかを思いだして、顔がかっと熱くなった。もしもけさ、この男性の腕のなかで一糸まとわぬ姿で身もだえることになるとだれかに言われたとしても、絶対に信じなかっただろう。

でも、そういうことになった。そして、マデレンはほんのわずかも後悔していなかった。

隣で寝ているソーンダーズを眺めていると、心が愛情であふれそうになった。ああ、この男性をどれほど愛しているだろう。この数時間は、人生でもっとも甘く、もっとも感動的なひとときだった。後悔はしていない。彼と愛し合いたかった。自分のしたことは醜聞だとわかっている。でも、気にしなかった。

世界中が共有しているのに自分は除外されていた秘密にようやく関与して、自分が違う人間になったように思えた。ふさわしい環境でふさわしい人と共有するならば、性行為は本当にすばらしいことだとわかった。それほど親密な経験だった。その話題がほのめかされるたび、アレクサンドラが顔を赤らめ、でも詳細は教えてくれなかったわけがわかった。

一回だけでなくもっと会えればと思うけれど、それはあり得ないこと。彼に愛していると言いたくて、胸がぎゅっと痛んだ。

でも、言ってどうなるというの？　彼に、マデレンに対して責任があると思わせるだけ。彼はすでにほかの女性に対して義務を負っている。彼にこれ以上の重荷を感じてほしくない。こちらの気持ちを表明すれば、ソフィとマデレンのどちらか選ぶことを期待していると彼に思わせてしまうかもしれない。期待しているの？　いいえ、そうではない。

彼が選択をしたのは、マデレンと出会うもっと前のことだ。ソフィをつねに一番に考えている。その道義心、そして義務に対する献身は称賛すべきものだ。もしも彼が誓いを破ってマデレンを選べば、彼は死ぬまで後悔するだろう。それこそマデレンには耐えられないことだ。それに、ソフィの心を打ち砕くことだけはしてほしくない。そんなことをすれば、その事実が彼の良心に重くのしかかり、マデレンの良心をも苛んで、ひいてはふたりの人生を損なうことになるだろう。

外を見れば、空はまだどんより曇っているが、雨はやんでいた。

マデレンは静かにベッドから滑りでた。コルセットの紐を先に通してから身につけ、紐を締める。ズボンを穿きながら、たまたまベッド脇のテーブルに目をやると、自分の原稿が載っているのが見えた。彼の親切な言葉がよみがえる。彼はマデレンの作品を読んでくれた。

そして気に入ってくれた！　それはマデレンにとって、非常に大きな意味を持つことだ。

マデレンは原稿を取ると、足音を立てずに階段をおりていった。

階下の作業場でなにかが動く音にチャールズは目を覚ました。寝ぼけた状態でしばらく横になり、聞いた音がなにかをぼんやりと考える。そしてふいに思いだした。

なんてことだ。自分はミス・アサートンと愛し合った。二回も。

その女性の名前を呼ぶ権利さえ持っていないのに。

あわてて身を起こした。彼女の服が消えている。服を着て、ちょうどいま、階下におりていったに違いない。なぜだ？　なぜそんなことをする？

チャールズは、きょう起きたことが信じられなかった。そもそも彼女がふたたびこの作業場にやってくるとは思っていなかった。やってきた時も、事態がこんなふうになるとは期待しなかった。

いや、それは真っ赤な嘘だ。この夏ずっと、彼女は彼の思考を独占し、夢にまで出没した。彼女と愛し合う場面を何度想像したことか。もはや数え切れないほどだ。きょう、濡れた服でやってきた彼女に誘われた時、もはや拒絶することは不可能だった。

すべての記憶がいっきに戻って彼の心にあふれだした。それは最初から最後まで興奮と感動の連続だった。彼女はとても情熱的で官能的で、しかも物惜しみしなかった。ふたりのあいだに神聖な絆ができたと感じたほどだった。

そうだとしても……そうするべきではなかった。間違ったことだ。きわめてよくないこと――それがなぜいけないのか、これまで繰り返し自分に言い聞かせてきた。自分自身の義務はさておいたとしても、マデレン・アサートンと関係を持つことは許されない。結婚の約束なしでは。

その考えについて、さらに警戒すべき考えが唐突に思い浮かんだ。

これはすべてそのためなのか？

ふいに恐慌状態に陥り、心臓が早鐘を打ち始めた。エリーズ・タウンゼンドのことが頭に浮かんだ理由はそれなのか？

ふたりの女性が似ているとは一度も考えたことがなかった――しかし、共通点があるのは否定できない。どちらもアメリカ人の富豪令嬢で、貴族と結婚するために英国にやってきた。どちらも美しくて非常に魅力がある。どちらも彼に進んで身を任せた。そして自分は、分別ある判断を無視するほど熱くなり、ベッドに連れていった。

くそっ、くそっ、くそっ。まったく同じ筋書きをもう一度繰り返したということか？　今回は前と違って、頭のなかで警告が発せられていたのに、自分はそれを無視した。

気をつけるべきだった。ミス・アサートンのような女性は、見返りになにか期待していなければ、こんなことはしない。その見返りがなにかはもちろんわかっている。結局のところ、彼女が英国にやってきた理由は秘密でもなんでもない。

あまりの怒りに胃が締めつけられた。自分はなんという愚か者なんだ？　なぜわからなかった？　なぜ性懲りもなく同じ状況に陥った？

チャールズは起きあがって服を着ながら、階段をおりきった瞬間に投げられるであろう非難に対して覚悟を固めた。「こうなっては、あなたはわたしと結婚しなければならないわ」彼女はそう言うだろう。「それはわかっているはずでしょう？」

だが、今回は絶対にそこに戻りたくない。


ストーブの火は消えているらしく、部屋は凍るほど寒かった。テーブルに置きっぱなしのカップふたつも冷え切っている。

身を震わせながら、マデレンはありがたいことにすっかり乾いていた残りの服を身につけ、ストッキングと靴を履いて身支度した。ヘアピンを集めて上着のポケットにしまった時、上の屋根裏部屋で歩く音が聞こえた。マデレンの心臓がひとつ飛ばしで打つ。こっそり帰ってしまったほうが気まずくないだろうと考えていた。でも、このほうがいいかもしれない。別れを告げるべきだろう。

彼がズボンと靴を身につけた姿で階段をおりてきた。

「ごきげんよう」マデレンは心をこめて言った。愛情に満ちたまなざしが返ってくることを予期していた。

しかしそうではなかった。彼は警戒する表情を浮かべて、数メートル手前で立ちどまった。マデレンがなにか言うのを待っているように見える。でもなにを？

「遅くなってしまったわ」言ってみる。「数時間は寝てしまったみたい」

それでも、彼はなにも言わない。顎がこわばっている。耳に痛いほどの沈黙が部屋を支配する。彼の気分をどう解釈したらいいかわからない戸惑いで、マデレンの鼓動がさらに速まった。彼は怒っているの？　ふたりのあいだで起こったことを後悔しているせい？

彼がようやく口を開いた。「待っているのだが」彼の声は剣の刃のようにとがっていた。

マデレンはよくわからずに口ごもった。「待っているってなにを？」

「次に起こることをだ」彼のまなざしと口調が示すのは、自己嫌悪と次に起こることへの怒りのように見える。「あの夜、きみがキッチンで披露した、だれも傷つけたくない、自分にした約束を破りたくないという立派な談話、あれは全部ただの空論だったわけか？」

「ごめんなさい、なんのことだか――」

「なにが望みだ？」

彼の質問と、予期せぬ不機嫌さの理由を理解しようと必死になった。「なんのことを言っているかわからないわ」

「ぼくは前に同じ道をたどった。なにがあっても二度は通らない」彼の視線が一瞬屋根裏部屋に向き、それからマデレンに戻ってきた。「きみは侯爵夫人の称号を待っているのだろう？」

ふいにすべてがはっきりわかり、マデレンははっと息を呑んだ。彼はエリーズ・タウンゼンドのことを言っている。その女性とわたしを比べているのだ。マデレンは驚愕した。

「少なくとも今回は」彼が言葉を注いだ。「きみが妊娠したかもしれないと心配する必要はない」

マデレンのなかでショックと痛みと後悔、そして怒りが怒濤のように湧きあがった。ふたりが分かち合った経験を、彼は卑しいものと解釈した。頭のなかでマデレンを、マデレンではない別な女性に変えてしまった。

声を見つけるまでにしばらくかかった。やっと話せるようになっても、震え声しか出なかった。「わたしがだれかと結婚するために策略など必要ないことを、あなたは忘れているようね、伯爵さま。すでにあなたより高位の貴族の方をお断りしているのに」

身を震わせながら、マデレンは帽子と原稿とわずかに残された尊厳を掻き集めると、つかつかと扉まで歩いていき、一歩出るなり、その扉を思い切り叩き閉めた。涙が滝のように頬を伝い落ちていることにようやく気づいたのは、小道を通り抜けて厩舎に着いた時だった。

26

「気でもおかしくなったの？」

激高した母が、ベルベット地のソファに黙って坐って必死に涙を飲みこんでいたマデレンの前に立ち、怒りに燃えた目で娘をにらみつけた。

この数時間、泣くことしかしていない気がする。ソーンダーズの作業場から馬で戻ってくる途中も、涙でほとんどなにも見えていなかった。幸い馬が道を知っていたおかげで戻ってこられた。

ソーンダーズの過去を知っていても、ふたりの行為に対する彼のこの反応は予想できなかった。彼の目に浮かんでいたあからさまな疑念と嫌悪は、到底耐えられるものではなかった。彼を憎んでもいいくらいひどい仕打ちだ。でも、憎んでいない。憎むことができない。マデレンを不当に扱ったことは間違いないが、彼がどうしてそう考えたかは理解できた。あの怒りは過去の経験による不安だけでなく、ふたりがやったことを恥ずかしく感じていたせいだろう。そう思うとマデレン自身も恥ずかしくなった。

こんなことがあったにもかかわらず、マデレンは彼を愛していた。深い感情は、どれほど傷つけられても、そう簡単には消えない。

胸がずっしりと重く感じられ、目からとどまることなく涙があふれだした。愛する男性と関係を持ったあとに無傷でいられるなどと、どうして思えたのだろう？　肉体的な快楽を得たあとに、そのまま歩き去れる人もいるかもしれない。でも、自分はそういう人間ではないとわかった。彼が非難でマデレンの心を打ち砕かなかったとしても、きっと心は壊れていただろう。マデレンにとって、身体的な親密さはふたりの絆を証明するものでしかなかった。

彼の両腕に抱かれる感覚を二度と味わえないと、彼と共有した親密さを二度と経験できないと思うと、苦しさに泣き崩れ、心臓が二つに割れてしまいそうだった。さらに悪いのは……はるかに悪いのは、遠からず、彼が別な女性と結婚するのをこの目で見るとわかっていることだ。

きょうは一日中、ソフィのことを頭から追いだしていた。でも、これ以上彼女のことを考えないわけにはいかない。マデレンの積み重なった痛みを突き抜けて、新たな罪悪感が襲ってきた。ソフィの厚意にあなたはどうやって報いたの？　彼女が結婚する予定の男性をむやみに欲しがった。そして、秘密の午後を過ごし、彼と体の関係を結んだ。

ソフィの友情を裏切った。決してやらないと自分に約束したまさにその行為だ。いいえ、ソーンダーズ卿を憎むことはできない――彼は止めようとしたのだから。マデレンは自分を憎み始めていた。

ふたりで過ごしたことをだれかに知られれば、自分の評判が崩壊することはわかっている。彼がだれにも言わないことを願うしかない。彼が言うはずがある？　自分がしたことをあれほど嫌悪していたのに？　それでも、農家のだれかに来るのを見られたかもしれないし、厩舎に馬を入れていたのを気づかれたかもしれない。あの納屋にいた時間はかなり長い。人々は噂するだろう。ああ、それがソフィの耳に入ったらどうしよう？　あるいは母親が聞きつけたら？

「オークリー卿はこれまでで最高の候補者だったんですよ！」母の声によって、マデレンは憂鬱な思いから引き戻された。ポルペランハウスの美しい絵画展示室にいるのはマデレンと母のふたりだけだった。窓の外はちょうど太陽が沈み、マデレンの気持ちと同じくらい空が暗くどんよりしている。「公爵の長男なんですよ！　あなたは公爵夫人になるはずだったのに！　英国の社交界でもっとも高い地位ですよ！　すべての女性が憧れる地位なのに！　それなのにあの方を断ったですって？」母があまりの憤りに両手を振りまわしながら行ったり来たりしている。「いったい全体、あなたはどうしてしまったの？」

マデレンは目の水分を拭い、ハンカチをまたポケットにしまった。母の襲来は、いまのマデレンにとってもっとも必要としないことだった。「わたしは彼を愛していないのよ、お母さま」うんざりして言う。

「愛ですって！」母があざけった。「あなたは幻想の世界に住んでいるんですか。賢い女性は富と地位のために結婚するんですよ、愛ではなく」

「わたしはほかの人たちみたいに賢くないのよ。わたしが欲しいのは大きな屋敷や社交界の地位や育てなければならない家族ではないわ。愛し、尊敬できる男性と人生を分かち合いたい。わたしを理解し、認めてくれる人。わたしの仕事をさげすむのではなく、励ましてくれる人」

「仕事？　なんの仕事？」母が信じられないという顔でマデレンの前に立ちはだかった。

「まさか、あなたのあのくだらない本が理由なんて言うんじゃないでしょうね？」

その言葉に、顔を思い切りひっぱたかれたような痛みを覚えた。「わたしの本はくだらないわ」マデレンは言い始めた。「あれは――」

「あんなくだらなくて子どもっぽいばかげた趣味は何年も前にやめるべきだったんですよ。あなたの人生に本なんて書いている余地はありませんよ」

「やめられないわ。わたしの一部なのよ。小説を書いて、そしてできればそれを――」

「できればそれを、ですって？　つまらない本を出版する？」母が吐き捨てるように言う。

「つまり、ここでそれをやっているわけね。あなたが書くことを望まなかったから、オークリー卿を断ったわけ？」

激動の一日を切り抜けてきたあとに、この言葉はさすがにマデレンの我慢の限界を超えていた。怒りにかられて立ちあがる。「お母さま、本を書くことがどれほど難しいことはわかります？　なにもないところから、それぞれに魅力的な登場人物を生みだすのよ。そして、生身の人間であるかのように作りあげる。さらに筋書きを創造し、真夜中までかかって、齟齬が生じないように細部まで完璧に合わせる。そうした大変な努力の結果として、もちろん出版されることを希望しているわ。そうすれば、人々がわたしの書いた作品を読み、わたしが発明した物語を楽しむかもしれない！」

母も怒り心頭に発していた。「あなたはニューヨークで一、二を争う資産家の娘なんですよ。たわごとを書きつらねてわたしに恥ずかしい思いをさせるのは、今後決して許しませんよ。社交界で女性の作家がどう思われているかわかってるの？　低く見られて、笑い者になる。とんでもありませんよ。うちの娘にそんなことはさせません」頭を振る。「これで終わりではありませんからね、マデレン。絶対に。まだなんとか修復できるはず。オークリー卿はけさ出発したばかりですからね。おそらくサセックスの家に戻ったでしょう。彼の母上とは親交がありますからね。すぐに手紙を出して、あなたが気を変えたと言えば――」

「でも、わたしは気を変えていないし、今後も変えないわ」

母の目がぎらりと光った。「彼を放してしまったら、マデレン、あなたに変わり者の評判が立ってしまう。そうなったら、あなたと結婚する貴族はだれもいなくなる」

「わたしは、幸せになるために貴族と結婚する必要はないのよ、お母さま。それはお母さまの考えでしょう。わたしのじゃない」

「お黙り。貴族と結婚するのがあなたの運命ですからね！　アレクサンドラが手に入れたすべてを欲しくないの？」

「すべて？　いいえ。欲しいのはたったひとつよ」

「それはなんなの？」

「もうすでに言ったわ」マデレンは忍耐力を掻き集めた。「結婚する男性を愛し、愛されたい。オークリー卿はいい夫になるでしょう。その相手はわたしじゃないというだけ」

ミセス・アサートンが万策尽きたというように両手をあげた。「こうして話していても埒《らち》があかないとわかりましたよ。信じられない！　この二年間、わたしがこれだけのことをしてやったのに！」

マデレンはふたたび罪悪感のうずきを覚えた。姉の代わりに海を渡ってきた昨年と今年、その二年間をマデレンがロンドン社交界で過ごすために両親は大変な額のお金を費やした。でも、それについてなにか言う前に、母が怒りに任せて言葉を続けた。

「また手ぶらでニューヨークに帰ることになったら、大変な恥さらしですよ」ミセス・アサートンはでっぷりした胸の前で腕を組み、顔をしかめて、また行ったり来たりし始めた。「ちょっと考えさせて。考えさせて。あの方と結婚しないと決心したのなら、ほかにできることがあるはず。社交シーズンはもう終わりだけど、あなたに目をつけていた独身男性の五人や六人はすぐに思い当たるわ。みんな、オークリー卿があなたの関心をとらえたことが明らかになったから身を引いただけ。あなたがまだ決まっていないと知れば、また言い寄ってくることは間違いない。鉄は熱いうちに打たなければね。友人はたくさんいますからね。これからの数カ月間、田舎の屋敷をあちこち訪問する手はずを整えましょう。あなたはその息子たちと過ごすんですよ。そのうちのひとりくらいはつかまえられるでしょう。まだドレスはあるわね。だから……」

母はだらだらとしゃべり続け、マデレンはその言葉を意識から追いだそうとした。母の計画に身震いを抑えられない。ロンドンの社交シーズンだけでもつらかったのに、これから何カ月も、いくつもの田舎屋敷を訪問させられる？　さらなる晩餐、さらなるパーティ、さらなる舞踏会。そこで市場で売っている肉片のように見世物になる？　それがどういう方向に進むかはすでに知っていた。娘がいつかは譲歩して、だれかにイエスと言うことを期待する母に、昼夜を問わず責めたてられる。

マデレンは窓辺まで歩いていき、外を見つめた。薄れていく夕日のなか、葉が生い茂った高い樫の木のまわりを小鳥が飛びまわっているのが見えた。その鳥が突然飛びたち、空に向けてあがっていって、やがて見えなくなった。

ああ、あの小鳥になりたい。飛んで逃げられる。

そう思うやいなや、マデレンは自分が難題の答えにたどり着いたことに気づいた。


チャールズは点火棒の炎を針金に近づけ、その細い金属片が溶けて接続部分を固めるのを見守った。ふいに握っている点火棒がぐらついて、炎が彼の指先を焦がした。

ののしり声をあげ、チャールズはその装置の火を消して叩きつけるように置くと、洗面器に近づいて、痛む手を冷水に浸けた。

ちらりと時計を見やる。もうすぐ午前六時だ。何時間も前に寝るべきだったが、動揺のあまり寝られなかった。ひと晩中ひたすら、前日の午後に起こったことを思い返していた。ミス・アサートン。マデレン。二階。裸の彼女。彼のベッドのなか。両腕に抱いた時のこと。

そして、そのあとの対立。

チャールズは手を乾かすと、腹立たしい思いで行ったり来たりしながら、すべての意味を解明しようと試みた。彼女が突きつけてくると予期していた要求が、実際になされることはなかった。むしろ、彼女は彼の反応にショックを受け、傷ついたようだった。

わたしがだれかと結婚するために策略など必要ないことを、あなたは忘れているようね。すでにあなたより高位の貴族の方をお断りしているのに。

そのとおりだ。

あの時は彼女が妊娠しないように気をつけるだけの冷静さがあった自分を褒めたが、いまになって思い返してみれば、彼女は彼より先にそれに関してはっきり言及し、安全だと彼が保証してからしか続行しなかった。

明らかに自分は間違っていた。明らかに、彼女は結婚の約束など狙っていなかった。

それはつまり、彼が最低最悪の下劣な男だったということだ。

なんてことだ。

これまでにも多くの女性と関係したが、きのうのように影響を受けたことは一度もなかった。彼女との経験は驚くべきものだった。感動的だった。その記憶を毎日思いだしながら、残りの人生を過ごすことになるわけだ。

それにしても、自分はなにをやらかした？　彼女の純潔を奪ったあげくに、泣かせて追いだした。それをした自分が許せない。ベッドで女性を泣かせたことはこれまで一度もなかった。

罪悪感がちくちくする毛布のように彼を包む。いったいどうすれば、彼女とのあいだで起きたことを、何年も前のほかの情事と混同するなんてことができたのか？

エリーズの時、自分は酒を飲んでいた。エリーズに対して肉体的な欲望以外になにも感じなかったし、なにが起こったかもほとんど思いだせない。それに対して、きのうの午後は完全にしらふで、ひとつ残らず詳細に覚えている。自分自身に正直になるとすれば、ミス・アサートンに対する感情は単なる欲望をはるかに超えている。たしかに、彼女を抱きたかったことは否めない。しかし、この二カ月で、彼女とはまったく違う関係を築いてきた。知的かつ情緒的、そして、これまで感じたなによりも強力な結びつきだ。

チャールズはごくりとつばを飲みこみ、苛立ちを抑えようとした。あんなふうに感じることは二度とないだろうか？

彼とソフィの結婚の初夜になにが起ころうと、情熱的でないことはずっと前からわかっている。型どおりの、ただ跡継ぎとふたり目の男子を設ける目的のためだけの行為になるだろう。きょうまでは、それが自分の運命だと受け入れてきた。それについて考えることを自分に禁じていた。

しかしいまは疑問に思っている。本当にすべてを諦め、情熱のない人生を送ることができるのか？

この作業場に連れてきた時のソフィの反応を思いだした。彼女は彼の仕事をまったく重要視しなかった。それに比べて、ミス・アサートンのなかには、彼と同じ創造的な情熱が見られた。

激しい怒りで爆発しそうになり、チャールズはそばの作業台に置かれた箱を力任せに払い落とした。箱が壊れ、部品が床に飛び散る。自分が捕らわれの身のように感じた。檻のなかにいるトラのように。子どもの時からの約束で、愛していない女性と結婚する。

男は、とチャールズは怒りにかられて考えた。家族の命令や期待によって縛られるべきではない。国王じゃないのだから、国の利益や国家統一のために結婚を強いられる必要もない。爵位を持つただの男だ。自由になれるなら、それで結婚したい女性を選ぶことができるならば、爵位など、いまこの瞬間にも喜んで辞退したい。

もしも相手を選べるならば、それがだれになるかはわかっている。

マデレン・アサートン。

そう気づいた時は、体を殴られたような衝撃を受けた。

自分はマデレン・アサートンとの結婚を望んでいる。

彼女こそ、チャールズがかねてから妻に望んできたすべてだった。知るかぎり、世の中でもっとも知的な女性であり、彼の腕のなかでは、あり得るのかと思うほどの情熱を感じた。想像力に富み、たぐいまれな才能の持ち主で、活発な性格なうえに寛大で思いやりがある。話をするたびに、永遠に話していられたらいいといつも思う。彼という人間を、そして、彼が成し遂げたいことを理解している。彼らの階級の人々を凌駕する、みずからの野心を抱いていて、それを彼は心から称賛している。

彼らの階級。はからずもその言葉が浮かんできたが、チャールズはふいに、それこそ自分が感じていたことだと気づいた。結局のところ、彼女と自分の階級は変わらない。彼女の一族はいわばアメリカの貴族だ。彼女を爵位狙いと決めつけ、口を極めて非難したことを思い返し、チャールズは胃がねじれるような思いだった。たしかに、ふたりが結婚すれば、彼女は爵位を得るが、だからなんだ？　最大の褒賞を得るのは自分のほうだ。永遠に彼女がそばにいてくれるのだから。

彼女と結婚すれば、それは対等な結婚となるだろう。そして、自分は彼女と結婚したい。残りの日々のすべてを彼女と過ごしたい。

彼女を愛しているから。

心から愛しているから。

なぜ、これまでそれに気づかなかった？

ひとつの理由は、見ていなかったからだ。いわゆる富豪令嬢、とくにアメリカ人富豪令嬢に対する不信感のせいで正しい判断ができなかった。そうでなければ、トーマスのあの完璧な結婚の成功例に感化されていたはずだ。

だが、気づかなかった最大の理由はおそらく、彼女との結婚を考えること自体を自分に禁じていたことだろう。

ミス・アサートンも同様に感じていた。オークリーの申し込みを真剣に考えていたからだ。しかし、その申し込みが却下されたいま、彼女は自由だ。

しかし、自分は自由なのか？　ソフィと結婚すると父には約束した。しかし、それは父の死が近いと信じていた時にした約束だ。父はいまや雄牛のように健康に見える――その状況の変化がマデレンによってもたらされたというのは、まさに皮肉と言うべきだろう。それでもなお、ソフィとの結婚が母の望みであることは変わらない。しかし、自分が別な女性を愛している時に結婚するのは、ソフィに対して正しいことだろうか？

そもそも、自分は最低な振る舞いで、マデレンとの可能性も台なしにしたのではないか？

くそっ、なんてことだ。

チャールズはまた別な箱を払いのけ、箱はすさまじい音を立てて床に落ちた。自分のなかの怒りをどうすればいいかわからない。自分が望むことはすべて禁じられた。愛する女性。愛する仕事。隠しているしかない。

いや、なんとしても実現する。ここでこそこそやっているのはもううんざりだ。隠れて働き、考えや感情のすべてを、他人のみならず自分に対しても隠して生きている。これからは、とチャールズは決意した。自分のやり方でやる。

家族全員がまだ寝静まっているようだったが、体の調子がよい時の父は非常に早起きだという事実に賭けた。その推測は正しかった。父は銃器室で十二口径のショットガンを分解していた。坐っている前のテーブルに部品が散らばっている。

「父上？　少し話せますか？」緊張で全身の筋肉がこわばり、怒りではらわたが煮えくり返っているが、チャールズはなんとかそれを抑えつけた。父は自分がわめき散らすのは気にしないのに、ほかの者が怒りや感情をあらわにすることを嫌う。

「もちろんだ、息子よ」チャールズが入っていくと侯爵は顔をあげたが、またすぐ銃の掃除に注意を戻した。「こいつをまた持ててなんと嬉しいことか。猟ができるほど元気だったのが大昔のことのようだ」

「またお元気になられて嬉しいですよ、父上」

「ああ。時期もこれ以上ないほどいいぞ」父が銃身を拭く作業を終える。「ライチョウの狩猟期が始まったばかりだ。あした、行こうと思っている。なにを仕留められるか楽しみだ。一緒に行くか？」

「ありがとう。だが、やめておきます。ぼくが狩猟に関心ないことはよくご存じのはずだ」

「まったく残念だ。森のなかを歩くほど楽しいことはない。鳥を飛び立たせてズドンとやった時の爽快感！　そしてそれを食す！　人生最大の喜びのひとつを逃しているぞ、チャールズ」

「ぼくに喜びを与えてくれることはほかにある。それについて話したくて来たんです」

チャールズは革の肩掛けかばんから、持ってきた装置を取りだして、テーブルの上に置いた。

「これはなんだ？」父がちらりと見やっただけだった。

「開発中の作品のひとつです」

「どういう意味だ？　開発中の作品とは？」父がまるで靴に入った小石かなにかのように装

置を眺めた。「作ったというのか？　こんなものを？」

「そうです」

「なんということだ、チャールズ！　やめると約束しただろうが」

「嘘をついたんです。あなたがぼくにそれ以外の選択肢を与えてくれなかったので。別な作業場を作りました」

「どこに？」

「スミスの農場です」

「スミス？　うちの小作人ではないな」

「ええ。敷地外であるように留意しました。あなたかほかのだれかが見つけた時に、あなたの名前を汚さないために。あなたが絶対に許さないとわかっていたからです」

父が鼻孔を大きくふくらませて　今度は銃身用のブラシを取りあげた。「それはなんだ？」嫌悪感あらわに手振りでテーブルの上の装置を示す。

「電池式のヘッドランプです」

「なんだと？　ヘッドランプ？　いったい全体なぜ、そんなものを作って時間を無駄にしているんだ？」

「なぜなら」チャールズは冷静に言った。「炭鉱の労働者の作業環境がより安全になるからです」

その説明が父の関心を引いたらしい。「炭鉱？」そして初めてそのランプをまともに眺めた。

「ご存じのように、いま使っているガスランプは危険が伴う」チャールズは付属の電池のスイッチをつけた。ランプから優しい光が放たれる。「電池はガスを出さない。こういうランプならば、ウィール・ジェニーで命を落とした者たちも救えたでしょう。将来的には、うちだけでなく、ほかの炭鉱でも爆発を防ぐことができる」

説明を理解するにつれ、父の額に深い皺が刻まれた。「本当にそうなるか？」

「問題は電池の能力です。せめて三時間は保たせたいと思っています。それができれば、炭鉱事業のやり方が劇的に改善されるはずです」

父は頭のなかで、いまの情報をあらゆる観点から検討しているようだった。顔に浮かんだ表情から、チャールズは生まれて初めて、父が彼の言うことに耳を貸していると感じた。しかも全否定はしていない。むしろ、チャールズが作ったものに興味をそそられているようだ。もしかしたら、多少は感心したかもしれない。

本当にそう言えるだろうか？　チャールズがやったことに対して、まがりなりにも関心を持つとか称賛に近い言葉を口にしてほしいと思うのは望みすぎだろうか？

口をぎゅっと結ぶと、父はライフルの繊条をブラシでこする作業に戻った。「販売するつもりなんだろうな？」

やはり望みすぎだったようだ。

「そう願っています」チャールズはため息をついた。「でも、心配は無用です。もしも、幸運に恵まれてこれを完成させ、これやほかの発明品を製品化してくれる製造業者を見つけたとしても、グレイソンという名前は決して出しません。ただ、諦めることができないんです、父上。あなたのためでも、母上のためでも、ほかのだれのためであっても」

「そうか。おまえがそう感じているのなら、わたしにはおまえを止めることはできない」

やれやれ、チャールズは思った。少なくとも、この交渉に向き合ってくれた。全体から見て、予期していたよりはずっといい。怒鳴ったりわめいたり、チャールズをあざけって計画をやめさせようとしたりしなかった。実際のところ、言葉にはしなくても、父がこの活動の利点を認めたことは、かなりはっきり伝わってきた。

なによりすばらしいのは、今後、嘘をつかなくていいということだ。それがチャールズの心にのしかかっていたものすごい重みをいっきに軽くした。長年暗かった気持ちがようやく晴れたように思えた。

しかし、もうひとつ、しなければならない宣言が残っている。

ランプと電池をかばんに戻しながら、チャールズは固い決意に満ちた強い口調で言った。

「もうひとつあります。ぼくはソフィと結婚しません」

父が一瞬ぴたりと動きを止めた。そのあと、また銃の掃除を続けたが、顔はこわばり、硬い表情で張りつめていた。「なぜだ?」

「彼女を愛していないからです」そう言うなり、チャールズは父の答えを待たずに部屋をあとにした。勢いよく向きを変えて廊下に一歩踏みだした瞬間、危うく母とぶつかりそうになった。母は扉の外に立っていたらしい。チャールズは驚いて立ちどまった。「母上」

「チャールズ」緑色の瞳のなかで、自尊心とためらいがせめぎ合う。「ついに話をしたのね？」

母が発明品のことを言っているのか、ソフィとの結婚に関する決心について言っているのか、チャールズにはわからなかった。「話した」母と一緒に廊下を歩きだす。

「盗み聞きをしてごめんなさいね。でも、そのかばんを手に厳しい顔であの部屋に入っていくのを見て、ついに決着をつけるつもりだとわかったのよ。お父さまも、自分の息子がどれほど優秀で、どれほど有能かをわかっていい頃合いですよ。たしかに何年も知っていながら隠さなければならないのはもどかしいことだったわ。でも、お父さまに告げるのはあなたであって、わたしではないと感じていたから」

「ようやく打ち明けることができて、心からほっとしてます」

「それから……ソフィのことも？」母の声には失望がこもっていた。

チャールズはため息をついた。「長いあいだ、あなたがこの縁談をどれほど楽しみにしてきたかは、よくわかっています、母上。ソフィの期待を裏切ることもわかっていて、非常に申しわけなく思っています」チャールズは胃がよじれるような思いで、長いあいだ自分のなかに閉じこめてきた感情を吐きだした。「でも、彼女とぼくの両方を惨めにするだけの約束を履行することに、どうしても意義を見いだせない。ぼくは彼女を愛していない。この地所の継承者としての義務は果たすつもりですが、自分の妻は自分で選ぶと決意した」

チャールズはこのあとに続くはずの議論に備えて心の準備をした。

だが、母はなにも言わずに長いあいだ黙っていた。それからようやく口を開いた。

「チャールズ、庭を散歩しましょうか?」

27

「ウィリアムについて話したことがあったかしら？」

チャールズは隣を歩いている母を見やった。朝の陽光が淡いピンク色のドレスを明るく輝かせている。「ウィリアム、だれ？」

「ウィリアム・エドガートン」母はその名前を口にしながらため息をついた。「両親とブライトンで休暇を過ごしていた十七歳の時に出会ったのよ。ウィリアムは聖職者になるために勉強していた。ウィットに富んだ賢い人で、人生に対して情熱を持っていた。あれほど魅力を感じた男性はあとにも先にも初めて。ふたりともひと目で恋に落ちたわ。この男性こそ自分が結婚したい人だとはっきりわかったんですよ」

この話がどこに向かうかをチャールズはすぐに感じとった。「でも、母上の……」

「両親がその結婚を許さなかった。ウィリアムはジェントルマン階級の三男でした。相続できる財産はなにもなく、みずから生計を立てざるを得ない。わたしの家族にとってそれは充分にはほど遠かったのです。伯爵令嬢として、わたしは貴族の家柄の男性と結婚しなければなりませんでした」

それはあまりに馴染みある言葉だったが、同時に、チャールズは想像したこともない話だった。「それは残念でしたね。その後ウィリアムはどうしましたか？」

「副牧師の娘と結婚したと聞きました。二度と会っていません」母の表情は悲しみに沈んでいた。「その後の二年間は社交界に出て、わたしの両親の希望に合うような若者に何人も会ったわ。どの人も……ぱっとしなくてね。みんな同じようでした。本物の愛を経験していたから、ほんの少しの愛情も抱けない人と一生をともにする気持ちにはなれなかった。でも仕方がありませんでした。そのうちのひとりを選ばなければならない。だから選んだの」

「つまり……父上を愛していなかった？」

「最初はね。お互いを愛することを学んだんですよ。古くさい決まり文句かもしれないけれど、それが真実なのよ」

チャールズは胃がぐっと締めつけられた。この話でなにが言いたいのか？　チャールズもソフィを愛することを学べると説得するためか？

「でも」母が言葉を継いだ。ふたりは高い生け垣に沿って歩いていた。母の長いスカートの裾が砂利道をかすっている。「ウィリアムを愛したようにあなたのお父さまを愛したことはないわ。四十年経ったいまも、ウィリアムはわたしの心のなかに生き続けている」

チャールズはなんと答えたらいいかわからなかった。「残念でしたね」もう一度言ったが、母が手をあげてチャールズの言葉をさえぎった。

「チャールズ、ミス・タウンゼンドとアメリカに駆け落ちした時、あなたは彼女を愛していたの？」

その質問にチャールズは驚いた。「いいえ。だが、ぼくが彼女を破滅させたと本人から言われたし、妊娠する可能性を考えれば、そばにいる義務があると感じたんです」

母がうなずき、考えこんだ。「時には、正しい行動が、本当に正しいかどうかはっきりしない時もあるわね」

チャールズは歩きながら母を見やり、なにを考えているんだろうと思った。しかし、それがなんであろうと、自分はソフィとは結婚しない。マデレンが申し出を受け入れてくれるかどうかはまったくわからない。それでも、前者に関して母の理解を得られれば、すべてのことがずっとやりやすくなる。「どういう意味？」

「わたしが言いたいのは……たしかに、あなたとソフィの結婚を長いあいだ期待してきたけれど、なにも気づかなかったわけではないということ。あなたがたふたりのあいだで、なにかがしっくりいっていないことは気づいていましたよ」

「そうですか？」

「人生にはさまざまな困難があるわ、チャールズ。結婚もいい時も悪い時もあるし、喧嘩もあるし、予期せぬ問題も起こる。幸運にも愛し合うふたりが結婚できれば、しっかりした土台の上に人生を築くことができる。嵐を乗り越えるのもずっと楽でしょう。でも、その土台がないとすれば……」ふいにつがいのコマドリがそばの生け垣から飛びだし、ふたりをかすめて飛び去った。「あなたはソフィを愛していないと言った。ほかの人を愛しているのね？」

この質問は予期していなかった。なにか考える前に答えが口から出ていた。「そうです」

「ミス・アサートン？」

チャールズは母と目を合わせ、かすかにうなずいた。母は息子のことを知りすぎている。

「彼女もあなたを愛しているの？」

「わからない。そうだったかもしれないが、いまもそうかはわからない」

「では、オークリー卿と結婚しないことにしたのね？」

「そうです」

「あなたは彼女と結婚したいのね？」

「したい！」意図したよりもはるかに力をこめた口調になった。

「わかったわ、チャールズ。わたしはミス・アサートンが好きですよ。最初にいらした時は、野心的すぎると思いましたけれど。でもいまは、教育によって女性の人生や価値がいかに向上するかわかった気がするわ。彼女はたしかに賢い人だし、あの劇はすばらしかった。それに、あなたのお父さまの命も救ってくれたとわたしは思っています。あなたにふさわしい人だわ。もちろん、ソフィもすてきな女性だし、わたしにとっては血を分けた姪でもある。あなたと同じくわたしも彼女を傷つけたくない。でも、まだ若いから、きっとすぐに立ち直れるでしょう」母の目が、なにか知っているかのようにきらめいた。「それに、この知らせは彼女にとって、あなたが考えているほどつらいことではないかもしれないですよ」

チャールズは母を見やった。「どういう意味ですか？」

「言いたいのはこうよ。あなたがミス・アサートンを愛しているなら、その気持ちに従って行動しなさい、チャールズ。彼女と結婚しなさい」

チャールズの全神経が、流れこんできた安堵感でいっぱいに満たされた。「母上に賛成してもらえたら、どれほど心強いことか。でも、父上は……」

「お父さまのことは心配しなくて大丈夫」母が言う。「わたしが説得しますよ」

「あとは、手遅れでなければと願うだけだ。ミス・アサートンとは気まずい別れ方をしたから」

「それなら、仲直りする努力をしなければならないわね」母の温かいまなざしは、かつて愛し、それっきり会わなかった男性を思いだしているかのような郷愁をたたえていた。「でもまずは、ソフィに話をしなければいけないわ」

「わたしになんの話をするのですか？」

生け垣の角を曲がってソフィが現れるのを見て、チャールズと母は足を止めた。ドクター・ハンコックが隣にいる。

「ええと……おはよう」頬にみるみる血がのぼるのが自分でもわかった。ふたりにどのくらい聞かれただろう？「ハンコック、来ているとは知らなかった。朝早いのに」

「ええ、そうなんです」ハンコックが即座に返事をした。「レディ・ソフィに会いに来たんです。それで外で……散歩を」

ふたりの顔がどちらも真っ赤に見えるのは気のせいだろうか？「散歩には気持ちのよい朝だ」

「ええ、そうですね」ハンコックは落ち着かない様子だ。

ソフィがチャールズのほうを向いた。「聞こえたのは正しかったかしら？　なにかお話があるんでしょう？」

チャールズはどう答えればいいかわからなかった。いまここで、ドクター・ハンコックのいるところで打ち明けたくない。

「わたしたちもあなたに話したいことがあるの」ソフィがさらに言い、ハンコックと視線を交わした。「全員がここにいるし……わたしたちが先に話してもいいかしら？」

「そのほうがよければ、もちろんかまわない」

「わたしはあっちに行っていましょうか？」チャールズの母が寛容に申しでた。

「いいえ、シャーロット叔母さま、あなたにも聞いていただきたいことなんです」灰色の瞳をあげてチャールズを見つめ、ソフィが言う。「チャールズ、許していただけたらと願っています。それに、これから申しあげることが、あなたを悩ませなければとも思います。実は、わたしはあなたと結婚できないんです」

チャールズはあっけにとられた。「というと？」

「わたしはあなたと結婚するだろうとずっと信じてきました」ソフィが言葉を継いだ。「あなたがずっと前からわたしたちの結婚を予定してくださっていたことはわかっています。それにシャーロット叔母さま、あなたがどれほどわたしたちの結婚を見たいと思ってくださっていたかも。でも、このところずっと……」チャールズに穏やかな、しかし毅然とした視線を向ける。「そうなるべきではないと感じていました。そして……」ソフィの目がハンコックの視線を探し、ふたりは見つめ合った。

ハンコックが空の月をあがめるようにソフィを見つめ、ソフィも同じような目で見返している。その瞳にはチャールズが知らない真の愛情が浮かんでいた。ソフィがそのまなざしをチャールズに向けたことは一度もなかった。

「ぼくたち、恋に落ちたんです」ドクター・ハンコックが言い、ソフィの手を取った。「ついさっき、ソフィに妻になってほしいと頼み、受け入れていただきました。それによってあなたを傷つけることになるとすれば、心から申しわけないと思います」

「本当にごめんなさい」ソフィも言う。

チャールズは驚きのあまり、声も出せなかった。しかし、母は少しも驚いたように見えない。それどころか、笑みを押し隠しているらしい。ようやく話せるようになると、チャールズは訊ねた。「いつからそういうことに？」

「始まりは、くるぶしをくじいた時だと思うわ」

「ぼくの気持ちはもっと早い時期からでした」ハンコックが認めた。「でも、ソフィとあなたのあいだに了解があると知っていましたので、閣下、ぼくにチャンスはないと、あえて考えないようにしていたんです」

「この数週間で急速に進展したのよ」ソフィがつけ加える。「発表するならば、舞踏会がいい機会かもしれないと言ったことがあったでしょう？　覚えているかしら、チャールズ？」

「覚えている」

「あの時にあなたの心は違うところを向いていると感じたわ。そのあとすぐ、すべてが変わった。そして……」ハンコックのほうを向いて、顔を赤らめた。「舞踏会で求婚してくれるのはあなたかもしれないと思ったのよ」

「そうするつもりだったんだ、愛する人」ハンコックがソフィに言う。「午前零時の鐘が鳴る瞬間に――その計画だった。でも、その前にレディ・ロングフォードのところに呼ばれたから」

さまざまな感情がチャールズを圧倒したが、なかでも一番感じたのは、ソフィを傷つけなくてすむという強い安堵感だった。同時に自分が束縛を解かれたということ。自由だ！　飛びあがって、ジグを踊りだしたい気分だ。といっても、ジグの踊り方は知らない。どちらにしろ、いまここでそんなことをするのは不適切だろう。ソフィとしても、自分の告白でチャールズがそれほど苦しむとは思っていなかったはずだ。先ほどの言葉からも、チャールズの気持ちが別なところに向いていると疑っていたのだから。つまり、彼以上に彼のことを理解していたことになる。だが、そうであっても、ふたりの目に罪悪感が浮かんでいるのはチャールズにも見てとれた。

「わかった」チャールズはうなずき、笑みを浮かべて、その笑みが苦悩と理解の両方を示していることを期待した。「きみの幸せを邪魔するつもりはないよ」チャールズはソフィの手を取ってキスをした。「幸せを祈っている」

ソフィがチャールズに礼を言った。医師との結婚は、伯爵令嬢のソフィにはふさわしくないと言う者もいるだろう。しかし、伯爵夫人だった彼女の母親だって、地位の低い男爵と再婚した。それにハンコックはまぎれもない紳士であり、高度な教育を受けている。医師という職業も、近年人々のあいだで日に日に評価が高まっている。

少なくとも、チャールズの母が不賛成でないのは明らかだった。侯爵夫人が幸せなふたりに向けて両手を差しだし、満面の笑みを浮かべて言ったからだ。「すばらしい知らせだわ。こういうことになるのではないかと思っていましたよ。言葉で言えないほど嬉しいわ」

「ありがとう、シャーロット叔母さま」ソフィがチャールズの母と抱き合った。

「ソフィを大事にしてくださいね、ドクター・ハンコック」母が医師に命じる。

「そうします、侯爵夫人。約束します」ハンコックが顔をぱっと輝かせてにっこりした。

医師に手を差しだして、チャールズは言った。「ようこそ、わが一族に、ハンコック」

列車ががたごとと音を立てて線路を走る。

一等車両の窓から過ぎていく田舎の風景をぼんやり眺めているマデレンの体に、車輪の振動が伝わってくる。

英国を離れたくなかった。少なくとももう一カ月滞在して、アレクサンドラとトーマスとふたりの生まれたばかりの赤ちゃんと一緒に過ごす貴重な時間の一秒一秒を吸収したかった。姉とふたりだけの有意義な会話も続けたかったし、ジュリアとリリーと一緒に、ポルペランハウスの庭を散歩したり、巨木の陰に坐って朗読したりしたかった。

みんなにこれからまた何年も会えないと思っただけで——トミー坊やはマデレン叔母さんを知らずに大きくなる——、マデレンの目にまた涙がこみあげた。

そうしたくなくても、心はもうひとりの人物に向かった。

それでどうなるものでもないと知りながら、自分はソーンダーズ卿に心も魂も肉体もすべてを与えた。彼の腕に抱かれて情熱的に愛し合ったのは、本当にきのうの午後のことだろうか？　そして、そのあとに過酷な報いを受けた。ナイフでえぐられたような心の傷はいまも深く口を開き、ずきずきと痛んでいる。

子どもの時に父に言われた言葉をふいに思いだした。「結婚したらおまえを幸せにしてくれる男性はたくさんいるはずだ」父はそう言ってウインクした。「そのなかからひとりを選び、結婚するのがおまえの仕事だ」

そのなかのひとりを見つけた。でも、その人と結婚することはできなかった。

マデレンはすすり泣きを必死にこらえた。いつかまた、愛することができて、結婚を考えられる男性に会えるかもしれない。傷ついた心がもとに戻るのにどのくらいかかるだろう？見当もつかないが、きっと何年もかかるはずだ。

目を拭い、マデレンは暗い気持ちでまた窓の外に注意を戻した。物語に出てくるようなかわいい村が通りすぎていく。茅葺き屋根の家々。教会の尖塔。延々と広がる緑豊かな牧草地。期待を胸にこの地方にやってきたのだから、逃げだすのは悔しかった。でも、コーンウォールにとどまることはできない。ソーンダーズ卿と距離を置く必要がある。それを言うなら、英国にもいられない。母が立てた計画のせいで、マデレンは英国を離れざるを得なくなった。あんな計画は無意味だし、ばかげている。アレクサンドラの得た称号により、すでにニューヨークでは、家族が望む扉のすべてが開かれている。しかし、ジョゼフィーン・アサートンにとって、貴族の称号を持つ娘ひとりでは充分ではない。母がしたいのは、ほかのだれもが達成でなかったこと。称号を持つ娘三人をミセス・アスターに突きつけて、ニューヨーク社交界の名士たちの羨望の的になると固く決意している。母のその決意から逃れるすべはないことをマデレンは知っていた。英国にいるかぎりは。

アレクサンドラとトーマスがマデレンに協力して一緒に策を練ってくれた。マデレンはトランクに荷物を詰め、きょうの早朝、母が起きるずっと前にトーマスに駅まで送ってもらった。結婚せずに戻れば父は嬉しくはないだろう。理解してくれることを祈るしかない。静かに生きていこう。慈善団体の仕事に時間を使おう。うんざりするまで本を読もう。そして、たくさん書こう。

全部の時間を執筆に費やすこともできる。

マデレンはつづれ織りのバッグを胸に抱き締め、大事にしまってある原稿の重さに安らぎを得た。ニューヨークに向けた航海のあいだに推敲を開始できるだろう。そしていつの日か、希望と祈りをこめて、原稿を出版社に送る。そして、また別な本に取りかかる。それにしても、今回の旅の時間的な頃合いは完璧だった。ちょうど今夜リヴァプールの港を出発する船がある。

それに乗船することになるだろう。

「どういう意味だ、彼女がここにいないというのは？」

チャールズは、朝食室に坐ってちょうど食後のコーヒーを飲み終えたトーマスとアレクサンドラを凝視した。

トーマスが立ちあがってテーブルをまわり、チャールズの前に立った。声を低くして言う。

「マデレンはけさ早く出発した。レクシーの母親はまだ知らない。まだ起きてきていないから」

「どこに行ったんだ？」

「家に」アレクサンドラが静かに答えながら、立ってきてふたりに加わった。「ニューヨークへ」

「ああ、なんてこった」チャールズは肺から空気が全部出てしまったように感じた。「なぜ？」自分がひどく傷つけたからか？　もしそうならば、一生かかっても自分を許せないだろう。

アレクサンドラは平静を装っていたが、その顔には明らかに妹を心配する表情が浮かんでいた。「マディはきのう、オークリー卿の申し込みをお断りしたんです」

「知っている」チャールズはせっかちに認めた。

「知っている？」アレクサンドラの青い目が狭まった。「どうして知っているの？」

「彼女に聞いた、きのう。彼女が——」チャールズは言葉を切った。ふたりのあいだであったことは個人的なことだ。マデレンはおそらく姉に打ち明けていないだろう。それを自分が暴露する気はない。「短時間、ぼくに会いにきた時に」言い始めた文を言い終える。「しかし、オークリーの求婚を断ったからといって、なぜそんなにすぐに英国を離れなければならないんだ?」

「それは母がありえない人だからよ。それとも、普段よりもさらにあり得ない人になっていると言うべきかしら。マデレンを貴族と結婚させると固く決意していて、妹を追いたてて、この国じゅうをまわり、八十歳以下の独身貴族全員に会わせようと計画しているの」

チャールズは罵りの言葉を吐いた。

「それより、なぜ訪ねてきたんだ、チャールズ?」トーマスが訊ねた。

「あなたはソフィと結婚することになっていると言っていたわ。それも妹を行かせた要因かも」

「行かせるわけにはいかない」彼のなかの抑圧された情熱のすべてが染みこんだ言葉は、止める間もなくチャールズの口から飛びだしていた。「それにぼくはソフィと結婚しない。彼女はドクター・ハンコックと婚約した」

「なんですって?」アレクサンドラが叫んだ。

「いつから?」トーマスも声をあげる。

「言われたのは一時間前だ。ぼくがソフィに、ほかの人を愛しているからきみとは結婚できないと言おうとしていた矢先のことだった」チャールズは息を吸い、アレクサンドラのほうを向いた。「ぼくはあなたの妹さんを愛している。彼女以外の女性とは結婚できない」

「そうなの？」アレクサンドラは答えたが、その顔にはゆっくりと笑みが広がった。

「なるほど」トーマスも笑みを浮かべて言った。「友よ、どうやらきみも、ぼくが歩んだ道をたどらねばならないらしい」

「なぜだ？　アサートン家の女性を愛したからか？」チャールズはため息をついた。

「いや」トーマスが優しい目で妻を見やった。「わずか一年前に、ぼくも愛しているアサートンの女性を追いかけて、猛スピードで英国を横切ったからさ。今度はきみの番だ」

「マディは臨港列車に乗ったのよ」アレクサンドラがチャールズに言った。「すぐにリヴァプールに向かったほうがいいと思うわ、チャールズ。ブリタニア号は今夜の満潮に出航予定だから」

28

無駄にできる時間は一分もなかった。チャールズはボルトンまで馬を疾走させ、宿屋に馬を預けると、なんとか間に合って午後の汽車に飛び乗った。

一刻も速くポルペランハウスに来ようと思ったため、財布を持ってきていなかった。トーマスが列車の運賃よりはるかに高額の札束をチャールズの手に押しこみ、幸運を願ってくれた。

車両の座席に身を沈めた時には、心配のあまり、心臓が早鐘を打っていた。

なぜ、いったいなぜ、ミス・アサートンに対する自分の感情をもっと早いうちに、せめて彼女を両腕で抱いた時に潔く受け入れなかった？　なぜその時あの場で、あなたを愛していると、だからソフィとは結婚できないし、しないと伝えなかった？　認めるのに丸一日かかった。そのせいで手遅れになるかもしれない。

死に物狂いで馬を走らせるあいだも、頭のなかで計算していた。列車を三回乗り換えなければならない。エクセターとブリストルとバーミンガムだ。すべてが時間どおりにいけば、ブリタニア号が出航する一時間前にリヴァプールに着く。それだけあれば、航行前に埠頭に着いて乗船し、うまくいけばミス・アサートンを見つけられるだろう。

すべてが順調にいけばの話だ。

列車のなかで時間は遅々として進まず、なにもかもうまく行かない筋書きばかりが頭に浮かんだ。列車が故障で動かなくなるかもしれない。接続の列車に乗れずに、長時間足留めを食うかもしれない。船が出る前にリヴァプールに着けないかもしれない。着いた時にはまだ停泊していても、乗船に間に合わないかもしれない。乗船できたとしても、おびただしい数の乗客のなかからどうやってミス・アサートンを見つける？

もしも見つけられたとしても、やはり手遅れかもしれない。彼女に思いを告げて、自分が言ったことに対する許しを請い……それでもなお、彼女はノーと言うかもしれない。

それだけは、考えたくもなかった。


チャールズが怖れていたとおり、列車はバーミンガムで線路の修理により遅延した。苛立ちのあまり頭が爆発するかと思っているうちに、ようやく機関車が動き、旅の最後のひと区間を走りだした。

リヴァプールに着いて駅から飛びだすと、表通りはロンドンと同じくらい汚くて混み合っていた。馬と馬車と乗合馬車と歩行者であふれている。懐中時計に目をやった。ブリタニア号は四十分後に出航する。それまでに乗船して、間に合うようにミス・アサートンを見つけられるか？

全力を尽くすしかない。

港は鉄道の駅から五区画ほど離れていた。チャールズは貸し馬車を止め、四分以内にブリタニア号が停泊している埠頭に着いたらたんまりチップをはずむと御者に約束した。

御者は混雑を右に左に縫うようにして猛スピードで走り抜け、与えられた時間ぴったりに指定された場所に馬車を止めた。チャールズは御者に金を押しつけると、馬車から飛びおりた。目の前の埠頭に、大西洋を横断する巨大な蒸気船が横たわり、混乱と喧噪に取り囲まれている。船の手すりに乗客が群がって埠頭を見おろし、出航を見送ろうと待ち構えている群衆に手を振ったり、別れの言葉を叫んだりしている。

荷をおろした四輪や二輪の荷馬車が仕事を終えて次々と埠頭から出ていく。しかし、まだ入ってくる荷馬車もあり、馬車も次々と到着して乗客をおろしていた。二等や三等で旅をする人々が、時にはたくさんの子どもを連れて大量の荷物を運ぼうと四苦八苦しているかたわら、もっと上品な一等船客は乗組員に指示して箱やトランクをおろさせ、装置と鎖によって埠頭から甲板まで引きあげさせている。

渡り板がまだかかっているのを見てチャールズはようやくほっと息をついた。そちらに向かって歩きだそうとした時、ふいに別な考えが頭に浮かんだ。きょうこの船に乗る予定だとアレクサンドラは言っていたが、実際に到着して乗船券を購入したかどうか、チャールズには知りようがない。それを知る唯一の方法は切符売り場に行って確認することだ。

ホワイトスターライン社の看板を見つけ、一直線にそちらに向かう。電報局の前で列を作る人々の横を過ぎ、急ぎ足で行き交う人々を押しのけて走り続けた。切符売り場に着くと、困ったことに係員はひとりしかおらず、ほかの客に応対していた。チャールズの脈拍がいや増した。この男は永遠に終わらないのか？　質問するのを諦めようと思った時、ようやく前の客がどいて、急ぎ足で立ち去った。

「ご用件は？」飛びつくようにカウンターの前に立ったチャールズに、係員が冷静な口調で訊ねた。

「ある客が乗船しているかどうか教えてもらえませんか？　名前はマデレン・アサートンです」

「お客さんもきょう出航ですか？」肩幅が広く、濃い口ひげと頰ひげをはやした赤ら顔の係員は制服をきっちり着用し、いかにも誇らしげだった。

「いや、見送りだ」

「すみませんが、同じ等級か、より上の等級の乗船券を持つ方にしか、乗客の情報はお知らせできません」

「乗船券を持つ方？」チャールズはいらいらして繰り返した。「聞いてくれ、ぼくはソーンダーズ伯爵チャールズ・グレイソンだ。ミス・アサートンは友人だが、あの船がこの港を出る前に大事なことを話さなければならない」

「すみませんが、伯爵さん」係員が言う。「あの船の出航までにあと三十分もありません。あれだけ多くの乗客がいては、待ち合わせ場所を先に決めているのでないかぎり、鐘が鳴る前にその方を見つけられると思えません」

「必ず見つける」チャールズは言い張り、実際に感じているよりも自信に満ちて聞こえるように願った。「しかし、まずは彼女が乗船しているかどうか確認する必要がある！　台帳を調べて、船室番号を教えてくれれば、大変ありがたい」

「伯爵さん」係員がさらに偉そうに胸を張った。「あなたがきょう、一等船室の切符でブリタニア号に乗船するならば、喜んであなたが知りたい乗客の名をいくらでも教えますよ。そうでないかぎり、わたしにはなにもできません。ホワイトスターライン社の規則があるんです。あなたがヴィクトリア女王であっても、わたしは規則に従わなければならない」

「わかった！　わかった！」チャールズはうなった。「一等船室の切符を買う。いくらだ？」

「あいにく一等船室の切符は売り切れです」係員が言いながら、几帳面にページを繰る。

チャールズは危うくカウンターを飛び越えて、そいつの首根っこをつかみそうになった。

係員が指で口ひげをひねりながら台帳を見ていたが、そのうち小さく満足げな吐息を吐いた。「おお——あなたは幸運な人だ。一等船室の切符が一枚だけ残っていました。十六ポンドです」

チャールズはトーマスがくれた金をポケットから取りだし、足りるだけの金を持っていたことに感謝しながら支払った。係員がまったく急がずに切符の処理をし終え、ようやくカウンターを滑らせて寄こした。

「では、これで調べてもらえるかな？」チャールズは急かした。「ミス・マデレン・アサートンだ」

「アサートン？」係員がチャールズの名前を書きこんだ同じページに指を走らせてさかのぼ

る。「おお、ありましたよ！　聞き覚えのある名前だと思った。ミス・アサートンは二時間ほど前に一等船室の切符を買いました。三一二号室です」

「ありがとう」チャールズは切符を持って事務所から走り出た。あと二十分しかない。間際に到着した馬車や荷馬車の横を擦り抜け、乗船の列に並んでいるか、別れを告げるために来た人々のあいだを縫うように走る。

渡り板に近づいた時、チャールズは色あせた古服を着た五人の子ども連れの家族に気づいた。全員がトランクやバッグを引きずっている。一番小さな、おそらく五歳にもなっていない子どもも、ほかの子と同じような大きさの重そうな箱の山を必死に引っ張っている。時間がない。まっすぐに進め。しかし、どんなに急いでいても、手を貸さずに通りすぎることはできなかった。

「そのかばんはきみたちには重すぎるようだ」チャールズは子どもたちの前で立ちどまり、ウインクしてほほえみかけた。「手伝おうか？」

少年少女は驚いて彼を見あげ、疲れきった顔に感謝を浮かべた。チャールズは両方の手に子どもたちのかばんを持った。「先に行って、のぼったところに置いてくる。それでいいかな？」

「ありがとう、旦那さん」子どもたちの母親らしい女性が叫んだ。

チャールズはその女性のほうにうなずくと、「失礼」と「すみません」を交互につぶやいて、のぼったりおりたりしている人々を避けながら、渡り板を駆けのぼった。

船に入る手前の踊り場まで来ると、チャールズは乗客係にかばんを渡し、急いで後方を振り返って、その持ち主である家族を差し示した。それから階段に向かって突進した。

蒸気船が波止場を離れる時は、ほとんどの乗船客が甲板に出たがることを思いだしたが、実際のところはわからない。ミス・アサートンは船室にいるかもしれない。先にそちらを確認したほうがいいだろう。すれ違った客室係に聞いた説明に従い、チャールズは正しい階にたどり着き、長い廊下を三一二号室まで走った。

呼吸を整えながら、チャールズは扉をノックした。応答はない。またノックしながら呼びかけた。「ミス・アサートン？　チャールズ・グレイソンだ。もしいるなら、開けてくれないか？」

なんの音もしない。

チャールズはきびすを返し、廊下を走って戻ると、一段飛ばしで階段を駆けあがった。談話室にいるかもしれない。あるいは社交室？　それともカフェか？　どこもあり得る。しかし、彼女がほかの一等船客とともに甲板にいるとチャールズの理性が告げていた。

遊歩甲板に続く扉を飛びだし、躍起になって左右を眺める。船は巨大だった。甲板がまるで競馬場のようにその全体を囲んでいるが、人々は港の側に群がっていた。そちらの方向に行くべきか？　わかるわけがない。

チャールズは外廊下を左方向に歩きだした。大気が出航の興奮に満ちている。いたるところに人々がいて、覆い被さるように固定してある救命艇の列の下に鈴なりになっている。乗船客のほとんどは手すりに向かって立っている。見送り客の最後の数グループが出発する友人たちに別れを告げたり、おしゃべりしたり、涙を拭ったりしている。

ちょうどその時警鐘が打ち鳴らされ、喧噪を超えるような高い音が響き渡った。客室係が人々のあいだを移動しながら叫ぶ。「下船してください！　見送りの方は下船願います！」

心臓の鼓動が耳の奥でがんがん響いた。時間切れだ。彼のまわりの人々全員が握手と別れの抱擁を交わしている。チャールズは乗船券を持たない人々がおり始めた流れに逆らって前進した。

心臓のどきどきに歩調を合わせるように進み、すれ違う女性全員に目を配る。船尾に達すると振り返り、船首に向けて戻り始めた。ミス・アサートンと髪の色や背格好が似ている女性を数人見かけたが、振り向いた顔を見れば、全員見知らぬ人だった。

「最終のご案内です！」そばを通った客室係が叫んだ。「お見送りの方は下船願います！」

ふいに大きな猛獣が意識を取り戻したかのように、うなり声にも似た低い音が響いて機関が動きだした。頭上の三本の巨大な煙突から煙が噴きだす。

さて困った。もうまもなく渡り板がはずされる。

そもそも不可能な任務だった。乾し草の山で針を探すようなものだ。乗船客は手すりの前に三重にも四重にもなって、前の人々の肩越しになんとか顔を出そうと背伸びし、必死に手を振って別れの言葉を叫んでいる。ミス・アサートンは彼から二メートル以上離れた手すりぎわにいるかもしれない。そうなれば、彼に見つかるわけがない――あいだにいる人々が多すぎて、完全に隠れてしまうだろう。

突然別な考えが浮かんだ。こちら側の乗船客は全員だれかに別れを告げようとしている。ミス・アサートンも、同じ側の群衆に隠れて、船が波止場から離れる印象深い瞬間を見ようとしているかもしれない。

あるいは、彼女を見送る人はいないのだから、船の反対側のもっと静かな場所を好むかもしれない。

足の下で木の甲板が震えた。

もはやこれまでか。ニューヨークまで航海したくないかぎり、船からおりなければならない。

チャールズは決断した。最初にあった扉から室内に飛びこみ、廊下を駆けて談話室らしい広大な部屋を抜け、反対の扉から船の逆側の遊歩甲板に出た。こちら側は予想どおり、まったく混んでいない。

息遣いも荒く甲板を走りながら、女性全員の顔と背格好を確認する。

そしてついに、彼女を見つけた。二十メートルほど先の手すりにもたれて立っていた。白いローン地のドレスを着た姿は幻影のようだった。美しい顔に悲しげな表情を浮かべている。

チャールズは数秒でふたりのあいだの距離を縮め、彼女の前で立ちどまった。息が切れて声が出せず、走り続けてきたせいで胸が破裂しそうだ。顔をあげた時の彼女の表情はほとんど無関心だった。だが、彼を見つけたとたん、驚きで目が大きく見開き、口がぽかんと開いた。

「いったいなぜ……?」彼女が言う。

チャールズはまだ激しくあえいでいた。だがこうして向き合って立つと、言おうと用意してきた言葉すべては役に立たないとわかった。船をおりてくれと説得できればと願っていた。英国にとどまってほしいと。だが、どちらも無意味だった。

見つめ合って立っているあいだに、機関の振動が著しく増し、船が動きだしたからだ。


マデレンは自分の目が信じられなかった。ソーンダーズ卿が立っている。息が切れて、話すこともできないらしい。この甲板にカンガルーかゾウがいるのを見たほうが、まだ、彼を見るよりは驚かなかったかもしれない。

「あなたもこの船でニューヨークに行くんですか?」ばかげた質問だ。もちろん、ニューヨークに航海するに決まっている。足の裏に巨大な船の振動を感じる。船はすでに岸から離れていた。

「もちろん」彼がようやく声を出した。

「なぜ?」この船の乗船券を買ったのは、母だけでなく、彼からも逃げるため。それなのに、目の前に彼が立っている。

「そのつもりではなかったのだが」まだ激しく喘いでいるが、ようやく会話ができるようになったらしい。「出航するまでにきみを止めたいと思っていた。ぼくの謝罪を聞いてもらうまでは、行かせられない」

「あなたの謝罪？」

彼が目に悔恨をたたえてうなずいた。「きのうのぼくは最低最悪の大ばか野郎だった。きみに言ったことを考えただけでぞっとする。きみをひどく傷つけたことはわかっているが、あの時は、あまりに間抜けな頑固者だったせいで、自分の本当の気持ちに気づくことができなかった。どれほどすまなく思っているか、言葉では言い表せない」

マデレンはこの驚くべき告白の意味を解明しようとした。「謝罪は受け入れますわ、伯爵さま。それを言うためにわざわざ来てくださったことも感謝します」

彼の顔の隅々まで安堵が広がるのがわかった。その表情が、先ほどのじれったい言葉——自分の本当の気持ち——がさらなる意味を持つことを約束していた。見果てぬ夢では見たとしても、こんなことが実際に起こるとは予想もしなかった。マデレンは待ち受けた。最初はかすかだった希望のはためきが胸のなかで大きくなりつつある。

彼は大きく息を吸うと言葉を続けた。「ミス・アサートン。ポルペランハウスの階段をおりてくる姿を初めて見た時から、きみに惹かれていた。今年の夏にきみをよく知るにつれ、ぼくの心は完全にきみのものになった。だが、それを否定しようとした。ほかの人に対して義務があると信じていたからだ。でも、それは約束だった。ぼくに求められるべきでなかった約束だ。きみこそ、ぼくが人生を分かち合いたいと願う女性だからだ」

マデレンの心臓が飛びだしそうに鳴っている。「でも……ソフィのことは？」

「けさ、結婚できないとソフィに伝える決心をした。父と母にもそのように伝えた。だが、ぼくがソフィにそれを話す前に、ソフィからドクター・ハンコックを愛していると告げられた。ふたりは婚約したよ」

「婚約？　ドクター・ハンコックと？」マデレンは信じられなかった。でもすぐに、ふたりが一緒にいるところにばったり会った時の様子を思いだした。ソフィの最近の振る舞いがとても奇妙で沈んでいたこと……そして舞踏会の夜に言っていた、今夜、結婚を申しこまれることを期待しているのという言葉。ソフィが期待していたのはソーンダーズの申し込みではなかった。ドクター・ハンコックの申し込みだったのだ。

ソーンダーズがマデレンの手袋をした両手を取った。「ミス・アサートン、きみはぼくの心だ。ぼくの魂、ぼくの分身だ。きみを愛している。言葉では言い表せないほど愛している。厚かましい願いとわかっているが、どうかぼくが言ったことを、きみを傷つけたことを許してもらえないだろうか？」

自分の口が曲がって笑みになるのがわかった。「厚かましい願いを聞き入れるわ、伯爵さま」

「もっと厚かましいが、ぼくを愛してくれることも願っていいだろうか？」

「わたしもあなたを愛しているわ」マデレンは気持ちをこめて答えた。「心から」

彼が愛情あふれるまなざしでマデレンを見つめたまま一歩前に出た。「ぼくの妻になって、ぼくをこの世で一番幸せな男にしてくれますか?」

「ええ」

船が青い海に溶けこんでいくなか、彼に抱き寄せられてキスをされる。心が空まで舞いあがり、マデレンもすぐにキスを返した。

エピローグ

同じ日の夕刻、ふたりは乗船していた牧師の司式により船の礼拝堂で結婚した。牧師はソーンダーズ伯爵とその花嫁を心から祝福した。船長と給仕長が立会人として列席し、その記録が船の航海日誌に記載された。花嫁は白いローン地のドレスを着て、船の花屋が大急ぎで作ったバラとヒナギクの花束を持った。花婿は到着した時の服のままだった。

それぞれの家族に結婚を知らせる電報を打ったあと、ふたりはマデレンの船室に戻り、ソーンダーズ卿がマデレンを抱きあげて戸口の敷居をまたいだ。

「やっと花嫁のような気持ちになったわ」マデレンは言って笑った。「でも、この気持ちは前にも感じたことがあるけれど」

「ぼくが重婚罪を犯したという意味かい？」チャールズがからかい、広々した船室の真ん中でそっとマデレンをおろした。

「きのうのことを考えていたの。抱いて階段をのぼって屋根裏部屋に運んでくれた時のこと」

「ああ」彼はためらい、真剣な表情を浮かべた。「あの時の振る舞いは、深く後悔しているよ、愛する人。これから一生をかけて償うと誓う」

「そうしてくださると信じているわ」

彼はマデレンに深くキスをして、それから上着を脱いだ。「ところで」マデレンのドレスのボタンをはずしながら言った。「ぼくたちには一等船室がふたつある。切符代は支払い済みだが、ひとつ余計だと思わないか？」

「思うわ。わたしたちを結婚させてくれた親切な牧師さんに使ってもらったらどうかしら？二等船室で旅をしていると聞いたわ。等級があがれば喜ぶでしょう」

「すばらしい考えだ」彼はマデレンの肩からドレスを滑らせ、床に落とした。

マデレンも彼のクラヴァットをほどき、滑らせて彼の首からはずした。「荷物はなにも持ってこなかったと思ってるけれど、合っているかしら？」

「なにひとつ。着ている服だけだ」

「どのくらいの時間をこの船室で過ごすかを考えれば」マデレンは彼のシャツのボタンをはずしながら言った。「それ以上の服は必要ないのではないかと思うけれど」

彼は笑い、またマデレンにキスをした。「どんなにきみを愛しているこことか、レディ・ソーンダーズ」

「そんな堅苦しい呼び方は必要ないわ」マデレンはからかった。「前にマデレンと呼んでくれたでしょう？」

「そうだった」彼がマデレンのコルセットをほどいてはずした。「きみの名前が大好きだ。でも、お姉さんと同じようにマディと呼んだらきみは嫌かな？」

「むしろ嬉しいわ、チャールズ」

「チャールズ」彼はつぶやき声で繰り返した。「きみがそう言う言い方がとても好きだ」

船の動きに揺れながら、ふたりは愛し合った。それは限りなく優しく、それでいて情熱的な交わりだった。魂の出会いは、ふたりが取り交わした愛と献身の約束によってさらに意味深いものになった。

あとになって、互いの腕のなかで寄り添いながら、暗く静かな室内でふたりは今後のことを話し合った。

「こんなやり方で結婚したことをきみが後悔しなければいいのだが」チャールズがマデレンを見つめて優しく言い、枕越しに片手を伸ばしてマデレンの頬を撫でた。

「するはずないわ。子どもの頃、大きな教会ですべて取り揃えた結婚式を挙げることを夢見ている友だちがたくさんいたけれど、わたしや姉や妹は違ったのよ。大々的な催しは緊張するし、贅沢すぎるような気がする。わたしたちのやり方が一番好き。ふたりだけで誓いを交わす。お祭り騒ぎもなし、混乱もなし、計画も必要なし」

「ぼくも同感だ。だが」彼がつけ加えた。「ぼくの母はがっかりするだろうな。もう一度結婚式を希望するかもしれない。それに、きみの母上は……」

「あなたの言うとおりだわ。わたしの母は贅沢な式をやると言い張るでしょう」マデレンは肩をすくめた。「どちらにも喜んでもらいたいわ」

「どこで式をする？　ニューヨークか、それとも英国？」

「英国で」マデレンは答えた。「二度目の結婚式を挙げるとしたら、海を見おろすトレヴェリアンマナーの芝生以外は考えられないもの」

「ではそうしよう。おそらく秋かな。木の葉が色づく時期に？」

「すてきだと思うわ」マデレンは愛情のこもった彼のまなざしを受けとめた。「すべてがあまりにすばやく進んだから、考える暇がなかったけれど、わたしたち、どこに住むの？」

「きみはどこに住みたい？　父が健康でいるあいだは、まだ何年もそうであることを願うが、英国に住まなくてもかまわない」

「でも、わたしは住みたいわ。コーンウォールはあなたの家ですもの。あなたの家族のそばで、そしてアレクサンドラとその家族のそばで暮らしたいわ」

「では、話は簡単だ。パームーアハウスに住めばいい。うちの地所の端にある。数カ月もあれば、居心地よく住めるように改装できるだろう」

「その家は前に見た気がするわ。青いよろい戸がついた赤レンガの家？」

「そうだ。トレヴェリアンマナーに比べればこぢんまりしているが、ひと握り《ハンドフル》の子どもたちを育てるには充分だ」

「ハンドフル？　子どもの数を言っているの？　それとも手に負えない《ハンドフル》っていうこと？」

「両方だな」彼が笑い、マデレンも一緒に笑った。

「すてきな家だと思ったわ。きっと住み心地もいいでしょう」

「よかった。改修しているあいだに、ふたりで旅行をしよう。かねがね米国をもっと見たいと思っていた。ハネムーンで訪れるのはどうかな？　すばらしい公園がたくさんあると聞いている。とくにイエローストーンとヨセミテを訪れたいし、サンフランシスコも行きたいな」

「わたしも行きたいわ。でも、まずマンハッタンから始めなければ。お気に入りの場所にあなたを案内したいわ。五番街の家は少しけばけばしいと感じるでしょうけれど、父とキャサリンはまたあなたに会えてきっと喜ぶわ」マデレンの頭にある考えが浮かんだ。「チャールズ、ニコラ・テスラはマンハッタンで働いているのではなかったかしら?」

「そうだ」

「ミスター・レミントンのタイプライターもマンハッタンで製造されている?」

「そうだと思う」

「それに、トーマス・エジソンの研究室はニュージャージーでしょう?」

「そう聞いている。なぜだ?」

「その人たちに会いたくない?」

彼の目が見開かれた。「そんなことが可能なのか?」

「皆さん、父の知り合いだから、紹介してくれるように父に頼むわ。あの方々と意見交換ができたらきっと興味深いでしょう。ひょっとしたら、だれかひとりがあなたの発明に興味を持つかもしれないわ」

「そうなったらすばらしいな」彼が驚いたように頭を振った。「きみはぼくのことを本当によくわかっているな」ほほえんでつけ加える。「それで思いだした。もうひとつ言いたいことがあった。きみが書いた本のことだ。原稿は手元にあるんだね？」

「ええ」

「知り合いがロンドンで出版社を経営しているんだが、ニューヨークにも支店を持っている。初稿を書きあげたばかりであることは知っているが、きみが準備ができたと思った時には、いつでも彼に連絡して、きみのためになにができるかを確かめられる」

「チャールズ！　すばらしいわ」

「すばらしいのはきみだよ」彼がマデレンの髪に手を差し入れて、またキスをした。「愛しているよ、マディ」

「わたしも愛しているわ、チャールズ」彼の口に向かってつぶやく。

キスはすぐに熱を帯びた。揺れている感覚が外海に出た船の動きのせいか、ひとつになって愛し合うふたりの体の動きのせいかわからなかった。

どちらであっても、それはこのうえない喜びだった。

訳者あとがき

シリア・ジェイムズの〈挑戦するレディたち〉シリーズ第一作『伯爵家の家庭教師は逃げだした令嬢』に続き、第二作『侯爵家の居候は逃げだした令嬢』をお届けいたします。

第一作の最後で、ロンドン社交界から逃げだした姉アレクサンドラの代わりとして、母親の命令で急遽米国から海を渡ってきた次女のマデレン。母の意向を汲んで、貴族の結婚相手を探す努力をすると母に約束し、どちらかと言えば好意を持てる男性と出会ったところで第二作へ。

第二作である本作は、コーンウォールの人けのない駅にマデレンがおり立つ場面から始まります。公爵家の跡取りオークリー侯爵から求婚されるも、本当に彼と結婚したいかどうか確信が持てず、即答できないマデレン。オークリー卿が欧州へ旅行に出かけているあいだの三カ月間、返事の猶予をもらいますが、姉に相談せずにはいられず、母に内緒でロンドンを抜けだし、姉の住むコーンウォールにやってきたのです。

しかし、来ているはずの迎えの馬車の姿はありません。人里離れた無人駅に取り残されたマデレンは、たまたま同じ列車で帰郷していたソーンダーズ伯爵から、姉の家族がバースに旅行に出たと聞かされ、彼を頼らざるを得なくなります。でも、ソーンダーズ伯爵は、マデレンの姉が結婚したロングフォード伯爵をかつて裏切った男性。親友であった伯爵の婚約者を奪って駆け落ちし、結局その女性とは結婚せずに戻ってきた話は周知の事実。何年も前のことで、ロングフォード伯爵も許したとは聞いていましたが、人として到底許せないとマデレンは思っています。

一方のソーンダーズ伯爵チャールズも、昨年のロングフォード伯爵の結婚式でひとめ見て魅了された女性に出会い、馬車に乗せることになったものの、かつて、彼女と同じく米国から来た爵位目当ての女性に痛い目にあわされたこともあり、両親が決めた相手がいて、母はもちろん、病気の父からも早く結婚を決断するように迫られていることもあり、惹かれる気持ちをぐっと抑えます。

しかし悪天候のせいでロングフォード伯爵の屋敷ポルペランハウスへの道が閉ざされ、マデレンはチャールズの両親トレヴェリアン侯爵夫妻の屋敷にしばらく滞在することに。そのあいだにチャールズの人柄を知り、悪印象が誤解のせいだったとわかって、彼に惹かれていきますが、自分はオークリー卿に求婚されている身、チャールズとはなるべく顔を合わせないようにしなければと決意します。それはチャールズも同様で、マデレンのことばかり考えてしまう自分を戒め、なるべく顔を合わせないように努力します。なのに、いくら避けようとしても、引き寄せられるかのように、海辺や夜中のキッチンなどでばったり出会ってしまうふたり。どちらも次第に気持ちを抑えられなくなり……。

チャールズに惹かれるマデレンですが、その一方、ハンサムで高潔で思慮深く、しかも公爵の長男で、夫として求めるすべてを持っているオークリー侯爵を嫌いではありません。でも、なにか違う。ほんとにこの人と一生をともにできるだろうか？　どのくらい好きならば、結婚を決めるべき？

人を愛することを知らなければ、自分の気持ちが愛なのかどうかもわからない。その悩みは万国共通のようです。いまは少なくなりましたが、日本のいわゆるお見合いで結婚相手を探す女性たちも同じ問題に直面します。結婚してから愛を育てればいい。妥協して結婚するのも悪くない。でも、どこで決断すればいいの？　ここで断ってしまったら、もう二度と相手が現れないのでは？

マデレンとチャールズはどちらも自分がやりたいこと、人生に望むことをはっきり持ち、八方塞がりの状況のなかでも、真の愛を追求する強さを持っています。自分の心に誠実でいたい、でも友人を傷つけたくない、親の期待を裏切りたくない、そんなふたりの姿に、結婚に思い悩む若い女性たちも、娘を結婚させたいと願っている母たちも、すでに愛を知り尽くした女性たちも、きっと共感するはずです。

ところで、本作の舞台となる十九世紀後半の英国、ヴィクトリア女王の時代は産業革命の頂点であり、鉄道や自動車、電話、電灯など生活を一変させるようなさまざまな発明がなされました。本書でソーンダーズ伯爵チャールズが尊敬していると語り、愛馬の名前にもつけた発明家ニコラ・テスラは、当時すでに名声を得ていたトーマス・エジソンが推進していた直流送電に対して交流送電を提案、エジソンといわゆる電流戦争を交えて勝利した天才発明家です。日本では発明といえばエジソンが有名ですが、テスラは交流発電機のみならず、ラジオやリモコン、蛍光灯、テスラコイルと呼ばれる高圧変圧器など、現在も使われている多くのものを発明し、その発明品や設計図はベオグラードのニコラ・テスラ博物館に保管され、ユネスコ記憶遺産に登録されています。

また、自動車についても、チャールズはガソリンより電気のほうが環境にいいと語っています。え、電気自動車？　実は、ガソリン自動車が発明されたのは一八七〇年ですが、それより前の一八三九年に電気自動車が発明され、一八七三年にはイギリス人ロバート・ダビッドソンにより実用的な電気自動車が開発されています。一九〇〇年頃には、世界を走る自動車の四〇%を電気自動車が占めていましたが、ガソリン車の開発が進んで性能の優位性が明らかとなり、姿を消してしまったのです。それから百年以上経た二十世紀後半、大気汚染や気候温暖化など環境問題が深刻になってようやく注目され、二十一世紀に入り徐々に普及し始めた電気自動車が、ガソリン車より先に存在していたのは驚きです。

そのほかにも、鉱山事業の様子やタイプライターや女流作家の台頭など、本書を読んでいると英国のヴィクトリア朝の様子がまざまざと伝わってきます。そのあたりも本書の魅力のひとつでしょう。

とくにコーンウォール地方の錫鉱山は一作目でも書いたように『コーンウォールと西デ

ヴォンの鉱山景観』という名称でユネスコの世界遺産になっており、今回はまさにそこが舞台となりました。

さて、〈挑戦するレディたち〉シリーズの第三作、*Duke Darcy's Castle* は二〇二〇年二月に刊行予定のようです。内容はまだわかりませんが、おそらく三女のキャサリンがヒロインでしょうか。楽しみにお待ちいただければ幸いです。

二〇一九年十月　旦　紀子

侯爵家の居候は逃げだした令嬢

2019年12月17日　初版第一刷発行

著 ……………………………… シリア・ジェイムズ
訳 ………………………………………… 旦紀子
カバーデザイン ……………………… 小関加奈子
編集協力 …………………… アトリエ・ロマンス

発行人 ……………………………… 後藤明信
発行所 ……………………… 株式会社竹書房
〒102-0072 東京都千代田区飯田橋2-7-3
電話 ：03-3264-1576（代表）
03-3234-6383（編集）
http://www.takeshobo.co.jp
印刷所 …………………… 凸版印刷株式会社

定価はカバーに表示してあります。
乱丁・落丁の場合には当社までお問い合わせください。

ISBN978-4-8019-2109-2 C0197
Printed in Japan